组织委员会

主　任：李宇明　刘　利
副主任：韩经太
成　员：杨尔弘　刘晓海　田列朋

专家委员会

主　任：袁行霈
委　员：蔡宗齐　高　昌　顾　青　李宇明
　　　　陶文鹏　吴思敬　詹福瑞　周绚隆

北京语言大学语言资源高精尖创新中心 组编

新选中国名诗1000首

宋诗鉴赏

韩经太 主编

莫砺锋 注评

人民文学出版社

图书在版编目（CIP）数据

宋诗鉴赏/北京语言大学语言资源高精尖创新中心组编；韩经太主编；莫砺锋注评．—北京：人民文学出版社，2022

（新选中国名诗1000首）

ISBN 978-7-02-017359-4

Ⅰ．①宋… Ⅱ．①北… ②韩… ③莫… Ⅲ．①宋诗—诗歌欣赏 Ⅳ．①I207.227.44

中国版本图书馆CIP数据核字（2022）第137728号

责任编辑　董岑仕
装帧设计　黄云香
责任印制　任　祎

出版发行　人民文学出版社
社　　址　北京市朝内大街166号
邮政编码　100705

印　　刷　三河市博文印刷有限公司
经　　销　全国新华书店等

字　　数　275千字
开　　本　880毫米×1230毫米　1/32
印　　张　15.125　插页5
印　　数　1—4000
版　　次　2022年9月北京第1版
印　　次　2022年9月第1次印刷

书　　号　978-7-02-017359-4
定　　价　58.00元

如有印装质量问题，请与本社图书销售中心调换。电话：010-65233595

诗余画谱 柳永 雨霖铃（寒蝉凄切）

诗余画谱 范仲淹 渔家傲（塞下秋来风景异）

诗余画谱 王安石 桂枝香（登临送目）

诗余画谱 苏轼 念奴娇（大江东去）

读懂诗意的中国

——"新选中国名诗1000首"丛书总序

韩经太

中华民族伟大复兴之路，也是一条充满诗意的道路，从悠远的历史深处走来，又向光明的未来高处走去，一路上伴随着历史风雨对生活真相的冲刷，也伴随着思想信念对人生理想的雕塑。所有这一切，又通过诗人的艺术语言凝练为文学形象世界中的华彩乐章，展示着中华民族精神世界的精彩与微妙。特别是历代名家之名作，在传诵人口的过程中被反复解读，自然而然地浸入人民大众的感情生活而塑造着整体国民性格，从而使我们这个盛产诗歌文学作品的文明古国具有堪称"诗意中国"的特色。而当今时代无疑是这种特色日益显著的时代，融媒体多元而高速的传播手段，助力中华诗词尽可能普及地走进千家万户，诗词大会的竞赛机制牵引着大众百姓的诗词习得，于是乎记诵名篇名句而着力于养成诗意交流能力，从大学讲堂到幼儿教育，处处弥漫着感受诗意的生活空气。随着中华诗词迅速普及的客观形势，真正热爱诗歌艺术继而更加热爱中华诗词艺术的读者，越来越意识到一个最浅显却又最深刻的道理，"诗意中国"需要"诗意阅读"，而在此讲求真正"读懂"诗意的解读之路上，从事文学专业研究而积淀丰厚的"学术名家"的特殊作用，日益凸显出来。这也是我们特邀当代学界名流来完成这一套"新选中国名诗1000首"丛书的"初心"所在。

"新选中国名诗1000首"丛书，在编选体例上兼备诗歌选本的"选释"功能和诗词鉴赏的"鉴赏"功能，而在更为重要的编选原则上，则有现实针对性地强调通观古今的历史视野和兼容道艺的诗学思维。如果说通观古今的历史视野具有超越当今学科壁垒的现实针对性，那道艺兼容的诗学思维就是对长期以来诗歌艺术研究相对忽略其艺术性分析的一种纠偏。更何况一篇精彩的诗歌鉴赏文章，往往是作者人格学养的浓缩式体现，尤其是对作品整体的解读把握，不仅包含着关于诗歌史发展脉络和思想史发展逻辑的深入思考，而且包含着"这一个"诗意典型世界如何具体生成的艺术性分析，这是空洞的理论表述根本无法替代的，而恰恰是我们这套丛书非常看重的。

一代有一代之文学，一代也有一代之"选本"学。文学和学术，与时代背景息息相关。我们正处在这样一个时代，"诗意栖居"的西哲命题，在中国新时代阐释学的创意发挥下，不仅重新燃起了原始儒家"吾与点也"人格理想的精神火花，而且有望于激活原始道家"吹万不同，而使其自己"的主体创造精神。惟其如此，就使"每个人的自由发展是一切人的自由发展的条件"这一马克思主义者之

"初心",成功实现了与中华优秀传统文化的本质契合。这里不仅有学界人士所确认的"儒道互补"的整合阐释方式,而且有时代需求所指示的"中西参融"的辩证阐释路向,只有两者的成功结合,才能真正有助于发扬中华传统文化特有的追求天人合一而又讲求诗情画意的人文精神。天人合一是一个涵涉深广的思想命题,然而无论民胞物与的仁者襟怀还是以物观物的自然理念,其中都有孕育诗情画意的精神土壤,也正是在这个意义上,中华传统文化是一种最富诗情画意的思想文化。待到历史进入现代文明社会,诗意中国对于诗情画意的追求,在现代工业文明持续发展的历史背景下,更有其特殊的价值和意义。想必人们已经注意到,从经济发展的某个节点开始,出现了与城市化发展趋势相呼应的精神生活新取向,那就是希望把精神安顿在绿水青山之间!对于当代中国来说,这兴许是因为,经济发展在为国人提供了相应的物质基础之后,人之所以为人的精神生活质量的提升,越来越成为"人的自觉"的中心内容,而超越物质欲望的精神追求,总是与"蓝天白云""绿水青山"的审美相伴随。缘此之故,诗意中国的古典传统自然而然地融入到当今中国人的性情自然之中,而读懂诗意的中国也因此而成为新时代美学追求的题内应有之义。

伴随着中华传统诗文走进学校课堂,各式各样的诗歌选本,犹如雨后春笋,琳琅满目,层出不穷。于是,自然就有了人们对选本的选择。而正是在选本之选择的过程中,人们越来越意识到"精品"的价值。"新选中国名诗1000首"丛书作为北京语言大学语言资源高精尖创新中心的规划项目，其"名家选名诗"的选题立意已经充分表达了追求"精品"之"初心"。一般来说，当下的读者不再会为了一种诗歌选本的问世而兴奋，除非像《钱锺书选唐诗》那样给唐诗之美再添上文化名流的影响力。当年，钱锺书的《宋诗选注》曾以其独到的编选眼光和更其独到的注释话语，产生了跨越特殊历史时期的文学影响力。然而，《钱锺书选唐诗》有选而无注，相信很多人会感到遗憾。弥补这种遗憾的机会当然很多，"新选中国名诗1000首"丛书中的由葛晓音撰写的《唐诗鉴赏》（200首），以其特有的精选眼光和精妙解读，必将成为唐诗爱好者的最佳选择。由唐诗而扩展至宋诗，于是又有莫砺锋的《宋诗鉴赏》（200首），进而扩展至由《诗经》时代直抵当下的整个中国诗歌历史，于是还有赵敏俐的《先秦两汉诗鉴赏》、钱志熙的《魏晋南北朝诗鉴赏》、张晶的《辽金元诗鉴赏》、左东岭的《明诗鉴赏》、蒋寅的《清诗鉴赏》、张福贵的《现当代诗鉴赏》（各100首）。总之，"新选中国名诗1000首"所推出的八部选本，覆盖了诗歌史发展的各个时代，而借此推出的八位"选家"，也代表了当代诗歌各阶段研究的一流水平。在琳琅满目的诗歌选本中间，由此八位"选家"合作完成的这个选本系列，显然是极富特色的。

  八位"选家"的集体合作，自然而然地赋予"新选中国名诗1000首"之选诗、注解和鉴赏以"名家解读"的整体特色，而八位"选家"的学术个性，又自然而然地呈现出彼此不同的个体风貌，在此整体特色和个体风貌之间，是一种彼此默契的诗学追求，其间当然有学术共识的坚实基础，但更为重要的默契，犹如本序开头之所言，一是"通古今之变"的大历史视野，一是"道艺不二"的诗歌美学精神。

"通古今之变"的通观历史眼光，必将聚焦于"五千年"传统文化和"一百年"现代文化涌动冲撞的历史大变局，并因此而追求对中华诗词的整体观照和全面把握。在我们看来，诗意中国的精神意态，是植根于中华优秀传统文化的丰厚土壤而又吸收新文化的智慧营养，并在古今大变局的历史转型过程中经受严峻考验而茁壮成长起来的诗性生命之树，其风采光华兼备古典美和现代美而得两端之妙。也正是在这个意义上，"传统"不是外在于"当代"的"他者"，就像"现代"的价值并不仅仅是为了替代"古典"那样。自从中国古代文学和中国现代文学被分为两大学科以来，各自表述的学科性思维实际上已经遮蔽了许多历史真相。其中最显著的一点是将中国古典诗歌和中国现当代诗歌分为两橛，不利于古今之间的融会贯通。"新选中国名诗1000首"丛书和2020年5月出版的《中国名诗三百首》有意识地突破这一点，将中国古典诗歌和中国现当代诗歌贯通起来予以选析，这对于读者诸君通过观古今之变的大历史视野领会诗意中国当具一定的启发意义。

至于"道艺不二"的诗歌解读，关键在于主题阐释与艺术分析的浑然一体，为此，首先需要诗意解读者具有特殊的诗性审美的艺术鉴赏力。鉴于当今许多文学论著很难显现作者的文学鉴赏能力，导致文学研究缺少"文学性"的现象，"新选中国名诗1000首"丛书格外重视每首诗的艺术鉴赏，试图通过这1000篇出自知名专家笔下的鉴赏文章，有效提升全社会"文学阅读"的艺术水准。从完成质量来看，八位"选家"对此是非常用心的，他们一方面深入每首名诗产生的历史文化语境，阐发每首名诗蕴含的思想底蕴和精神高度；另一方面又在诗歌史的纵向延展和横向渗透方面，揭示每首名诗所达到的艺术高度和独特魅力。这对于读者诸君妙悟诗歌真谛当有重要帮助。八位"选家"在选释的过程中，既有对前贤选释本精华的采撷，又有青出于蓝的独到之见。如或不信，请读者诸君对读本丛书中的葛晓音的《唐诗鉴赏》和2020年热销的《钱锺书选唐诗》，莫砺锋的《宋诗鉴赏》和钱锺书的《宋诗选注》。其他各卷同样如此，都对之前出版过的各种选本有所超越。

鉴赏是本丛书的核心所在，我们希望八位"选家"将名诗的选释定位于对中华优秀传统文化和中华美学精神的总结和传承上进行。八位"选家"对此非常自觉，鉴赏时见对中华优秀传统文化和中华美学精神以及中国智慧的发掘，荦荦大者如天人合一、诗中有画、民胞物与、家国情怀、现实关怀、忧患意识、通变意识等。可以说，八位"选家"对诗意中国的精神意蕴和诗意栖居的哲学命题，都有深入的思考和真切的体认。我想这对中华优秀传统文化之核心价值观的凝定，和整个人文素养和精神境界的提升，必将产生积极的助益。

需要说明的是，本丛书所选诗歌采取广义的诗歌概念，外延包括诗、词和部分散曲作品，所以唐代之后的部分选了一些词和散曲。

这既是出于本丛书力求选释中国文学史上的诗歌"精品"的"初心",也是为了更全面地反映诗意中国的丰富形态。此外,为了统一体例,避免将一人的各体作品分散在书中的多个部分,本丛书采取以人为纲的编排方式。

最后,我本人作为"新选中国名诗1000首"丛书的主编,借此总序撰写机会,向热情参与此项目的八位知名学者,表示衷心的感谢!我相信,中国名诗之精选精品的"精品"打造,是为学术研究服务社会创造机遇,将使知名学者面向大众读者贡献自己的诗性智慧,从而共同提升新时代中国人诗意生活的质量。

2022年元旦前夕于北京

目 录

前 言 001

王禹偁
村行 001

林逋
自作寿堂因书一绝以志之 004

杨亿
南朝 006

柳永
八声甘州（对潇潇暮雨洒江天） 009
雨霖铃（寒蝉凄切） 011
望海潮（东南形胜） 013

范仲淹
渔家傲（塞下秋来风景异） 016

张先
天仙子（水调数声持酒听） 019

木兰花（龙头舴艋吴儿竞）　　021

晏 殊
　　浣溪沙（一曲新词酒一杯）　　024
　　鹊踏枝（槛菊愁烟兰泣露）　　026

曾公亮
　　宿甘露僧舍　　028

梅尧臣
　　汝坟贫女　　030
　　鲁山山行　　032
　　小村　　034

欧阳修
　　戏答元珍　　036
　　春日西湖寄谢法曹歌　　038
　　踏莎行（候馆梅残）　　040
　　生查子（去年元夜时）　　042
　　蝶恋花（庭院深深深几许）　　043

苏舜钦
　　淮中晚泊犊头　　045
　　中秋夜吴江亭上对月怀前宰张子野及寄君谟蔡大　　047

王安石
　　明妃曲　　050

桃源行	053
示长安君	055
思王逢原	057
题西太一宫壁二首	059
泊船瓜洲	062
书湖阴先生壁	064
桂枝香（登临送目）	065

王 令

暑旱苦热	068

苏 轼

和子由渑池怀旧	070
出颍口初见淮山，是日至寿州	072
游金山寺	073
饮湖上初晴后雨	077
有美堂暴雨	078
寓居定惠院之东，杂花满山，有海棠一株，土人不知贵也	080
正月二十日与潘郭二生出郊寻春，忽记去年是日同至女王城作诗，乃和前韵	084
寒食雨	086
题西林壁	088

惠崇春江晚景	090
书王定国所藏烟江叠嶂图	091
八月七日初入赣，过惶恐滩	094
荔支叹	096
汲江煎茶	099
江神子（十年生死两茫茫）	101
江神子（老夫聊发少年狂）	103
水调歌头（明月几时有）	105
卜算子（缺月挂疏桐）	107
水龙吟（似花还似非花）	109
定风波（莫听穿林打叶声）	111
念奴娇（大江东去）	113
八声甘州（有情风万里卷潮来）	115
蝶恋花（花褪残红青杏小）	117
西江月（玉骨那愁瘴雾）	119

晏几道

临江仙（梦后楼台高锁）	121
蝶恋花（醉别西楼醒不记）	123
鹧鸪天（彩袖殷勤捧玉钟）	124
阮郎归（天边金掌露成霜）	126

魏夫人

| 菩萨蛮（溪山掩映斜阳里） | 128 |

孔平仲

代小子广孙寄翁翁 　　130

黄庭坚

郭明甫作西斋于颍尾请予赋诗 　　133

登快阁 　　135

过家 　　137

寄黄几复 　　139

老杜浣花溪图引 　　141

六月十七日昼寝 　　145

雨中登岳阳楼望君山二首 　　147

题落星寺 　　149

书摩崖碑后 　　151

念奴娇（断虹霁雨） 　　154

清平乐（春归何处） 　　157

李之仪

卜算子（我住长江头） 　　159

秦 观

泗州东城晚望 　　161

春日 　　162

满庭芳（山抹微云） 　　164

望海潮（梅英疏淡） 　　166

鹊桥仙（纤云弄巧）　　168

　　浣溪沙（漠漠轻寒上小楼）　　170

　　踏莎行（雾失楼台）　　172

贺　铸

　　六州歌头（少年侠气）　　174

　　青玉案（凌波不过横塘路）　　178

陈师道

　　示三子　　181

　　除夜对酒赠少章　　183

　　九日寄秦觏　　184

　　舟中　　186

　　绝句　　188

　　春怀示邻里　　189

晁补之

　　摸鱼儿（买陂塘旋栽杨柳）　　193

张　耒

　　海州道中　　196

　　怀金陵　　198

周邦彦

　　苏幕遮（燎沉香）　　200

　　兰陵王（柳阴直）　　202

六丑（正单衣试酒）　　204

　　满庭芳（风老莺雏）　　207

　　少年游（并刀如水）　　209

　　蝶恋花（月皎惊乌栖不定）　　211

唐　庚
　　醉眠　　213

徐　俯
　　春日游湖上　　215

叶梦得
　　水调歌头（秋色渐将晚）　　217

王庭珪
　　送胡邦衡之新州贬所　　220

朱敦儒
　　相见欢（金陵城上西楼）　　223

吕本中
　　柳州开元寺夏雨　　225

　　南歌子（驿路侵斜月）　　227

李清照
　　夏日绝句　　229

　　一剪梅（红藕香残玉簟秋）　　231

　　醉花阴（薄雾浓云愁永昼）　　232

凤凰台上忆吹箫（香冷金猊）   **234**

渔家傲（天接云涛连晓雾）   **236**

武陵春（风住尘香花已尽）   **238**

永遇乐（落日熔金）   **239**

声声慢（寻寻觅觅）   **241**

曾 几

癸未八月十四日至十六夜月色皆佳   **244**

陈与义

雨   **246**

巴丘书事   **248**

伤春   **250**

怀天经智老因访之   **252**

临江仙（忆昔午桥桥上饮）   **254**

张元幹

贺新郎（曳杖危楼去）   **257**

贺新郎（梦绕神州路）   **260**

刘子翚

汴京纪事（选二）   **263**

岳 飞

满江红（怒发冲冠）   **267**

小重山（昨夜寒蛩不住鸣）   **269**

韩元吉
好事近（凝碧旧池头） 272

陆 游
游山西村 275
剑门道中遇微雨 277
金错刀行 278
长歌行 280
关山月 284
楚城 286
夜泊水村 287
书愤 290
临安春雨初霁 292
沈园二首 294
钗头凤（红酥手） 296
鹊桥仙（华灯纵博） 298
诉衷情（当年万里觅封侯） 301

范成大
后催租行 303
四时田园杂兴（选二） 305

杨万里
小池 308

初入淮河绝句　　　　　　　　　　310

朱　熹
　　春日　　　　　　　　　　　　　　312
　　观书有感　　　　　　　　　　　　314

张孝祥
　　水调歌头（雪洗虏尘静）　　　　　316
　　六州歌头（长淮望断）　　　　　　319
　　念奴娇（洞庭青草）　　　　　　　322

辛弃疾
　　青玉案（东风夜放花千树）　　　　325
　　水龙吟（楚天千里清秋）　　　　　327
　　摸鱼儿（更能消几番风雨）　　　　330
　　沁园春（三径初成）　　　　　　　332
　　木兰花慢（汉中开汉业）　　　　　334
　　水龙吟（渡江天马南来）　　　　　337
　　丑奴儿（千峰云起）　　　　　　　340
　　鹊桥仙（松冈避暑）　　　　　　　342
　　贺新郎（老大那堪说）　　　　　　344
　　破阵子（醉里挑灯看剑）　　　　　346
　　八声甘州（故将军饮罢夜归来）　　348
　　西江月（明月别枝惊鹊）　　　　　351

贺新郎（甚矣吾衰矣） 353

鹧鸪天（壮岁旌旗拥万夫） 355

永遇乐（千古江山） 357

陈 亮

水调歌头（不见南师久） 360

念奴娇（危楼还望） 363

刘 过

沁园春（斗酒彘肩） 367

姜 夔

除夜自石湖归苕溪（选二） 370

扬州慢（淮左名都） 372

踏莎行（燕燕轻盈） 374

点绛唇（燕雁无心） 376

暗香（旧时月色） 378

疏影（苔枝缀玉） 380

翁 卷

乡村四月 383

戴复古

频酌淮河水 385

赵师秀

约客 387

杜耒
　　寒夜　　　　　　　　　　　　　　389
林升
　　题临安邸　　　　　　　　　　　　391
叶绍翁
　　游园不值　　　　　　　　　　　　393
刘克庄
　　北来人　　　　　　　　　　　　　395
　　军中乐　　　　　　　　　　　　　397
　　沁园春（何处相逢）　　　　　　　399
史达祖
　　双双燕（过春社了）　　　　　　　402
吴文英
　　莺啼序（残寒正欺病酒）　　　　　405
　　风入松（听风听雨过清明）　　　　408
家铉翁
　　寄江南故人　　　　　　　　　　　411
谢枋得
　　武夷山中　　　　　　　　　　　　414
王沂孙
　　眉妩（渐新痕悬柳）　　　　　　　416

刘辰翁

兰陵王（送春去）　　　　　　　　　419

柳梢青（铁马蒙毡）　　　　　　　422

周　密

一萼红（步深幽）　　　　　　　　425

文天祥

正气歌　　　　　　　　　　　　　429

念奴娇（水天空阔）　　　　　　　436

汪元量

潼关　　　　　　　　　　　　　　441

蒋　捷

虞美人（少年听雨歌楼上）　　　　444

张　炎

解连环（楚江空晚）　　　　　　　446

谢　翱

效孟郊体　　　　　　　　　　　　449

前 言

　　宋代诗歌的最大特征，就是诗、词二体双峰并峙。宋诗在唐诗的基础上继续发展，形成五七言诗史上足与唐诗媲美的另一座高峰。一般来说，唐诗主情，宋诗主意。唐情、宋意既互相对立，又互相补充，成为古典诗歌美学的两大范式。宋以后的诗歌，虽然也有所发展，但大体上没能超出唐宋诗的风格范围。元、明、清的诗坛上有时宗唐，有时宗宋，或同时有人宗唐，有人宗宋。甚至在一个人的诗集中，也有或学唐体或效宋调的现象。所以宋诗与唐诗一样，是中国诗史上不可逾越的典范，也是当代读者不可忽视的文学经典。宋词则被誉为有宋一代文学之胜，在整个词史上占有无与伦比的巅峰地位。词在晚唐五代尚被视为小道，到宋代才逐渐与五七言诗相提并论。宋词的艺术成就十分突出，诸如词体建设的完善，艺术手

段的成熟等，都是完成于宋代。宋词在题材和风格倾向上也开拓了广阔的领域。晚唐五代词大多是风格柔婉的艳词，宋代词人继承并改造了这个传统，创作出抒情意味更浓的爱情词，弥补了古代诗歌中爱情主题的不足。此外，经过苏轼、辛弃疾等人的努力，宋词的题材范围几乎达到了与五七言诗同样广阔的程度。艺术风格上则婉约与豪放并存，清新与典雅相竞。就总体成就而论，宋词是后代词人学习、模仿的最高典范，其影响笼罩着金、元、明、清直至现代的整部词史，它在当代的阅读价值堪与唐诗相提并论。鉴于上述原因，本书选录宋诗、宋词各一百首，希望读者一编在手，窥斑见豹，来初步领略宋代诗歌的绝代风姿。

　　宋代诗歌取得的辉煌成就，有其深刻的历史背景。北宋的建立，结束了晚唐、五代的纷乱局面。鉴于中唐以来藩镇强盛、尾大不掉的历史教训，宋王朝采用崇文抑武的基本国策，其重点是重用文臣。这些措施有力地加强了君权，同时也使士人的社会责任感和参政热情空前高涨。以范仲淹为代表的宋代士人以国家的栋梁自居，意气风发地发表政见。"开口揽时事，议论争煌煌"（欧阳修《镇阳读书》），是宋代诗人特有的精神风貌。宋代士人基本实现了社会责任感和个性自由的整合。他们用诗来表现有关政治、社会的严肃内容，词则用来抒写个人私生活的幽约情愫。这样，诗、词就有了明确的分工：诗主要用来述志，词则用来娱情。这种分工在北宋尤为明显。一代儒宗欧阳修的艳词写得缠绵绮丽，与其诗如出二手，以致有人认为是伪作。宋代的士人本有丰富的声色享受，又有趋于轻柔、细密的审美心态，能够领略男女之间的旖旎风情，词便是他们宣泄内心衷肠的合适渠道。诗词分工的观念对宋诗、宋词的发展都有好处。宋诗比唐诗更加严肃壮重，更适于表达政治观念、社会现状或雅致的生活情趣。宋词则被看作是抒写个人情愫的个性化写作，很少受到"文以载道"思想的约束，词体也因此保持其文体特征。当然，随着词体的发展和创作环境的变化，宋词并不一味满足尊前筵下、舞榭歌台的需要。如苏轼的词作，自抒逸怀浩气；辛弃疾的篇章，倾吐英雄豪情，便不再与歌儿舞女有关。苏轼作词的最大特征是"以诗为词"，这标志着宋词与宋诗始离终合的发展趋势。到了南宋以辛弃疾为代表的豪放词派手中，无论是爱国的情怀还是雄豪的风格，宋词已与宋诗并驾齐驱，它们都为宋代诗歌的卓越成就做出了巨大的贡献。

　　如果分而论之，则宋诗与宋词经历了不同的发展过程。充分发达、登峰造极的唐诗几乎难以超越，宋诗必须另辟蹊径才能走出唐诗的阴影。以题材为例，唐诗表现社会生活几乎达到了巨细无遗、各臻其妙的程度，当宋人要想写某一题材时，几乎总能发现唐人已经留下同类主题的名篇或名句。无怪熟读唐诗的王安石要发出"世间好语言，已被老杜道尽；世间俗语言，已被乐天道尽"之叹。（见

《陈辅之诗话》）再以体裁为例，由于唐人对于五七言诗的古体、今体等诗体都已掌握得得心应手，宋人在体裁方面很难再有创新。除了拗律和对仗手法的灵活多变之外，宋人在诗歌形式方面基本延续唐诗而无所变化。然而宋人在唐诗的巨大压力下并未放弃努力，并未跟在唐人后面亦步亦趋，他们仍然最大程度地发挥了创新精神，从而创造了与唐诗颇异其趣的一代诗风。在题材上，宋代诗人努力在唐人开采过的矿井里向深处发掘。宋诗较成功地做到了向平凡的日常生活倾斜，唐人注意不够的琐事细物都成为宋人的诗料，比如苏轼多咏农具之诗，黄庭坚多咏茶之诗。有些生活内容唐人已经写过，但宋诗的选材角度更趋向世俗化和平凡化，比如唐代的山水诗多咏幽静绝俗之境，而宋人却喜写游人熙攘的金山、西湖。在艺术上，宋诗的任何创新都以唐诗为参照对象，宋人惨淡经营的目的便是在唐诗美学境界之外另辟新境。许多宋代诗人具有鲜明的艺术个性，他们的风格特征相对于唐诗而言都是生新的，比如梅尧臣诗的平淡，王安石诗的精致，苏轼诗的畅达，黄庭坚诗的瘦硬，陈师道诗的朴拙，杨万里诗的活泼，都可视为对唐诗风格的陌生化的结果。然而宋代诗坛有一个整体性的风格追求，那就是以平淡为美。苏轼和黄庭坚一向被看作宋诗特征的典型代表，苏轼论诗最重陶渊明，黄庭坚则更推崇杜甫晚期诗的平淡境界。他们的诗美理想殊途同归，他们追求的平淡实指一种超越了雕润绚烂的老成风格，一种炉火纯青的美学境界。以平淡为美的诗学观点显然是对以丰神情韵为特征的唐诗美学风范的深刻变革，这是宋代诗人求新求变的终极目标，他们也确实在很大程度上实现了这个目标。

假如说宋诗与唐诗的关系是继承中以求新变，那么宋词与唐五代词的关系则是革命性的超越。北宋初期，士人的生活方式与西蜀、南唐词人基本相同。然而西蜀、南唐词人处于朝不保夕的小朝廷中，听歌观舞时不免有醉生梦死的局促之感。而宋初士人生逢太平盛世，遣兴娱宾时就比较从容闲雅。宋初词人在题材上仍然多写艳情，体裁上仍以小令为主，风格也仍以柔美绮丽为主要倾向，但是一种新的词风正在悄悄兴起，开始体现新兴王朝的升平雍容之气象。宋初词人虽写歌儿舞女或离愁别恨，但已是一般意义的男女相思；虽也咏叹春愁秋恨，但只是对青春难驻的惆怅感叹。总之，五代词中的脂粉气已被基本洗净。宋初词人中只有柳永体现着不同的风调。柳永用慢词抒写男女情爱，以及都市风情和羁旅愁怀。柳词善于铺叙，也善于渲染情景，风格绮丽清畅，极受市民和歌妓的欢迎，代表着宋初词坛上偏于通俗的倾向。稍后，秦观、李清照等人在艺术上取得长足的进步，他们兼擅小令与长调，语言清新，音律谐婉，情致缠绵而不流于秾腻，表意显畅而不至于浅露，婉约词风的优点得到最充分的体现。在婉约词派方兴未艾的同时，豪放词风也开始萌生。北宋前期已经偶然出现风格豪放的词作，它们都是对特殊生活情景触发的豪情壮志的自然抒发。然而范仲淹、潘阆等人的豪放词都是妙手偶得,自觉地对词风进行革新的历史任务,要待苏轼登上词坛才得以完成。苏轼也常为歌儿舞女写词,他的词作中并不缺少婉约词名篇,但他最大的贡献是开创了刚健豪迈的全新词风,并以全新的题材走向为词体指出向上一路。苏轼作词以"无意不可入、无事不可言"(刘熙载《艺概》)为特征,在题材和风格上几乎达到了与诗文同样广阔的程度。苏轼对于宋代豪放词派的产生有着难以估量的巨大贡献,但是也应指出,豪放词派的形成并非苏轼一人之功。因为到了北宋后期,由乐工伶人之词转向士大夫之词已是词坛上的新趋势,苏轼正是顺应时势的引领风气者。然而社会背景的巨变才是词坛演变的最大推力,靖康之变促成了词坛风气的根本改变,婉约词赖以生存的歌坛舞榭突然消失了。面对着兵荒马乱、生民涂炭的社会现实,只有慷慨激昂的悲壮歌声才能抒发强烈的爱国热情和深沉的黍离之悲,豪放词派由此形成。宋室南渡之初,张元幹、张孝祥等人用充满激情的词作抒发报国情怀,比二张稍后的辛弃疾更是挟带着战场烽火和北国风霜驰入词坛,在词作中抒写恢复中原、统一祖国的雄心壮志。辛派词人陆游、刘过、陈亮、刘克庄等人声同气应,他们的词作中洋溢着豪迈慷慨的爱国之音。直到宋末,文天祥、刘辰翁等人仍以沉郁苍凉的词作诉说着亡国的悲愤,为宋代豪放词派画上光辉的句号,也为宋词画上光辉的句号。宋词中还有另一条不容忽视的发展脉络。从北宋后期起，婉约词派内部有了新变的迹象。在周邦彦、姜夔等人的词中，语言风格变得典雅精丽，缜密浑厚。音律方面更加讲求严整谐畅，词律变得更加精细、周密。由于他们特别重视格律，故此派词人被称作格律词派。格律词派既是婉约词派内部的新变，也对豪放词风有所吸收。婉约、豪放与格律三大词派鼎足而立，象征着宋词艺术的高度繁荣。

宋代文化是中华传统文化登峰造极的重要阶段，宋型文化精神深刻地影响着中华民族的文化性格。宋代诗歌最深刻、最生动地体现着宋代文化的精神内蕴，从而成为我们继承传统文化精神的重要渠道，理应走进当代国人的阅读视野。我们阅读宋代的诗词，至少可以获得以下几个方面的裨益。首先是人格建树的内外双修。古代士人的生活态度大致上可分成仕、隐二途，仕是为了兼济天下，隐是为了独善其身，两者不可兼容。宋人则不然。宋代士人都有参政的热情，入仕之后也大多能勤于政务，勇于言事。然而他们在积极参政的同时，仍能保持比较宁静的心态，即使功业彪炳者也不例外。因为宋人把自我人格修养的完善看作是人生的最高目标，一切事功皆是人格修养的外部表现。所以宋代的士大夫虽然比唐人承担了更多更重的社会责任，但仍然可向内心寻求个体生命的意义。宋代诗人的个体意识不像唐人那样张扬、发舒，他们的人生态度倾向于理智、平和、稳健和淡泊。正像范仲淹所说，"不以物喜，不以己悲"

(《岳阳楼记》)。宋代诗歌的情感强度或不如唐代,但思想的深度则有所超越。其次是审美情趣的雅俗共存。宋代士人的审美情趣发生了很大的转变。宋代的士人大多儒禅兼修,他们既像禅宗那样以内心的顿悟和超越为宗旨,又弘扬了儒家重视日用人伦以及内心道德的传统,从而取和光同尘、与俗俯仰的生活态度。在他们看来,生活中的雅俗之辨应该注重大节而不是小节,应该体现在内心而不是外表。他们还认为审美活动中的雅俗之辨,关键在于主体是否具有高雅的品质和情趣,而不在于审美客体是高雅还是凡俗。审美情趣的转变,促成了宋代诗歌从严于雅俗之辨转向以俗为雅。这在宋诗、宋词中都有充分的体现,在诗词的互相影响中也体现得相当明显。第三是忧患意识与爱国精神。宋代虽不像后人所说的那样"积贫积弱",但强敌环伺、国势不振的局势始终存在,宋代士人对此忧心忡忡,所以他们很少用诗歌来歌功颂德,而多有忧念国计民生之作。深沉的忧患意识又造成宋代诗歌中爱国主题的高扬。爱国主题是我国源远流长的文学传统,每逢国家危急存亡之秋,这类主题便会放射出异彩,从屈原到杜甫的文学史实就昭示着这种规律。宋代的民族矛盾空前激烈,三百年间外患不断。汉、唐都亡于国内的农民起义和军阀混战,而北宋和南宋却亡于外族入侵。这样,宋代诗人就势必对爱国主题给予格外的重视。北宋无力制止辽和西夏的侵扰,以供给巨额财物来求得妥协。这种屈辱的处境成为诗人心头的重负,成为宋诗中经常出现的题材，即使在婉约风格尚占统治地位的词坛上，也出现了苏轼、贺铸等人在词中要求抗敌的呼声。从北宋末年开始，更强大的金、元相继崛起，铁马胡笳不但骚扰边境，而且长驱南下，直至倾覆宋室江山。在长达一个半世纪的抗金、抗元斗争中，爱国主题成为整个诗坛的主导倾向。即使是以婉约为主要词风的姜夔、吴文英，也在词中诉说了对中原沦亡的哀愁。即使是崇尚隐逸的"四灵"和行谒谋生的江湖诗人，也写过不少忧国的篇章。最能体现时代精神的则是陆游、辛弃疾等英雄志士的激昂呼声。他们的作品把爱国主题弘扬到前所未有的高度，从而为宋代诗词注入了英雄主义和阳刚之气，并且维护了中华民族的自信和尊严。从那以后，每当中华民族处于生死存亡的关头，人们总是会从岳飞的《满江红》、文天祥的《正气歌》等宋代诗词中汲取精神力量。

　　本书的编选在客观上面临着两大困难，一是宋代诗歌数量巨大，现存宋诗多达二十五万首，宋词也多达两万三千首。要从如此巨量的作品中选录二百首代表作，不啻沧海采珠，挂一漏万的缺点肯定难免。二是历代出现的宋代诗歌选本或为宋诗选，或为宋词选，少有诗、词兼选者，本书的编选缺乏必要的参照。在编选时，本书主要依《全宋诗》《全宋词》遴选，个别诗词文本，参酌作者别集、诗话笔记等，作了校改。在编选时，限于编者本人学养不够、见识有限，在决定选目、编写注解时多有汲深绠短之感。本人的努力目标是选录宋代诗歌中最为家喻户晓的代表作，兼顾它们的思想意义和艺术价值，向读者贡献最有阅读价值的宋代诗歌精品。至于全书的框架，本人希望既能体现宋诗、宋词各自的特色，也能体现宋代诗歌的整体风貌。衷心希望读者朋友喜爱本书，并对书中的缺点、错误不吝指教。

王禹偁

王禹偁(954—1001),字元之,济州钜野(今山东巨野)人。家世贫寒,其父以磨麦为生。宋太宗太平兴国八年(983)进士,曾多次知制诰。直言敢谏,数遭贬谪,先后被贬至商州、滁州、黄州等地,移知蕲州,病卒。人称王黄州。著有《小畜集》《小畜外集》。生平见《宋史》卷293本传。

村 行 [1]

马穿山径菊初黄,信马悠悠野兴长 [2]。万壑有声含晚籁 [3],数峰无语立斜阳。棠梨叶落胭脂色 [4],荞麦花开白雪香。何事吟余忽惆怅,村桥原树似吾乡。

注释

〔1〕本诗选自《全宋诗》卷六五,作于宋太宗淳化三年(992)秋,时王禹偁在商州(今陕西商洛商州区)。

〔2〕信马：任马行走。野兴：到郊野游览的兴致。

〔3〕籁：原指孔穴中发出的声音，泛指各种声响。

〔4〕棠梨：一种落叶乔木，叶长圆形，俗称"野梨"。

鉴赏

　　王禹偁被贬商州，是因论妖尼道安诬陷大臣徐铉事而获谴于朝廷，无辜被黜，心中自有牢骚。王禹偁所任"团练副使"，是个无职无权的闲差，故常往郊野游览山水，自嘲曰："平生诗句是山水，谪宦方知是胜游。"（《听泉》）此诗即此类作品的代表作。诗人世代农家，熟悉农村生活，热爱农村风光，故而游兴浓厚。全诗写景生动，颔联尤称名句。钱锺书先生云："山峰本来是不能语而'无语'的，王禹偁说它们'无语'，或如龚自珍《己亥杂诗》说'送我摇鞭竟东去，此山不语看中原'，并不违反事实；但是同时也仿佛表示它们原先能语、有语、欲语而此刻忽然'无语'。"（《宋诗选注》）程千帆先生则云："壑本无声，风过则闻之有声，这是真；峰不能语，静立却反似能语而不语，这是幻。闻之真与见之幻交织，从明丽宁静中显示出凄清，同时也显示出诗人的孤独。"（《读宋诗随笔》）此外，此联写景不像唐诗那样描绘声色，而以深刻的思理取胜，它与全诗比较朴素的字句互相映衬，较早体现出宋诗的艺术特征。王禹偁家乡在济州钜野（今山东巨野），与商州东西遥隔，但二地均为山区，"村桥原树"之类普通的山村风景甚为相似，故诗人于吟咏之余，忽生乡思，从而惆怅不已，这与开头的游兴甚浓抑扬相对，形成情感上的一重波澜，而诗人在政治上的失落感也就尽在不言之中。

林 逋

林逋（967—1028），字君复，钱塘（今浙江杭州）人。早岁浪迹江淮间，后隐居于杭州孤山。不娶不仕，种梅养鹤，号称"梅妻鹤子"。卒谥和靖先生。著有《林和靖诗集》，存诗近300首。生平见《宋史》卷457本传。

自作寿堂因书一绝以志之[1]

湖上青山对结庐，坟头秋色亦萧疏。茂陵他日求遗稿[2]，犹喜曾无封禅书。

注 释

[1] 本诗选自《全宋诗》卷一〇八，作于宋仁宗天圣六年（1028），乃林逋之绝笔诗。寿堂：生前所造的墓室，亦称"寿坟"。

[2] "茂陵"二句：汉司马相如卒后，汉武帝使人往其家，得遗书一卷，言封禅，颂帝德。茂陵，汉代县名，武帝时为筑陵墓而设，在今陕西兴平，相如家于此。茂陵又指汉武帝之陵墓，代指武帝。

鉴赏

　　林逋是北宋隐士,居于杭州西湖孤山,不仕不娶,惟好植梅养鹤。林逋居处离杭州城仅一箭之遥,然二十年未尝入城。林逋在生活上并不矜持虚矫,曾两次接受朝廷所赐粟帛,郡守长官来家拜访亦不峻拒,但数蒙保荐却坚不出仕。此诗乃其绝笔,颇见其志。前二句说生前与湖上青山相对,死后景色萧疏。后二句自喜平生所作诗文,皆与功名政治无关,不像汉人司马相如那样热衷功名,谄媚君主,临终时还将一卷"封禅书"托给其妻,以待朝廷之访求。

　　宋以前的隐士,往往隐于远离红尘的深山,且常将隐居当成求名入仕的终南捷径。林逋的行为迥然独异。林逋的主要生活年代是宋真宗朝,真宗曾封禅泰山,又使人伪造天书。此诗不但是对朝廷污浊风气的批判,也是对自身清高人格的赞美。林逋生前,范仲淹曾数度往访,盛赞其道德文章。林逋卒后,苏轼赞曰:"先生可是绝俗人,神清骨冷无由俗。"(《书林逋诗后》)范、苏等名臣在朝中风节凛然,林逋在江湖不辱其志,他们从不同的维度为北宋士大夫的人格塑造做出贡献。此诗是隐逸精神的一曲赞歌,风格亦清丽可诵,是真隐士的"诗言志"之作。

杨 亿

杨亿（974—1020），字大年，建州浦城（今福建浦城）人。少以神童称，宋太宗淳化三年（992）赐进士出身。真宗时任翰林学士，知制诰。卒谥文。著有《武夷新集》。生平见《宋史》卷305本传。

南 朝 [1]

五鼓端门漏滴稀[2]，夜签声断翠华飞[3]。繁星晓埭闻鸡度[4]，细雨春场射雉归。步试金莲波溅袜[5]，歌翻玉树涕沾衣[6]。龙盘王气终三百[7]，犹得澄澜对敞扉[8]。

注释

[1] 本诗选自《全宋诗》卷一二〇，作于宋真宗景德二年（1005）至大中祥符元年（1008）之间，当时杨亿奉诏修撰《历代君臣事迹》，期间与刘筠、钱惟演等唱酬甚多，成《西昆酬唱集》。

[2] 五鼓：五更。端门：汉代宫殿之正门。

〔3〕签：此指更签，即更筹，古代夜间报更用的计时竹签。翠华：装饰着翠羽的车盖，指帝王的车驾。

〔4〕埭：指"湖北埭"，在建康（今江苏南京）城北，齐武帝晨游钟山射雉，至此始闻鸡鸣，又名"鸡鸣埭"。

〔5〕"步试金莲"句：齐东昏侯凿金为莲花以帖地，令潘妃行其上，曰"此步步生莲花"。波溅袜，用曹植《洛神赋》"凌波微步，罗袜生尘"句意。

〔6〕玉树：陈后主所作舞曲，名《玉树后庭花》。

〔7〕"龙盘"句：《吴录》载诸葛亮言："钟山龙盘、石头虎踞。"庾信《哀江南赋》："将非江表王气，终于三百年乎。"

〔8〕澄澜：指江水。敞扉：敞开之宫门，暗指宫殿荒芜，宫门不闭。

鉴赏

此诗是杨亿在馆阁中编书时与诸文士相与唱酬之作，是西昆派诗风的代表作之一。"南朝"指偏安于江左的宋、齐、梁、陈四朝，它们国祚不永，兴替仓促，自从李商隐以来，诗人作怀古诗时常将它们视作一体。元人方回评此诗"杂赋南朝"（《瀛奎律髓汇评》卷三），甚确。清人冯班批评此诗"颇伤琐杂，未足拟玉溪《咏史》也"（同上），其实李商隐的《南朝》诗也是杂糅宋、齐、梁、陈诸朝史事而咏之，杨诗与李诗正是一脉相承。此诗虽然摹拟李商隐诗，但含有讥刺当时朝政之现实意义。宋真宗一朝，崇尚浮华，粉饰太平，

杨亿于此时对南朝诸荒政辛辣讥刺，绝非无的放矢。《西昆酬唱集》结集不久，御史言杨亿等"述前代掖庭事，事涉浮靡"，真宗随即下诏斥杨亿等"属词浮靡"，可见此诗的讽刺击中要害。

就艺术而言，此诗用事精稳深密，文字典雅华美，均得李商隐之真传。诗中将一系列的南朝典故组织成文，结构巧妙，章法井然。文字虽然华美，但颇能以清新之气进行调节，如颔联清丽可诵，绝无宫庭诗浓艳繁缛之积弊；尾联以江水澄澜千古长流，以反衬宫殿荒芜之人事变迁，感慨深沉，且极有张力。相对于五代诗风的单薄浅陋，此诗雍容大气，代表着宋诗在艺术上的新气象。

柳 永

柳永（987?—1053?），初名三变，字景庄，后改名永，字耆卿，崇安（今福建武夷山）人。宋仁宗景祐元年（1034）进士，曾任睦州团练推官、余杭县令、晓峰盐场监、屯田员外郎等职。世称"柳屯田"。著有《乐章集》。

八声甘州[1]

对潇潇暮雨洒江天，一番洗清秋。渐霜风凄紧，关河冷落，残照当楼。是处红衰翠减[2]，苒苒物华休[3]。惟有长江水，无语东流。　　不忍登高临远，望故乡渺邈[4]，归思难收。叹年来踪迹，何事苦淹留。想佳人、妆楼颙望[5]，误几回、天际识归舟[6]。争知我[7]、倚栏干处，正恁凝愁。

注 释

〔1〕本词选自《全宋词》第一册，第43页。作年不详。此调首见于柳词，或为柳永首创。

〔2〕是处红衰翠减：到处花叶凋零。

〔3〕苒苒：渐渐。物华：指景物。

〔4〕渺邈：遥远。

〔5〕颙（yóng）望：抬头仰望。

〔6〕天际识归舟：谢朓《之宣城郡出新林浦向板桥》："天际识归舟，云中辨江树。"

〔7〕争知：怎知。

鉴赏

柳永词中有多首抒写离愁别恨的名作，但思念的对象各有不同。从词意看，此词的思念对象应是留在家乡的妻子。上片写景，通过秋雨过后的萧瑟景象来表现内心的羁旅愁思。下片抒情，以登高临远的实情与想象中佳人妆楼凝望的虚景进行对照，来反衬自己想念家乡与恋人的心情。《诗·魏风·陟岵》云："陟彼岵兮，瞻望父兮。父曰：'嗟，予子行役。'"杜甫《月夜》云："今夜鄜州月，闺中只独看。"这种怀人而从对方写起的方法历来深受赞赏。柳永此词则更进一步，先说自己对对方的怀想，又写对方对自己的思念，思绪在两地之间回还往复，情思更加缠绵悱恻。

此词中用以领起全句的衬字极有特色，上片中先用"对"字领起开头两句，暗示自己凭栏面对着萧瑟秋景。接着又用"渐"字承上启下，引出满眼秋色。下片以"望"字兴起思乡之念，以"叹"字转入目前处境，最后以"想"字生发佳人妆楼盼望归舟的情景。这些领字都是仄声字，都是一字顿，它们使得词意起伏跌宕，也使得全词声调苍凉激越。

词中的其他修辞手段也值得注意，比如"潇潇""苒苒"等叠字，"清秋""冷落"等双声字，"长江""阑干"等叠韵字，以及"渺邈"这个双声叠韵词，它们使得全词声情摇曳，富有声情之美。

此外，此词文字工致，意境优美，"渐霜风凄紧"三句气势阔大，语言凝练，深得苏轼称赏，认为它们"不减唐人高处"（赵德麟《侯鲭录》卷七）"天际识归舟"本是谢朓的名句，柳永在前面加上"误几回"三字，委婉生动，曲尽人情。柳词常以青楼女子为相思对象，有时失于轻浅，此词抒写夫妻之情，深沉真挚，洵称名篇。

雨 霖 铃[1]

寒蝉凄切，对长亭晚，骤雨初歇。都门帐饮无绪[2]，留恋处[3]，兰舟催发[4]。执手相看泪眼，竟无语凝噎。念去去千里烟波，暮霭沉沉楚天阔[5]。　　多情自古伤离别。更那堪，冷落清秋节。今宵酒醒何处？杨柳岸，晓风

残月。此去经年[6]，应是良辰好景虚设。便纵有千种风情，更与何人说。

注 释

〔1〕本词选自《全宋词》第一册，第21页。作年不详。或谓作于词人十七岁时，且"写与妻子别情"，无据。

〔2〕都门：京都之城门。帐饮：在室外设帐幕宴饮饯别。

〔3〕留恋处：一本作"方留恋处"。据《全宋词》所载此调，此句以四字为较常见。

〔4〕兰舟：即木兰舟，船的美称。

〔5〕楚天：泛指南方的天空。长江中下游一带古为楚地。

〔6〕经年：年复一年。

鉴 赏

此词作年不详。从词意看，应作于词人离开汴京南下时，与词人"执手相看泪眼"的送行者是其妻子或情人。上片描写临别时的情景，起首三句写离别时周围的景物，不仅点明时间、地点，而且为后面的"无绪"心情作了铺垫。苍茫秋色，凄切鸣蝉，饯别的恋人欲饮无绪，欲留不能。兰舟催发，离别到了最后的时刻，恋人却反而"无语凝噎"。此时的无语不是真的无语，只是黯然神伤而说不出话。虽然无语，但是心潮起伏，思绪万千，故下句以"念"字领起，设想种种别后情景，让"凝噎"未出的话语得到尽情的倾泻。"千里烟波，暮霭沉沉楚天阔"，情调凄恻而境界阔大，虽是写景，实亦抒情，景无边而情无限，衬托出离别之后茫然不知所归的心绪。下片换头以抒情起，仍然承接着上片"念"字之意，叹息自古到今离情之可哀，设想自己在清秋时节的寂寞冷落。"今宵"二句是更深一层的设想，却又是以景寓情，融情入景，写出了一个冷落凄清的动人意境。

总之，全词层层铺叙，处处点染，极尽形容，生动地展现出词人离别时的心理和情感，成为宋词中刻画离愁别恨的名篇。宋人谈论柳永与苏轼的词风差异时，即举此词为例（见俞文豹《吹剑录·续录》），可见它是柳永词风的一个标志。

望 海 潮 [1]

东南形胜，三吴都会[2]，钱塘自古繁华。烟柳画桥，风帘翠幕，参差十万人家[3]。云树绕堤沙。怒涛卷霜雪，天堑无涯[4]。市列珠玑，户盈罗绮，竞豪奢。　　重湖叠巘清嘉[5]。有三秋桂子，十里荷花。羌管弄晴，菱歌泛夜，

嬉嬉钓叟莲娃。千骑拥高牙[6]。乘醉听箫鼓，吟赏烟霞。异日图将好景，归去凤池夸[7]。

注释

〔1〕本词选自《全宋词》第一册，第39页。作于宋仁宗至和元年（1054），时柳永在杭州。

〔2〕三吴：指吴兴、吴郡、会稽。钱塘（今杭州）旧属吴郡，故称"三吴都会"。

〔3〕参差：高低不齐，此指人家之居室而言。

〔4〕天堑：此指钱塘江。

〔5〕重湖：杭州西湖分里湖与外湖，故称。叠巘：重叠的山峰。清嘉：清秀美好。

〔6〕高牙：军前的大旗。"牙"指牙旗。

〔7〕凤池：即凤凰池，中书省的美称，此处指代朝廷。

鉴赏

据吴熊和先生考证，此词乃赠予孙沔者。孙沔时以资政殿学士知杭州，故词中称其"千骑拥高牙"云云。全词虽有献词地方长官以求赏识之意，但其主要内容则是对杭州风貌的客观描写，堪称北宋杭州的一幅风俗画。

此词的写法有两大特点,一是以铺叙见长,先后从地理位置之优越、山川风景之壮丽、经济民生之繁荣、市民游乐之盛况、高官吟赏之从容等各个方面对杭州进行描绘,从而多角度地展现了这个繁华都会的全貌。这种写法常见于汉赋等文体,柳永移用于词体,这是他对长调艺术的特出贡献。二是前代的写景诗词主要着眼于山川风景,表达的是士大夫的高雅眼光。此词则兼及风土人情,甚至将主要篇幅用于后者,这是柳词偏重市民情趣的典型体现。比如上片先写杭州的地理特征,但是"钱塘自古繁华"一句却点明词人的主要兴趣在于杭州繁荣发达的社会风貌。"烟柳画桥"三句表面上是写景,但仔细分析,则"画桥"和"风帘翠幕"纯属建筑、装饰等人工之美,它们正是"参差十万人家"的人文景观。"云树"以下三句描绘钱塘江涛之壮丽,自属自然之美,但"市列珠玑"三句又将目光转回市民生活的场景。"珠玑""罗绮"云云,在晏、欧等同代词人笔下皆是避之唯恐不及的俗物,但柳永却津津有味罗列之,甚至对"竞豪奢"的民风颇为赞赏。下片专咏西湖,但重点却是游湖之人而非湖景自身。所以前人常用来表达隐逸情趣的钓翁,在柳永笔下却与"莲娃"一样成为市民游乐活动的象征。正因如此,此词中富丽的景象与欢乐的气氛融于一体,组成一种祥和美丽的境界,引人入胜。相传此词引起金主亮的南侵之念,虽查无实据,却事出有因。

范仲淹

范仲淹（989—1052），字希文，苏州吴县（今属江苏）人。宋真宗大中祥符八年（1015）进士，曾知睦州、苏州等州军，并任陕西经略安抚副使、参知政事等职。卒谥文正。著有《范文正公文集》《范文正公诗余》。生平见《宋史》卷314本传。

渔 家 傲 [1]

秋思

塞下秋来风景异，衡阳雁去无留意[2]。四面边声连角起[3]。千嶂里[4]，长烟落日孤城闭。　　浊酒一杯家万里，燕然未勒归无计[5]。羌管悠悠霜满地。人不寐，将军白发征夫泪。

注 释

〔1〕本词选自《全宋词》第一册，第11页。作于宋仁宗庆历元年（1041）

或二年（1042），时范仲淹在庆州（今甘肃庆阳）。

〔2〕衡阳雁去：衡阳有回雁峰，相传秋雁南飞，至此而止。

〔3〕边声：边地的各种声响。李陵《答苏武书》："边声四起。"

〔4〕嶂：耸立如屏障的山峰，此指黄土高原上的峁（mǎo）。

〔5〕燕然未勒：燕然，山名，今名杭爱山，在蒙古国境内。东汉大将窦宪追击匈奴至此山，刻石纪功而还。勒，刻。

鉴赏

　　范仲淹是北宋名臣，素以天下以己任。当时西夏元昊称帝，时常侵扰宋境，成为北宋的心腹大患。宋仁宗康定元年（1040），因韩琦之荐，朝廷召范仲淹出任陕西经略安抚副使兼知延州（今陕西延安），奔赴西北边防。次年，范仲淹徙知庆州，至庆历三年（1043）元昊约和、边事稍宁后方还朝。范仲淹守边有策，威震敌国，西夏兵不敢轻犯，相戒曰："小范老子腹中自有数万兵甲。"边民则为之谣曰："军中有一范，西贼闻之惊破胆。"然而当时北宋军力较弱，范仲淹亦无完胜强敌之良策，只能加强城防，尽责守边而已。

　　在一个秋日，范仲淹看到鸿雁南飞，听到边声四起，不由得心怀悲凉。长烟落日，坐落在千万座山嶂间的山城显得格外孤独。想起万里之外的家乡，只能饮酒浇愁。要想像东汉窦宪那样大破匈奴、勒功燕然，只是理想而已。然而身负守边重任，又怎能一心思归？

史载庆历三年朝廷召范仲淹与韩琦还朝,二人多次上章表示"愿尽力塞下,不敢以他人为代",朝廷不许,二人始还朝。可见"归无计"者,非不能也,乃不愿也。此时范仲淹年过半百,这位爱护部伍的老将军深知长年守边的士卒思家心切,他本人也早已愁白了头发,于是在羌管悠悠的严寒之夜难以成眠。

此词写景雄浑苍茫,抒情悲壮苍凉,且将英雄气概与儿女情怀熔于一炉,是宋词中别开生面的杰作。相传欧阳修戏称此词为"穷塞主之词"(见魏泰《东轩笔录》卷十一)。其实此词真切生动地写出一位边防将领的复杂情感,堪称"守边大将之词"。

张 先

张先（990—1078），字子野，乌程（今浙江湖州）人。宋仁宗天圣八年（1030）进士。曾任嘉禾通判、永兴军通判、都官郎中等职。著有《张子野词》。生平见夏承焘《张子野年谱》。

天 仙 子 [1]

时为嘉禾小倅，以病眠，不赴府会[2]。

水调数声持酒听[3]，午醉醒来愁未醒。送春春去几时回？临晚镜，伤流景[4]，往事后期空记省。　沙上并禽池上暝[5]，云破月来花弄影。重重帘幕密遮灯，风不定，人初静，明日落红应满径。

注 释

〔1〕本词选自《全宋词》第一册，第70页。作年不详。张先于庆历元年至四年（1041—1044）任秀州通判，此词当作于其间。

〔2〕嘉禾：即秀州（今浙江嘉兴）。倅（cuì）：佐贰副官，此指通判。

〔3〕水调：曲名。

〔4〕流景：流逝的时光。"景"指日光。

〔5〕并禽：双栖的禽鸟。

鉴赏

  此词所咏的是时光迁逝引起的闲愁。这种情愫没有很明确的边界，也缺乏很深沉的内涵，但它忧来无端，难以消解，所以在古典诗词中屡见不鲜，若要写得生动，全靠出奇制胜的艺术构思。此词就是如此。张先此年五十二岁，虽然他后来得享高寿，但相对于当时的平均寿命来说，他已经进入老境了。于是，盛年不再、往事如梦便引起无穷的惆怅和愁闷。即使听曲娱情，借酒浇愁，也难以遣散心头的缕缕愁绪。此词的妙处在于，词人并未明言所愁何事。春去不回，是否叹惜青春不再？"沙上并禽"，是否暗示对往日爱情的追忆？一切皆是若有若无，发人深省。

  如果说上片中的叙事还稍有端倪可寻，那么下片纯属写景，而种种愁闷皆融于景中，堪称情景交融之典范，其中尤以"云破月来花弄影"一句最为著名。宋人称张先为"张三影"，即激赏此句中"影"字之工。王国维则评曰："'云破月来花弄影'，着一'弄'字而境界全出矣。"（《人间词话》）沈祖棻又评曰："其好处在于'破'、'弄'

两字,下得极其生动细致。"(《宋词赏析》)一个七言句中竟有两字深得读者赞赏,可见其遣字造句之精工细巧。然而此句另有一大妙处:夜深人静,是谁在园中徘徊不去,竟然等到云破月来?又是谁与花卉深情相对,遂得见到花枝弄影?当然是词人自己。融情入景而无迹可睹,真乃高手。枝上繁花即将变成明日的满径落红,词人的伤春惜时之意尽在不言中,一唱三叹,回味无穷。

木 兰 花 [1]

乙卯吴兴寒食

龙头舴艋吴儿竞 [2],笋柱秋千游女并 [3]。芳洲拾翠暮忘归 [4],秀野踏青来不定 [5]。　　行云去后遥山暝,已放笙歌池院静 [6]。中庭月色正清明,无数杨花过无影。

注 释

〔1〕本词选自《全宋词》第一册,第 75 页。作于宋神宗熙宁八年(1075),时张先在吴兴。

〔2〕龙头：船头翘起且作龙形。舴艋（zé měng）：小舟。按此句描写赛龙舟。

〔3〕笋柱：竹架。

〔4〕拾翠：拾取翠羽，指妇女游春。杜甫《秋兴》："佳人拾翠春相问。"

〔5〕来不定：指归家时间没有定准，意即游兴甚浓，不想早归。

〔6〕放：即"放队"，宋代教坊内的行话，指演出结束。

鉴赏

此词描写江南水乡的寒食节，它的写法很独特：上片专写游人，用浓墨重彩渲染热闹欢快的节日气氛：吴人善于操舟，值此佳节，小伙子驾着轻便的龙舟进行比赛。姑娘们则停下女红，走出闺房来荡秋千。一个"竞"字，活画出驾舟少年争先恐后、奋力划舟的壮健。一个"并"字，形容秋千索上一对少女双飞双落的优美。"竞""并"二字本来相当抽象，但由于赛龙舟、荡秋千皆是人们常见之活动，故仅缀二字于句尾，便栩栩如生，颇有画龙点睛之妙。三四句写人们游兴甚浓，至暮不归。下片专写自身，用清新雅淡之笔描写清风明月的夜景：游人散去，笙歌消歇，池院重归寂静。月光中有无数杨花随风飞舞，但地下却不见其影。词人身为年过八十的老翁，虽然很欣赏白日里游人如织的节庆风光，但内心更加欣赏夜深人静的清幽境界。既能与人同乐，亦能孤芳自赏，这种襟怀正是宋代士大夫所推崇的人生态度。

此词遣字构句之妙亦值得关注。《后山诗话》云："尚书郎张先，善著词，有'云破月来花弄影'、'帘幕卷花影'、'堕轻絮无影'，世称颂云'张三影'。"其实此词的尾句更为工细精妙，清人朱彝尊《静志居诗话》云："张子野吴兴寒食词：'中庭月色正清明，无数杨花过无影。'余尝叹其工绝，在世所传'三影'之上。"确实，杨花轻细如絮，飘忽无定，只有心静如水者才能看到它在月光中飞舞。至于"无影"，则更是心细如发的观察结果。如此澄澈幽静之美景，衬托出词人悠闲自得的心境，引人入胜。

晏 殊

晏殊（991—1055），字同叔，抚州临川（今属江西）人。宋真宗景德元年（1004）以神童应试，赐同进士出身。曾任秘书省正字、集贤校理、著作佐郎、翰林学士、御史中丞、参知政事等职。著有《珠玉词》。生平见《宋史》卷311本传。

浣 溪 沙 [1]

一曲新词酒一杯。去年天气旧亭台。夕阳西下几时回？　无可奈何花落去，似曾相识燕归来。小园香径独徘徊 [2]。

注　释

〔1〕本词选自《全宋词》第一册，第89页。作年不详。此词误入李璟、晏几道词集，皆非。

〔2〕香径：指花园里的小路。

鉴赏

晏殊入仕较早，地位显要，人称"太平宰相"。由于他一生富贵，其文学创作缺少广阔的社会内容，也缺少深沉的人生体验。晏殊的文学成就以词最为突出，虽然主题多为闲愁逸致，但感情细腻，文笔清丽，仍有不少清新可诵之作，此词即为其中名篇。

全词仅六句，叙事的手法极其简洁，场景却相当生动，词人的心态也表达得相当清晰。上阕写在小园内宴饮听歌的情形：据叶梦得《避暑录话》卷上记载，晏殊性喜宴客，席间常有歌女清唱侑觞，他也亲自撰写诗词，自称"呈艺"。晏殊鄙视柳永那种俚俗的词风，故歌女所唱多半是他自己新撰之词。诗酒风流，其乐融融。然而词人忽然想起去年此时，同样的天气，同样的楼台，顿生惆怅之感。于是他喃喃问道：夕阳西去，几时再得回来？下阕首二句向称名句，对仗工巧，文字清丽，意蕴也很深永。暮春时节，落红成阵，难免使人伤感。然而花盛而衰，这是自然规律，无论人们如何惋惜，也于事无补。"无可奈何"四字，精确地表达了词人既感惆怅又力图自我安慰的心情。词人又注意到梁间飞舞的燕子，它们似乎就是去秋离开的那一对，如今重返旧巢。"似曾相识燕归来"一句既表达了词人初睹归燕的亲切感，也意味着消逝的美好事物并未归于空无。

时光流逝、韶华难留是人生的一大缺憾，即使生活美满者也难以避免，此词真切地表达了这种感受，又出以清丽的字句和委婉的风调，遂成名篇。

鹊 踏 枝 [1]

槛菊愁烟兰泣露。罗幕轻寒[2]，燕子双飞去。明月不谙离恨苦，斜光到晓穿朱户。　　昨夜西风凋碧树。独上高楼，望尽天涯路。欲寄彩笺兼尺素[3]，山长水阔知何处。

注　释

〔1〕本词选自《全宋词》第一册，第 67 页。作年不详。鹊踏枝：又名"蝶恋花"。

〔2〕罗幕：丝罗制成的帷幕，此指室内。

〔3〕彩笺：彩色的笺纸。尺素：指用来写信的素绢，通常长一尺。"彩笺"与"尺素"都指书信。

鉴　赏

此词如加小标题，或可题作"闺思"或"闺怨"，这是晚唐五代词的常见主题,但晏殊的写法与众不同。首先,它洗净了一般闺怨词中常见的脂粉香泽,而代之以清新高远的自然境界。词中没有"罗衾""银灯""鸾镜""金奁"等闺房物件,却有众多的自然景物:菊、兰、燕子、明月、西风、碧树,乃至"天涯路"和"山长水阔"。"罗幕"与"朱户"似属例外,但前者后缀"轻寒",后者前有"斜光",深秋的寒意和月光的清冷仍将主人公置于清幽孤独的自然环境。于是词中的男女相思竟如友情一般的清纯、幽眇,这种清新的格调是对晚唐五代词的轻靡之风的拨正和超越。其次,此词在艺术上精雕细琢却出以清新淡远的风格,对具体技巧的运用达到大匠运斤、不睹其痕的程度。比如烘云托月之法,"燕子双飞去"既是实写时届深秋,也是衬托人之孤单;"斜光到晓穿朱户"貌似责备明月之不谙人情,实乃抒写思妇之彻夜无眠。又如重叠排比之法,"槛菊愁烟兰泣露"一句,将烟笼菊丛与露浥兰枝两个景象并列,且用双重的拟人法,遂加深了哀愁之意。"彩笺兼尺素",注家或以为分指诗笺与书信,其实只是指屡屡寄书,却路远难达。于是全词仿佛皆属白描,其实却包含着细针密线。

当然,此词最值得关注的是情意深挚,王国维《人间词话》云:"古今之成大事业、大学问者,罔不经过三种之境界。'昨夜西风凋碧树,独上高楼,望尽天涯路',此第一境界也。"虽属借题发挥,但颇得此词之妙处。

曾公亮

曾公亮(998—1078),字明仲,泉州晋江(今福建晋江)人。宋仁宗天圣二年(1024)进士,后为相,历仁宗、英宗、神宗三朝。生平见《宋史》卷312本传。

宿甘露僧舍 [1]

枕中云气千峰近,床底松声万壑哀[2]。要看银山拍天浪,开窗放入大江来。

注释

〔1〕本诗选自《全宋诗》卷二二五,作年不详。甘露,寺名,在润州(今江苏镇江)之北固山上,下瞰长江。

〔2〕壑:山壑。

鉴赏

曾公亮是宋仁宗至神宗朝的三朝重臣,平生不以诗名,此诗为其妙手偶得的佳作。位于江边、山顶的甘露寺，地理位置非常独特。此诗一字未及其地理环境，也不写登高眺远等内容，开头即从夜间就宿写起，紧扣题中的"宿"字，选材独具只眼。首二句写卧在床上的感受：枕边云气缭绕，知其来自千峰。床底松声哀鸣，知其振动于万壑。二句中都有一个推理过程，但并不明言，只是从触觉（云气之湿冷）、听觉（松声之震耳）描述自己的主观感受，读之身临其境。后二句更是别出心裁，程千帆先生评曰："谢朓《郡内高斋闲坐答吕法曹》云：'窗中列远岫。'杜甫《绝句》云：'窗含西岭千秋雪。'写窗中所见之山。此诗云：'开窗放入大江来。'苏轼《南堂》云：'挂起西窗浪接天。'写窗中所见之水。虽动静不同，但都是通过一窗，内外通流，小中见大，使读者由窗中的小空间进入窗外的大空间，瞭望的角度随时不同，眼中所见也就跟着发生变化。这样，景物就无限地增多，读者所能享受的美也就无限地丰富了。至于曾诗独写人要看江，所以开窗，将它放入，与谢、杜、苏只是将窗中之景作为一个偶然入目的客观存在，其意趣又自有深浅。"（《读宋诗随笔》）

梅尧臣

梅尧臣(1002—1060),字圣俞,宣州宣城(今安徽宣城)人。宣城古称宛陵,故称宛陵先生。出身农家,屡试不第。宋仁宗天圣九年(1031)以叔父门荫入仕,历任州县属官。皇祐三年(1051)赐同进士出身,任太常博士等职。著有《宛陵先生集》。生平见《宋史》卷443本传。

汝坟贫女[1]

时再点弓手,老幼俱集。大雨甚寒,道死者百余人。自壤河至昆阳老牛陂,僵尸相继[2]。

汝坟贫家女,行哭音凄怆。自言有老父,孤独无丁壮。郡吏来何暴,县官不敢抗。督遣勿稽留[3],龙钟去携杖。勤勤嘱四邻[4],幸愿相依傍。适闻闾里归,问讯疑犹强[5]。果然寒雨中,僵死壤河上。弱质无以托,横尸无以葬。生女不如男,虽存何所当!拊膺呼苍天[6],生死将奈向[7]?

注释

〔1〕本诗选自《全宋诗》卷二四一,作于宋仁宗康定元年(1040)秋。时梅尧臣在襄城县(今属河南)。汝坟:汝河边。坟:堤、堤岸。

〔2〕"时再点弓手"六句:康定元年九月诏京东、西路新置弓手,年二十系籍,六十免。壤河,疑即"瀼河",流经鲁山(今河南)。昆阳,古县名,在今河南叶县。老牛陂,地名,当在昆阳。

〔3〕稽留:停留,拖延。

〔4〕勤勤:殷勤,反复。

〔5〕"问讯"句:贫女疑心老父还在勉强支持,便向邻居询问。强,勉强。

〔6〕拊膺:捶胸。

〔7〕向:语助词。

鉴赏

当时边防告急,朝廷便向民间征集弓手,由州郡直接派人执行,百姓无可逃遁,身为县令的梅尧臣亦不敢违抗,故此诗从第三句起便直录贫女哭诉之语,诗人则不发一言。"汝坟"本为《诗·周南》中的篇名,内容是一位女子诉说乱世景象,梅诗题作《汝坟贫女》,不为无意。贫女与老父相依为命,家中并无丁壮。老父已经老态龙钟,携杖而行,却仍然被征服役。贫女束手无策,只能频频叮嘱同行的

邻居照顾老父。可是事与愿违，老父还是横尸荒野。贫女自叹身非男儿，不但无法代父服役，连安葬遗体都难如愿。身为弱女子的她，只能捶胸问天而已！

全诗均用贫女口吻絮絮道出，语言质朴，句法平直，对自身的悲惨遭遇也仅是直叙其事，绝无形容、夸张。这种写法表面上不露声色，其批判精神却严于斧钺，与《十五从军征》等汉魏乐府、《垂老别》《无家别》等杜诗一脉相承。此诗深刻地揭露了民不聊生的社会现实，尖锐地批判了统治者不恤民生的残暴行径，是宋诗反映民生疾苦的代表作品。

鲁山山行 [1]

适与野情惬[2]，千山高复低。好峰随处改，幽径独行迷。霜落熊升树，林空鹿饮溪。人家在何许？云外一声鸡。

注释

〔1〕本诗选自《全宋诗》卷二四一，作于宋仁宗康定元年（1040）秋。时梅尧臣从知襄城县离任，前往邓州（今河南邓州市）会葬姻兄谢绛，途经鲁山（今属河南）。

〔2〕野情：爱好山野的情趣。惬：合。

鉴赏

  宋仁宗宝元二年（1039），梅尧臣调知襄城县。襄城地僻人贫，身为知县的诗人亲睹民生艰辛，心情悲痛，梅诗中反映民生疾苦的名篇《汝坟贫女》《田家语》均作于襄城。一年以后，梅尧臣解除此职，总算离开了这个"鞭挞黎庶令人悲"（高适《封丘尉》）的官职。离任后的诗人途经鲁山，看到山间的潇洒秋色，诗兴大发，乃作此诗。"适与野情惬"，表面上是说此行符合自己爱好山野的情趣，实质上又何尝不是离职后如释重负的感觉。全诗写景明净，情调轻快，皆与其心情有关。否则的话，"千山高复低"的地理环境，对于行旅之人岂是赏心悦目之景！

  全诗以平淡质朴的文字描写远离人世的幽静之景，句中颇含思理之妙。颔联概写峰回景改、径幽易迷的山景，语颇抽象，重点在表达诗人的主观感受。颈联展开具体的描写："霜落""林空"指树叶凋零，密林变疏，从而能见到"熊升树"和"鹿饮溪"，而熊与鹿显然是因为人迹罕至方能悠闲自在。句中包蕴着细密的思理，但字句则清丽明净，不像梅尧臣晚年的诗风那样枯涩（此时梅尧臣三十九岁）。尾联用云外传来的一声鸡鸣作结，既反衬了山景之清幽，又使全诗呈含蓄不尽之韵味，颇近唐诗风调。清人冯舒评曰："此

亦未辨其为宋诗,却知是梅。"(见《瀛奎律髓汇评》卷三四)相当妥帖。

小　村 [1]

淮阔州多忽有村 [2],棘篱疏败谩为门 [3]。寒鸡得食自呼伴,老叟无衣犹抱孙。野艇鸟翘唯断缆 [4],枯桑水啮只危根。嗟哉生计一如此,谬入王民版籍论 [5]。

注 释

〔1〕本诗选自《全宋诗》卷二四九,作于宋仁宗庆历八年(1048)秋。时梅尧臣应晏殊辟前往陈州(今河南淮阳)任镇安军节度判官,途经淮河。察其行程,"小村"当在濠州(今安徽凤阳)境内。

〔2〕州:一作"洲",河中沙洲。

〔3〕谩:胡乱。

〔4〕鸟翘:像鸟雀羽毛翘起。

〔5〕版籍:户籍。

鉴赏

　　是年淮河泛滥，洪灾严重。梅尧臣途经淮河，目睹灾后荒村，乃作此诗。淮河两岸本是富饶之地，然而诗人亲临河边，却是一片荒芜。首联写诗人行经小村的过程：淮水宽阔，岸多沙洲，皆为可耕之地，然行经多洲，方见一村。村中稀疏地插着一些棘篱，便是农户的大门。此联字句平淡，然"忽""谩"二字相当传神：行经多个沙洲忽有一村映入眼帘，可见人烟萧瑟。人家之门户搭建得如此草率，可见生计艰难。次联写村中动静：秋日寒冷，怀抱孙儿的老翁竟然赤身露体，其生存状态还不如得食相呼的寒鸡！村里竟不见青壮年的身影，他们是在田里忙碌，还是外出逃亡？诗人没作猜测，只是直书所见。颈联细摹寥落村景，满目荒凉。尾联转入感慨和议论，诚如近人陈衍所评："末句婉而多讽。"（《宋诗精华录》卷一）杜甫《无家别》云："人生无家别，何以为蒸黎？"那是代表战乱时代的苦难百姓提出的严厉责问和强烈控诉。梅诗云"谬入王民版籍论"，则是代表太平时代的苦难百姓提出的严厉责问和强烈控诉。浦起龙总评杜诗"三吏""三别"："'何以为蒸黎'，可作六篇总结。反其言以相质，直可云：'何以为民上？'"（《读杜心解》卷一）的确，"何以为蒸黎"的诘责对象不是别人，正是应该对战乱负责的最高统治者。梅诗直接点出"王民"二字，锋芒所指的对象更加明确。这是宋诗批判精神的杰出表现。

欧阳修

欧阳修（1007—1072），字永叔，号醉翁，又号六一居士，庐陵（今江西吉安）人。四岁丧父，母郑氏亲自教育之，以芦秆划沙作字。宋仁宗天圣八年（1030）进士，曾任枢密副使、参知政事等职。卒谥文忠。著有《欧阳文忠公集》，词有《醉翁琴趣》，又称《六一词》。生平见《宋史》卷319本传。

戏答元珍 [1]

春风疑不到天涯，二月山城未见花。残雪压枝犹有橘，冻雷惊笋欲抽芽 [2]。夜闻归雁生乡思，病入新年感物华 [3]。曾是洛阳花下客，野芳虽晚不须嗟。

注 释

[1] 本诗选自《全宋诗》卷二九二，作于宋仁宗景祐四年（1037）。时欧阳修在夷陵（今湖北宜昌）。元珍：丁宝臣（1010—1067），字元珍，时任峡州（今湖北宜昌）军事判官。夷陵为峡州属县。

〔2〕冻雷：初春之雷。

〔3〕物华：物色，泛指美好的景物。

鉴赏

  景祐三年（1036），范仲淹因上书言事被权臣吕夷简贬逐出朝，正任馆阁校勘的欧阳修不顾位卑，移书指责左司谏高若讷见风使舵，随即被贬为夷陵县令。夷陵是峡州所辖的小县，欧阳修贬至夷陵后，峡州知州朱庆基，判官丁宝臣等皆善待之。丁宝臣两年前就与欧公书信往来，二人年岁相仿，气味相投，故欧公日后在《集贤校理丁君墓表》中说："君之平生，履忧患而遭困厄，处之安焉，未尝见戚戚之色。其于穷达、寿夭，知有命。"欧公前往夷陵尚在途中，就收到丁宝臣来书慰问（见《回丁判官书》）。到达贬所后，丁宝臣与之常相游从。

  此诗一本于题下有"花时久雨之什"六字，"花时久雨"或即丁宝臣赠欧公之诗题，可知此年夷陵春寒多雨，花开较晚。首联想落天外，因山城花开较迟而怀疑春风不到天涯，且将因果倒置，首句因突兀而更加警醒，遂成名句。次联描写山城春景：橘、笋皆是山城的本地特产，配上"残雪""冻雷"，遂成奇特景象，而春寒料峭的天气亦鲜明可感。颈联转写诗人的感受：夜闻雁唳，知其从南而来，遂想起远在南方的家乡吉州（今江西吉安）。病入新年，看

到春日景物，感慨良多。尾联紧扣丁诗作答，且以自我宽慰：我曾在洛阳见过繁花似锦，也就不须嗟叹野芳晚开。

此诗渗透着贬谪引起的失意之感，但表现得相当含蓄，加上字句清新流畅，体现出宠辱不惊的人生精神，可见一代名儒的风采。

春日西湖寄谢法曹歌[1]

西湖春色归[2]，春水绿于染。群芳烂不收，东风落如糁[3]。参军春思如乱云，白发题诗愁送春[4]。遥知湖上一尊酒，能忆天涯万里人。万里思春尚有情，忽逢春至客心惊。雪消门外千山绿，花发江边二月晴。少年把酒逢春色，今日逢春头已白。异乡物态与人殊，惟有东风旧相识。

注 释

〔1〕本诗选自《全宋诗》卷二九七，作于宋仁宗景祐四年（1037），时欧阳修在夷陵。谢法曹：谢伯初，字景山，时任许州（今河南许昌）法曹参军。

〔2〕西湖：此指许州之西湖。

〔3〕糁：米粒。

〔4〕"参军"二句：欧阳修自注："谢君有'多情未老已白发，野思到春如乱云'之句。"

鉴赏

　　北宋士大夫的诗歌中，唱酬应答之作占极大的比重。此类作品最常见的主题无非是闲情逸致、诗酒风流，并无深情远韵。但也时有例外，不能一概而论，欧阳修此诗便是一首杰作。在范仲淹等人的积极倡导下，北宋的士风迥然有别于五代，萎靡不振的习气一扫而空，取而代之的是士大夫主体意识和参政热情的空前高涨，砥砺名节、激浊扬清成为新士风的重要标志。欧公被贬离京时，蔡襄、王洙等人不避嫌疑前来送别。欧公到达贬所后，地方官员也待之甚厚。正是在这样的背景下，远在许州的谢伯初千里寄诗，催生了这首欧诗名篇。谢诗载于欧公《六一诗话》，主要内容是表彰欧公才华出众，同情其命运多舛。欧诗比谢诗更加淡化了政治意蕴，前八句描写许州西湖春色，以及谢伯初在西湖题诗饮酒，从而忆及天涯故人。后八句抒写自己在夷陵因异乡春色与年华迁逝引起的双重伤感。至于自己因关心国事而遭贬谪的牢骚之感，以及屈身下僚有志难酬的失落心态，诗中一字未及，仅隐于字里行间。

　　此诗有两点艺术特征值得关注。首先是并未紧扣谢诗作答，只将谢诗视为灵感的触发点，整首诗更像是主动创作的一首怀远赠友

诗。其次是完全不顾谢诗七言排律的诗体特征，改用杂言古体作答。此诗思绪灵动，文情跌宕，便得益于其杂言古体的诗体特征。全诗章法细密而不睹痕迹，语气与文情均流转自如。末句中的"东风"明指姗姗来迟的春风，暗指远方友人的温馨友情，语意双关，情味深永。总之，此诗典型地体现了欧诗平易晓畅、俊迈流丽的风格。若从唱酬诗的角度来看，它堪称别开生面的宋诗名篇。

踏 莎 行 [1]

候馆梅残 [2]，溪桥柳细，草薰风暖摇征辔 [3]。离愁渐远渐无穷，迢迢不断如春水。　　寸寸柔肠，盈盈粉泪，楼高莫近危阑倚。平芜尽处是春山 [4]，行人更在春山外。

注 释

〔1〕本词选自《全宋词》第一册，第 123 页。作年不详。

〔2〕候馆：旅舍。

〔3〕征：旅行。辔：缰绳。

〔4〕平芜：草木丛生的平旷原野。

> 鉴赏

　　此词抒写征人与思妇的离愁别恨，是宋词中此类主题的代表作。

　　此词上片写途中的征人：旅舍中的梅花已经凋零，溪桥边的杨柳细叶丛生，这是冬尽春来的物候。征人揽辔上马，只觉暖风拂面，草香扑鼻。多么舒适宜人的季节，多么美丽可爱的景象！可是在征人眼中，这绮丽春光只会增添心中的愁闷，原因便是他满腹离愁！春水迢迢，绵绵不绝地流向远方。征人的离愁也像春水一样绵绵不绝，永无穷尽。

　　此词下片写闺中的思妇：她柔肠百结，粉泪盈盈，已经难以忍受离别的痛苦。闺房本在高楼之中，但她不愿登楼去凭栏远眺。因为她知道，即使登高眺远，将目光延展到最远的地方，也只能看到平芜尽头的一片春山，而行人还在春山的那边！

　　此词妙在上、下两片分写离别的双方，结构匀称，对照鲜明，形成互相映衬、相得益彰的艺术效果。比如上片的尾句以春水起兴，下片的尾句则以春山起兴，虽句法迥异，但意绪则前后呼应，运思细密，堪称神来之笔。当然，如果将全篇皆读成从征人着眼，即将下片理解成征人对思妇状态的想象，这样上、下片的关系即从并列变成递进，也完全可通。大凡名篇，总有多种解读的可能性，本词就是"诗无达诂"的典型文本。

生 查 子 [1]

去年元夜时[2],花市灯如昼。月上柳梢头,人约黄昏后。 今年元夜时,月与灯依旧。不见去年人,泪湿春衫袖。

注释

〔1〕本词选自《全宋词》第一册,第124页。作年不详。一说乃朱淑真词,不确。

〔2〕元夜:正月十五元宵节之夜。自隋唐以来,元夜观灯已成习俗,各地皆然。

鉴赏

这是宋代爱情词中的绝妙小品。全词简洁单纯,明白如话,细针密线,不睹其痕。

此词上片回忆去年情事。彩灯照耀,亮如白昼,以此描写元宵的热闹场景,真乃画龙点睛。元夜本是月满之时,但在灯光如昼的背景下,月光难免逊色。可见"月上柳梢头"当是花市中较为冷落之处,就像南宋辛弃疾词中所说的"灯火阑珊处",那才是情人们密约幽期的最佳地点。最妙的是词中描写情人相会的过程仅用"人约黄昏后"一句,具体的细节则完全留给读者去想象,可称不着一字,尽得风流。下片描述今年情事。天上的明月依旧,地下的彩灯依旧,唯一相异的是去年相会的人已不见踪影,于是主人公悄然伤神(主人公是男是女难以断定),泪湿春衫。全词至此戛然而止,然余音袅袅,不绝如缕。

全词酷似民歌风调,但清词丽句又显然是文人手笔,在民歌与雅词之间达到巧妙的平衡,故能雅俗共赏。描写男女幽会之词能有如此清新明快的风调,难能可贵。

蝶恋花[1]

庭院深深深几许?杨柳堆烟[2],帘幕无重数。玉勒雕鞍游冶处[3],楼高不见章台路[4]。　　雨横风狂三月暮[5]。门掩黄昏,无计留春住。泪眼问花花不语,乱红飞过秋千去。

注释

〔1〕本词选自《欧阳修全集》卷一三一,作年不详。一说为冯延巳词,不确。

〔2〕杨柳堆烟:烟雾笼罩着杨柳。

〔3〕玉勒雕鞍：指装饰华丽的车马。游冶处：指歌楼妓馆。

〔4〕章台：汉代长安有章台街，为妓女居住之地，后人代指妓馆集中处。

〔5〕雨横：雨势猛烈。

鉴赏

从五代的"花间词派"以来，描写闺中思妇成为词体的重要主题。此词虽然延续了同样的主题，但意境远比花间词为胜。

首先，词中对那位离家不归的丈夫仅是虚晃一笔，并未展开其"游冶"的具体情况。全词的主要篇幅均用来刻画思妇的孤独处境和悲苦情怀，从而避免了花间词中经常出现的脂粉香泽。

其次，词中虽写思妇对远行丈夫的思念之情，但并未从正面展开，甚至一字未及女主人公的容颜姿态。它只是借暮春黄昏、风狂雨骤这个特定的情景来烘托思妇的内心苦闷。正因如此，此词字句清新，格调雅洁，虽然上阕已点明是思妇望远的传统主题，下阕所写的境界却很像惋惜韶华流逝的惆怅情怀。清人张惠言在《词选》中将此词理解成有所寄寓的政治词，虽属穿凿，但事出有因，因为此词的意境与传统的男女相思主题距离较远。

可以说，此词是欧阳修对花间词风的成功改造。它继承了其写情细腻生动的优点，却避免了其格调卑俗的缺点，从而为婉约词的健康发展开辟了道路。北宋末年的李清照自称酷爱欧公此词，且用其语作"庭院深深"数阕（《临江仙》序），就是明显的例证。

苏舜钦

苏舜钦(1008—1048),字子美,祖籍梓州铜山(今四川中江),曾祖时移家开封(今属河南)。宋仁宗景祐元年(1034)进士,历任蒙城县令、长垣县令。庆历四年(1044)任集贤校理,监进奏院,因细故受政敌诬陷,削职为民,次年至苏州,寓居沧浪亭。著有《苏学士文集》。生平见《宋史》卷442本传。

淮中晚泊犊头 [1]

春阴垂野草青青,时有幽花一树明。晚泊孤舟古祠下,满川风雨看潮生。

注 释

〔1〕本诗选自《全宋诗》卷三一五,作年不详。苏舜钦平生多次经过淮河,此诗或为宋仁宗庆历五年(1045)春苏舜钦南下苏州途经淮河时作。犊头:淮河边地名,具体位置不详。

鉴赏

后人解读此诗，常与唐人韦应物之《滁州西涧》相比。韦诗云："独怜幽草涧边生，上有黄鹂深树鸣。春潮带雨晚来急，野渡无人舟自横。"南宋刘克庄评苏诗"极似韦苏州"（《后村诗话》前集卷二），当指上引韦诗而言。至近人陈衍，便认为苏诗"视'春潮带雨晚来急'，气势过之"（《宋诗精华录》卷一）。程千帆先生否定陈说："这位老诗人似乎忽略了两位作者在诗中体现的不同心态。韦应物此时信步徐行，怜幽草，听黄鹂，正处在一种极其安静闲适的心境中。因而即使春潮春雨突然来袭，自也会和那只自横的野渡孤舟一样，处之泰然。而苏舜钦却处在行役途中，沿路胜景固然堪赏，而风雨潮生，孤舟晚泊，想到明日征程，情绪是难以平静的。韦写闲游，苏写旅况，重点既异，给人的印象也自不同，因而很难说这是由于诗篇本身的气势的强弱。"（《读宋诗随笔》）上述辨析细致入微，如能确定苏诗作于被斥南归的途中，则还可进一步深层解读。韦诗描写野渡孤舟的情景，南宋谢枋得认为隐喻"季世危难"（《唐诗品汇》卷四九引），清人沈德潜驳之甚当（详见《唐诗别裁集》卷二十）。苏诗则不同。诗人因细故遭政敌诬陷，削职为民，心中多有愤懑。当时朝中党争激烈，形势波谲云诡。诗人孤舟晚泊，面对着满川风雨和汹涌潮水，难免心有联想，感慨良多。然而诗人并未像日后所写的"庶得耳目清，终甘死于虎"（《天平山》）那样牢骚满纸，而是借景传情，含而不露。

苏诗在整体上有不够含蓄的缺点,此诗却相当蕴藉,颇能成功借鉴唐诗优点,遂成名篇。

中秋夜吴江亭上对月怀前宰张子野及寄君谟蔡大[1]

独坐对月心悠悠,故人不见使我愁。古今共传惜今夕,况在松江亭上头。可怜节物会人意,十日阴雨此夜收。不惟人间重此月,天亦有意于中秋。长空无瑕露表里,拂拂渐上寒光流。江平万顷正碧色,上下清澈双璧浮。自视直欲见筋脉,无所逃遁鱼龙忧。不疑身世在地上,只恐槎去触斗牛[2]。景清境胜反不足,叹息此际无交游。心魂冷烈晓不寐,勉为笔此传中州。

注 释

[1] 本诗选自《全宋诗》卷三一〇,约作于宋仁宗庆历五年(1045),时苏舜钦在苏州。吴江亭:吴江,亦名松江,或吴松江,是源于太湖向东北入海的一条河流。宋仁宗康定元年(1040),正任吴江县丞的

张先将吴江边的一座废亭"撤而新之",书家蔡襄为之题壁,乃成当地名胜(见《中吴纪闻》),人称"吴江亭"或"松江亭"。张子野:张先,字子野。君谟蔡大:蔡襄,字君谟,行大。

〔2〕"只恐"句:《博物志》记载:有居住在海边者看到每年八月都有浮槎来去,便乘槎而去,最后到达牛郎、织女居住的地方,也即天河。

鉴赏

此诗的主题是咏月,程千帆先生曾举其他咏月名篇来进行对比:"在这些名作中,作为物态的月仍只是人情的陪衬,写月色,只是为了寄托离愁。只有苏舜钦这首诗,才以大量的篇幅描写月光。设想奇特,力求生新,使月成为诗的主体。怀贤念友之情,只在首尾略作绾合。"(《读宋诗随笔》)的确,此诗虽在诗题和正文都写到怀友之情,但题中仅是"兼及"之意,正文中则仅在首尾略作绾合,全诗主体部分都从正面咏月。其中第五联说长空无云,表里尽露,略无瑕疵,月光在拂拂清风中流泻。第六联说江水平流,一碧万顷,与天空同样的清澈,故天上的明月与水中的月影像一双白璧浮于其中。第七联写月光不但清澈,而且具有强大的穿透力,诗人反观自身,竟觉得周身透明,可见浑身筋脉,而鱼龙在月光的照射下定会忧虑无处藏身。第八联写月光下的整个世界都显得光明澄澈,天上人间浑然一体,诗人置身于虚空之中,便产生了乘槎远去并遇见牵牛、织女的浪漫幻想。这四联诗分写空中的月光、水面的月影、月光的穿透力、月光带来的奇幻感觉，都是正面着笔，毫无规避，不用侧面渲染。这种强弓硬弩式的描写方式，在杜诗及韩孟联句中曾有体现，但少有像这般集中运用。苏舜钦当然熟读古代咏月名篇，对古人"烘云托月"的写法了然于胸，此诗的写法独特生新，典型地体现了宋诗规避陈熟、力求生新的艺术追求。苏舜钦性格豪迈，诗风豪放雄肆，喜以诗歌痛快淋漓地反映时政，抒发强烈的政治感慨。他也喜描写雄奇阔大之景，赞美大自然的壮伟力量。此诗的背景是山清水秀的江南与宁静柔和的月夜，其风格本该倾向柔美一路，但在苏舜钦的笔下，却依然展现出开阔的意境和奔放的风格，这是"风格即人"美学命题的绝妙例证。

王安石

王安石（1021—1086），字介甫，晚号半山，抚州临川（今属江西）人。宋仁宗庆历二年（1042）进士。曾知鄞县。宋神宗熙宁二年（1069）任参知政事，后二度为相，推行新法。晚年去职，退居江宁。卒谥文公。著有《临川先生文集》《王文公集》，诗作有南宋李壁作注的《王荆文公诗笺注》。词有《临川先生歌曲》。生平见《宋史》卷327本传。

明 妃 曲 [1]

明妃初出汉宫时，泪湿春风鬓脚垂。低回顾影无颜色，尚得君王不自持。归来却怪丹青手，入眼平生几曾有？意态由来画不成，当时枉杀毛延寿[2]。一去心知更不归，可怜着尽汉宫衣。寄声欲问塞南事，只有年年鸿雁飞。家人万里传消息，好在毡城莫相忆[3]。君不见咫尺长门闭阿娇[4]，人生失意无南北！

王安石

注 释

〔1〕本诗选自《全宋诗》卷五四一,作于宋仁宗嘉祐四年(1059),时王安石在汴京。明妃:王昭君,字嫱,汉元帝时宫女,因和亲远嫁匈奴。晋人避文帝司马昭之讳,改称"明君",又称"明妃"。

〔2〕毛延寿:相传"元帝后宫既多,不得常见,乃使画工图形,案图召幸之。诸宫人皆赂画工,多者十万,少者亦不减五万。独王嫱不肯,遂不得见。匈奴入朝,求美人为阏氏,于是上案图,以昭君行。及去,貌为后宫第一,善应对,举止闲雅。帝悔之,而名籍已定,帝重信于外国,故不复更人。乃穷案其事,画工皆弃市,籍其家,资皆巨万。画工有杜陵毛延寿,……同日弃市。"(《西京杂记》卷二)

〔3〕毡城:指匈奴所在地。"毡"即帐篷。

〔4〕阿娇:汉武帝的皇后陈阿娇。武帝幼时曾说如娶阿娇为妻,要造一座金屋让她居住。后来阿娇年老失宠,废居长门宫。

鉴 赏

从晋人石崇开始,以昭君或"明君""明妃"为诗题者代不乏人。在古代咏史诗中出现最多的女性,非昭君莫属。昭君以一个弱女子的身份远嫁和蕃,终老于风沙漫天的异国,其悲剧命运催人泪下。更重要的原因是,古代男性以才能而见重于社会,女性却只能以容貌见重于世人。故女性空有美貌而不被重视,与男性的怀才不遇具

有深刻的内在同一性。昭君以绝代容貌而入宫数年不得见御，反而远嫁匈奴，其衔冤负屈的遭遇唤起了诗人心中的无限同情与深切共鸣。所以历代的昭君诗中有两个常见的主题：或为远嫁异域的昭君一洒同情之泪，或对贪赂而丑化昭君的画工连声喊杀。

王安石此诗议论精警，不落俗套。前人将昭君之不遇归罪于毛延寿，王安石独持异议，说"意态"本非绘画所能充分表达，所以处死毛延寿实为冤枉。前人将昭君之不幸归因于远嫁异国，王诗又独持异议，说汉代阿娇贵为皇后，"金屋藏娇"，一旦年老色衰，随即失宠被废，幽居于长门宫。人生失意，又何关乎身在南方还是北方！意谓即使昭君留在汉宫并得元帝宠爱，最后仍难逃陈阿娇那样的下场，又何必特别怨恨远嫁漠北！相对于前代的昭君诗，王诗的议论可谓想落天外，发人深省。经常有人把"以议论为诗"视为宋诗的一大缺点，其实宋诗的议论固然不免迂腐生硬之病，但其精警、新颖的优点也是不容忽视的，王安石此诗就是一个典型。

此外，议论的方式也是此诗值得关注的一个亮点。全诗的主要篇幅用于叙事与描写，第一段用六句描述昭君离开汉宫的过程，叙事已毕，然后导出关于枉杀毛延寿的议论。第二段用六句描述昭君到达匈奴后的情景，描写甚细，然后导出人生失意无分南北的议论。这样的议论皆从事实中自然产生，比如第一点议论完全是从元帝责怪画工的事实中推导出来，第二点议论既可读作诗人的见解，也可读作家人的传语,莫不顺理成章,桴鼓相应。

总之,此诗的叙事与描写皆生动逼真,由此产生的画面感巧妙地克服了单纯议论带来的单调枯燥。诗人对昭君的深切同情,也在具体的叙事、描写中自然流露。全诗虽以议论见长,但也具有叙事生动和抒情深永的优点,堪称昭君诗中别开生面之杰作。

桃 源 行 [1]

望夷宫中鹿为马[2],秦人半死长城下[3]。避世不独商山翁[4],亦有桃源种桃者。此来种桃经几春,采花食实枝为薪。儿孙生长与世隔,虽有父子无君臣。渔郎漾舟迷远近[5],花间相见因相问。世上那知古有秦,山中岂料今为晋。闻道长安吹战尘[6],春风回首一沾巾。重华一去宁复得[7],天下纷纷经几秦。

注 释

〔1〕本诗选自《全宋诗》卷五四一,约作于宋仁宗嘉祐年间。桃源:晋陶渊明作《桃花源记》并诗,唐人王维有《桃源行》诗,韩愈有《桃源图》诗。

〔2〕望夷宫：秦代宫名，故址在今陕西泾阳东南。鹿为马：秦二世时，宦官赵高为树立威望，故意指鹿为马。诸臣阿顺赵意，亦指鹿为马。事见《史记·秦始皇本纪》。

〔3〕"秦人"句：秦平六国后，征发百姓修建万里长城，死者甚多。

〔4〕商山翁：指东园公、甪里先生、绮里季、夏黄公等四人，皆于秦末隐于商山，称"商山四皓"。

〔5〕漾舟：荡舟，让船在水中漂流。

〔6〕战尘：战争引起的烟尘。

〔7〕重华：舜之名。

鉴赏

顾名思义，《桃源行》应该檃栝陶渊明《桃花源记》的内容，需要较长的篇幅。陶渊明的《桃花源诗》和王维的《桃源行》都长达32句，韩愈的《桃源图》则长达38句，此诗比上述三诗包含更多的议论，却仅有16句，堪称以少胜多的典范。比如首联上句写赵高在宫里"指鹿为马"，下句写大批百姓死在长城之下，仅取两则史实，便将秦代上起朝廷、下至民间的暴政乱象揭露无遗，笔法之简练，无以复加。王安石的古文以简洁精炼为风格特征，清人刘熙载评为"瘦硬通神"（《艺概·文概》），王诗也有同样特征，此诗就是一例。

此诗更大的优点是议论精警。桃花源最吸引世人的优点是什么？此诗一言以蔽之："虽有父子无君臣。"在古代社会，民众的苦难主要来自"苛政猛于虎"的专制暴政，桃花源中的人们摆脱了君臣等级制度的束缚，便怡然自得地过着自给自足的太平生活。"父子"则象征着家庭内部的淳朴关系，那是农耕时代的人们得以团结互助且代代相传的基本保障。可以说，陶渊明在《桃花源记》及诗中描绘的理想社会，王诗只用一句便已探骊得珠。末尾四句借桃源中人闻知世间战乱不断而伤心落泪，表述了王安石这位大政治家的胸襟与见识：秦虽速亡，继秦而起者，又孰非暴政？像传说中的大舜那样贤明的君主，已经一去不可复得了！"天下纷纷经几秦"一句，令人联想到清末谭嗣同的名言："二千年来之政，秦政也，皆大盗也。"（《仁学》）

总之，此诗单刀直入地揭露题旨，绝不拖泥带水，精警深刻则远迈前人，这是宋诗长于议论的一个范例。

示长安君[1]

少年离别意非轻，老去相逢亦怆情[2]。草草杯盘供笑语，昏昏灯火话平生。自怜湖海三年隔，又作尘沙万里行[3]。

欲问后期何日是，寄书应见雁南征。

注释

〔1〕本诗选自《全宋诗》卷五五六，作于宋仁宗嘉祐五年（1060），时王安石在汴京。长安君：王文淑，王安石之妹，嫁与张奎，封长安君。安石奉命出使辽国，与其妹话别，作此诗。因是兄长写给妹妹的诗，故题作"示"。

〔2〕怆情：悲痛之情。

〔3〕尘沙：指宋辽边界，其地多风沙。按：安石送辽使应至白沟（今河北容城）。

鉴赏

　　王安石的诗风有很强的独特性，故南宋严羽在《沧浪诗话》中"以人而论"的北宋诗诗体共有五种，其中即有"王荆公体"。人们认可的"王荆公体"以黄庭坚所谓"雅丽精绝"（见胡仔《苕溪渔隐丛话》前集卷三五）为主要特征，但大诗人的风格总是丰富多彩、不拘一格的，王安石也不例外。此诗就体现出朴素自然的风格，与"雅丽精绝"相去甚远。比如颔联展开兄妹相见的情景，对着几盘草草准备的家常菜肴，兄妹俩在昏暗的灯火下谈说平生，多么温馨的场面！此联用字造句都极其朴素，几乎都是日常生活中的口头语言，但是摹写情景非常生动。颈联写久别重逢,却又将迎来更加遥远的离别,情感跌宕的幅度相当之大,但在字面上只是淡淡说来,韵味深永。

此诗在艺术上还有一个特点,即深藏不露地借鉴了前代诗人的成功经验。钱锺书先生指出王安石喜欢借鉴前人:"每逢他人佳句,必巧取豪夺,脱胎换骨,百计临摹,以为己有。或袭其句,或改其字,或反其意。"(《谈艺录》)其实王安石借鉴前人并不都是如此明显,此诗就是一例。南朝诗人沈约《别范安成》:"生平少年日,分手易前期。及尔同衰暮,非复别离时。"王诗的首联暗用其意,但重新组织字句,将四个五言句的意思改写成两个七言句,完全切合当前情景。读来浑如己出,故历代注家与论者均未指出。如果说巧妙的"夺胎换骨"能达到推陈出新的效果,此联就是一例。

总之,此诗虽然平直如话,却耐人咀嚼,原因在于诗人将精深的构思隐藏在平淡的字句之中。王安石在政治上刚强执拗,此诗则体现出这位"拗相公"性格中温厚和婉的一面,相当感人。

思王逢原 [1]

蓬蒿今日想纷披 [2],冢上秋风又一吹。妙质不为平世

得^[3]，微言惟有故人知^[4]。庐山南堕当书案，溢水东来入酒卮^[5]。陈迹可怜随手尽^[6]，欲欢无复似当时。

注释

〔1〕本诗选自《全宋诗》卷五五七，作于宋仁宗嘉祐五年（1060），原作共三首，此为其二。时王安石在汴京。王逢原：王令，字逢原，卒于嘉祐四年，葬于常州。

〔2〕蓬蒿：两种野草。纷披：纷乱的样子。

〔3〕妙质：奇妙的资质。平世：太平盛世，此指当世。

〔4〕微言：精微的言论。

〔5〕"庐山"二句：王安石与王令曾于嘉祐三年（1058）在鄱阳（今属江西）相会。庐山、溢水皆在鄱阳。

〔6〕陈迹：过去的踪迹。

鉴赏

《礼记·檀弓》云："朋友之墓，有宿草而不哭焉。"宿草指隔年的草，意即朋友死亡一年以后于礼不当再哭。首联暗用此典，说身在汴京的自己遥想远在常州的王令墓上又一次秋风劲吹，野草纷披，却仍然不能止哀。字面上仅展现孤坟荒草的意象，骨子里却意绪深永，融情入景，真斫轮老手。次联慨叹亡友之遭遇：德才兼备之妙质,未为世间所用;精妙深刻的言论,只有故人知晓。正如程千帆先生所评:"第二联写人才难得,知人不易,关合彼我,力透纸背;虽若发论,实则抒情。正是在这些地方,宋人力破唐人余地。"(《古诗今选》)第三联再一次融情入景,主旨是追忆当年与亡友在鄱阳一起读书、饮酒的欢会情景,却只说庐山向南倾侧,将要堕落到我们的书案上;溢水滔滔东流,都泻进我们的酒杯中。景象宏伟,气势奔放,暗寓着主客双方的阔大胸襟和高昂气度,两人的伟岸形象也跃然纸上。末联转入悼友的本意,在深沉的哀伤中结束全诗。由于有第三联的调节,全诗在情调上经历了从抑到扬、又从扬到抑的变化过程,颇有声情顿挫之美,而诗人心情之悲怆历落,也鲜明可感。王令英年早逝,但能得到王荆公如此深情之哀悼,足慰平生!

题西太一宫壁二首 [1]

柳叶鸣蜩绿暗,荷花落日红酣。三十六陂春水 [2],白头想见江南。

三十年前此地 [3],父兄持我东西。今日重来白首,欲寻陈迹都迷 [4]。

注 释

〔1〕本诗选自《王荆文公诗笺注》卷四十,作于宋神宗熙宁元年(1068),时王安石在汴京。西太一宫:神庙名,在汴京西南。太一,天神名,《史记·封禅书》:"天神贵者太一。"

〔2〕三十六陂:池塘名,在汴京。

〔3〕"三十年前"句:宋仁宗景祐三年(1036),王安石曾随其父王益、其兄王安仁到过汴京。距作此诗时已有三十二年。

〔4〕迷:无法辨认。

鉴 赏

　　王安石幼时曾随父兄到过汴京,不久随父离京。宋仁宗嘉祐六年(1061),王安石入京任知制诰,两年后其母去世,即扶柩回江宁(今江苏南京)居丧。宋神宗熙宁元年(1068),王安石奉诏入京任翰林学士。此时其父兄都已去世,他本人也年将半百。由于得到神宗的信任,由王安石主持的变法已在酝酿之中。但是王安石深知变法阻力很大,对仕途风波深怀忧虑。况且安石本来无意权位,两年后拜相之日,贺者盈门,他却取笔书窗曰:"霜筠雪竹钟山寺,投老归欤寄此生。"(《东轩笔录》卷一二)至熙宁五年(1072),相业正隆的王安石又作诗云:"落日欹眠何所忆,江湖秋梦橹声中。"(《壬子偶题》）所以当王安石第三次来到汴京，即将开启真正的政治生涯时，他的心情是复杂、迷惘的。否则，何以刚刚离开江南就说"白头想见江南"？然而此层意思只是稍作点染，此诗中正面表达的则是时光流逝、人事变迁引起的感触。

第一首写景，柳叶绿暗，荷花红酣，是典型的江南风光。汴京的三十六陂竟然亦有相似的一陂春水，当然会使诗人想起江南。王安石久居江宁，其父母皆葬于江宁，他早就将江宁视作第二家乡。所以"想见江南"实有非常丰富的情感内因，非仅风景相似而已。

第二首抒怀，幼时随着父兄初入汴京，给诗人留下深刻的记忆。"父兄持我东西"一句，语淡意深。"持"者，携带也。李壁认为"持"字不妥，云"当作'将我'"。（《王荆文公诗笺注》卷四十）其实"持"字令人联想到"抱持"，这是幼童得到父母爱护的标志性动作，用在此处十分妥当。《诗·小雅·蓼莪》云："父兮生我，母兮鞠我。拊我畜我，长我育我。顾我复我，出入腹我。"孔子曰："子生三年，然后免于父母之怀。"（《论语·阳货》）虽然王安石初入汴京时已经十六岁，但留在记忆中的经历是父兄"持"着他东西行走。如今父兄俱亡，诗人自身也已满头白发，旧地重游，触景伤怀。岁月流逝，旧迹难觅，只觉一片迷惘，全诗遂戛然而止。

这两首诗风格多变，其一字句精丽，其二却朴实无华；其一景中寓情，其二却直抒胸臆。它们的共同特点则是言简意赅，思深力遒，

是宋代六言绝句中难得一见的精品。蔡絛《西清诗话》载:"元祐间,东坡奉祠西太一宫,见公旧题两绝,注目久之,曰:'此老野狐精也。'遂次其韵。""野狐精"意即无所不能,这是一位大诗人对同代诗人的由衷钦佩。清人陈衍评曰:"绝代销魂,荆公诗当以此二首压卷。"(《宋诗精华录》卷二)这是后代诗论家对前代诗人的由衷赞赏。

泊船瓜洲[1]

京口瓜洲一水间[2],钟山只隔数重山。春风自绿江南岸,明月何时照我还?

注释

〔1〕本诗选自《全宋诗》卷五六六,作于宋神宗熙宁八年(1075)。时王安石从江宁前往汴京,途经瓜洲。瓜洲:在今江苏邗江区南,为运河入长江之渡口。

〔2〕京口:即今镇江。间:间隔。京口与瓜洲隔长江相对。

鉴赏

宋神宗熙宁七年(1074),由于新政推进遇到重重困难,加上旱灾严重，主持新政的宰相王安石主动要求去位，出知江宁府。仅隔一年，奉诏起复为相。王安石并不乐意再次出相，但君命难违，只得匆匆赴京。他依依不舍地离开在钟山之麓的居所，坐船沿江东下，至京口后渡江北入运河，是夜泊船瓜洲，乃作此诗。京口、瓜洲一衣带水，回望钟山，也只是相隔数重青山。意即此地离家尚近，但再往北行，便离家越来越远了。时令是早春二月，江南岸边已是一片绿意，草长莺飞的阳春美景即将降临。诗人仰望明月，不禁喃喃问道：此轮明月何时照我南还？本是奉诏入相，诗中却毫无喜悦之意，反而充满去国怀乡的忧愁，是此诗在情感内蕴上最大的特点。

后人论及此诗，主要是关注其炼字工夫。据洪迈《容斋续笔》卷八记载："吴中士人家藏其草，初云'又到江南岸'，圈去'到'字，注曰'不好'，改为'过'，复圈去而改为'入'，旋改为'满'，凡如是十许字，始定为'绿'。"其反复推敲斟酌的精神，传为美谈。虽然钱锺书先生指出唐诗中已有"东风何时至，已绿湖上山"（丘为《题农父庐舍》）等例，并问："王安石的反复修改是忘记了唐人的诗句而白费心力呢？还是明知道有这些诗句而有心立异呢？"（《宋诗选注》）但是无论是诗句自身的整体水平，还是"绿"字在句中的精警程度，王诗显然都是后来居上。所以尽管有所借鉴，此诗仍是炼字精彩的范例。

书湖阴先生壁[1]

茅檐长扫静无苔,花木成畦手自栽[2]。一水护田将绿绕[3],两山排闼送青来[4]。

注 释

〔1〕本诗选自《全宋诗》卷五六六,作于宋神宗熙宁九年(1076)之后数年间,时王安石在江宁,居所在钟山南麓。湖阴先生:杨德逢,号湖阴先生,王安石的邻居。

〔2〕成畦:成垄成行。畦,长条田块。

〔3〕护田:《汉书·西域传》:"轮台、渠犁皆有田卒数百人,置使者校尉领护。"

〔4〕排闼:《汉书·樊哙传》:"哙乃排闼直入。"

鉴 赏

此诗描写邻居家庭院整洁、环境清幽的景象,抒发了诗人热爱隐居生活的情趣。第三、四句之用典,颇受后人关注。南宋叶梦得认为此联"皆汉人语也",且云:"荆公诗用法甚严,尤精于对偶。尝云用汉人语止可以汉人语对,若参以异代语,便不相类。"(《石林诗话》卷中）钱锺书先生指出："不知道这些字眼和句法的'来历'，并不妨碍我们了解这两句的意义和欣赏描写的生动；我们只认为'护田''排闼'是两个比喻，并不觉得是古典。所以这是个比较健康的'用事'的例子，读者不必依赖笺注的外来援助，也能领会，符合中国古代修辞学对于'用事'最高的要求：'用事不使人觉，若胸臆语也。'"（《宋诗选注》）的确，王诗用典之精切是毫无疑义的，但此联即使无关典故，仍是活泼生动的佳句。上句可解成弯弯曲曲的小河绕田而流，似乎是在保护田地不受侵扰；下句可解成柴门正对青山，开门见山，仿佛是两座山峰推门而入。两者皆是使动手法的妙喻，不但写出流水、青山的动态之美，而且使它们显得多情多义，更觉可爱。真乃宋代之"农家乐"也！

桂 枝 香 [1]

登临送目 [2]，正故国晚秋 [3]，天气初肃。千里澄江似练 [4]，翠峰如簇 [5]。征帆去棹残阳里，背西风，酒旗斜矗。彩舟云淡，星河鹭起 [6]，画图难足。　念往昔，繁华竞逐。叹门外楼头 [7]，悲恨相续。千古凭高对此，谩嗟荣辱 [8]。六朝旧事随流水 [9]，但寒烟芳草凝绿。至今

商女，时时犹唱，《后庭》遗曲[10]。

注释

〔1〕本词选自《全宋词》第一册，第204页。作于宋英宗治平三年（1066），时王安石在江宁。

〔2〕送目：远望。

〔3〕故国：故都，金陵为六朝故都，故云。

〔4〕练：白绸。此句语本谢朓《晚登三山还望京邑》："澄江静如练。"

〔5〕簇：聚集，攒聚。

〔6〕星河：天河，此指长江。鹭起：白鹭飞起。

〔7〕门外楼头：语本杜牧《台城曲》："门外韩擒虎，楼头张丽华。"意指隋将韩擒虎已攻至朱雀门外，陈后主还在结绮阁上与后妃行乐。

〔8〕谩嗟：空叹。

〔9〕六朝：指曾在金陵建都的吴、东晋、宋、齐、梁、陈六个朝代。

〔10〕"至今商女"三句：语本杜牧《泊秦淮》："商女不知亡国恨，隔江犹唱后庭花。"《玉树后庭花》是陈后主所作艳曲，后人视为亡国之音。

鉴赏

在金陵建都的朝代大多国祚不永，换句话说，金陵这座"帝王州"曾上演过许多亡国悲剧，于是"金陵怀古"成为历代诗人抒发沧桑之感的绝佳主题。此词中多次化用谢朓、杜牧的诗句，正是对传统的移植和继承。用原属"艳科"的词体来写怀古主题，当然有相当的难度。据杨湜《古今词话》记载，"金陵怀古，诸公调寄《桂枝香》者三十余家，独介甫为绝唱。"那么，此词是如何做到移花接木，且推陈出新的呢？首先，词人将传统词体在主题走向、文字风格上的柔靡轻艳习气一洗而空，全词文笔洗练，语气庄重，虽是长短句，风格却浑如五七言古风。其次，此词主题虽是怀古，却先从登临写起，全词皆有浓重的个人抒情色彩。上片写晚秋时节登高望远，一幅故国晚秋之画面在词人眼中徐徐展开。下片抒兴亡之感，纯是触景生情，是词人面对着六朝故都的历史遗迹油然而兴的现场感受。于是景乃荆公所见之景，情乃荆公所生之情，这就摆脱了一般怀古诗词的陈词滥调，生动地表达了一位胸襟阔大、眼界高远的政治家对于历史的独特感受和深沉思考。试看"千古凭高对此，谩嗟荣辱"之句，其眼界、气度何等卓异不凡！再读"至今商女，时时犹唱，《后庭》遗曲"，词人对现实国运的隐忧也跃然纸上。王安石虽然很少作词，但此词出手不凡，堪称北宋词坛上最早"以诗为词"的成功尝试。相传苏轼见到此词后喟然叹曰："此老乃野狐精也！"（据《古今词话》）这是开创一代词风的苏东坡对先行者的由衷赞叹。

王 令

王令（1032—1059），字逢原，广陵（今江苏扬州）人。不应科举，以教私塾为生，曾短期任高邮学官。28岁病卒。著有《王令集》。

暑旱苦热[1]

清风无力屠得热[2]，落日着翅飞上山。人固已惧江海竭，天岂不惜河汉干。昆仑之高有积雪，蓬莱之远常遗寒[3]。不能手提天下往，何忍身去游其间。

注 释

〔1〕本诗选自《全宋诗》卷六九八，当作于宋仁宗皇祐三年（1051），是年暑旱苦热，韩琦《苦热》："皇祐辛卯夏，六月朔伏暑。始伏之七日，大热极炎苦。"时王令贫居天长（今属安徽）。

〔2〕屠：杀，此指消除。

〔3〕蓬莱：神话中之海上仙山。

鉴赏

　　王令少孤，家境贫寒，赁屋而居，以教授生徒为业。然而他胸怀大志，素以天下为己任，此诗借咏暑旱之灾，抒发拯救苍生之抱负。王令作此诗时，范仲淹的名言"先天下之忧而忧，后天下之乐而乐"（《岳阳楼记》）已传诵于世。此诗中披露的胸襟、气度，正是一位"处江湖之远"的贫士对范公精神的遥相呼应。王令的品格、气度曾得到王安石的高度赞誉，这是此诗气盛而言宜的内在基础，这与那些徒为大言却外强中干的作品不可同日而语。

　　此诗在艺术上也颇具特色：首先是气魄宏伟，笔力雄强。以"江海竭""河汉干"来形容既旱且热的天气，眼界阔大，气势不凡。以"手提天下往"表示拯救天下苍生，气魄之大，无与伦比。称消除暑热为"屠"，形容赤日难落为"着翅飞上山"，笔力雄肆，想象奇特。其次是诗体独特。本是七言古风的诗体，二、三两联却形成相当精工的对仗。第二联皆用一字顿引起全句，第三联皆用虚词"之"字成句，颇有以文为诗的倾向，但并未流于粗糙草率。所以全诗皆有强弓硬弩的风格倾向，与内蕴的刚强精神相为表里。钱锺书先生称王令为"大约是宋代里气概最阔大的诗人"，诚非虚誉；但钱先生又说王令"运用语言不免粗暴"（《宋诗选注》），未免过苛。

苏 轼

苏轼（1037—1101），字子瞻，号东坡居士，眉山（今属四川）人。宋仁宗嘉祐二年（1057）进士，曾任凤翔签判、杭州通判，历知密州、徐州、湖州。元丰二年（1079）遭"乌台诗案"，年底出狱，次年贬黄州团练副使。宋哲宗时任翰林学士，曾出知杭州、颍州、扬州，又贬惠州、儋州。后遇赦北归，卒于常州。著有《苏东坡集》《东坡乐府》。生平见《宋史》卷338本传。

和子由渑池怀旧[1]

人生到处知何似，应似飞鸿踏雪泥。泥上偶然留指爪，鸿飞那复计东西。老僧已死成新塔[2]，坏壁无由见旧题。往日崎岖还记否，路长人困蹇驴嘶[3]。

注 释

[1] 本诗选自《全宋诗》卷七八六，作于宋仁宗嘉祐六年（1061）。时苏轼在凤翔（今属陕西）。子由：苏辙之字。渑池：今河南渑池。

〔2〕塔：指安放僧人骨灰的小塔。

〔3〕"路长"句：此句有诗人自注："往岁马死于二陵，骑驴至渑池。""二陵"指崤山，在渑池之西。

鉴赏

嘉祐元年（1056），苏轼兄弟赴京赶考，路经渑池，借宿寺庙，得到老僧奉闲的热情接待，兄弟俩还在寺壁上题诗留念。五年之后，苏轼自汴京前往凤翔府赴任。苏辙送他到郑州（今属河南）西门之外，然后返回汴京。苏轼则继续西行，又一次路过渑池。苏辙返回汴京后寄来一首《怀渑池寄子瞻兄》，苏轼作此和之。程千帆先生指出："这篇诗前半盘旋流畅，与白居易《览卢子蒙侍御旧诗……》一篇相似，但仍然互有短长。白诗将卢、元和自己一再并提，有回环往复之妙，则胜于苏。苏诗比喻新奇，属对工巧，则胜于白。"（《古诗今选》）的确，此诗是以比喻新奇著称。正是隆冬季节，积雪的路上一片泥泞，苏辙的来诗中有"相携话别郑原上，共道长途怕雪泥"之句，当是写实。或许是苏轼果真看到了鸿雁在雪地上留下的爪印，或许是行人的足迹使他产生了联想，他忽然觉得到处飘荡的人生就像鸿爪印雪一样，雪地上偶然留下几个爪痕，飞鸿却早已不知去向了。萍踪漂泊，忽东忽西，与迁徙无定的鸿雁何异？此诗在对往日游踪的追忆中夹杂着对人生坎坷的感喟，也夹杂着对同胞手足的思念，是诗

人独特人生经历的生动记录。但对读者来说,"鸿爪雪泥"的比喻定会引起相似的人生感喟,故传诵不绝,成为成语。

出颍口初见淮山,是日至寿州[1]

我行日夜向江海,枫叶芦花秋兴长。长淮忽迷天远近,青山久与船低昂。寿州已见白石塔,短棹未转黄茅冈。波平风软望不到[2],故人久立烟苍茫。

注释

〔1〕本诗选自《全宋诗》卷七八九,作于宋神宗熙宁四年(1071)秋。时苏轼在从汴京赴杭州之途中。颍口:今安徽寿县正阳关。寿州:今安徽寿县。

〔2〕软:轻柔无力。

鉴赏

苏轼因受政敌诬告而自请外任,这是他入仕以来第一次受到沉重的打击,心情抑郁,首句中微露此意,正如王文诰所评:"此极沉痛语,浅人自不知耳。"然而次句便转入描写淮上秋景以及诗人在淮河上缓缓行舟的感受,全诗仍是一首以写景为主的纪行诗。

　　此诗看似平淡无奇,然而诗人自己对它十分钟爱,时隔二十三年之后,还亲笔书写此诗,跋云:"予年三十六,赴杭倅过寿,作此诗。今五十九,南迁至虔,烟雨凄然,颇有当年气象也。"一首少作,到二十多年后还能唤起诗人的鲜明记忆,可见它在描摹"气象"上是极为成功的。清人汪师韩评此诗"有古趣兼有逸趣",方东树则说它"奇气一片",然而它奇在何处,趣在何方呢?长长的淮河平静地流向天边,远处的青山在船舷的衬托下高低起伏。波平风软,舟行甚缓,虽然寿州的白石塔早已映入眼帘,小舟却总是转不过那个长满了黄茅的小山冈……如此平淡无奇的景色,如此枯燥乏味的旅行,怎么会构成一首奇趣盎然的好诗呢?奥秘就在于苏轼以饶有兴趣的审美目光来观照淮山淮水,它们就被赋予了生气和趣味。同理,诗人以充沛的情感看待此次旅行,始而怅惘,转而开朗。稍生厌倦,又怀希望。情感的波动与景物的转移互相映衬,就产生了不同寻常的"逸趣"。变平凡为奇警,正是苏诗的独特之处。

游金山寺 [1]

　　我家江水初发源 [2],宦游直送江入海 [3]。闻道潮头

一丈高，天寒尚有沙痕在。中泠南畔石盘陀[4]，古来出没随涛波。试登绝顶望乡国，江南江北青山多。羁愁畏晚寻归楫[5]，山僧苦留看落日。微风万顷靴文细[6]，断霞半空鱼尾赤。是时江月初生魄[7]，二更月落天深黑。江心似有炬火明[8]，飞焰照山栖鸟惊。怅然归卧心莫识，非鬼非人竟何物？江山如此不归山，江神见怪警我顽。我谢江神岂得已，有田不归如江水[9]！

注 释

〔1〕本诗选自《全宋诗》卷七九〇，作于宋神宗熙宁四年（1071），时苏轼赴任杭州通判途经润州（今江苏镇江），十一月三日往金山寺访问该寺僧人，夜宿寺中。金山寺：金山原是润州北边扬子江中的小岛，因江流改道，现在长江南岸。位于山顶的金山寺初建于东晋太宁年间（323—325），为江南名胜。

〔2〕"我家"句：古人认为岷江是长江源头，苏轼的家乡眉山位于岷江边上，故云。

〔3〕江入海：润州江面宽广，古称海门。

〔4〕中泠：泉名，在金山西北。盘陀：山石高大不平之状。

〔5〕羁愁：旅愁。

〔6〕靴文：皮靴表面细密的皱纹，此处形容波纹细密。

〔7〕生魄：《礼记·乡饮酒义》："月之三日而成魄。"孔颖达疏："谓月尽之后三日乃成魄。魄，谓明生傍有微光也。"此诗用"初生魄"指代初三日的一丝新月。

〔8〕"江心"句：原注："是夜所见如此。"或为某种水生动物发出的光芒。

〔9〕"我谢"二句："谢"，告诉。《左传·僖公廿四年》载重耳誓词："所不与舅氏同心者，有如白水。"此二句模仿古人口气向江神起誓：如果有田可耕，一定归隐。

鉴赏

这是一首游览诗，开头两句想落天外，先从江水说起，既紧扣地理实况，又切合诗人身份，清人施补华赞曰："确是游金山寺发端，确是东坡游金山寺发端，他人钞袭不得。"（《岘佣说诗》）。汪师韩更指出"起二句将万里程、半生事一笔道尽，恰好由岷山导江，至此处海门归宿，为入题之语。"（《苏诗选评笺释》）以下的主要篇幅便用来描写景物及游踪。正逢天寒水落，长江不像平时那样波涛汹涌，如果平平写来，难免煞风景。于是诗人先虚晃一笔，以"闻道潮头一丈高"虚写往日奇景，又以"天寒尚有沙痕在"实写眼前之景，一虚一实，不但精确、生动地写出江潮随着节令转换变化，而且文情跌宕，多含感慨。下两句进而感慨古今的变迁，写盘陀巨石在江涛的涨落中出而复没。这多半是联想到宦海风波之险恶，但意

在言外，耐人寻味。对宦海风波的畏惧必然导致归隐之念，于是诗人登上金山绝顶远眺家乡，可惜无数青山遮断了视线。至此，诗人实已意兴阑珊，颇想返回归舟。但是山僧苦苦挽留，请诗人欣赏落日。峰回路转，妙趣横生。落日之美很难描写，诗人先写江面上的细细波纹，再写彩霞红遍半天。这两句诗都不是正面描写落日，而是从落日的效果着笔，堪称"烘云托月"的范例。夕阳西沉后不久，如钩新月也渐渐没于天际。此时已是漆黑一片，理应归卧，可是诗人笔锋一转，又写江心忽然出现一团光焰的奇特之景。结尾两联与开头遥相呼应，诗人悟出江心的半夜炬火是江神有意显灵，以此警示他及早归隐。于是诗人对着江水郑重立誓：一旦有田可耕，一定立即归隐！"有田不归如江水"的结尾不但与开头的"我家江水初发源"遥相呼应，而且与中间对江景的细致描绘绾合紧密，章法细密妥帖，诗情则波澜迭起。

  此诗在艺术上极其成熟，是最早体现苏诗独特风格的佳作。全诗描写生动细致，叙事层次分明，但又笔势骞腾，兴象超妙。惆怅的心情与潇洒的风度融于一体，失意的叹喟中时露豪迈之气，堪称诗化的"东坡风神"。此诗既是一首游览诗，也是一首咏怀诗，它在精丽生动的游踪叙述和景物描绘中渗入身世之感乃至政治意味，从而具备极其丰富的内涵，这是苏轼对游览诗功能的扩展与提升。

苏轼

饮湖上初晴后雨[1]

水光潋滟晴方好[2],山色空濛雨亦奇[3]。若把西湖比西子[4],淡妆浓抹总相宜。

> 注释
>
> [1] 本诗选自《全宋诗》卷七九二,作于宋神宗熙宁六年(1073),时苏轼在杭州。
> [2] 潋滟:水波闪动的样子。
> [3] 空濛:雨雾迷茫的样子。
> [4] 西子:即西施,春秋时越国的著名美女。

> 鉴赏

此诗以概括性极强的手法描写西湖的美景,近人陈衍说"后二句遂成为西湖定评"(《宋诗精华录》卷二),其实全诗都是"西湖定评",堪称古今西湖诗中的绝唱。首二句虽是对当时情景的如实叙写,但它从晴、雨两个角度对西湖之美进行刻画:丽日高照,湖面水光潋滟;雨丝悬挂,四周山色空濛。西湖美景千姿百态,二句所写乃其各种姿

态中最为典型的两种，堪称探骊得珠。一般来说，人们游山玩水时多喜晴而厌雨。诗人却认为晴景固好，雨景亦奇，这表达出一种独特的审美价值观，也体现出独特的人生态度。苏轼的思想自由通脱，其情感既执着又潇洒。他以宽广的胸怀拥抱人生，以超越的眼光观察世界。蜀山蜀水固然是其情之所系，异乡客地也使他安之若素。苏轼既欣赏庐山、西湖等天下名胜，也喜爱密州等地的平冈荒坡。此诗表面上仅是对西湖景色的赞叹，其实何尝不是诗人旷达人生观的生动体现？

后二句用西子比喻西湖，构思奇妙，手法灵动。相传西施因病心而颦眉，却不减其美貌。苏轼从而联想西施无论淡妆浓抹皆美，并与晴、雨皆美的西湖相比，内含深刻的哲思，又不失生动的趣味。人们常称宋诗以"理趣"见长，并注重探索诗中之理，其实"理趣"一词中"理""趣"二字缺一不可。若无趣味，即使包含哲理的诗也未必成为好诗。一定要"理""趣"皆备，方能耐人寻味，百读不厌。此诗即为范例。

有美堂暴雨[1]

游人脚底一声雷，满座顽云拨不开。天外黑风吹海立[2]，浙东飞雨过江来[3]。十分潋滟金尊凸[4]，千杖敲铿羯鼓催[5]。唤起谪仙泉洒面[6]，倒倾鲛室泻琼瑰[7]。

注释

〔1〕 本诗选自《全宋诗》卷七九〇,作于宋神宗熙宁六年(1073),时苏轼在杭州。有美堂:在杭州吴山之顶,知州梅挚建于宋仁宗嘉祐二年(1057)。

〔2〕 "天外"句:杜甫《朝献太清宫赋》:"九天之云下垂,四海之水皆立。""立"形容水浪排空,状如壁立。

〔3〕 "浙东"句:本唐殷尧藩《喜雨》:"山上乱云随手变,浙东飞雨过江来。"

〔4〕 潋滟:水波相连貌。

〔5〕 敲铿:啄木鸟啄木之声。韩愈《城南联句》:"树啄头敲铿。"羯鼓:源于羯人的一种打击乐器。

〔6〕 谪仙:指李白。相传唐玄宗曾使人洒水于李白脸上,使其酒醒。

〔7〕 琼瑰:玉石,比喻好诗。

鉴赏

清人查慎行评曰:"通首多是摹写暴雨,章法亦奇。"(《初白庵诗评》卷下)究竟奇在何处呢?程千帆先生解曰:"此诗通首描写暴雨,而前半篇与后半篇用的是两种手法。用传统的术语来说,是前赋后比。……暴雨是人人都经历过的,但只有诗人,才能够将生活中这种常见的、但又稍纵即逝的景物赋予永恒的意义,从而显示了它的内在美。但必须注意的还在于苏轼写的是在一座近海城市山

上所看到的暴雨，而不是在其他地方看到的。同时，他写的是一位诗人特有的想象和感受，而不是别人的想象和感受。"此外，程先生还指出："也许苏轼当时正在有美堂宴饮，筵中有鼓乐，所以见景生情，因近取譬。"（《读宋诗随笔》）"有美堂"是风景绝佳的杭州名胜，苏轼在杭州期间宴饮甚频，上述推测相当合理。诗歌的文本也能支撑这种解读："满座顽云"，意指浓云低压，几乎包围了席间的座位。"金尊""羯鼓"，则正是席间所有之物。所以虽然全诗想落天外，但仍有很强的生活气息。尾联亦很可能是绾合席间嘉宾，意谓宾客中自有诗才出众如李白者，天帝惜其酒醉，故用暴雨洒面催其醒来赋诗。当然，这更可能是诗人以李白自喻：本已微醺，但听雷观雨之后，遂诗兴大发，成此美如琼瑰之诗篇。苏轼诗才敏捷，最善对客挥毫，此诗就是他即席赋诗的一个范例。

寓居定惠院之东，杂花满山，有海棠一株，土人不知贵也 [1]

江城地瘴蕃草木 [2]，只有名花苦幽独。嫣然一笑竹篱间，桃李漫山总粗俗。也知造物有深意，故遣佳人在深谷 [3]。自然富贵出天姿，不待金盘荐华屋 [4]。朱唇得酒晕生脸，翠袖卷纱红映肉。林深雾暗晓光迟,日暖风轻春睡足[5]。雨中有泪亦凄怆,月下无人更清淑[6]。先生食饱无一事[7],散步逍遥自扪腹。不问人家与僧舍,拄杖敲门看修竹。忽逢绝艳照衰朽,叹息无言揩病目。陋邦何处得此花[8],无乃好事移西蜀[9]?寸根千里不易致[10],衔子飞来定鸿鹄[11]。天涯流落俱可念[12],为饮一樽歌此曲。明朝酒醒还独来,雪落纷纷那忍触[13]!

注 释

〔1〕本诗选自《全宋诗》卷八〇三,作于宋神宗元丰三年(1080),时苏轼在黄州(今属湖北)。定惠院:寺庙名,在黄州城东南。

〔2〕瘴:南方山林中湿热之气。蕃:旺盛生长。

〔3〕"故遣"句:此以佳人比拟海棠,语本杜甫《佳人》:"绝代有佳人,幽居在空谷。"

〔4〕荐:进献。华屋:指豪贵之家。

〔5〕"日暖"句:语本《明皇杂录》:"上笑曰:'岂是妃子醉耶?海棠睡未足耳。'"

〔6〕清淑:清丽和婉。

〔7〕先生:诗人自指。

〔8〕陋邦:边远闭塞之地,此指黄州。

〔9〕好事：好事者。

〔10〕"寸根"句：指相距遥远，移栽不易。

〔11〕子：种子，花籽。

〔12〕"天涯"句：本白居易《琵琶行》："同是天涯沦落人，相逢何必曾相识。"

〔13〕雪落：指花谢。

鉴赏

宋神宗元丰三年（1080）二月，苏轼在御史台差役的押解下来到黄州。黄州是个荒凉偏僻的小城，苏轼又是戴罪之身，初来乍到无处栖身，只好寄居在寺庙里。此时的苏轼是个顶着"检校水部员外郎充黄州团练副使，本州安置，不得签书公事"之衔的犯官，到州衙门报到以后就无所事事。一天，苏轼信步走上定惠院东边一座花木葱茏的小土山，看到满山的杂树中竟然长着一株繁茂的海棠，又惊又喜。海棠本是蜀地特有的名花，怎么会孤零零地出现在千里之遥的黄州？诗人不由得触景生情，连连叹息。就像在举目无亲的异乡突然遇见一个知己，他有满腹情思要对她倾吐。

海棠本是国色天香的蜀地名花，如今却沦落在荒山深谷之间，与粗俗的漫山桃李为伍。然而她的风姿和神态依然是那样的超群拔俗，一尘不染，荒凉芜杂的环境丝毫无损于她天然的高贵。苏轼本人则是名闻天下的蜀中名士，又曾有过玉堂金马的荣耀经历，如今却流落到这个荒凉僻远的小山城,寄身荒寺,又有谁识得他的满腹才学和一腔忠愤?正像无人赏识的窘境无损于海棠的绝代风姿一样,沦落不偶的遭遇也无损于诗人的绝代风标。然而鹤立鸡群毕竟会导致寂寞之感,孤芳自赏的心态其实只是寂寞的一种表现形式,海棠也好,苏轼也好,他们多么需要得遇知己以一吐衷肠!娇柔的海棠虽然默默无语,但在诗人的眼中,她就像是杜甫笔下那位"幽居在空谷"的绝代佳人。"同是天涯沦落人,相逢何必曾相识!"此情此景,苏轼怎能不诗思如潮呢?

此诗整体性地用拟人手法来描写海棠:"嫣然一笑"、"故遣佳人"二句点明拟人之旨,"朱唇"二句以美人娇姿形容海棠之艳丽,"林深雾暗"一句本已回到海棠本身,下句却又以"春睡足"一笔兜回。"雨中"、"月下"二句既似写花,又似写人,亦真亦幻,兴会淋漓。诚如汪师韩所评:"不染铅粉,不置描摹,乃得是追魂摄魄之笔。"(《苏诗选评》卷三)下半首转写自己邂逅名花之过程,且抒发流落他乡的感慨,巧妙地将蜀地名士与蜀中名花联系起来,从而自然导出"天涯流落俱可念"之句,堪称神来之笔。于是此诗又有了更深一层的寓意,即清人纪昀所云"纯以海棠自寓,风姿高秀,兴象兴微"(《纪批苏诗》卷二十)。表层的以美人喻花,深层的以花喻己,立意之深微新奇远超一般咏花诗的格局,无怪苏轼把此诗视为平生得意之作,曾数十次为人书写,当时刻石流传的拓本就有五六种之多。

正月二十日与潘郭二生出郊寻春，忽记去年是日同至女王城作诗，乃和前韵[1]

东风未肯入东门，走马还寻去岁村。人似秋鸿来有信，事如春梦了无痕。江城白酒三杯酽[2]，野老苍颜一笑温。已约年年为此会，故人不用赋招魂[3]。

注释

[1] 本诗选自《全宋诗》卷八〇四，作于宋神宗元丰五年（1082），时苏轼在黄州。潘郭：潘丙、郭遘，皆黄州土著，是苏轼在黄州结识的好友。苏轼《东坡八首》之七："潘子久不调，沽酒江南村。郭生本将种，卖药西市垣。"女王城：即永安城，在黄州东十五里。前韵：指作于元丰四年的《正月二十日往岐亭，郡人潘、古、郭三人送余于女王城东禅庄院》。

[2] 酽：浓。

[3] 招魂：指《楚辞·招魂》。

鉴赏

平凡琐屑的生活能否产生好诗？平易质朴的文字能否构成好

诗？陶渊明早已作出肯定的回答。苏轼尊崇陶诗，曾声称："吾于诗人，无所甚好，独好渊明之诗。渊明作诗不多，然其诗质而实绮，癯而实腴，自曹、刘、鲍、谢、李、杜诸人，皆莫及也。"（《与苏辙书》）苏轼的"和陶诗"极受后人重视，其实有些并非和陶的苏诗更加接近陶诗的境界，此诗就是一例。元丰三年（1080）正月二十日，苏轼前往黄州途经麻城，在荒山野谷中看到盛开的梅花，作《梅花二首》。次年此日，苏轼在女王城与好友宴饮，念及去年往事，作诗云："去年今日关山路，细雨梅花正断魂。"第三年的此日，苏轼又与好友前往女王城寻春，想到去年的旧作，又次韵自和。正月二十日本是个平常的日子，但是它刚巧在苏轼心中留下难忘的记忆，于是在诗题中郑重拈出。就像陶诗《五月旦作和戴主簿》《辛丑岁七月赴假还江陵夜行涂口》等，所记的月日只对他本人具有特殊意义。苏诗所记的内容也平常无奇，与二三好友城郊寻春，饮酒数杯而已。苏轼将此诗写得如此生动有趣，其奥秘即在于"质而实绮，癯而实腴"。

全诗文字皆甚平易，但大巧蕴藏其中。比如首句，本意是说出东门时觉得春寒料峭，但偏说"东风未肯入东门"，将初春尚寒归责于东风的主动行为，顿觉生动有趣。又如次联，文字平易，比喻与对仗也简单直截，但纪昀评曰："三、四警策。"（《纪评苏诗》卷二一）王文濡则评曰："'春梦'句已入化境，非后人所能效颦。"（《宋元明诗评注读本》卷六）何以至此？一来句中蕴含着诗人回首旧事

的丰盈情思，二来这是人们旧地重游时的共同感受，遂成千古传诵的警句。至于颈联对好友欢聚的深情描述，尾联对政治失意的自我安慰，都是用深沉超迈的人生观使平凡琐屑的生活内容升华进入高境。凡此种种，皆深得陶诗之精髓。当然，这也是宋诗趋于平淡之美的总体倾向的典型体现。

寒 食 雨 [1]

春江欲入户，雨势来不已。小屋如渔舟，濛濛水云里。空庖煮寒菜，破灶烧湿苇。那知是寒食，但见乌衔纸 [2]。君门深九重，坟墓在万里。也拟哭途穷 [3]，死灰吹不起 [4]。

注 释

〔1〕本诗选自《全宋诗》卷八〇四，作于宋神宗元丰五年（1082），时苏轼在黄州。原作共二首，此为其二。

〔2〕乌衔纸：乌鸦衔着纸钱。古人于寒食节以纸钱祭奠亡者，或望空抛撒，或悬挂墓树，不一定要焚毁。唐白居易《寒食野望吟》："风吹旷野纸钱飞，古墓累累春草绿。"唐张籍《北邙行》："寒食家家送纸钱，乌鸢作窠衔上树。"

〔3〕哭途穷：《晋书·阮籍传》：阮籍"时率意独驾，不由径路，车迹所穷，辄恸哭而反"。

〔4〕"死灰"句：汉韩长孺字安国，曾入狱，"狱吏田甲辱安国，安国曰：'死灰独不复然乎？'田甲曰：'然即溺之。'"（《史记·韩长孺传》）

鉴赏

苏轼刚到黄州贬所时，极感孤寂。这种孤寂感不是由某种偶然机遇引起的，而是一种深刻的人生体验，它格外深广，难以排遣。此时的苏轼人到中年，以谢安之尊荣，尚且一到中年就心多烦恼，何况事事都不顺利的苏轼！他在政治上虽有不少盟友，但是近年来都沦于沉寂，连旧党领袖司马光都绝口不谈世事。当苏轼单枪匹马地奋然上书控诉新法扰民的种种弊病时，他难免会有孤掌难鸣的寂寞感。当他因讥讽新政而身陷囹圄，接着又被发配到举目无亲的黄州后，他的孤寂感肯定会更加强烈。行吟泽畔的屈子长叹说："举世皆浊，唯我独清；众人皆醉，唯我独醒！"凡是高才卓荦、德尊一代的人，都难免陷入这种孤独感的纠缠，苏轼何独不然？

苏轼在黄州所写的诗词文赋虽然不乏豪放、潇洒之作，但往往夹杂着沧桑变幻、人生如梦的低沉叹息，或是充溢着对广漠宇宙的惆怅情思，它们分别从时间和空间的不同维度表达了难以名状的深沉的寂寞之感。这首《寒食雨》所抒写的孤寂之感尤其鲜明浓烈。

阴雨连绵，江水暴涨，好像就要漫进门来。水气弥漫，小屋竟像飘荡在波涛中的一叶扁舟。诗人与世隔绝，差点连节令都忘了。他看见乌鸦衔着纸钱飞过，才想起已到寒食。诗人的心态比天气更加阴沉、凄冷。他远离了朝廷，也远离了家乡，进不能辅佐君主实现治国平天下的理想，退不能回乡隐居祭扫先人的坟墓。这种进退两难的处境，比穷途痛哭的阮籍更加不堪，连死灰复燃的希望也不再存在。

苏轼书写此诗的墨迹被后人誉为"天下第三行书"，视同拱璧。作为文学作品的此诗也是一件艺术精品，清人汪师韩评曰"精绝"（《苏诗选评笺释》卷三），绝非虚誉。

题西林壁[1]

横看成岭侧成峰，远近高低各不同。不识庐山真面目，只缘身在此山中。

注释

[1] 本诗选自《全宋诗》卷八〇六，作于宋神宗元丰七年（1084）。时苏轼离开黄州东下，途经庐山，游西林寺，作诗题壁。西林：寺名，即乾明寺，在庐山。

鉴赏

苏轼题此诗时，已将庐山的名胜游览殆遍，对庐山的整体面貌了然于胸，于是以胸有成竹的姿态写出此诗。黄庭坚读后慨叹说："此老于般若横说竖说，了无剩语。非其笔端有口，安能吐此不传之妙哉！"（见《冷斋夜话》卷七）佛家所谓"般若"，是指理解一切事物的大智慧，黄庭坚认为这首诗中就蕴含着这样的大智慧。清人陈衍更明确地说："此诗有新思想，似未经人道过。"（《宋诗精华录》卷二）的确，前人虽已表述过类似的意思，比如汉代的《盐铁论》中云"从旁议者与当局者异忧"，唐人白居易也说过"觉悟因傍喻，迷执由当局"（《和梦游春诗一百韵》），但是远不如苏轼所说的这般精警。然而此诗最大的优点不在于它说出了一个哲理，而在于它把这个哲理表达得如此清晰、准确、生动。苏轼不但避开了逻辑的论证，而且省略了他要表述的哲理自身，前两句是叙事：诗人身入庐山，四处览胜，发现庐山的面貌竟是移步换景，千姿百态。后两句仿佛是说理，但依然是就事论事，只字不离游览庐山之事。用前人的话说，这真是"一字不落理障"！正因如此，此诗所蕴含的哲理就是寄寓在诗歌意象中的深层意义，就是诉诸读者体悟的言外之意，它不但真切灵动从而使读者易于领会，而且意蕴丰富从而使读者联想无穷。如果从"理趣诗"的角度来评价此诗的话，它的价值既在于精警的哲理，更在于兴会淋漓的趣味，这正是苏轼论诗时所推崇的"奇趣"。

惠崇春江晚景 [1]

竹外桃花三两枝,春江水暖鸭先知。蒌蒿满地芦芽短 [2],正是河豚欲上时 [3]。

注 释

〔1〕本诗选自《全宋诗》卷八〇九,作于宋神宗元丰八年(1085),时苏轼在汴京。惠崇:宋初僧人,善画鹅雁鹭鸶,尤工小景。"晚景",一本作"晓景"。

〔2〕蒌蒿:草名,嫩茎可食。"芦芽":芦笋。二者皆可用作鱼羹佐料。

〔3〕河豚:鱼名,生长于海,春季溯江上游。

鉴 赏

这是一首题画诗。苏轼关于诗画的观点是:"论画以形似,见与儿童邻。赋诗必此诗,定知非诗人。"(《书鄢陵王主簿所画折枝》)此诗的写法与上述观点相关,它与画中的景物不即不离,有些内容则突破画面的局限,钱锺书先生评曰:"这首诗前三句写惠崇画里的事物,末句写苏轼心里的想像。宋代烹饪以蒌蒿、芦芽和河豚同煮，因此苏轼看见蒌蒿、芦芽就想到了河豚。鸭在惠崇画中，而河豚在苏轼意中。'水暖先知'是设身处地的体会，'河豚欲上'是即景生情的联想。"（《宋诗选注》）所以此诗有两个优点：一是情趣盎然，引人入胜。不但画中景物呈生机勃勃的动态之美，而且蕴含着诗人喜食河豚的生活趣味，颇具抒情诗的意味。二是哲理深沉，耐人寻味。"春江水暖鸭先知"一句，确是从画中景物体会而来，不难想见画面中的鸭子正在活泼地戏水，与水边盛开的桃花、茂密的蒌蒿相映成趣。但它揭示了具有普适意义的一个哲理，即身在其境之中者会首先体察到事物变化的征兆。到了后代，人们对此句的欣赏、引用大多着眼于此，便是明证。

书王定国所藏烟江叠嶂图 [1]

江上愁心千叠山 [2]，浮空积翠如云烟。山耶云耶远莫知，烟空云散山依然。但见两崖苍苍暗绝谷，中有百道飞来泉。萦林络石隐复见，下赴谷口为奔川。川平山开林麓断，小桥野店依山前。行人稍度乔木外，渔舟一叶江吞天。使君何从得此本 [3]？点缀毫末分清妍。不知人间何处有此境，径欲往买二顷田。君不见武昌樊口幽绝处，东坡先生留五

年。春风摇江天漠漠,暮云卷雨山娟娟。丹枫翻鸦伴水宿,长松落雪惊昼眠。桃花流水在人世,武陵岂必皆神仙[4]?江山清空我尘土,虽有去路寻无缘。还君此画三叹息,山中故人应有招我归来篇。

注释

〔1〕本诗选自《全宋诗》卷八一三,作于宋哲宗元祐三年(1088)十二月十五日,时苏轼在汴京。苏在王定国家看到王晋卿所绘《烟江叠嶂图》,作此题画。王定国:王巩,字定国。他与王诜(字晋卿)均与苏轼相交甚密,苏轼遭遇"乌台诗案"被贬黄州,二人均受牵连,分别贬至宾州(今广西宾阳)和均州(今湖北丹江口市),至元祐初年方返回汴京。

〔2〕江上愁心:语本唐张说《江上愁心赋》:"江上之峻山兮,郁崎巇而不极。云为峰兮烟为色,欻变态兮心不识。"原指江心堆积如山的烟云,此诗中则指云雾缭绕的山峰。

〔3〕使君:宋人对州郡长官的尊称,此指王巩。王巩曾任监宾州盐酒务,本非州郡长官,此乃借用。

〔4〕"桃花"二句:用陶渊明《桃花源记》之典。后人将桃花源附会为神仙居所,如唐王维《桃源行》:"初因避地去人间,更问神仙更不还。""春来遍是桃花水,不辨仙源何处寻。"

鉴赏

　　从杜甫开始，题画诗就有两个优秀传统，一是化静为动，即将静态的画面描写成移步换景、变化无穷的动态境界；二是画中有人，即渗入诗人的生活经历及主观情思。苏轼继承杜甫的传统，而且推陈出新，此诗即为范例。《烟江叠嶂图》的绘制者与收藏者皆是苏轼的生死之交，当诗人挥毫落笔之际，他胸中该有多少感慨！

　　全诗入手擒题，用十二句展开对画景的描写，而且一字不及题画，直接描绘真实的江山。于是画中的山峰不再是静物，而是烟云变幻的动态景物。这十二句纯是写景，如果独立成篇，则可读作一篇笔歌墨舞的山水诗。然后诗人忽然发问：使君从何处得到这幅绘画精品？清人方东树评曰："起段以写为叙，写得入妙，而势又高，气又遒，神又旺。'使君'四句正锋。"（《昭昧詹言》卷一二）所谓正锋，指从正面揭示题画诗之宗旨也。第二段转写观画引起的感慨，诗人的思绪从画面转向实境，并深情回忆曾亲践其境的黄州山水，在那山水幽绝之处，自己曾经生活过五个春秋！"春风摇江天漠漠"以下六句，清人纪昀赞曰："节奏之妙，纯乎化境。"（《纪评苏诗》卷三）纪氏所云"节奏"原指文字、语气而言，但我们也可解作季节变换的自然节律，因为"春风"等句分写春、夏、秋、冬四季之景。苏轼在黄州一住五年，不但饱看四时美景，同时也经历了无罪遭贬的心情起落，以及躬耕生涯的艰难辛苦。黄州的贬谪生涯使苏轼的人生观变得更加成熟，也使其文学创作变得更加深沉，黄州堪称苏轼人生道路上最重要的一座里程碑。难怪当苏轼在这幅《烟江叠嶂图》中看到似曾相识的江山后浮想联翩，并在结尾联想到归隐山中的夙愿。

总之，此诗对画中景物的描写绘声绘色，与山水诗毫无二致。但是它进而绾合自身的人生经历，渗入浓郁的人生感慨，从而兴会淋漓，将题画诗的抒情性质提升到前所未有的高度。这是苏轼对题画诗的重大贡献。

八月七日初入赣，过惶恐滩 [1]

七千里外二毛人 [2]，十八滩头一叶身 [3]。山忆喜欢劳远梦 [4]，地名惶恐泣孤臣。长风送客添帆腹，积雨浮舟减石鳞。便合与官充水手，此生何止略知津 [5]。

注 释

〔1〕本诗选自《全宋诗》卷八二一，作于宋哲宗绍圣元年（1094），时苏轼南谪惠州（今属广东），途经江西赣江，作此诗。惶恐滩：即"黄公滩"之谐音，在今江西万安县，江水湍急。

〔2〕七千里：乃赣江距离苏轼家乡眉山道里的约数。二毛：头发有黑白两色。

〔3〕十八滩：赣江自赣州流至万安的一段，共有十八处险滩，"惶恐滩"为其中最后一滩，也是最为湍急之一滩。

〔4〕喜欢：地名"错喜欢铺"的缩称。苏轼自注："蜀道有错喜欢铺，在大散关上。"

〔5〕知津：知道渡口在何处。津，渡口。相传孔子使子路向两位隐者"问津"，隐者对孔子奔走列国不以为然，乃曰："是知津矣。"（见《论语·微子》）

鉴赏

绍圣元年哲宗亲政，新党重新上台，旧党人士遭到更加严厉的打击。苏轼年已五十九岁，仍被贬往惠州。他在八月初到达江西，在庐陵（今江西吉安）、太和（今江西泰和）稍事停留，于八月七日重新乘船溯赣水南行，经过令人闻之色变的十八滩中最为湍急的"惶恐滩"。

此时的苏轼，年老多病，前途凶险。首联便说年老远谪，故乡遥远，意即连叶落归根也无法做到。如果在远方得以安居也就算了，偏偏还像一片树叶在十八滩头漂荡颠簸！两句对仗精工，诗意却是递进关系，构思妙不可言。颔联回顾平生：当年离乡北上求取功名，曾经过千里蜀道上的"错喜欢铺"，至今还时时入梦。如今被逐成

为孤臣，只能在惶恐滩头伤心垂泪。此联巧用双关语构成对仗："喜欢""惶恐"既是地名，又是两种情感。更妙的是，前句写进入仕途前对前程的憧憬，后句写久历宦海后对命运的悲叹，语意转折，情绪扬抑，与句法之对仗精工构成极大的张力。颈联比前面两联稍为逊色，但"帆腹""石鳞"两个比喻非常巧妙，对仗也很精切。更重要的是，此联写积雨水涨，长风鼓帆，舟行甚为顺利，诗人内心也稍感愉悦，对前半首的压抑低沉稍起调节作用。尾联语带嘲讽，并复归自伤身世之主题：自己行遍天涯，久在江湖，能为官家充当水手了！

全诗技法高超，思绪腾跃，艺术上已臻炉火纯青的境界，诗人坚毅沉着的精神和旷达潇洒的心胸也表露无遗，是一首声情并茂的佳作。

荔 支 叹 [1]

十里一置飞尘灰，五里一堠兵火催[2]。颠坑仆谷相枕藉[3]，知是荔支龙眼来。飞车跨山鹘横海[4]，风枝露叶如新采。宫中美人一破颜[5]，惊尘溅血流千载。永元荔支来交州[6]，天宝岁贡取之涪[7]。至今欲食林甫肉[8]，无人举觞酹伯游[9]。我愿天公怜赤子，莫生尤物为疮痍[10]。

雨顺风调百谷登，民不饥寒为上瑞[11]。君不见武夷溪边粟粒芽[12]，前丁后蔡相笼加[13]。争新买宠各出意，今年斗品充官茶[14]。吾君所乏岂此物，致养口体何陋耶？洛阳相君忠孝家[15]，可怜亦进姚黄花[16]！

注释

〔1〕本诗选自《全宋诗》卷八二二，作于宋哲宗绍圣二年（1095），时苏轼在惠州（今属广东）。

〔2〕置：此指驿站。堠：路旁计里的土堆，此亦指驿站。

〔3〕相枕藉：指尸体交横相枕。

〔4〕鹘：指海鹘，一种海船。

〔5〕宫中美人：此指杨贵妃。史载杨妃嗜荔支。

〔6〕永元：东汉和帝年号（89—104）。交州：东汉政区，辖区在今广东、广西一带。

〔7〕天宝：唐玄宗年号（742—756）。涪：涪州，今重庆市涪陵区。

〔8〕林甫：李林甫，唐玄宗时宰相，在位时一意阿谀奉迎。

〔9〕伯游：唐羌，字伯游，汉和帝时任临武（今属湖南）长，曾上书言进贡荔支扰民之状，和帝乃罢此事。

〔10〕尤物：特别美好的事物，指荔支及后文所写之斗茶、牡丹等物。疮痏：指祸害。痏，疮疤。

〔11〕上瑞：最好的祥瑞。

〔12〕武夷：山名，在今福建。粟粒芽：细如粟粒之茶叶。

〔13〕前丁后蔡：指丁谓、蔡襄。

〔14〕斗品：此指参加比赛的珍贵茶叶。

〔15〕洛阳相君：指钱惟演，官至枢密使。宋太宗曾称钱惟演之父钱俶"以忠孝而保社稷"。

〔16〕姚黄花：一种名贵的牡丹，色黄，出于姚姓之家，故名。

鉴赏

岭海时期的苏轼已无法再对朝政表示任何意见，也不便像从前那样在诗文中嬉笑怒骂地讥刺时事，但毕竟此心尚存，有时便忍不住一吐为快，此诗就是一例。

从表面上看，此诗的批判锋芒似乎不如乌台诗案之前所写的《吴中田妇叹》等诗那样犀利，其实不然。此诗开头从汉代、唐代进贡荔支而骚扰百姓的史实写起，貌似一首咏史诗，但是"我愿天公怜赤子"一笔兜转，便从借古讽今变为讥刺时事。诗人在"前丁后蔡"句后自注云："大小龙茶始于丁晋公，而成于蔡君谟。欧阳永叔闻君谟进小龙团，惊叹曰：'君谟士人也，何至作此事耶！'"又于"洛阳相君"二句后自注云："洛阳贡花，自钱惟演始。"诗中点名指斥的丁谓、蔡襄与钱惟演，都是宋仁宗朝人，年代很近，几乎可以看作当代的人物。况且诗人在"今年斗品充官茶"一句下有自注云:"今年闽中监司乞进斗茶,许之。"这就把矛头直指当朝的君臣了。此外,正因此诗从汉、唐一直写到本朝,其批判对象就更加广泛,其批判意识也更加深刻,它已经摆脱了一时一事的局限,从而具有更加深广的意义。

清人查慎行评曰:"耳闻目见,无不供我挥霍者。乐天讽谕诸作,不过就题还题,那得如许开拓。"(《初白庵诗评》卷中)甚确。在苏轼写此诗后不到二十年,宋徽宗和蔡京之流便开始大肆征求花石纲,《荔支叹》简直可以移用来对这对昏君奸臣进行辛辣的讽刺。宋诗反映社会弊病、干预朝廷政治的精神,在此诗中有鲜明的体现。

汲江煎茶[1]

活水还须活火烹[2],自临钓石取深清[3]。大瓢贮月归春瓮,小杓分江入夜瓶。雪乳已翻煎处脚[4],松风忽作泻时声[5]。枯肠未易禁三碗[6],坐听荒城长短更[7]。

注 释

〔1〕本诗选自《全宋诗》卷八二六,作于宋哲宗元符三年(1100)。时苏

轼在儋州（今属海南）。

〔2〕活水：指刚汲来的新鲜江水。活火：旺火。此句下有诗人自注："唐人云：'茶须缓火炙，活火煎。'"

〔3〕深清：江深处清澈之水。

〔4〕雪乳：指煎茶时浮在茶水面上的白色泡沫。

〔5〕松风：指倾倒茶水发出的声音。

〔6〕"枯肠"句：语本唐卢仝《走笔谢孟谏议寄新茶》："三碗搜枯肠，惟有文字五千卷。"

〔7〕长短更：间隔忽长忽短之更声。

鉴赏

苏轼热爱生活，他常常以近于审美愉悦的态度去拥抱人生，他从平凡、简朴的物质生活中也能获取幸福感，甚至是美感，此诗就是一个范例。

此时诗人正在偏僻荒凉的儋州贬所，其政治处境和物质生活都十分艰难，但诗中只有尾联稍寓牢骚之感，其余则集中全力描写煎茶一事之美好。杨万里对此诗赞叹不已："第二句七字而具五意：水清，一也；深处取清者，二也；石下之水非有泥土，三也；石乃钓石，非寻常之石，四也；东坡自汲，非遣卒奴，五也。'大瓢贮月归春瓮，小杓分江入夜瓶'，其状水之清美极矣。……'枯肠未易禁三碗，卧听荒城长短更'，又翻却卢仝公案：仝吃到七碗，坡不禁三碗。山城更漏无定，'长短'二字有无穷之味。"(《诚斋诗话》)的确，此诗在环境的烘托、细节的叙述、形貌的描绘上皆极为高妙，然而更重要的是，诗人对汲江、煎茶这些平凡琐事怀有浓厚的兴趣，故笔下化平凡为新奇。颔联、颈联细写汲取江水与煎茶水滚两事，然而显得何等美丽、有趣：用瓢舀水，同时也舀起了水中的月影。杓虽很小，但毕竟分得了部分的江水。茶汤滚时，汤面细沫白如雪花。倾茶入杯，其声有如松间风声。于是，煎茶这件生活俗事的整个过程都超越了实用的性质，进入了审美的境界。这是宋诗"以俗为雅"的范例，也是苏轼生活情趣的完美体现。阅读这样的诗作，对提升我们热爱生活、欣赏生活的情趣大有裨益。

江　神　子 [1]

乙卯正月二十日夜记梦 [2]

十年生死两茫茫 [3]。不思量，自难忘。千里孤坟 [4]，无处话凄凉。纵使相逢应不识，尘满面，鬓如霜。　　夜来幽梦忽还乡。小轩窗，正梳妆。相顾无言，惟有泪千行。

料得年年肠断处，明月夜，短松冈[5]。

注　释

〔1〕本词选自《全宋词》第一册，第 300 页。作于宋神宗熙宁八年（1075），时苏轼在密州（今山东诸城）。

〔2〕乙卯：熙宁八年。

〔3〕十年：苏轼妻王弗卒于宋英宗治平二年（1065），至此已十年。

〔4〕千里：王弗葬于眉山，距密州甚远。

〔5〕短松冈：指王弗墓地。

鉴　赏

金人王若虚《滹南诗话》云："晁无咎云：'眉山公之词短于情，盖不更此境耳。'……是直以公为不及于情也。呜呼！风韵如东坡，而谓不及于情，可乎？彼高人逸士，正当如是。其溢为小词，而间及于脂粉之间，所谓'滑稽玩戏，聊复尔尔'者也。"这段话是针对苏词中涉及歌儿舞女的婉约题材而言，但对我们理解此首《江城子》，也深有启发。晁补之说苏词"短于情"，当指其不像柳永或晏几道那般频繁地描写男欢女爱或男女相思，这个判断符合事实，但因此而称苏词"短于情"，则大谬不然。正如王若虚所言，苏轼感情丰富，举止潇洒，岂会"不及于情"？与柳、晏不同的是，苏轼作词，决不沉溺于男女私情，而是描写真实的人生，抒发深沉的情怀。举凡聚散离合，喜怒哀乐，无不成为词料。苏词中的"情"，其内涵之丰盈，程度之深挚，皆远胜于柳、晏之俦。《江城子》就是一个范例。苏轼夜梦亡妻，追忆平生，乃成此作，其情感之纯真深厚，与那种虚拟之作不可同日而语。全词明白如话，直抒胸臆，渗透着死生相隔、人生艰辛等复杂情愫，感人至深，催人泪下。谨为此词赞一语：东坡何其深情也！

江 神 子 [1]

密州出猎

老夫聊发少年狂。左牵黄[2]，右擎苍[3]。锦帽貂裘，千骑卷平冈[4]。为报倾城随太守，亲射虎，看孙郎[5]。　酒酣胸胆尚开张。鬓微霜，又何妨。持节云中，何日遣冯唐[6]？会挽雕弓如满月，西北望，射天狼[7]。

注　释

〔1〕本词选自《全宋词》第一册，第299页。作于宋神宗熙宁八年（1075），时苏轼在密州。

〔2〕左牵黄：左手牵着黄犬。

〔3〕右擎苍：右手擎着苍鹰。

〔4〕卷：奔驰如卷席。

〔5〕孙郎：指孙权。据《三国志·吴书》，孙权曾亲自射虎。

〔6〕"持节"二句：汉代魏尚为云中（今内蒙古托克托）郡守，御边有功，因上报战绩数目有误被削职。后汉文帝听从冯唐之言，遣冯持节以赦免魏尚，复守云中。

〔7〕天狼：星名，古人以为主侵掠。此指西夏或北辽。语本《九歌·东君》："举长矢兮射天狼。"

鉴赏

此词有清晰的写作背景。熙宁八年十月，苏轼以知州身份出郊祭祀常山以祷雨（相传常山之神甚为灵验，详见苏文《雩泉记》），归途中会猎于铁沟，作《祭常山回小猎》《和梅户曹会猎铁沟》等诗，前者云："圣明若用西凉簿，白羽犹能效一挥。"苏轼日后在乌台诗案中交代说"西凉簿"乃指晋代凉州主簿谢艾，谢虽为书生，然识兵略，曾击败石虎部将之进犯。可见苏轼因围猎而兴从戎之志，希望为国御侮，可与此词中"西北望，射天狼"之句互相印证。稍后，苏轼作书予友人鲜于侁云："近却颇作小词，虽无柳七郎风味，亦自是一家。呵呵。数日前，猎于郊外，所获颇多。作得一阕，令东州壮士抵掌顿足而歌之，吹笛击鼓以为节，颇壮观也。"（《与鲜于子骏》）所谓"小词"，即指此首《江城子》。这些确凿可靠的文献对我们颇有启发：一，从创作灵感到题材选择，苏轼对诗、词一视同仁，凡是可以入诗者皆可入词，所以"以诗为词"是其必然结果。二，苏轼作词既已打破歌筵舞席等传统题材范围，其内容和旨意也就呈现全新的风貌。此词中率众围猎、骑马射箭的场面，豪情满怀、壮志激烈的情感，都是此前词史所罕见的。三，此词在风格上已是名副其实的豪放词，表面上似乎是特殊题材所引起的偶然现象，但苏轼既然明言"虽无柳七郎风味，亦自是一家"，可见他已有在婉约词风之外另辟新境的主观意图。至于"令东州壮士抵掌顿足而歌之"云云，更说明苏轼对豪放词风的音乐美已有清晰的体认。

水调歌头[1]

丙辰中秋，欢饮达旦，大醉，作此篇，兼怀子由[2]。

明月几时有？把酒问青天。不知天上宫阙，今夕是何年？我欲乘风归去，又恐琼楼玉宇[3]，高处不胜寒。起舞弄清影，何似在人间！　　转朱阁，低绮户，照无眠。不

应有恨[4],何事长向别时圆?人有悲欢离合,月有阴晴圆缺,此事古难全。但愿人长久,千里共婵娟[5]。

注 释

〔1〕本词选自《全宋词》第一册,第280页。作于宋神宗熙宁九年(1076),时苏轼在密州(今山东诸城)。

〔2〕子由:苏轼弟苏辙,字子由,当时在济南(今属山东)。

〔3〕琼楼玉宇:此指月中宫殿。相传月中有广寒宫。

〔4〕不应有恨:意谓月与人之间不应有所怨恨。

〔5〕婵娟:美好的容貌,此处指月。

鉴 赏

相传宋神宗读到此词后说:"苏轼终是爱君。"(见鲷阳居士《复雅歌词》)其实此词的意旨不是爱君,而是热爱人间。所以连凡人最希望的白日飞升,他也弃之不顾。全词通篇咏月,却又处处与人间相关,它不仅是中秋佳节或天上明月的颂歌,更是一首人间的颂歌。

首句突兀而起,显然与李白的"青天有月来几时,我今停杯一问之"(《把酒问月》)一脉相承,但语意更加直截显豁,也更加发人深省。接下来是一连串的奇思妙想:要想乘风飞升,直入月宫,只恐难以忍受那高处的寒冷。还不如留在人间,月下起舞,清影随身,远胜于像嫦娥那样永久居住在广寒宫里。言下之意是天上仙界远不如人间温暖可爱。

　　下阕转入怀人主题,仍然句句绾合月光。"转朱阁"等三句,写月光入户,照人无眠。所以无眠,当然是怀人所致。于是词人诘问月亮,你与人间并无怨恨,为何偏在人们离别之时变圆呢?这一问,问得无理,却问得多情。当然,词人明知月不常圆,人多离散,难以两全其美。于是他郑重许愿:但愿人们都健康长寿,隔着千里共赏那一轮明月!南朝谢庄《月赋》云:"美人迈兮音尘阙,隔千里兮共明月。"苏词尾句从中化出,但境界更高,从而成为具有普适意义的美好愿望。这真是人们在中秋之夜对着天上圆月所能产生的共同愿望,南宋胡仔云:"中秋词自东坡《水调歌头》一出,余词尽废。"(《苕溪渔隐丛话》后集卷三九)其故或在斯乎!

卜 算 子 [1]

黄州定惠院寓居作 [2]

缺月挂疏桐,漏断人初静 [3]。谁见幽人独往来 [4],

缥缈孤鸿影[5]。　　惊起却回头,有恨无人省[6]。拣尽寒枝不肯栖,寂寞沙洲冷。

注释

〔1〕本词选自《全宋词》第一册,第295页。作于宋神宗元丰三年(1080),时苏轼谪居黄州。

〔2〕定惠院:寺院名,在黄州。

〔3〕漏断:漏声已断,指夜深。

〔4〕幽人:幽居之人,此为苏轼自指。

〔5〕缥缈:若隐若现的样子。

〔6〕省:理解,领会。

鉴赏

黄庭坚评此词曰:"语意高妙,似非吃烟火食人语。非胸中有万卷书,笔下无一点尘俗气,孰能至此!"(《跋东坡乐府》)达到如此境界的词作,必定有所寄托,那么究竟有什么寄托呢?后人议论纷纷。袁文《瓮牖闲评》、吴曾《能改斋漫录》等书称此乃东坡贬黄州后为邻家女子而作,固是凿空乱道。俞文豹逐句解析云:"'缺月挂疏桐',明小不见察也。'漏断人初静',群谤稍息也。'时见幽人独往来',进退无处也。'缥缈孤鸿影',悄然孤立也。'惊起却回头',犹恐谗慝也。'有恨无人省',谁其知我也。'拣尽寒枝不肯栖',不苟依附也。'寂寞沙洲冷',宁甘冷淡也。"(《吹剑录》)句句落实,亦属穿凿附会。

其实此词并不难解,无需刻意求深。苏轼以戴罪之身初到黄州,栖身寺院,举目无亲。乌台诗案带来的恐惧感尚未完全消失,长子苏迈之外的家人皆在筠州,与黄州土著的交往尚未开始,于是孤寂之感充斥心头。他在夜深人静的时分独自来到江边,自觉颇像一位幽居之士。是夜苏轼果真看到一只孤雁,还是纯出想象?我们已无法断定。但是毫无疑问,词中那只寒夜惊飞,既无伴侣,又无处栖宿,最后孤独地栖息在沙滩上的孤雁,正是惊惶失措、无处容身而又不改高洁品行的"幽人"的象征。幽人像孤鸿,孤鸿也像幽人,当然,他们也就是词人自身。寄托深微而浑然无迹,正是比兴手法的妙境。

水 龙 吟 [1]

次韵章质夫杨花词 [2]

似花还似非花,也无人惜从教坠 [3]。抛家傍路,思量却是,无情有思 [4]。萦损柔肠,困酣娇眼,欲开还闭。梦随风万里,寻郎去处,又还被莺呼起。 不恨此花飞尽,恨西园、落红难缀。晓来雨过,遗踪何在,一池萍碎[5]。春色三分,二分尘土,一分流水。细看来,不是杨花点点,是离人泪。

注释

〔1〕本词选自《全宋词》第一册,第277页。作于宋神宗元丰四年(1081),时苏轼在黄州。

〔2〕章质夫:章楶,字质夫,元丰四年在荆湖北路提点刑狱任上。

〔3〕从教:任凭,任由。

〔4〕思:意思,情思,与"丝"谐音,双关柳丝之"丝"。

〔5〕萍碎:苏轼原注:"杨花落水为浮萍,验之信然。"这是古代的一种传说。

鉴赏

谪居黄州是苏轼在词的创作上获得突飞猛进的巅峰期。且不说《念奴娇·赤壁怀古》那种前无古人的豪放之作,即使是传统风格的婉约词中,苏轼也不再对"柳七郎风味"有任何歆慕了。元丰四年,友人章质夫寄来一首杨花词,此词写得婉媚绮丽,宛然柳七风味:"燕忙莺懒花残,正堤上柳花飘坠。轻飞点画青林,谁道全无才思。闲趁游丝,静临深院,日长门闭。傍珠帘散漫,垂垂欲下,依前被、风扶起。　兰帐玉人睡觉,怪春衣、雪沾琼缀。绣床旋满,香球无数,才圆却碎。时见蜂儿,仰粘轻粉,鱼吹池水。望章台路杳,金鞍游荡,有盈盈泪。"苏轼当即次韵和之,这是和韵胜于原作的著名范例,王国维评曰:"东坡《水龙吟》咏杨花,和韵而似原唱。章质夫词,原唱而似和韵,才之不可强也如是。"(《人间词话》)除了才力大小之外,更重要的差别在于章词依然是传统的婉约风格,东坡词却一洗原作的"织绣功夫",正如晁冲之评曰:"东坡如毛嫱、西施,净洗却面,与天下妇人斗好,质夫岂能比耶!"(《曲洧旧闻》)苏轼对传统的婉约词风进行了彻底的改造,语言清丽而近白描,情感清纯而去浓艳,从而与柳永词风分道扬镳。这是苏轼对词史的另一种贡献。

定 风 波 [1]

三月七日,沙湖道中遇雨[2],雨具先去,同行皆狼狈,余独不觉,已而遂晴,故作此词。

莫听穿林打叶声,何妨吟啸且徐行。竹杖芒鞋轻胜马[3],谁怕? 一蓑烟雨任平生。　料峭春风吹酒醒,微冷,

山头斜照却相迎。回首向来萧瑟处,归去,也无风雨也无晴。

注释

〔1〕本词选自《全宋词》第一册,第288页。作于宋神宗元丰五年(1082),时苏轼在黄州。

〔2〕沙湖:村名,在黄州东南,时苏轼前往此村相田。

〔3〕芒鞋:草鞋。

鉴赏

　　此词的小序将写作背景交代得非常清楚:苏轼在友人的陪同下到沙湖去相田,途中遇雨,乃作此词。清人郑文焯评曰:"此足征是翁坦荡之怀,任天而动,琢句亦瘦逸,能道眼前景,以曲笔写胸臆,依声能事尽之矣。"(《大鹤山人词话》)的确,此词披露了词人旷达潇洒、宠辱不惊的胸怀。风雨骤至,众人皆狼狈不堪,只有苏轼从容不迫地一边吟啸,一边徐步前行。他手持竹杖,脚登芒鞋,步履轻快,毫无惧色。等到下午踏上归途时,雨散云收,斜阳复出。回望来时风雨萧瑟的地方,早已安谧如常。这是词人在生活中偶然遇到的一场风雨,但又何尝不是人生道路上所遇坎坷的缩影?如果说风雨是坎坷人生的象征,晴朗是通达人生的象征,那么"也无风雨也无晴"就意味着平平淡淡的人生,也意味着平和、淡泊、安详、从容的君子人格。经历过玉堂金马的荣耀和锒铛入狱的耻辱，又在黄州的躬耕生涯中备尝生活艰辛的东坡居士已经练就一种宠辱不惊、履险如夷的人生态度，不期而至的雨丝风片又能奈他何？人生在世，很难规避各种意想不到的困难、挫折。当我们在人生道路上遇到风雨时，应该采取何种态度？试读此词，定可得到启迪和鼓励。

念 奴 娇 [1]

赤壁怀古 [2]

大江东去，浪淘尽、千古风流人物。故垒西边，人道是、三国周郎赤壁 [3]。乱石穿空，惊涛扑岸，卷起千堆雪。江山如画，一时多少豪杰！　　遥想公瑾当年，小乔初嫁了 [4]，雄姿英发。羽扇纶巾 [5]，谈笑间、樯橹灰飞烟灭 [6]。故国神游，多情应笑我，早生华发。人间如梦，一尊还酹江月 [7]。

注 释

〔1〕本词选自《全宋词》第一册，第 282 页。作于宋神宗元丰五年（1082），时苏轼在黄州。

〔2〕赤壁：一名赤鼻矶，在黄州城外。

〔3〕周郎：周瑜，字公瑾，三国时吴国大将。

〔4〕小乔：乔公有二女，皆美，称大乔、小乔。小乔为周瑜之妻。

〔5〕羽扇纶巾：古代儒将的装束。纶巾是系着青丝带的头巾。

〔6〕樯橹：一作"强虏"。

〔7〕酹：洒酒祭奠。

鉴赏

真正的赤壁之战发生在湖北嘉鱼县东北江滨，苏轼并非不知。他曾称黄州赤壁为"传云曹公败所，所谓'赤壁'者，或曰非也。"（《与范子丰》）可见在疑信之间。然而当他伫立在黄州赤壁高耸的石矶上俯瞰滚滚东流的长江时，觉得如此险要的地形真是天然的好战场，当年万舰齐发、烈焰映空的战争场景便如在目前。古代的英雄人物已随着那滔滔不绝的江水永远流逝了，他们曾经在历史舞台上纵横驰骋，多么威武雄壮，多么风流潇洒！命途坎坷的自己却年近半百一事无成，往昔的雄心壮志都已付诸东流，若与少年英发的周郎相比，更使人感叹无端。于是苏轼举杯酹月，写下这首慷慨激烈的怀古词。

词中其实蕴含着郁积在苏轼心头的失意之感——人生如梦的思绪、年华易逝的慨叹，情绪相当低沉。但是这些情愫映衬在江山如画的壮阔背景下，又渗入了面对历史长河的苍茫感受，顿时变得深沉、厚重，不易捉摸。而对火烧赤壁的壮烈场面与英雄美人的风流韵事的深情缅怀又给全词增添了雄豪、潇洒的气概，相形之下，苏轼本人的低沉情愫便不像是全词的主旨。也就是说，此词中怀古主题是占主导地位的，词人的身世之感则是第二位的。苏轼将它题作"赤壁怀古"，名副其实。正因如此，虽然后人对此词的情感内蕴见仁见智，但公认它是苏轼豪放词的代表作。从此以后，黄州的赤壁便成为人们凭吊三国英雄的最佳场所，那个真正的赤壁古战场反倒无人问津了。此词影响之大，于此可睹一斑。

八声甘州 [1]

寄参寥子 [2]

有情风万里卷潮来，无情送潮归。问钱塘江上 [3]，西兴浦口 [4]，几度斜晖？不用思量今古，俯仰昔人非。谁似东坡老，白首忘机 [5]。　　记取西湖西畔，正暮山好处，空翠烟霏。算诗人相得，如我与君稀。约他年东还海道，愿谢公雅志莫相违。西州路，不应回首，为我沾衣 [6]。

注释

〔1〕本词选自《全宋词》第一册,第297页。作于宋哲宗元祐六年(1091),时苏轼被召为翰林学士承旨,即将离开杭州。

〔2〕参寥:诗僧道潜之字。

〔3〕钱塘江:河名,流经杭州湾入海。

〔4〕西兴:地名,在今浙江杭州市,钱塘江之南。

〔5〕忘机:清除机心。

〔6〕"约他年"五句:东晋大臣谢安志在隐逸,欲自江道东还泛海,未就而卒。西州,晋代建业(今江苏南京)城门之名,谢安临卒前曾自此门入建业。谢安卒后,羊昙行不由西州门。尝醉中偶过西州门,思念谢安,恸哭而去。详见《晋书·谢安传》。

鉴赏

苏轼性情忠厚,胸襟开阔,性格坦荡,他总是以善良的眼光去看待别人,与三教九流都有交往,自称上可以陪玉皇大帝,下可以陪悲田院中的乞丐。道潜是位僧人,他既是苏轼的诗友,又是其生死之交,曾受苏轼的牵累而被勒令还俗,编管兖州。元祐六年(1091),苏轼被召还朝,即将离开杭州,作此词留别道潜。

词中用晋人谢安、羊昙之典,意思是希望在生前实现隐逸之愿,以免留下遗憾而使故人为我流泪。词中不无牢骚，也不无迟暮之感，但措辞平和温厚，宛然一位长者对年轻友人的和蔼口吻。所谓"有情风"者，实乃词人心中多情之故也。清人郑文焯评此词曰："突兀雪山，卷地而来，真似钱塘江上看潮时，添得此老胸中数万甲兵，是何等气象雄且桀！妙在无一字豪宕，无一语险怪，又出以闲逸感喟之情，所谓骨重神寒，不食人间烟火者，词境至此观止矣。云锦成章，天衣无缝，是作从至情流出，不假熨帖之工。"（《大鹤山人词话》）郑氏的体会相当准确，此词风格豪放，气魄雄大、堪称豪放词的典范之作。然而它豪放而不至粗犷，阔大而不失细腻，词中所蕴含的情感属于忠厚一路，即使有牢骚也绝无剑拔弩张之态。这种委婉蕴藉、意在言外的风格倾向，苏诗中较少体现，由此可见诗、词二体风格之异。

蝶 恋 花 [1]

花褪残红青杏小[2]。燕子飞时，绿水人家绕。枝上柳绵吹又少，天涯何处无芳草。　　墙里秋千墙外道。墙外行人，墙里佳人笑。笑渐不闻声渐悄，多情却被无情恼。

注释

〔1〕本词选自《全宋词》第一册,第 300 页。作年不详,可能作于宋哲宗绍圣元年(1094)苏轼前往惠州的贬谪途中。

〔2〕花褪残红:指花瓣凋落。

鉴赏

　　此词仍是婉约词。词中描写了一位天真烂漫的可爱少女,她在燕飞水绕的园子里兴高采烈地荡着秋千,全不管春光已逝,花落絮飞。而墙外匆匆经过的行人听到墙里传出的清脆、娇柔的笑声,心里顿生情思。清人王渔洋说:"'枝上柳绵',恐屯田缘情绮靡,未必能过。孰谓坡但解作'大江东去'耶?"(《花草蒙拾》)"屯田"就是柳永,可见人们承认这是典型的婉约词,它在"缘情绮靡"的方面不亚于柳永。

　　欧阳修《浣溪沙》中有"绿杨楼外出秋千"的名句,苏轼当然熟知此句,词中的他多半看到随着秋千荡出墙头的少女,或闻其笑声,然而此词的主人公是那位偶然映入词人眼帘的少女吗?显然不是。杜牧有诗云:"南陵水面漫悠悠,风紧云轻欲变秋。正是客心孤迥处,谁家红袖倚江楼?"(《南陵道中》)心怀愁思的旅人在途中突然瞥见美丽的异性,特别容易凸现心头的孤寂感。苏轼此词也是如此。时节是春去夏来,境遇是人在天涯,词人的所见所闻莫不增添心头的烦恼：红花凋谢，青杏结子，枝上的柳絮也飘飞将尽。偏偏在此时从园墙里边荡出一架秋千，又传来了少女的欢声笑语！惆怅、寂寞之感油然而生，于是他责怪墙里的佳人是如此无情！这里没有什么绮思、艳情，充溢全词的只是时光流逝、天涯流落引起的落寞、委屈心情。难怪苏轼的侍妾朝云在惠州时刚想唱此词就泪流满面，作为苏轼的闺中知己，她清楚地领会了苏轼的言外之意！这样的婉约词，其抒情性质已与一般的诗歌毫无二致，这是苏轼改造词风的一个显例。

西江月[1]

玉骨那愁瘴雾，冰姿自有仙风。海仙时遣探芳丛，倒挂绿毛幺凤[2]。　素面翻嫌粉涴，洗妆不褪唇红。高情已逐晓云空，不与梨花同梦。

注释

[1] 本词选自《全宋词》第一册，第284页。作于宋哲宗绍圣三年（1096），时苏轼在惠州。

[2] 绿毛幺凤：岭南特有的一种珍禽，绿毛红嘴，栖息时常倒悬于枝头。

鉴赏

　　此词有双重主题。它是一首咏梅词，明人杨慎评曰："古今梅词，以坡仙'绿毛幺凤'为第一。"（《词品》）它也是一首悼亡词，宋人惠洪等皆持此说（详见《冷斋夜话》卷一）王朝云是苏轼的侍妾，也是他的闺中知己。她不但对苏轼始终"忠敬若一"，而且对他的精神世界有深切的理解。苏轼屡遭迫害，朝云也跟着他颠沛流离，四海为家。绍圣元年（1094），五十九岁的苏轼远谪岭南，将要到那荒僻遥远的瘴疠之乡度过余生。行至半路，众妾相继离去，年仅三十二岁的朝云却坚决要求跟随南行。到了惠州，朝云一如既往地细心照料着苏轼的生活。绍圣三年六月，朝云染病身亡。苏轼追念不已，既亲撰墓铭，又作疏文追荐。当年十月，岭上梅花开放，苏轼泪眼模糊地凝视着幽艳独绝的梅花，觉得它简直就是朝云的化身，乃作此词。此词既像是咏梅花，又像是咏朝云，花耶，人耶？已经说不清楚，也没有必要说清楚。因为在苏轼的心中，二者早已合成一体，而朝云的身影也像玉洁冰清的梅花一样，永远定格在千古读者的心中。

晏几道

晏几道（1038—1110），字叔原，号小山，抚州临川（今属江西）人，晏殊第八子，故称"小晏"。曾任太常寺太祝、乾宁军通判、开封府判官等职。后退居汴京故居，穷困潦倒。著有《小山词》。生平见夏承焘《晏叔原年谱》。

临江仙[1]

梦后楼台高锁，酒醒帘幕低垂。去年春恨却来时。落花人独立，微雨燕双飞。　　记得小蘋初见[2]，两重心字罗衣[3]。琵琶弦上说相思。当时明月在，曾照彩云归。

注释

〔1〕本词选自《全宋词》第一册，第222页。作年不详。

〔2〕小蘋：一位歌女的名字。

〔3〕心字罗衣：绣着心字图案的罗衣，一说指用心字香熏过的罗衣。

鉴赏

　　此词抒写失恋之痛，堪称回肠荡气。"落花"二句虽是借用五代诗人翁宏《春残》一诗中的成句，但一经点化，则精彩百倍。花落纷纷，词人独自痴痴地站立着。在细微的春雨中，燕子成双成对地飞来飞去。意境之凄美，衬托之贴切，无与伦比。更值得注意的是，词人的相思对象不是类型化的某些歌女，而是一个真实的"伊人"。她名唤"小蘋"，她善弹琵琶，她曾穿着绣有心字图案的罗衣，她曾在琵琶声中传递相思之意。晏几道在《小山词跋》中回忆说："始时沈十二廉叔、陈十君宠家有莲、鸿、蘋、云，品清讴娱客。每得一解，即以草授诸儿，吾三人持酒听之，为一笑乐。"此词中的"小蘋"，当即名"蘋"之歌女。"小蘋"原是别人家里的歌女，晏几道只是在酒席上与她偶然相逢，但两人一见钟情，从此种下相思。这样的爱情词，与作者的身世之感密切结合，所抒之情真诚纯洁，这是晏几道词超越温庭筠等花间词人的同类作品的奥秘所在。

　　失恋、相思虽是婉约词派中相当常见的主题，但像晏几道这样集中写此类主题，而且写得如此凄美感人的并不多见。就主题倾向而言，晏几道可称宋代最擅长写失恋主题的词人。

晏几道

蝶恋花[1]

醉别西楼醒不记[2]。春梦秋云[3],聚散真容易。斜月半窗还少睡,画屏闲展吴山翠。　　衣上酒痕诗里字。点点行行,总是凄凉意。红烛自怜无好计,夜寒空替人垂泪[4]。

注释

〔1〕本词选自《全宋词》第一册,第224页。作年不详。

〔2〕西楼:泛指欢宴之所。

〔3〕春梦秋云:比喻容易消逝的美好事物。白居易《花非花》:"来如春梦不多时,去似秋云无觅处。"

〔4〕"红烛"二句:化用杜牧《赠别》:"蜡烛有心还惜别,替人垂泪到天明。"

鉴赏

小山词的主题相当单纯,无非是"感光阴之易迁,叹境缘之无实"(《小山词序》),但其写法多变,风格鲜明。沈祖棻先生评首句云:"抚今追昔,浑如一梦,所以一概付之于'不记'。"(《宋词赏析》)诚然,"不

记"者,不愿记也,不忍回忆也。于是下文专咏眼前情景:斜月半窗,夜长不寐,眼睁睁地看着画屏上的苍翠吴山。吴地气候温润,树木苍翠,"吴山翠"自是不言而喻。但此处的"翠"字并非闲笔,因为对于心情悲苦者而言,某种格外鲜艳的色彩会使人触目伤心,李白《菩萨蛮》云"寒山一带伤心碧",即是同理。下片写既然难以入睡,干脆披衣起坐,闲读旧稿,看到衣上的酒痕和纸上的字迹,点点行行,都浸透着凄凉之意。可见虽说"不记",但旧日情事其实铭记心头,须臾难忘,眼前的任何物体都会勾起伤心的回忆。最后两句化用杜牧诗意,然推陈出新,出人意表。杜诗用比喻,说蜡烛有心,故替人垂泪。晏词却直道红烛怜悯自己无计脱身,在寒夜里空自替人垂泪。借同情红烛来形容相思之苦,这种更进一层的曲折情思,既不落俗套,又思虑深刻,从而凸显出词人刻骨铭心的怀旧情愫,感人至深。

鹧 鸪 天 [1]

彩袖殷勤捧玉钟[2],当年拚却醉颜红[3]。舞低杨柳楼心月,歌尽桃花扇影风。　从别后,忆相逢。几回魂梦与君同。今宵剩把银釭照[4],犹恐相逢是梦中。

晏几道

注释

〔1〕本词选自《全宋词》第一册,第225页。作年不详。

〔2〕彩袖:指歌女。玉钟:玉杯。

〔3〕拚却:甘愿。

〔4〕银釭:银灯。

鉴赏

此词描写一对情人久别重逢的情景,是从男子的角度来叙述的。上片追忆在酒宴上初次见面的情景:歌女殷勤地捧杯劝酒,词人开怀畅饮,为了取悦对方而宁愿一醉方休。歌女的轻歌曼舞是如此美妙,观赏者则久看不厌,以致歌扇风尽,明月低沉。三、四两句锻词炼字精工华丽,而且气象雍容华贵,是描写歌舞艺术的名句。晁补之评曰:"不蹈袭人语而风调闲雅,自是一家。"又曰:"自可知此人不在三家村中也。"(见《侯鲭录》卷七)甚确。下片写别后相思:几回在梦中相见,总是信以为真。及至今宵果真重逢,却反而怀疑是梦。七、八两句的意思是虽然手执银灯相照,明明看到对方就在眼前,却依然唯恐这又是一次梦境。运笔回环宛转,写尽其痴情缠绵的情态,刻画又惊又喜的复杂心理,极为逼真。其立意模仿杜甫《羌村》"夜阑更秉烛,相对如梦寐"二句,然措辞造句俱能推陈出新。

125

晏几道词对婉约词风的最大革新是他笔下的男女恋情大多与其身世之感相结合，虽然仍是男女相思的传统主题，但同时也旁及自己的生活经历，并渗透由此产生的伤感哀怨。双重的失落感水乳交融地表现在一首词中，故感人至深。

阮 郎 归 [1]

天边金掌露成霜[2]，云随雁字长。绿杯红袖趁重阳[3]，人情似故乡。　　兰佩紫，菊簪黄，殷勤理旧狂[4]。欲将沉醉换悲凉，清歌莫断肠[5]。

注 释

〔1〕本词选自《全宋词》第一册，第 238 页。作年不详。

〔2〕金掌：汉武帝曾在建章宫前造铜铸仙人，手托铜盘以承露水。此句谓时已入秋。

〔3〕趁：对付，打发。

〔4〕理：治理，矫正。旧狂：旧日之狂放。

〔5〕清歌：不用乐器伴奏的独唱。

鉴赏

此词抒写的具体情愫是什么？是年华流逝青春不再，是他乡流落客居无聊，还是旧交星散举目无亲？似乎都有，但并未明言，不妨理解成百感交集，忧来无端。古人重视重阳，视之为亲友团聚的佳节，然而词人此时身在他乡！上片叙事。首句表面上是写时序，铜人高举的承露盘中，清露已凝成白霜，可见秋气萧瑟。但它又双关着空间的意义，"天边"二字微逗其旨。铜人原为汉武帝所造，立于长安建章宫前，是京城或朝廷的象征。如今的京城是汴京，它是词人自幼生活的地方，也是萦结其温馨旧梦的场所，难怪他要举首眺远，"云随雁字长"即是眺望所见。客中度节，虽有侍女侑酒，也难免杯盘草草，故曰"趁重阳"。"趁"者，草草打发也。虽然如此，毕竟人情可亲，宛如故乡，聊可自慰。此处的"故乡"实指汴京，遂与首句互相呼应。下片转入抒情。论者对"殷勤理旧狂"一句评说甚多，但均未说清"理"字何意。这里的"理"不是整理、分析，而是治理、矫正，全句意为努力清除旧日狂态。下句云想用沉醉置换悲凉，即与上句一脉相承。当然，这一切都是正话反说。孤傲颠狂乃词人之本性，岂能轻易清除？孤独悲凉乃词人之真情，岂能以酒消之？于是词人清歌一曲，虽强自劝解曰"莫断肠"，其实正是断肠之声。黄庭坚评小晏词曰"清壮顿挫"（《小山集序》），此词庶几近之。

魏夫人

魏夫人,魏泰姐,曾布妻,襄阳(今属湖北)人。曾布任右仆射,魏氏受封鲁国夫人。著有《鲁国夫人词》。

菩 萨 蛮 [1]

溪山掩映斜阳里。楼台影动鸳鸯起。隔岸两三家,出墙红杏花。 绿杨堤下路,早晚溪边去。三见柳绵飞[2],离人犹未归。

注 释

〔1〕本词选自《全宋词》第一册,第268页。作年不详。

〔2〕柳绵:即柳絮,暮春时节离树飘飞。

鉴 赏

离愁别恨,是宋词中的第一大主题。而思妇的离愁别恨,更是宋代词人最喜爱的题材。可惜宋代词人中女性寥若晨星,所以绝大部分的闺怨词皆为男性代笔，纵能百般揣摩，终究隔着一层。只有以李清照为代表的女性词人之作，才能使女性真正成为闺怨词中的"第一性"。魏夫人是此类写作的先驱者，尤其难能可贵。此词有两点值得关注：一是下字精妙，意象清丽。比如上片结句"出墙红杏花"，一个"出"字深受后人赞赏，以为乃南宋叶绍翁名句"一枝红杏出墙来"之先导。又如"楼台影动鸳鸯起"，楼台倒影于水，本为静态，因水鸟飞起搅动水面而呈动态，写景精细。而鸳鸯乃双宿双飞之禽，自会加深词人思夫之情思，此层意思含而不露，蕴藉有味。二是词中包含着词人自身的经历，全词渗透着真情实感。《乐府雅词》记载："魏夫人，曾子宣丞相内子，有《江城子》《卷珠帘》诸曲，脍炙人口。其尤雅正者，则有《菩萨蛮》云'溪山掩映斜阳里'……，深得《国风·卷耳》之遗。"其夫曾布（字子宣）曾于元丰年间接连调任秦州、陈州、蔡州、庆州等地知州，游宦甚久，夫妇之间当有多年离别。此词中"三见柳绵飞，离人犹未归"云云，当属写实。当然此词亦可解作泛写离愁，但如果解作词人自述经历、自道心事，则确如《周南·卷耳》。朱熹评后者曰："可以见其贞静专一之至矣。"我们对魏夫人的《菩萨蛮》词，亦宜作如是观。

孔平仲

孔平仲,字毅父,临江新淦(今江西新干)人。宋英宗治平二年(1065)进士。著作与其兄文仲、武仲合刊为《清江三孔集》。生平见《宋史》卷344本传。

代小子广孙寄翁翁 [1]

爹爹来密州,再岁得两子[2]。牙儿秀且厚,郑郑已生齿。翁翁尚未见,既见想欢喜。广孙读书多,写字辄两纸。三三足精神,大安能步履。翁翁虽旧识,伎俩非昔比。何时得团聚,尽使罗拜跪。婆婆到辇下[3],翁翁在省里[4]。大婆八十五[5],寝膳近何似。爹爹与奶奶[6],无日不思尔。每到时节佳,或对饮食美。一一俱上心,归期当屈指。昨日又开炉,连天北风起。饮阑却萧条,举目数千里。

注 释

〔1〕本诗选自《全宋诗》卷九二四,作于宋神宗熙宁六年(1073),时孔

平仲在密州（今山东诸城）。小子：儿子。翁翁：祖父，此指孔平仲之父孔延之（1014—1074）。

〔2〕再岁：两年。

〔3〕婆婆：祖母，指孔延之之妻杨氏，封仁和县君。辇下：京城，此指汴京。

〔4〕省里：谓在尚书省任职。时孔延之任吏部司封郎中，属尚书省。

〔5〕大婆：曾祖母，指孔延之之母刘氏，封仁寿县太君。

〔6〕奶奶：此指母亲，即孔平仲之妻。

鉴赏

孔延之是孔子的四十六世孙，是一位事母至孝的"笃行君子"，其家"子多而贤，天下以为盛"（曾巩《司封郎中孔君墓志铭》）。此诗乃其三子平仲所作，其实是一封向父母请安的家书，但出之以孩儿广孙的口吻，写法别致，生趣盎然，宛然一幅体现和睦家风的生活画卷。如果说孟子所云"老吾老""幼吾幼"是儒家仁爱精神的逻辑起点，此诗就是这种精神的生动图解。全诗可分三段，第一段先汇报父亲来密州后连得两子，人丁兴旺原是古人的理想，孔延之本人就有子七人，如今又增添两个孙儿，当然是件喜事。然后报告包括自己在内的三个孙儿都在健康成长，祖父虽曾见过他们，但已今非昔比。说完五个孙儿的情况，便用"何时得团聚，尽使罗拜

跪"作一小结,表达对合家团聚的愿望。此段模仿儿童声口最为生动,比如自夸"读书多",又如称本领为"伎俩",极其生动。第二段转为请安,对生活在京城的祖父母及曾祖母三位老人表示问候。老人最重要的就是身体健康、寝食正常,故仅用"寝膳近何似"一句,便已意思完满。第三段写父母对老人的思念之情,妙在全用日常生活的细节进行烘托,而且都是孩童眼中所见的具体场景,更觉亲切入微。合家团聚,子孙满堂,本是古人追求的人生理想。家庭和睦,父慈子孝,本是儒家倡导的社会伦常。此诗就是上述理念的生动体现,它用朴实无华的童稚语言,表达纯真善良的童稚心理,读来如闻其声,感人肺腑。

黄庭坚

黄庭坚（1045—1105），字鲁直，号山谷道人，又号涪翁，洪州分宁（今江西修水）人。宋英宗治平四年（1067）进士，曾任叶县尉、国子监教授，知太和县、著作佐郎、起居舍人、国史编修官等职。哲宗绍圣年间贬至黔州、宜州等地，卒于宜州。著有《山谷诗集》《山谷词》。生平见《宋史》卷444本传。

郭明甫作西斋于颍尾请予赋诗 [1]

食贫自以官为业[2]，闻说西斋意凛然。万卷藏书宜子弟，十年种木长风烟[3]。未尝终日不思颍，想见先生多好贤。安得雍容一杯酒，女郎台下水如天[4]。

注 释

〔1〕本诗选自《全宋诗》卷一〇〇〇，作于宋神宗熙宁四年（1071），时黄庭坚在汝州叶县（今属河南）。郭明甫：生平不详。颍尾：即颍口，乃颍水入淮水处，在今安徽颍上县。

〔2〕食贫：意同"居贫"，过穷日子。语本《诗·卫风·氓》："三岁食贫。"

〔3〕十年种木：语本《管子·权修》："十年之计，莫如树木。"

〔4〕女郎台：相传春秋时鲁昭侯为迎娶胡女，筑台以宾之，称"女郎台"，故址在颍州（今安徽阜阳），距颍口不远。

鉴赏

此诗是黄庭坚二十六岁时的作品，其"生新瘦硬"的独特诗风尚未形成，但在艺术上已相当老成。程千帆、沈祖棻先生评曰："这篇诗赋西斋，但诗人却并没有到过西斋，所以全从想象落笔，化实为虚。'闻说''想见''安得'，都非泛下，读时不可忽略过去。"（《古诗今选》）正因"化实为虚"，诗中对西斋的描写都有遗貌取神的特点，次联向称名句，但上句说斋中藏书极富，意即斋主饱读诗书，且能诗礼传家；下句说斋外遍植树木，意即斋主性喜清幽，清高不染尘俗，都是重在写人。至于西斋之状貌，则仅以"长风烟"三字以点染之。颈联纯粹以意行之，抒写诗人与斋主之间的倾慕、思念之情。字面极其简朴，但句序上故意因果倒置，便显得曲折有致。相传古代许由隐于颍水之阳，故颍水既是斋主卜居之地，也是传统的隐居之地，"思颍"一词便语意双关，意味深永。此外，如"食贫""十年种木"等语词暗用古代典籍中的成语，但得心应手，如同己出。黄庭坚论诗推崇"平淡而山高水深"的境界（《与王观复书》），一般认为他本人的创作到了晚年才达到这个境界，但此诗说明其早年创作中已经有所体现。

登 快 阁[1]

痴儿了却公家事[2]，快阁东西倚晚晴。落木千山天远大，澄江一道月分明[3]。朱弦已为佳人绝[4]，青眼聊因美酒横[5]。万里归船弄长笛，此心吾与白鸥盟[6]。

注 释

[1] 本诗选自《全宋诗》卷一〇〇九，作于宋神宗元丰五年（1082），时黄庭坚在太和（今江西泰和）。快阁：阁名，在太和县城东，澄江边上。旧名"慈氏阁"，北宋沈遵知太和县时改称"快阁"。

[2] 痴儿：痴笨之人，此句用晋人杨济语："生子痴，了公事，公事未易了也。"（见《晋书·傅咸传》）

[3] 澄江：水名，赣江支流，由南向北流经太和县东。

[4] "朱弦"句：《吕氏春秋·本味》："钟子期死，伯牙破琴绝弦，终身不复鼓琴，以为世无足复为鼓琴者。"朱弦，漆成红色的琴弦。

[5] "青眼"句：晋人阮籍能为青白眼，见礼俗之士，"以白眼对之"，见

可悦者,"乃见青眼"。详见《晋书·阮籍传》。

〔6〕白鸥盟:与鸥鸟结盟,指胸无机心,忘却世务。语本《列子·黄帝》。

鉴赏

　　此诗深得后人好评。程千帆先生评曰:"首联登阁,次联揽景,三联怀友,末联思归,一气盘旋,无多曲折,而气势豪纵。"(《读宋诗随笔》)缪钺先生则评曰:"'倚晚晴'之'倚'字,'聊因美酒横'之'横'字,都是极平常的字,但是经过黄庭坚的运化,即能点铁成金,可见黄诗炼字之法。"(《宋诗鉴赏辞典》)的确,此诗体现了诗人鄙视世俗的兀傲心态,但并不借助于夭矫奇崛的结构或生新独造的词语,而是在流转畅达的章法和平易朴实的字句中渗入豪迈不凡的气势。首联先反用"生子痴,了官事"的成语表明自己勤于政事、不同流俗的品格,再用"倚晚晴"这种貌似平易其实巧妙的语词搭配展示开阔的胸襟。次联以阔大澄澈的景象衬托恢宏磊落的气度,字面上却朴实无华,几近口语。三联所用的两个典故都是熟典,但前者以"佳人"代称知音,后者将青眼施于"美酒",皆能化腐为新,字句则通顺晓畅,淋漓尽致地表达了仕宦生涯的寂寞无聊。末联表达思归之意,用"归船""白鸥"隐含"江湖"之念,形象生动,意蕴深永。总之,此诗在艺术形式上平直简洁,不露声色,却很好地展示了兀傲的意态与洒落的胸襟,耐人寻味。

黄庭坚

过 家[1]

　　络纬声转急[2],田车寒不运[3]。儿时手种柳,上与云雨近。舍傍旧佣保[4],少换老欲尽[5]。宰木郁苍苍[6],田园变畦畛[7]。招延屈父党[8],劳问走婚亲[9]。归来翻作客,顾影良自哂[10]。一生萍托水[11],万事雪侵鬓。夜阑风陨霜,干叶落成阵[12]。灯花何故喜[13],大是报书信[14]。亲年当喜惧[15],儿齿欲毁龀[16]。系船三百里,去梦无一寸[17]。

注释

〔1〕本诗选自《全宋诗》卷一〇一二,作于元丰六年(1083)冬,时黄庭坚在分宁(今江西修水)。

〔2〕络纬:虫名,即莎鸡,俗称纺织娘,夏秋夜间振羽作声,声如纺线。

〔3〕田车:农具名,即水车。

〔4〕佣保:雇工。

〔5〕"少换"句:年少的变老了,年老了死尽了。

〔6〕宰木:种在墓地上的树木。

〔7〕畦畛:田间的界道。

〔8〕招延：延请。屈：屈尊。父党：父系亲属。

〔9〕劳问：慰问。走，奔走。婚亲：有婚姻关系的亲属，此指母系亲属。按，此二句为互文。

〔10〕顾影：顾望身影。良：确实。哂：嘲笑。

〔11〕萍托水：如浮萍托身于流水，指到处漂泊。

〔12〕成阵：形容很多。

〔13〕灯花：灯芯燃烧时结成的花状物，俗以灯花为吉兆。

〔14〕大是：多半是。

〔15〕亲年：父母的年岁。语本《论语·里仁》："父母之年，不可不知也。一则以喜，一则以惧。"

〔16〕毁龀：儿童换齿。

〔17〕"去梦"句：距离梦境很近。

鉴赏

此诗结构严谨，字句烹炼，情感沉郁，风格独特。元丰六年冬，黄庭坚携家人返乡，将老母、幼儿留在家乡，然后孤身赴德平镇。他到达德平镇后作《留别王郎世弼》说"骨肉常万里，寄声何由频。我随简书来，顾影将一身"，任渊注引其与德州太守书云："客宦不能以家来，官舍萧条如寄。"此诗作于离家之后，到达德平镇之前。

前半首共十四句，写返乡时的经历和感受，诗意每两句一转。层次既多,转折亦速,似乎零乱无序,连一贯赞赏黄诗章法的方东树也说:"起处亦大无序矣。"(《昭昧詹言》卷十)其实仔细体味,不难发现其章法之妙。这是一个离别家乡二十余年的游子重返故乡时的所见所感:首先映入眼帘的是村外的萧瑟冬景,然后认出了昔年手植的树木已高入云霄,并发现邻舍的人物已经换代,然后上冢时发现田间道路已非复旧貌,然后是亲戚殷勤招待、慰问,然后是客散人静后的独自沉思和感慨。叙事的次序一清二楚,哪里是真的"无序"? 不过是层次繁多而已。

后半首共八句,写去乡后的情思,诗意亦是两句一转:先写寒夜独宿孤舟的感觉,再写独对孤灯的感想,再写对留在家乡的老母、幼儿的牵挂,最后写去乡渐远而魂梦未离。诗意不断地转折,脉络却极其清晰。

全诗从匆匆还乡写到匆匆离乡,内容丰富,层次分明,章法严谨有序。此诗题作《过家》而不是《归家》,真是名副其实。此外,全诗句法烹炼,语言生新,感情沉郁,思绪深刻,是体现黄诗独特风格的代表作之一。

寄黄几复 [1]

我居北海君南海 [2],寄雁传书谢不能。桃李春风一杯

酒，江湖夜雨十年灯。持家但有四立壁[3]，治病不蕲三折肱[4]。想得读书头已白，隔溪猿哭瘴溪藤。

注释

〔1〕本诗选自《全宋诗》卷九八〇，作于宋神宗元丰八年（1085），黄庭坚在德州德平镇（今山东商河北）。黄几复：黄介，字几复，黄庭坚之同乡好友，时知四会县（今广东四会市）。

〔2〕"我居"句：德平镇临近渤海，四会县濒临南海。

〔3〕持家：操持家业。四立壁：形容家境贫穷，《史记·司马相如传》："家居徒四壁立。"

〔4〕蕲：祈求。三折肱：《左传·定公十三年》："三折肱，知为良医。"

鉴赏

黄庭坚因不满新政，与上司（主张新法的德州通判赵挺之等人）不协，故格外思念远方友人。此诗声情历落（颈联之平仄大拗大救），颇呈兀傲之气，与诗人心情密切相关。首句化用《左传·僖公四年》中"君处北海，寡人处南海"之语，既切合自己与友人居所的地理环境，又因"北海""南海"之相对显得格外遥远。次句说"寄雁传书"，本为常见手法。相传鸿雁南飞，至衡阳而止，四会远在衡阳之南，雁飞不到乃是客观事实。但此句缀以"谢不能"三字，仿佛鸿雁开口谢绝为诗人传书,写法生动有趣。与之相似的是,颈联两句均用古代典籍中语,上句正用,说友人像司马相如一样家徒四壁;下句反用,说友人精通吏治,犹如良医不再需要"三折肱"的磨炼过程。凡此,都是运用典故成语得心应手,浑如己出。严羽批评宋诗"以学问为诗",其实只要运用得当,"学问"并不是诗歌艺术的负面因素,此诗即为明证。

更值得注意的是,此诗的首联、颈联化用典籍,颔联、尾联则明白如话,错落有致,匠心独运。颔联向称名联,上句追忆昔日相聚之欢乐,下句诉说别后漂泊之凄凉,两句诗全用名词连缀而成,并无一字直接抒情,但满腹情思洋溢于字里行间,感人至深。尾联想象友人年老沉沦下僚,居所瘴溪猿啼,然犹读书不止。这既是对友人的赞美,也是对诗人自己的绝妙写照,可见二人的深情厚谊建于志同道合的根基之上,弥足珍贵。此诗文字典雅,构思深沉,精妙的艺术形式并未遮蔽诗人的真性情,真乃文情并茂的佳作。

老杜浣花溪图引[1]

拾遗流落锦官城[2],故人作尹眼为青[3]。碧鸡坊西结茅屋,百花潭水濯冠缨[4]。故衣未补新衣绽,空蟠胸

中书万卷。探道欲度羲黄前[5],论诗未觉国风远[6]。干戈峥嵘暗宇县[7],杜陵韦曲无鸡犬[8]。老妻稚子具眼前,弟妹飘零不相见。此公乐易真可人[9],园翁溪友肯卜邻。邻家有酒邀皆去,得意鱼鸟来相亲[10]。浣花酒船散车骑,野墙无主看桃李。宗文守家宗武扶[11],落日蹇驴驮醉起。愿闻解鞍脱兜鍪[12],老儒不用千户侯。中原未得平安报,醉里眉攒万国愁[13]。生绡铺墙粉墨落[14],平生忠义今寂寞。儿呼不苏驴失脚,犹恐醒来有新作。长使诗人拜画图,煎胶续弦千古无[15]。

注释

〔1〕本诗选自《全宋诗》卷一〇一四,作于宋哲宗元祐三年(1088),时黄庭坚在汴京,任《神宗实录》检讨官。老杜:指杜甫,以区别于"小杜"杜牧。浣花溪:水名,在成都西郊,杜甫草堂即在溪畔。

〔2〕拾遗:指杜甫。杜甫曾任左拾遗。锦官城:指成都。成都产锦,朝廷于此设锦官,故得此名。

〔3〕故人:指严武。作尹:严武曾任成都尹。

〔4〕碧鸡坊、百花潭:地名,均在浣花溪附近,均见于杜诗。

〔5〕羲黄:伏羲、黄帝,都是传说中的上古圣王,其时民风淳朴,道德高尚。

〔6〕国风:即《诗经》中之《国风》,借代《诗经》。

〔7〕干戈：两种兵器。峥嵘：高峻貌。"干戈峥嵘"即兵器林立，指战乱严酷。

〔8〕杜陵韦曲：长安城南的两个地名，前者乃杜甫祖籍。

〔9〕乐易：和乐平易。可人：使人喜爱。

〔10〕得意：会心，领会旨趣。

〔11〕宗文：杜甫长子。宗武：杜甫次子。

〔12〕解鞍脱兜鍪：解下马鞍，脱去头盔，指平息战争。

〔13〕攒：聚集。攒眉即皱眉，愁眉不展。此处语义双关。

〔14〕生绡：即生绢，古时常用来绘画。粉墨落：颜料剥落。

〔15〕煎胶续弦：相传用凤嘴与麟角合煎成胶，可用来粘接断弦。比喻承继之难。

鉴赏

相传杜甫有一首逸诗："迎旦东风骑蹇驴，旋呵冻手暖髯须。洛阳无限丹青手，还有工夫画我无？"（见胡仔《苕溪渔隐丛话》后集卷八）的确，杜甫生前诗名不彰，无人为其画像。然而到了宋代，杜甫的诗名如日中天，杜甫画像也不断涌现。此诗是题咏杜甫画像的杰作，读之不但如睹画作，而且如睹姿态生动的诗圣，奥妙全在别开生面的写法。

首先，全诗的前二十四句均直接叙述杜甫的事迹及心迹，仿佛是一篇诗体的杜甫小传。开头先将杜甫寓居浣花溪的背景介绍清楚，文笔洗练。接下去描写杜甫在浣花溪畔醉骑蹇驴的情景，以及杜甫忧国忧民的心态。最后六句方切入题画诗的题中应有之义，描写观画所见，抒发观画所感。这种写法仿佛离题较远，其实非常高明。唯其如此，此诗才能摆脱画面的限制，从而囊括画中人物的丰富内涵，并使静止的画面景象进入动态的境界，从而在时间的维度上展开充分的想象，对画中情景的时代背景、发生缘由以及人物动作的延展过程进行细致生动的描写，创造了基于绘画又胜于绘画的全新意境。

其次，此诗对杜甫的理解既全面又深刻，对杜甫生平的描写既真实又生动，其主要原因当然是黄庭坚对杜甫的衷心崇敬，同时也得力于黄庭坚对杜诗的熟读成诵。全诗与杜诗相关的字句比比皆是，有些是借用杜诗中的语词，例如"百花潭水濯冠缨"出于杜诗《怀锦水居止》："百花潭北庄。"有些是化用杜甫叙写自身境遇或情怀的诗句，例如"野墙无主看桃李"出于杜诗《绝句漫兴》："手种桃李非无主，野老墙低还是家。"全诗化用杜诗字句，生动贴切，竟如己出，正是黄庭坚所倡"夺胎换骨"之法的典型运用。正因此诗繁复地运用杜诗字句来题咏杜甫画像，故读来如闻杜甫之心声，倍感亲切。

六月十七日昼寝 [1]

红尘席帽乌靴里[2],想见沧洲白鸟双[3]。马龁枯萁喧午枕[4],梦成风雨浪翻江。

注 释

〔1〕本诗选自《全宋诗》卷九八九,作于宋哲宗元祐四年(1089),时黄庭坚在汴京。昼寝:午睡。
〔2〕席帽:以藤席制作的斗笠,可以防雨。乌靴:即乌皮靴,宋代官员所服,见《宋史·舆服志》。
〔3〕沧洲:滨水之地,多指隐者居处。
〔4〕龁:咀嚼。萁:豆秆。

鉴 赏

此诗的主题是向往隐逸生活,甚为明晰,其写法却引得议论纷纷。宋人叶梦得云:"余始闻舅氏言此,不解'风雨翻江'之意。一日,憩于逆旅,闻旁舍有澎湃鞺鞳之声,如风浪之历船者。起视之,乃马食于槽,水与草龃龉于槽间,而为此声。方悟鲁直之好奇。然此亦非可以意索,适相遇而得之也。"(《石林诗话》卷上)叶氏所谓"水与草龃龉于槽间",实与黄诗所写的"马龁枯萁"有所不同,但他说此诗"非可以意索,适相遇而得之",解释合理。清人袁枚则批评此诗:"落笔太狠,便无意致。"(《随园诗话》卷九)事实上此诗的结句虽出人意料,但完全合情合理。任渊注云:"《楞严经》曰:'如重睡人,眠熟床枕。其家有人于彼睡时捣练舂米。其人梦中闻舂捣声,别作他物,或为击鼓,或为撞钟。'此诗略采其意,以言江湖之念深,兼想与因,遂与此梦。"钱锺书先生进而指出:"任注补益,庶无剩义,以《楞严》仅言因而未及想,只得诗之半也。"(《管锥编》)的确,任渊用古人提出的梦之成因来解说黄诗,深中肯綮。古人对梦之成因有两种解释:如心中日有所思,夜有所梦,即所谓"想"。如身体有某种感觉(听觉、触觉等),因以成梦,即所谓"因"。(详见《世说新语·文学》载乐广语)黄庭坚嫌恶宦海,向往江湖,久思成梦,此为"想"。他偶然在午睡时听到马龁枯萁之声,在梦中幻化成风雨翻江,此为"因"。于事理而言,自然真实。于诗意而言,圆满妥帖。换句话说,此诗的结句是前三句完整铺垫的合理结果,袁枚未解其妙耳。此诗小中见大,典型地体现出黄诗的独特风格。昼寝闻马龁刍而梦成风雨翻江,其题材甚奇。短短四句中叙梦之成因圆满周全,其构思甚奇。前三句皆作铺垫而末句徒然转折,其章法甚奇。嫌恶红尘而向往江湖,其意趣甚奇。

"昼寝"本是日常生活中的琐细俗事，黄庭坚却能将它写得如此奇趣横生，意境高雅，这正是他倡导的"以俗为雅"（《再次韵杨明叔引》）的成功范例，值得重视。

雨中登岳阳楼望君山二首[1]

投荒万死鬓毛斑[2]，生出瞿塘滟滪关[3]。未到江南先一笑，岳阳楼上对君山。

满川风雨独凭栏，绾结湘娥十二鬟[4]。可惜不当湖水面，银山堆里看青山[5]。

注 释

〔1〕本组诗选自《全宋诗》卷九九四，作于宋徽宗崇宁元年（1102）二月一日。时黄庭坚离开荆州（今湖北沙市）返乡，途经岳阳（今属湖北）。
〔2〕投荒：流放到荒远之地。投，迁置，贬徙。柳宗元《别舍弟宗一》："万死投荒十二年。"
〔3〕瞿塘：峡名，长江三峡之首。滟滪：江中堆名，位于瞿塘口。
〔4〕绾结：同绾髻，盘绕发髻。湘娥：指湘君、湘夫人。相传尧帝之二

女娥皇、女英，嫁为帝舜之妃，死为湘水之神，居君山。

〔5〕"银山"句：语本刘禹锡《望洞庭》："遥望洞庭山水色，白银盘里一青螺。"

鉴赏

岳阳楼是天下闻名的楼观，君山是天下闻名的胜地，诗人到此，登览题咏，名篇甚多，然这两首诗仍能推陈出新，原因何在？

首先，此诗很好地将人生遭遇与登览主题结合起来，从而内涵丰富，情思满盈。

第一首的叙事有三个层次：贬谪荒远，遇赦东归，途中登临岳阳楼。但并不平铺直叙，而是逐层递进，心潮澎湃。首句追忆在荒远僻地苦熬多年，万死一生，鬓发尽白，心情沉痛。次句写遇赦东归，竟然活着走出了号称天下之险的瞿塘、滟滪，庆幸之情溢于言表。三、四句写还乡途经岳阳，登名楼、览胜景，遂开怀一笑。短短四句，诗人的心情从抑转扬，再上扬，而"未到江南"四字又暗含跌宕：广义的"江南"包括岳阳在内，但在宋代，岳阳属于"荆湖北路"，只有诗人的家乡分宁才属于"江南西道"，故此处的"江南"特指其家乡，全句意谓虽未归乡而先得一笑耳。

第二首只写凭栏眺景，但是诗人在"满川风雨"中独自登楼，且希望到白浪如山的湖面上欣赏小岛，这与当时政治局势的风雨如磬，以及自己历尽风雨、曾经沧海的人生经历，似乎也有隐约的联系。总之，此诗是斯人、斯时的登楼之作，写景中渗透着深沉的人生感受，极具个性。

其次，此组诗手法老到，精光内敛。诗中多用成语典故，但皆经过夺胎换骨式的艺术改造。比如第一首次句用汉代班超久戍西域，年老思归，上书朝廷曰"臣不敢望到酒泉郡，但愿生入玉门关"（《后汉书·班超传》）之典，极其精切，但字多变换，语如己出。又如第二首的末联化用刘禹锡句意，但刘诗实写遥望洞庭所见之真景，此诗却虚化成身当湖面从浪堆中观看君山的幻景，构思之奇特，远迈前人。

题落星寺[1]

落星开士深结屋[2]，龙阁老翁来赋诗[3]。小雨藏山客坐久，长江接天帆到迟。宴寝清香与世隔[4]，画图妙绝无人知。蜂房各自开户牖，处处煮茶藤一枝[5]。

注 释

〔1〕本诗选自《全宋诗》卷一〇〇六，或作于宋徽宗崇宁元年（1102）。时黄庭坚在星子（今属江西）。落星寺：寺名，在鄱阳湖边之落星石

(今江西星子),离黄庭坚家乡修水不远,诗人曾多次来游。

〔2〕开士:菩萨之异名,后用作对僧人之尊称。

〔3〕龙阁老翁:旧注谓指李常,李为黄庭坚之母舅,南康(今江西南昌)人,曾任龙图直学士。高步瀛云:"疑此当属山谷自谓,诗中始有主脑。"(《唐宋诗举要》卷六)可从。

〔4〕宴寝:休息起居之室。

〔5〕藤一枝:指藤杖。陈永正先生云:"诗意谓自己拄杖所至之处,都受到僧人煮茶接待"(《诗注要义》),可从。

鉴赏

崇宁元年(1102)初,黄庭坚曾返家乡修水。五月前往江州(今江西九江),途经星子,乃作此诗。此时的黄庭坚刚离开谪居多年的戎州(今四川宜宾),尚未被贬往其终老之地宜州(今属广西)。政治形势仍很险恶,年近六旬的诗人早已绝意仕途,他以处变不惊的心情对待接连不断的政治打击,一心沉浸在焚香煮茶的幽独境界中寻求精神寄托。

此诗堪称山谷风神的典范表现。相传落星石乃陨星所化,当然是一个远离红尘的地方。僧人于此结屋,环境清静幽深。次句说自己来此赋诗。黄庭坚曾任集贤校理、秘书丞等职,算是馆阁之士,虽未曾入龙图阁,以"龙阁老翁"自称也不算僭越。此句声情兀傲,因诗人对自己的诗才甚为自信，又生性淡泊，故与此清幽之境主客相得。诗人入寺后适逢小雨留客，于是悠然静坐，细细观赏江上帆影。诗中所及之事乃赋诗、赏画、品茶、焚香，如此幽雅脱俗的活动，如此清幽静谧的境界，真乃红尘不到。清人姚鼐评曰："此诗真所谓似不食烟火人语。"（见《唐宋诗举要》卷六）诚然。

此诗最大的艺术特征是声情拗峭。它虽是一首七言律诗，但全诗竟无一句完全合律，颈联且至失粘。然而它于拗中又有见律处，如第二句第五字应仄而平，以救第一句第六字及本句第三字之拗。又如第六句用三平调作结，第五句则相应地三个仄声字收尾。所以全诗声调既不圆熟，又不至过分佶屈。这样的声调峭拔劲健，与所写的幽僻清绝之境界桴鼓相应，也与诗人兀傲脱俗的性格互相吻合。黄诗的主导风格是生新瘦硬，此诗堪称其代表作。

书摩崖碑后 [1]

春风吹船着浯溪 [2]，扶藜上读中兴碑。平生半世看墨本，摩挲石刻鬓成丝。明皇不作苞桑计 [3]，颠倒四海由禄儿 [4]。九庙不守乘舆西 [5]，百官已作鸟择栖 [6]。抚军监国太子事 [7]，何乃趣取大物为 [8]。事有至难天幸尔，上皇踽踽还京师。内间张后色可否[9]，外间李父颐指挥[10]。南内凄凉几苟活[11]，高将军去事尤危[12]。臣结春秋二三策[13]，臣甫杜鹃再拜诗[14]。安知忠臣痛至骨，世上但赏琼琚词[15]。同来野僧六七辈，亦有文士相追随。断崖苍鲜对立久，冻雨为洗前朝悲[16]。

注释

〔1〕本诗选自《全宋诗》卷九九八，作于宋徽宗崇宁三年（1104）三月，时黄庭坚南谪途经祁阳（今属湖南），作此。摩崖碑：即"中兴碑"，指铭刻在祁阳县浯溪岸边石崖上的《大唐中兴颂》，唐上元二年（761）元结撰，大历六年（771）颜真卿书，主旨是歌颂唐朝平定安史叛乱的中兴业绩。

〔2〕浯溪：水名，湘江的支流，唐人元结曾寓居溪畔。

〔3〕苞桑：桑树的本干。《易·否》："其亡其亡，系于苞桑。"孔颖达云："凡物系于桑之苞本，则牢固也。""苞桑计"意指居安思危以固邦本的计谋。

〔4〕禄儿：指安禄山。安曾自请为杨贵妃养儿。

〔5〕乘舆：帝王之车驾。"乘舆西"指安史之乱时唐玄宗西奔入蜀。

〔6〕鸟择栖：比喻官员择主而事，此指安史乱后诸臣纷纷降敌。

〔7〕抚军监国：《左传·闵公二年》谓太子的职责是"从曰抚军，守曰监国"。

〔8〕趣：急于。大物：指天下，帝位。

〔9〕张后：唐肃宗的皇后张良娣。色可否：用脸色表示可否。

〔10〕李父：指宦官李辅国，时人尊称为"五父"。颐指挥：颐指气使。

〔11〕南内：兴庆宫。唐玄宗自蜀还都后曾居此宫，后迁往"西内"太极宫。

〔12〕高将军：宦官高力士，曾加骠骑大将军等号。从玄宗入蜀并还京，后被流放巫州，玄宗处境遂更加危险。

〔13〕臣结：指元结。"春秋二三策"：指《大唐中兴颂》。《孟子·尽心下》："吾于《武成》取二三策而已矣。"策，竹木简。"二三策"指不长的篇幅。"春秋"一作"春陵"，非。宋人袁文、清人朱霈皆曾亲至浯溪见石刻黄书真迹，作"春秋"。（见《瓮牖闲评》卷五、《牖窥杂志》）

〔14〕臣甫：指杜甫。杜甫《杜鹃》："我见常再拜，重是古帝魂。"

〔15〕琼琚：美玉，此指精美文辞。

〔16〕涷雨：同"冻雨"，暴雨。

鉴赏

刻在浯溪石崖上的"摩崖碑"名闻天下，人们既重元文，又重颜书，其拓本广为流传，黄庭坚早已揣摩烂熟。但当他果真来到浯溪，仍然激动万分。对书法家黄庭坚来说，这是颜真卿的字！对文学家黄庭坚来说，这是元结的文！为什么《中兴颂》会使黄庭坚忧来无端、诗思如潮呢？元结的颂文本是"以颂寓规"，黄诗却几乎全是讥讽，

既直言不讳地指出玄宗晚年失德,导致四海沸腾的安史之乱,更将主要的批判矛头指向肃宗,严厉地追究其自行宣布登基且与玄宗父子失和的过失。黄诗还以杜甫的"杜鹃再拜诗"作为参照,指出元结颂文蕴含着"忠臣痛至骨"的思想内涵。

  此诗表面上是吟咏史事,其实蕴含着深厚沉郁的现实感慨。诗中对玄宗、肃宗均直点其名,对肃宗且呼作"太子",褒贬态度非常鲜明。诗人的批判既着眼于朝廷政事,更着眼于伦理道德,全诗的议论堂堂正正,且高屋建瓴,势如破竹。全诗并无一字涉及北宋时政,但如此浓郁的沧桑之感,分明包蕴着借古讽今的用意。与元结、杜甫一样,黄庭坚对玄肃之际的那段历史感到痛惜和悲怆。联想到几十年来白云苍狗的政局,面对着北宋王朝大厦将倾的现实,诗人吊古伤今,感慨万千。此诗的批判虽不动声色,锋芒内敛,但是入木三分。黄庭坚此时已届暮年,他的诗歌风格已经趋于平淡质朴,此诗在平淡中蕴含着奇崛之气,质朴中敛藏着锤炼之功,处理如此重大的题材竟能举重若轻,真正达到了平淡而山高水深的艺术境界,它既鲜明地体现黄诗的独特风貌,也是"宋调"的典型代表作品。

念 奴 娇 [1]

  八月十七日,同诸甥步自永安城楼[2],过张宽夫园待月[3]。偶有名酒，因以金荷酌众客[4]。客有孙彦立[5]，善吹笛。援笔作乐府长短句，文不加点。

断虹霁雨，净秋空，山染修眉新绿[6]。桂影扶疏[7]，谁便道，今夕清辉不足？万里青天，姮娥何处？驾此一轮玉。寒光零乱，为谁偏照醽醁[8]？　　年少从我追游，晚凉幽径，绕张园森木。共倒金荷，家万里，难得尊前相属。老子平生[9]，江南江北，最爱临风曲。孙郎微笑，坐来声喷霜竹。

注 释

〔1〕本词选自《全宋词》第一册，第385页。作于宋哲宗元符元年（1098），时黄庭坚在戎州（今四川宜宾）。

〔2〕永安城楼：不详，疑在戎州。据《山谷年谱》，是年重九黄庭坚曾与友人"登永安门游息"，"永安门"当即永安城楼之门。

〔3〕张宽夫：黄庭坚友人，生平不详。

〔4〕金荷：金质莲花杯，此乃酒杯之美称。

〔5〕孙彦立：生平不详。

〔6〕"山染"句：谓山色青黛，如新染之长眉。绿，青黛色。

〔7〕桂影：月中阴影。

〔8〕醽醁：酒名，此借指美酒。

〔9〕老子：老夫，词人自称。

鉴赏

　　南宋胡仔评此词曰："或以为可继东坡赤壁之歌。"(《苕溪渔隐丛话》后集）的确，此词风格酷肖苏轼的赤壁怀古词，词调亦同为《念奴娇》，当是刻意模仿苏词而作。哲宗年间，年过半百的黄庭坚遭遇党祸，接连被贬至黔州、戎州等地，但是他"泊然不以迁谪介意，蜀士慕从之游，讲学不倦"（《宋史》本传），此词就是他在戎州时期的生活剪影。

　　上片开门见山，推出一幅空旷高远的清秋图景。从雨后初霁、虹垂半空，到月上东天、清辉满地，分明有时间推进的过程。虽然中秋已经过去两日，但词人觉得月光并无减损。凡此皆可见词人游兴甚浓，并无身处祸难者的满腹忧愁。面对着天上的一轮明月，词人竟叩问嫦娥身在何处驾驭此冰玉之轮？她又是为谁将月光洒进眼前的酒杯？豪情满怀，故有此等奇思妙想。

　　下片叙述出游经历：先是绕林而行，然后坐定饮酒，欣赏音乐。层次分明，主客双绾。"老子"云云，虽是词人在诸位年少面前的合宜自称，也体现出兀傲的神情。全词以一声高亢的笛声作结，余音袅袅，豪情不减。

在苏门诸君中,黄庭坚并不以词著称,但从此词看来,他很好地继承了东坡豪放词风的精神,这方面的成就不亚于秦观与晁补之。

清 平 乐[1]

　　春归何处?寂寞无行路。若有人知春去处,唤取归来同住。　　春无踪迹谁知?除非问取黄鹂。百啭无人能解[2],因风飞过蔷薇。

注 释

　　[1]本词选自《全宋词》第一册,第393页。作年不详。
　　[2]啭:鸟鸣。

鉴 赏

　　春天是四季中最美好的季节,人们对春天爱之深,故而嫌其短,在历代诗词中,惜春、伤春之作层出不穷。此词是惜春词中的佳作,它以极其朴素的语言委婉地表达了词人对春天的无限深情。黄诗以生新瘦硬为主要风格特征,此词恰恰相反,全词既无典故,也无奇字,呈现出明白晓畅、自然流利的风调。上片写词人如痴如狂地追寻春的踪迹,甚至突发奇想:如果有人知道春的去处,就请将她唤回与人同住,从此长相厮守。在黄庭坚之前,王观的《卜算子》中已有"才始送春归,又送君归去。若到江南赶上春,千万和春住"之句。明人沈际飞称二人为"千古一对情痴"(《草堂诗余》),甚确。下片更进一层,竟从问人转向问鸟。黄鹂常在春夏之际啭鸣,它应该知道春归何处。可惜黄鹂虽然巧啭不已,却无人能懂它在说些什么,它只好乘风飞过蔷薇花丛。于是蕴藏在黄鹂鸣声中的春之行踪的秘密,也就无人得知了!经过一番问人、问鸟的寻觅之后,词人发现春天已经无法唤回,其情绪遂从希望到失望,再到绝望,但他对春天的深情呼唤却像那声鸟鸣一样悠远不绝。

李之仪

李之仪(1048—1118),字端叔,晚号姑溪居士,滨州无棣(今山东省滨州市无棣县)人。宋英宗治平四年(1067)进士,曾任枢密院编修官等职。著有《姑溪词》。生平见《宋史》卷344本传。

卜 算 子[1]

我住长江头,君住长江尾。日日思君不见君,共饮长江水。　此水几时休,此恨何时已。只愿君心似我心,定不负相思意。

注 释

〔1〕此本词选自《全宋词》第一册,第343页。作年不详。

鉴 赏

民歌刻画爱情,"海誓山盟"是最常见的模式。汉乐府《上邪》:

"山无陵，江水为竭，冬雷震震夏雨雪，天地合，乃敢与君绝。"敦煌曲子词《菩萨蛮》："枕前发尽千般愿，要休且待青山烂。水面上秤锤浮，直待黄河彻底枯。　　白日参辰现，北斗回南面。休即未能休，且待三更现日头。"皆为显例。明人毛晋评此词曰："直是古乐府俊语矣。"（《姑溪词跋》）确实，此词的整体构思受到民歌的启迪，浅白的语言也酷肖乐府风调。但是它毕竟是文人所作之词，与民歌有所区别。首先，与民歌中连用多个比喻的复沓章法不同，此词中只有"此水几时休，此恨何时已"二句运用暗喻手法，即以连绵不绝的江水比喻永无尽头的离恨，由于全词皆从长江着笔，所以江水这个喻体在上下文中自然呈现，语气委婉，比兴手法则不露痕迹。其次，全词抒发相思之意，真诚纯洁，绝无细腻或亲昵的倾向。论者或解此词为代言痴情女子之相思，其实词中的"君"字并无性别指向，"我"字亦可男可女。故全词意境像抒情诗一样清新明朗，从而与民歌有较大区别。总之，此词在民歌与文人词之间达到巧妙的平衡，清丽可诵，堪称宋代婉约词中的别调神品。

秦 观

秦观（1049—1100），字太虚，后改字少游，号邗沟居士、淮海居士，高邮（今属江苏）人。宋神宗元丰八年（1085）进士。曾任秘书省正字、国史院编修官等职。哲宗绍圣后贬至郴州、横州、雷州等地，卒于藤州。著有《淮海集》、《淮海居士长短句》。生平见《宋史》卷444本传。

泗州东城晚望[1]

渺渺孤城白水环，舳舻人语夕霏间[2]。林梢一抹青如画，应是淮流转处山。

注 释

[1] 本诗选自《全宋诗》卷一〇六一，作于宋神宗元丰元年（1078）秋。时秦观自徐州经汴水南归高邮，途经泗州（故城在今江苏盱眙东北，已沦入洪泽湖）。

[2] 舳舻：指船。夕霏：黄昏时的云气。

鉴赏

诗人归家途经泗州,泊船城下,登城眺望而作此诗。全诗扣题甚紧,纯是傍晚眺望所见。淮水东流,至泗州城下折而向南,再折向东,诗人站在城头下瞰,只见暮色渐起,河水像一条白带围绕着泗州城,小城显得渺小、孤独。城下河边飘浮着薄薄的雾霭,停泊在那里的船只影影绰绰,雾中传来人们说话的声音。俯瞰既不清晰,诗人的目光转向高处,只见树林末梢露出一抹青色,心想那一定是淮水转弯处的青山。

此诗有两个优点:一是写景仅是稍作点染,但生动如在目前:黄昏时分的水边雾气渐浓,景物显得模糊不清。但林梢露出的远处青山仍然披着斜晖,美丽如画。诗中展现的景物都带有暮色苍茫的特征,是一种颇有个性的写景。二是诗人此时正在返乡途中,"淮流转处山"或指都梁山,位于泗州城的东南方,与诗人家乡高邮在同一个方向,故尾句或蕴含着乡思。第二句的"舳舻人语"也似乎反衬着诗人的羁旅孤独之感,但均在若有若无之间,留给读者很大的想象空间。全诗清新婉丽,含蓄蕴藉,颇近唐人七绝的风调。

春　日 [1]

一夕轻雷落万丝 [2],霁光浮瓦碧参差 [3]。有情芍药含春泪,无力蔷薇卧晓枝。

注释

〔1〕本诗选自《全宋诗》卷一〇六一,作于宋神宗元丰年间,原作五首,此为其二。时秦观在高邮(今属江苏)。

〔2〕丝:此指雨丝。

〔3〕参差:不齐的样子。此指浮光闪烁。

鉴赏

金代元好问评此诗曰:"'有情芍药含春泪,无力蔷薇卧晓枝。'拈出退之'山石'句,始知渠是女郎诗。"(《论诗绝句三十首》之二四)他还嘲笑秦观说:"破却工夫,何至学妇人?"(《拟栩先生王中立传》)对于元好问的观点,后人多不以为然,清人袁枚曰:"此论大谬。芍药、蔷薇,原近女郎,不近山石。二者不可相提而并论。诗题各有境界,各有宜称。杜少陵诗,光焰万丈,然'香雾云鬟湿,清辉玉臂寒','分飞蛱蝶原相逐,并蒂芙蓉本自双'。韩退之诗,盘空硬语,然'银烛未销窗送曙,金钗半醉坐添春',又何尝不是女郎诗耶?"(《随园诗话》卷五)近人陈衍则曰:"诗者,劳人、思妇公共之言,岂能有《雅》、《颂》而无《国风》,绝不许女郎作诗耶?"(《宋诗精华录》卷二)平心而论,元氏指出此诗有女性倾向,

相当准确。此诗风格,确实倾向婉约柔美,接近宋代婉约词风。然因此讥评秦观,则大谬不然。诗歌风格本应百花齐放,阳刚、阴柔皆有审美价值。即使接近词风,也未尝不可。况此诗字句精警,情思绵邈,以美女情态比拟鲜花,尤属奇特不凡,真乃清词丽句之好诗。

满 庭 芳 [1]

山抹微云,天连衰草 [2],画角声断谯门 [3]。暂停征棹 [4],聊共引离尊 [5]。多少蓬莱旧事 [6],空回首,烟霭纷纷。斜阳外,寒鸦数点,流水绕孤村。　销魂。当此际,香囊暗解,罗带轻分 [7]。谩赢得,青楼薄幸名存 [8]。此去何时见也?襟袖上,空惹啼痕。伤情处,高城望断,灯火已黄昏。

注 释

〔1〕本词选自《全宋词》第一册,第458页。作于宋神宗元丰二年(1079),时秦观在会稽(今浙江绍兴)。

〔2〕连:一作"粘"。

〔3〕谯门:建有谯楼的城门。谯楼,用以瞭望的楼。

〔4〕征棹：远行的船。

〔5〕引：这里是"举"的意思，杜甫《夜宴左氏庄》："看剑引杯长。"

〔6〕蓬莱：指蓬莱阁，在会稽。据《艺苑雌黄》（见《苕溪渔隐丛话》后集卷三三）记载，秦观寓居于此，曾于席上有所悦。

〔7〕罗带轻分：轻易解开罗带，表示离别。古人用结带表示相爱。

〔8〕青楼薄幸：杜牧《遣怀》："十年一觉扬州梦，赢得青楼薄幸名。"青楼指妓馆。

鉴赏

此词抒写男女间的离愁别恨，同时寄托自己的人生感慨。

上片写离别的场面：开头二句写暮霭中的远山和衰草，暗示着因离别而生的无限愁绪，对仗工切，下字精炼，形象鲜明生动，一时传为名句。时人称秦观为"山抹微云君"，可见人们对此句的推重。"多少蓬莱旧事"，既指旧日情事，又暗含自己的身世，一齐浮现心中，故不忍回首，只觉得一片迷惘，颇似暮色中的"烟霭纷纷"。极目远望，但见寒鸦孤村，更衬以斜阳，顿觉秋意萧瑟，离情凄楚。这些出色的写景营构了天涯沦落的氛围，前途茫茫的人生感慨也见于字里行间。

下片以抒情起。"销魂"二字虽是出于江淹《别赋》中的"黯然销魂者，唯别而已矣"，但以二字成句，语气斩截，发人深省，题旨顿现。接下去细写自己与情人分离之情状，缠绵悱恻，别情依

依。"青楼"一句点明双方的身份,也暗示着自己的落拓不偶。"此去何时见也"一句有问而无答,意即根本没有答案,也即一别之后再难相见,故襟袖上沾有再多泪痕也是徒然。既然如此,登高远望也只能看到灯火黄昏而已。

此词的意境与章法都极似柳永的《雨霖铃》,情深意浓,声律柔婉,情、景、事三者融汇一气,是北宋婉约词的典范之作。

望 海 潮 [1]

梅英疏淡[2],冰澌溶泄[3],东风暗换年华。金谷俊游[4],铜驼巷陌[5],新晴细履平沙。长记误随车。正絮翻蝶舞,芳思交加。柳下桃蹊,乱分春色到人家。　　西园夜饮鸣笳[6]。有华灯碍月,飞盖妨花[7]。兰苑未空[8],行人渐老,重来是事堪嗟。烟暝酒旗斜。但倚楼极目,时见栖鸦。无奈归心,暗随流水到天涯。

注 释

〔1〕本词选自《全宋词》第一册,第455页。作于宋哲宗绍圣元年(1094),秦观时在汴京,即将被贬。

〔2〕梅英：梅花。

〔3〕冰澌：流冰。

〔4〕金谷：古地名，在洛阳。西晋石崇曾于此筑金谷园，备极豪华。

〔5〕铜驼：洛阳街名，汉时曾铸铜驼一双立于宫外道旁，故得此名。

〔6〕西园：此指王诜之西园，词人曾与苏轼等人于此聚会。

〔7〕飞盖：急驶之车辆。盖指车盖。

〔8〕兰苑：花园之美称，此指西园。

鉴赏

岁月无情，聚散无常，这是人生的两大无奈。如果再掺杂进人事变迁及世态炎凉等因素，更会使人情难自已。此词就是抒写复杂情绪的名篇。宋哲宗元祐年间，苏轼及其门下诸人多在汴京，常有诗酒之会，秦观也在其中。苏轼的好友、贵公子王诜的西园便是他们经常聚会的场所，著名画家李伯时所绘《西园雅集图》生动地记录了西园中高朋满座的情景。然而好景不长，元祐八年（1093）哲宗亲政，新党卷土重来，苏轼等旧党人士纷纷遭到贬斥，秦观也于次年五月出为杭州通判，途中追谪监处州酒税，此词即作于他离开汴京之前。暮春时节，秦观重到西园，此时苏轼已在南谪英州的道中，王诜及苏辙、黄庭坚、晁补之、陈师道等人也早已离开汴京，张耒则几乎与秦观同时被贬出京，当日西园高会的贤主嘉宾顿时风流云

散。面对着荒凉冷清的西园，秦观抚今伤昔，百感交集，乃赋此词。

按照一般的构思方式，此词应是先写昔，再写今；或是先写景，再抒情，总之是在换头处转折词意。秦观却与众不同。上片先用三句描写冰溶梅残的眼前实景，且抒发年华流逝之感。此后直到下片"飞盖妨花"为止的十一句全是追忆旧游，"长记"二字不但领起后文，而且绾合前面三句，章法奇妙。最后又用八句再度描写眼前情景。全词一共二十二句，忆旧与伤今的句子各占其半，但意脉却有三层：先伤今，再忆旧，再伤今。这种别出心裁的写法，生动地体现了心绪纷乱、茫然无措的情态。清人陈廷焯评曰："思路幽绝，其妙令人不能思议。"（《白雨斋词话》卷一）堪称的评。

鹊 桥 仙 [1]

纤云弄巧[2]，飞星传恨[3]，银汉迢迢暗度。金风玉露一相逢[4]，便胜却人间无数。　　柔情似水，佳期如梦，忍顾鹊桥归路。两情若是久长时，又岂在朝朝暮暮。

注 释

〔1〕本词选自《全宋词》第一册，第459页。作年不详。

〔2〕纤云：细云，微云。

〔3〕飞星：流星。

〔4〕金风：秋风。

鉴赏

　　七夕是中国古代的"情人节"。古人传说天上的牵牛星与织女星原是一对夫妇，名唤牛郎与织女，后来被天帝所迫，分居在银河两边，终年不得相会。只有每年的七夕，无数喜鹊在银河上搭成一座"鹊桥"，让牛郎、织女走过鹊桥来相会。此词运用这个美丽的传说，来歌颂人间的爱情。

　　上片咏牛郎、织女相会。长空寥廓，银汉茫茫，牛郎与织女历经多少艰辛才能渡过银河去相会一次！然而，两人真心相爱，忠贞不贰，虽然每年只能相会一次，过了七夕之夜便要各自回归原处，但这样的相会要胜过人间的多少相伴厮守。下片咏牛郎、织女相别。一个夜晚当然非常短促，很快两人被迫分手。离别之际，他们依依惜别，怎忍回头观看鹊桥那条归路！然而，真正的爱情是永世长存的，是海枯石烂不会改变的，只要两情久长，又何必一定要朝暮相对！

　　此词以立意奇警著称，上、下两片的结句皆称警句，诚如《草堂诗余》正集卷二所评，"化臭腐为神奇。"此外，此词的风格倾向也很值得注意。一首爱情词的风格如此清新，是对传统婉约词格调

的极大提升。

浣 溪 沙[1]

漠漠轻寒上小楼[2],晓阴无赖似穷秋[3]。淡烟流水画屏幽[4]。自在飞花轻似梦,无边丝雨细如愁。宝帘闲挂小银钩。

注 释

〔1〕本词选自《全宋词》第一册,第461页。作年不详。

〔2〕轻寒:此处指春寒。

〔3〕无赖:可憎却无可奈何。

〔4〕幽:幽暗。

鉴 赏

秦观善于吟咏文人雅士的生活细节与心理感受,描写细腻,感觉灵敏,堪称秀外而慧中。此词咏春愁,这种感觉细微幽约,难以捉摸,词中只对一系列的物象进行细致的描绘,竟把春愁写得生动具体,亲切可感。"自在飞花"二句用抽象的事物来比喻具体的物象,手法新奇，却又合情合理，堪称"无理而妙"。近代著名女词人沈祖棻先生的解析细致准确，谨引如下："它将细微的景物与幽渺的感情极为巧妙而和谐地结合在一起，使难以捕捉的抽象的梦与愁成为可以接触的具体对象。所以梁启超称之为'奇语'。它的奇，可以分两层说。第一，'飞花'和'梦'，'丝雨'和'愁'，本来不相类似，无从类比，但词人却发现了它们之间有'轻'和'细'这两个共同特点，就将四样原来毫不相干的东西联成两组，构成了既恰当又新奇的比喻。第二，一般的比喻，都是以具体的事物去形容抽象的事物，或者说，以容易捉摸的事物去比喻难以捉摸的事物。这是很自然的，因为前者比后者更为人所习见习知。但词人在这里却是反其道而行之。他不说梦似飞花，愁如丝雨，而说飞花似梦，丝雨如愁，也同样很新奇。他这样写，并没有损害预计要达到的艺术效果，其秘密在于这两组比喻之间的关联，是在'轻'和'细'上面。虽然'梦'和'愁'比较抽象，而'轻'和'细'，则是任何人在生活中都能体会的概念；而'飞花'之'轻'与'丝雨'之'细'，又属于常识范围，即使不用'梦'与'愁'来加以形容，也决不会妨碍人们的理解。而另外一方面，则由于词人在看到'飞花'之前，已经有'梦'；看到'丝雨'之前，已经有'愁'。'梦'与'愁'，先有为主；'花'与'雨'，后见为宾。所以这样'颠之倒之'，反而合情合理。"（《宋词赏析》）这样的小令，深得唐人绝句之妙境，

是宋代婉约词中最能体现文人雅致的作品。如果说北宋婉约词派在审美情趣上有雅、俗两种趋势，那么秦观和柳永正是这两个方面的代表。秦观词更受士大夫群体的欢迎，原因就在这里。

踏莎行[1]

雾失楼台，月迷津渡。桃源望断无寻处。可堪孤馆闭春寒，杜鹃声里斜阳暮。　驿寄梅花[2]，鱼传尺素[3]。砌成此恨无重数。郴江幸自绕郴山[4]，为谁流下潇湘去。

注释

〔1〕本词选自《全宋词》第一册，第460页。作于宋哲宗绍圣四年（1097），时秦观在郴州（今属湖南）。

〔2〕驿寄梅花：南朝陆凯《赠范晔》："折梅逢驿使，寄与陇头人。"

〔3〕鱼传尺素：古乐府《饮马长城窟行》："客从远方来，遗我双鲤鱼。呼童烹鲤鱼，中有尺素书。"

〔4〕郴江：水名，湘水的支流。幸自：本自。

鉴赏

秦观是北宋婉约词派的中坚人物,他虽是苏轼的学生,但作词并未受到苏轼太大的影响,仍是走着婉约的传统之路。但是秦观虽然远绍南唐,近受柳永的影响,擅长用长调抒写柔情,但同时也擅长在词中渗入个人的身世之感,此词即为这方面的代表作。

上片写景:雾重月昏,景色凄迷,要想往桃源避世,也无处可觅。杜鹃哀鸣,斜阳西下,词人的心情与天气一样的寒冷。寂寥萧瑟之景与凄凉迷惘之情互相映衬,字里行间寄寓着词人的身世之感,意境深邃,有一唱三叹之妙。

下片转入怀人:鱼书难寄,离恨重重。此时旧党人士均遭贬逐,苏轼在惠州,苏辙在雷州,黄庭坚在涪州,张耒在黄州,而且贬所常有改变,秦观要想传书致问,又能寄往何处?于是词人更感孤寂凄凉。末二句向称名句,不说山川阻拦着自己的归途,无法顺着潇湘北归,偏问郴江本自环绕郴山,为何顺势流向潇湘?以郴江北去,反衬自身逗留此地欲归不能。言辞平淡,感情沉痛。这两句得到苏轼的激赏,秦观死后,苏轼手书此二句于扇,叹息说:"少游已矣,虽万人何赎?"(见《冷斋夜话》)

贺 铸

贺铸（1052—1125），字方回，号庆湖遗老，卫州共城（今河南卫辉市）人。出身武官，后改文资，曾任泗州通判、太平州通判等职。著有《庆湖遗老诗集》《东山词》。生平见《宋史》卷443本传。

六州歌头[1]

少年侠气，交结五都雄[2]。肝胆洞[3]，毛发耸[4]。立谈中，死生同。一诺千金重[5]。推翘勇[6]，矜豪纵[7]。轻盖拥[8]，联飞鞚[9]。斗城东[10]。轰饮酒垆[11]，春色浮寒瓮[12]，吸海垂虹[13]。间呼鹰嗾犬，白羽摘雕弓[14]，狡穴俄空[15]。乐匆匆[16]。　　似黄粱梦[17]。辞丹凤[18]，明月共，漾孤篷。官冗从[19]，怀倥偬[20]，落尘笼[21]。簿书丛，鹖弁如云众[22]，供粗用，忽奇功。笳鼓动，渔阳弄[23]，思悲翁[24]。不请长缨[25]，系取天骄种[26]，剑吼西风。恨登山临水，手寄七弦桐，目送归鸿[27]。

注 释

〔1〕本词选自《全宋词》第一册,第538页。作于宋哲宗元祐三年(1088),时贺铸在和州(今安徽和县)。

〔2〕五都:泛指大都市。汉、唐皆有"五都",所指不同。

〔3〕肝胆洞:肝胆相照。洞、洞悉、开张。

〔4〕毛发耸:易怒,形容正义感强烈。耸、竖立。

〔5〕"一诺"句:《史记·季布列传》:"楚人谚曰:'得黄金百斤,不如季布一诺。'"

〔6〕翘勇:特别勇敢。翘,特出。

〔7〕矜:自夸,自恃。

〔8〕轻盖:轻车。

〔9〕飞鞚:飞驰的马。鞚,马络头。

〔10〕斗城:《三辅黄图》载,汉代长安"城南为南斗形,北为北斗形",故称"斗城"。此指汴京。

〔11〕轰饮:狂饮,大声喧哗地饮。

〔12〕春色:指美酒之色。或因美酒色绿,故云。晋陶渊明《诸人共游周家墓柏下》:"绿酒开芳颜。"宋晏殊《清平乐》:"劝君绿酒金杯。"

〔13〕吸海垂虹:形容狂饮。吸海,语本杜甫《饮中八仙歌》:"饮如长鲸吸百川。"垂虹,相传垂虹能饮,见刘敬叔《异苑》。

〔14〕白羽：箭名。

〔15〕狡穴：狡兔之穴。

〔16〕乐匆匆：极一时之乐。"匆匆"指时间迅逝。

〔17〕黄粱梦：唐沈既济《枕中记》载：卢生困居旅舍，曾于梦中历尽富贵以至老死，醒时旅舍主人蒸黄粱犹未熟。

〔18〕丹凤：汉代长安城名，此指汴京。

〔19〕冗从：指散职侍从官。贺铸曾任右班殿直、西头供奉，皆属侍卫武官。

〔20〕倥偬：匆忙，困苦。

〔21〕尘笼：尘蒙之牢笼，此指仕途。

〔22〕鹖弁：武官。古时武官帽上插鹖羽。

〔23〕渔阳弄：古代鼓曲，属军乐。

〔24〕思悲翁：汉乐府曲名。

〔25〕请长缨：汉代终军"自请愿受长缨，必羁南越王而致之阙下"，见《汉书·终军传》。

〔26〕天骄：指匈奴。《汉书·匈奴传》载，匈奴单于曾自称"天之骄子"。

〔27〕"手寄"二句：语本嵇康《赠兄秀才入军》："目送征鸿，手挥五弦。"七弦桐，七弦琴。琴以桐木制者为最佳。

鉴赏

贺铸是北宋词人中的另类：其他词人多为进士出身的文官，贺却因门荫入仕，且隶籍武选；他人多为倜傥风流的书生，贺却任侠使气，面色如铁，人称"贺鬼头"。这首《六州歌头》在北宋词坛上别开生面，堪称宋代词史上最早出现的英雄豪侠之词，也是南宋爱国词的先声。贺铸少年时就怀有戍边卫国、建立军功之志，曾在词中希望"金印锦衣耀闾里"（《子规行》）。可惜事与愿违，贺铸入仕后长期沉沦下僚，到元祐七年（1092）方因苏轼等人所荐改官入文资。

此词作于和州管界巡检任上，词人的身份仍是下级武官。上片追忆少时任职京华时的豪纵生活：词人虽是低级侍卫武官，但他意气风发，心雄万夫。他与京城侠少意气相投，或飞鹰走狗，驰骤射猎；或痛饮酒垆，睥睨一世。如此飞扬跋扈的举动和慷慨激昂的文字，此前只见于太史公的《游侠列传》、乐府《结客少年场行》或唐代诗人的《游侠篇》《侠客行》，在宋词中则前所未有。下片转写以闲散之职游宦四方的不幸遭遇：少年乐事转瞬即逝，随之而来的是多次离京外放，孤舟漂泊，南北羁宦，以低级武官的身份在案牍堆中碌碌无为，建功立业的夙愿付诸东流。当时西夏在西北边陲屡屡挑衅，边情告急，词人有心从军赴边以御外敌，然报国无门，壮志成虚，最终只能将满腔忠愤寄诸琴弦！

从上片的豪宕高昂，到下片前段的低沉凄切，再到末段的激愤悲怆，风格多变，很好地衬托出词人心绪的纷乱迷茫。与之相应，全词多由短句组成，最长的句子也不过五言，况且三字句多达 22 句，

占全词句数的一半以上,韵脚也格外密集,就像急促的鼓点一样,产生了不同寻常的激越苍凉之美。

青 玉 案[1]

凌波不过横塘路[2],但目送、芳尘去。锦瑟华年谁与度[3]?月桥花院,琐窗朱户[4],只有春知处。　飞云冉冉蘅皋暮[5],彩笔新题断肠句。若问闲愁都几许?一川烟草[6],满城风絮,梅子黄时雨。

注 释

〔1〕本词选自《全宋词》第一册,第513页,原题《横塘路》。作于宋徽宗建中靖国元年(1101)。时贺铸在苏州。

〔2〕凌波:形容步履轻盈。曹植《洛神赋》:"凌波微步。"横塘:地名,在苏州城南。

〔3〕锦瑟华年:指青春年华。李商隐《锦瑟》:"锦瑟无端五十弦,一弦一柱思华年。"

〔4〕琐窗:有花纹的窗户。

〔5〕蘅皋:长有杜蘅香草的水边。

〔6〕一川：满地。川，原野。

鉴赏

此词写到苏州的横塘，贺铸曾两度客居苏州，前一次在宋徽宗建中靖国元年（1101），后一次则在大观二年（1108）以后。此词曾得黄庭坚激赏，而黄氏卒于崇宁四年（1105），故此词应作于建中靖国元年。

旧说谓词人在横塘曾属意一女子，随即分离，具体过程已不可细究。全词从相思写起，以闲愁为结，将男女之情与身世之感交织一气，颇似李商隐之无题诗。词人属意的那位女子，只是惊鸿一瞥，随即芳踪杳然。词人纵有种种绮思，又如何细说？故"目送芳尘"以后，词意便转入时光迁逝之感慨。此说固可通。但鉴于贺铸之悼亡词《鹧鸪天》中有"重过阊门万事非"之句，后人皆谓于建中靖国元年作于苏州，故同时同地所作之《青玉案》也不妨解作悼亡词。"锦瑟华年"系借用李商隐《锦瑟》句意，暗指自己年已五十，此意甚明。但是句中之"谁"字究系何指？如指所属意之某女子，则词人并未与她共度岁月，句颇无谓。如指亡妻而言，则"谁与度"意谓从前与妻共处，今后则无人共度岁月矣，句意甚为通顺。如此，则"凌波不过""芳尘去"等皆暗喻妻子离世。"月桥花院""琐窗朱户"等皆指夫妻共栖之居所。而所谓"闲愁"者，乃杂糅悼亡之痛与身

世之感的愁苦心情。这与李商隐《锦瑟》诗的情形颇为相似。无论取何解,末尾三句皆为全篇之警策。宋人记载:"贺方回尝作《青玉案》词,有'梅子黄时雨'之句,人皆服其工,士大夫谓之'贺梅子'。"(周紫芝《竹坡老人诗话》卷一)其实三个比喻都很出色,它们都具有数量巨大、纷乱无绪、绵延不绝等特征,颇能将无形之"闲愁"具象化,又皆是江南暮春之眼前实景,真乃妙手偶得之奇句。

陈师道

陈师道（1053—1102），字履常，一字无己，号后山居士，彭城（今江苏徐州）人。曾任徐州教授、秘书省正字等职。著有《后山先生集》。生平见《宋史》卷444本传。

示 三 子[1]

去远即相忘，归近不可忍。儿女已在眼，眉目略不省[2]。喜极不得语，泪尽方一哂。了知不是梦，忽忽心未稳。

注释

〔1〕本诗选自《全宋诗》卷一一一四，作于宋哲宗元祐二年（1087）。时陈师道在徐州。三子：指陈师道的长女与两个儿子。

〔2〕眉目略不省：面容不大认识了。

鉴赏

陈师道家境贫寒，无力养家活口。宋神宗元丰七年（1084），

师道的岳父郭概前往成都府路任职，陈妻带着三个孩子随郭西行，师道本人留在徐州。临别前师道曾作《别三子》："夫妇死同穴，父子贫贱离。天下宁有此？昔闻今见之。母前三子后，熟视不得追。嗟呼胡不仁？使我至于斯。有女初束发，已知生离悲。枕我不肯起，畏我从此辞。大儿学语言，拜揖未胜衣。唤爷我欲去，此语那可思？小儿襁褓间，抱负有母慈。汝哭犹在耳，我怀人得知？"《示三子》与《别三子》前后辉映，但写法截然不同。如果说《别三子》以叙事细致、描写生动见长，那么《示三子》则以简洁朴拙取胜，而后者正是诗人风格论的典型体现。

首联平平道来，却意蕴深厚。"去远即相忘"，正言反说也。"归近不可忍"，真情表露也。次联仅言儿女"眉目略不省"，而儿女之幼小，别离之长久等内容不言可知，字句何等简练、省净！第三联字句简洁，然两句中包含着相顾无言、热泪倾泻、破涕为笑等连续发生的动作，有鲜明的画面感和紧凑的节奏感，读之情景宛然在目。末联抒写久别重逢、相见如梦之情景，显然有鉴于杜甫《羌村三首》之"夜阑更秉烛，相对如梦寐"。然师道反其意而用之，出句就断定眼前实景并非梦境，对句则说心神恍惚，难以稳定，意即仍然唯恐是梦。从艺术沿革而言，这是对前人诗意的推陈出新。从实际效果而言，这是对复杂心情的深刻抒写。

此诗洋溢着至性至情，深挚敦厚，感人至深。它是古典诗歌中表现父爱的杰作，堪与歌颂母爱的孟郊《游子吟》前后辉映。从艺术上讲，此诗文字简练朴素，绝无典故藻饰，因自然生动，故真切动人。其句法平实直截，不求文外曲致，因意蕴深厚，故耐人咀嚼。它鲜明地体现了陈师道的风格论观点，即"宁拙毋巧，宁朴毋华。"清人叶燮评宋诗曰："宋诗在工拙之外，其工处固有意求工，拙处亦有意为拙。"（《原诗》卷四）此诗就是"有意为拙"的典范。

除夜对酒赠少章[1]

岁晚身何托，灯前客未空。半生忧患里，一梦有无中。发短愁催白，颜衰酒借红[2]。我歌君起舞，潦倒略相同。

注释

[1] 本诗选自《全宋诗》卷一一一四，作于宋哲宗元祐元年（1086），时陈师道在汴京。少章：秦觏之字。

[2] "发短"二句：语本杜甫《寄司马山人二十韵》："发少何劳白，颜衰肯更红。"

鉴赏

此诗是陈师道学杜甫有所得的代表作，后人对颈联尤其关注，

宋人王直方指出："老杜有诗云'发少何劳白，颜衰肯更红'，无己诗云'发短愁催白，颜衰酒借红'，皆相类也。然无己初出一联，大为当时诸公之所称赏。"（《王直方诗话》）"当时诸公"所称赏者，应该就是其学杜有得。的确，此联虽然本于杜诗，但在句中增添"愁""酒"，意思更加完满，句法也更生动，堪称推陈出新。但是正如清人纪昀所评："神力完足，斐然高唱，不但五六佳也。"（《瀛奎律髓汇评》卷十六）此诗结构严整，字斟句酌，意蕴丰厚，风格沉郁，通篇都体现出杜诗的影响。除夕之夜，一年将尽，最易引起人们对身世的感慨。此时陈师道困居汴京，走投无路。个人生计且无着落，更不说实现人生理想。眼看着年华流逝，心中的感慨难以言表。参看杜甫困顿长安时所写的《今夕行》《杜位宅守岁》等诗，可知困居京城的志士在除夕之夜的满腹牢骚是此诗与杜诗的内在同一性。"怅望千秋一洒泪，萧条异代不同时"（杜甫《咏怀古迹五首》之二），人生感受的相似和人格境界的趋同是陈师道学杜有成的最重要原因。

九日寄秦觏[1]

疾风回雨水明霞[2]，沙步丛祠欲莫鸦[3]。九日清樽欺白发^[4]，十年为客负黄花。登高怀远心如在，向老逢辰意有加。淮海少年天下士^[5]，独能无地落乌纱^[6]？

注 释

〔1〕本诗选自《全宋诗》卷一一一四，作于宋哲宗元祐二年（1087），时陈师道从汴京赴徐州教授任，途中作此。秦觏：字少章，秦观之弟，时在汴京。

〔2〕回雨：止雨。

〔3〕沙步：沙岸。"步"是水边系船供人上下的地方。丛祠：建于草木丛中的神祠。莫：通"暮"。

〔4〕清樽：犹言清酒，美酒。

〔5〕淮海少年：指秦觏。秦觏是高邮人，高邮旧属扬州，史称"淮海维扬州"。

〔6〕独能：岂能。乌纱：官帽。晋孟嘉为大将军桓温参军，尝九日随温游龙山，风吹帽落而不觉，温命人作文嘲之。孟嘉作文回敬，文辞甚美。见《晋书·孟嘉传》。

鉴 赏

陈师道与秦觏在汴京相逢时，两人都是落拓不偶的布衣之士，故师道《除夜对酒赠少章》诗中有"潦倒略相同"之句。此诗虽作于别后，

仍不忘绾合对方，颇有相濡以沫的意味。诗人无力养家，妻儿俱随岳父入蜀，自己奉老母留在家乡，后又贫居京城，可谓穷愁潦倒。虽逢重九佳节，亦心绪纷乱，牢骚难平。首联写景，虽有晚霞映水之点缀，但疾风回雨之天气，丛祠暮鸦等景物，皆无爽朗明丽之象，岂是佳节应有之景。次联抒情，上句谓年老不胜酒力，似为清樽所欺；下句谓长年流落无心赏景，有负于菊花。饮酒、赏菊，本是重九佳节的赏心乐事，但在诗人看来，它们只是引起愁绪的触媒而已。三联就重九题旨绾合双方：遥想友人正在京城登高怀远，自己虽已离开，但心向往之。转念自己年岁渐老而逢此良辰，心中感触更深。末联点明寄友之旨：对方是少年国士，岂能没有像桓温那样的达官来赏识他，并让他大展奇才？此诗是陈诗七律的代表作，首联之写景，尾联之用典，俱臻高境，但最有特色的是中间二联：它们对仗工整而意脉流畅，字面朴实而精光内敛，堪称"以意行之"的典范。

舟　中 [1]

恶风横江江卷浪，黄流湍猛风用壮[2]。疾如万骑千里来，气压三江五湖上[3]。岸上空荒火夜明，舟中坐起待残更。少年行路今头白，不尽还家去国情。

陈师道

注释

〔1〕本诗选自《全宋诗》卷一一一六,作于宋哲宗绍圣元年(1094),原作共二首,此为其一。时陈师道从颍州返徐州,此诗作于途中。

〔2〕风用壮:《易·大壮》孔颖达疏:"壮者,强盛之名。"杜甫《奉同郭给事汤东灵湫作》:"初闻龙用壮。"

〔3〕三江五湖:泛指江湖。《周礼·夏官·职方氏》:"其川三江,其浸五湖。"

鉴赏

绍圣元年,朝廷对旧党人士的迫害变本加厉,苏轼、黄庭坚等人纷纷被贬荒远,陈师道也受牵累而去职返乡。诗人平生为了衣食而四处奔走,久在江湖,饱经风雨,集中以《大风》为题之诗就有多首。此时朝中的政局颇似狂风恶浪,当诗人在途中又一次面对突然袭来的恶风巨浪,想到平生经历的行役艰辛,百感交集,作诗抒怀。此诗的写法别出心裁:前四句写风浪之猛,然并不具体描写其状态,而着重于渲染其气势。不但避实就虚,笔墨经济,而且突出了风浪在诗人心中引起的感受,从而暗示着自然界的风浪实为动荡时局的写照。后四句写羁旅之情、失路之感,却并不正面抒情,反而以写景、叙事作为衬托:空荒野火的背景,凄寂而苍凉。残更起坐的行为,仓皇而悲怆。末联意谓自少至老,一生皆在奔波路途之中。去国还

乡之情，无休无止，难以言尽。陈师道不擅七古，此诗却是一篇七古佳作。篇幅虽仅八句，意蕴却极深厚。前半首押去声漾韵，后半首转押平声庚韵，抑扬历落，声情悲壮。全诗意境浑厚，风格沉雄，在整体上体现出杜诗的影响。

绝　句[1]

书当快意读易尽，客有可人期不来[2]。世事相违每如此，好怀百岁几回开[3]。

注　释

〔1〕本诗选自《全宋诗》卷一一一八，约作于宋哲宗元符二年（1099）。时陈师道在徐州。

〔2〕可人：令人满意的人。

〔3〕好怀：语本陶渊明《饮酒》："田父有好怀。"怀，兴致。

鉴　赏

后人解读此诗，往往关注诗中所用的典故成语，比如首句，任渊注引嵇康之语："每读二陆之文，未尝不废书而叹，恐其卷之竟也。"

次句,任渊注引韩愈《独钓》:"所期终莫至,日暮与谁回。"其实此诗佳处正在不一定有出处,而能揭示具有普遍意义的生活现象,并抒发具有普遍意义的人生感慨。就以次句而论,除了任注所引韩诗之外,我们也可联想到《楚辞·九歌·少司命》的"望美人兮未来,临风怳兮浩歌",唐人孟浩然《宿业师山房待丁大不至》的"之子期宿来,孤琴候萝径",甚至是南宋赵师秀《约客》的"有约不来过夜半,闲敲棋子落灯花",因为那实在是十分常见的生活现象。然而上述数诗皆是对生活情景的具体描写,陈诗却一反常态,它是对此类现象的抽象概括。这种写法显然不合古典诗歌的传统写法,它是宋诗哲理倾向的典型体现。当然,此诗的概括是有真实生活作为基础的,"客有可人"解作苏轼、黄庭坚等人皆无不可,因为此时苏、黄皆被贬逐荒远,身不由己,无法前来与诗人相见。"书当快意"虽难以确指,也多半是有此实情方有感而发。但诗歌本身意在归纳、抽象,后二句则将前二句当作例证进一步抽象,从而得出事与愿违、好怀难开的更深层次的人生哲理。此诗纯以意行而耐人回味,奥秘即在于此。

春怀示邻里 [1]

断墙着雨蜗成字 [2],老屋无僧燕作家。剩欲出门追语

笑^[3],却嫌归鬓逐尘沙。风翻蛛网开三面,雷动蜂窠趁两衙^[4]。屡失南邻春事约,只今容有未开花^[5]。

注释

〔1〕本诗选自《全宋诗》卷一一一九,作于宋哲宗元符三年(1100)。时陈师道在徐州。

〔2〕蜗成字:蜗牛爬行留下的黏液,弯曲有如篆字。

〔3〕剩欲:很想。

〔4〕两衙:蜜蜂早晚两次在蜂窠里聚集,状如官员趁衙。

〔5〕容有:岂有。

鉴赏

此诗题作"春怀",对春景的描写自是题中应有之义。凡春景,自以鸟语花香为主要内容,可是陈师道的目光却注视着全然不同的景物。

首联写春景之凄清寥落。断墙败壁,雨痕横斜,蜗牛留下的涎迹弯弯曲曲,状若篆文。残破的老屋寂寥无人,只有燕子以此为家。颈联写春气之暄暖。蛛网破残零乱,非正常人家之光景。蜜蜂喧闹纷乱,乃野外方有之景象。春季本是万紫千红的季节,在诗人眼中却是一片寥落凄清,这样的描写别出心裁,与诗人的寂寥心态互相呼应。一般来说，万物欣欣向荣的春天会给人带来愉悦的心情，踏青赏花则是人们在春季的习惯行为。可是此诗颔联却说"剩欲出门追语笑，却嫌归鬓逐尘沙"！意即门外风沙弥漫，虽然很想出门追欢，却唯恐风尘染鬓。然而南邻屡次相邀赏春，盛情难却，故尾联重申谢绝之意："屡失南邻春事约，只今容有未开花"。"容"者，"岂"也。春景如此寥落，天气如此不佳，恐已无花可看矣。因为花盛随即转残，只有将开未开之花最宜观赏，所以诗人拈出"只今容有未开花"作为谢绝邻居约请的理由。

此诗在写作上有两个特点值得关注。首先是诗中颇有成语典故，但都是"化用"，并未体现出"以学问为诗"的倾向。例如颈联，注家指出上句暗用《吕氏春秋》："汤见置四面网者，汤拔其三面，置其一面。祝曰：'昔蛛蝥作网，令人学之，欲高者高，欲下者下，吾取其犯命者。'"又指出下句暗用《埤雅》："蜂有两衙，应潮。"师道读破万卷，当然知道这些典故。但在此诗中，"开三面"三字描写蛛网在风中翻转、残破不堪的样子，"趁两衙"三字描写蜂群簇拥蜂王如同群官到衙门排班参见的样子，均很生动有趣，即使读者不知其出处也能理解。其次是诗中包含着不同层次的意蕴。就字面而言，诗中所写的景物是萧瑟冷清的春景，所抒的情怀是孤寂落寞的心情，而且处处照应着不应邻里游春之约，可谓紧扣"春怀示邻里"这个题目。然而字里行间分明渗透着诗人的身世之感，全诗

流露的满纸不可人意不能完全归因于自然。在陈师道眼中，经过哲宗亲政六年的折腾，朝野的局势可谓一片萧条。当然，师道本人的生活也陷于饥寒交迫之境。这一切，是否形成诗人无心赏春的深层心理原因？是否使诗人所睹景象蒙上惨淡凄凉的主观色彩？师道担心尘沙沾鬓，是否包含洁身自好、不愿同流合污之志向？凡此种种，皆在有意无意之间。但其情感内蕴则鲜明可感，这是此诗耐人咀嚼的重要原因，也是一首"春怀"诗却凄其有如"秋怀"的根本原因。

晁补之

晁补之(1053—1110),字无咎,晚号归来子,济州钜野(今山东巨野)人。宋神宗元丰二年(1079)进士,曾任北京国子监教授、秘书省校书郎、通判扬州等职。著有《鸡肋集》《晁氏琴趣外篇》。生平见《宋史》卷444本传。

摸鱼儿[1]

东皋寓居[2]

买陂塘、旋栽杨柳[3],依稀淮岸湘浦。东皋嘉雨新痕涨[4],沙嘴鹭来鸥聚[5]。堪爱处,最好是、一川夜月光流渚。无人独舞。任翠幄张天[6],柔茵藉地[7],酒尽未能去。　青绫被[8],莫忆金闺故步[9]。儒冠曾把身误。弓刀千骑成何事?荒了邵平瓜圃[10]。君试觑,满青镜、星星鬓影今如许。功名浪语。便似得班超[11],封侯万里,归计恐迟暮。

注 释

〔1〕本词选自《全宋词》第一册,第554页。作于宋徽宗崇宁二年(1103),时晁补之在金乡(今山东巨野)。

〔2〕东皋:泛指高地,陶渊明《归去来赋》:"登东皋以舒啸。"

〔3〕陂塘:池塘。旋,便。

〔4〕嘉雨:好雨。

〔5〕沙嘴:突出于水中的沙地。

〔6〕翠幄:绿色帐幕,此指天幕。

〔7〕柔茵:柔软的褥垫,此指草地。

〔8〕青绫被:汉制,尚书郎值夜供青缣白绫被,此借指词人任著作佐郎时的生活待遇。

〔9〕金闺:即金马门,汉宫名,乃文学侍从待诏之地,江淹《别赋》:"金闺之诸彦。"此借指北宋之秘书省。故步,旧踪。

〔10〕邵平:或作召平,秦时封东陵侯。秦亡为布衣,种瓜于长安城东。

〔11〕班超:汉人,立功西域,封定远侯,年老上表乞归,七十一岁方返洛阳,次年卒。

鉴 赏

晁补之是"苏门四学士"之一,词风近于苏轼,清人胡薇元评曰:"其词神资高秀,可与坡老肩随。"(《岁寒居词话》)此词堪称其代表作。宋哲宗绍圣年间新党重新执政，晁补之与苏轼一样遭到贬谪，徽宗即位后虽曾一度召回，但很快再入党籍，免官闲居。此时朝中政治愈发黑暗，是年五月，朝廷追贬元祐党人，连早已去世的司马光等人都未能幸免，晁补之及苏辙、黄庭坚、张耒等人被一网打尽，所以词人对于仕途已不抱任何希望。晁补之的师友早已风流云散，苏轼、秦观、陈师道等且已离世。在这样的时代背景下，晁补之返回故乡隐居，自号"归来子"，表示对陶渊明的倾慕，其实出于无奈。当然，归耕田园本是士人的高洁志向，"天下无道则隐"，本身就意味着对黑暗政治的批判和拒斥。苏轼晚年多写和陶诗，就含有这两种意蕴，晁补之此词也包含着同样的双重主题。

此词上片专咏隐居之乐：词人在家乡筑园种柳，玩赏山水。"沙嘴鹭来鸥聚"一句，分明运用《列子》中"鸥鹭忘机"的典故，既明抒自己的淡泊情怀，也暗讽朝中的奸诈倾轧。"无人独舞"一句，则淋漓尽致地展现孤芳自赏的兀傲神态。下片从两个方面抒写归隐志趣：对于词人自身而言，虽然曾经任职馆阁，但荣华富贵转瞬即逝，又有什么值得留恋？对于古人而言，即使是立功封侯的邵平、班超，结局也都不佳，功名终成泡影。"功名浪语"一句，语气冷峻，发人深省。

总之，此词将隐逸情趣置于天下无道的时代背景之中，从而比一般的隐逸词具有更加深广的精神内蕴，深堪玩味。

张 耒

张耒(1054—1114),字文潜,号柯山,人称宛丘先生,淮阴(今属江苏)人。宋神宗熙宁六年(1073)进士,曾任临淮主簿、尉安尉,哲宗时试馆职历任秘书丞、著作郎、史馆检讨、起居舍人。后入党籍。著有《柯山集》《宛丘先生文集》。生平见《宋史》卷444本传。

海州道中 [1]

秋野苍苍秋日黄,黄蒿满田苍耳长 [2]。草虫咿咿鸣复咽,一秋雨多水满辙。渡头鸣春村径斜,悠悠小蝶飞豆花。逃屋无人草满家,累累秋蔓悬寒瓜。

注 释

〔1〕本诗选自《全宋诗》卷一一六三,或作于宋神宗熙宁八年(1075)。时张耒任临淮主簿,以事到海州(今江苏连云港),道中作此。原作二首,此为其二。

〔2〕苍耳：一种草本植物，常生于荒地。

鉴赏

张耒论诗，有两大特点，首先是认为诗乃表达"目之所见，耳之所闻"的各种生活经历，其中包括"凄风冷露、鸣虫陨叶而秋兴；重云积雪、大寒飞霰而冬至"的并非赏心悦目之景象（《上文潞公献所著诗书》）。其次是认为"文章之于人，有满心而发，肆口而成，不待思虑而工，不待雕琢而丽者，皆天理之自然而情性之道也。"（《贺方回乐府序》）此诗堪称符合上述两个观点的典范之作。吕本中称"文潜诗自然奇逸，非他人可及"（《童蒙诗训》），并举其律诗中数句为例，其实移用来评价这首短古，更为妥当。

此诗描写荒芜凋敝的海边小村，写景如见目前。宋代绘画中有一个流派，专画景物荒寒、意境萧索的山水，例如与张耒同时的王诜，其名作便是《渔村小雪图》。张耒此诗所展现的景象与之相仿：田间野草丛生，一片荒芜。草间秋虫唧唧，鸣声凄惨。村中尚有人居住，故有春声可闻。但许多农民已经逃离，留下的破屋前长满荒草，连那悬挂在藤蔓上的寒瓜也无人采摘。当时以提高税收为主要内容的新法正在迅猛推行，农民不堪重负，此诗不无讥刺新政的含意。此诗在艺术上堪称不衫不履，纯用白描，自然质朴，写景如画。它在声情上也颇有特点，一二句押平声阳韵，三四句转押入声屑韵，后四句又转押平声麻韵。随意转韵,声情古朴,很好地衬托了诗人在荒凉秋景中的萧索心情。

怀 金 陵[1]

曾作金陵烂漫游[2],北归尘土变衣裘[3]。芰荷声里孤舟雨[4],卧入江南第一州。

注 释

〔1〕本诗选自《全宋诗》卷一一七四,作年不详。原诗共三首,此为其三。金陵:即今南京。

〔2〕烂漫:自由自在。

〔3〕"北归"句:陆机《为顾彦先赠妇》:"京洛多风尘,素衣化为缁。"

〔4〕芰:菱角。

鉴赏

张耒是淮阴人,年轻时曾游金陵,日后追怀旧游,乃作此诗。程千帆先生评曰:"此诗以结构论,首句平起,次句逆接,后半实写烂漫游程,又与前句缩合。这样便突出了题中'怀'字。结构是伴随着作者的思路而产生的。诗人在金陵无拘无束地浪游的时候，也许并没有觉得这个地方是多么可爱，可是一经北上，洁白的衫子被扑面的风尘染成黑色，这就使他不能不回忆起青山似染、江水如蓝的江南来。在风沙遍地的北方想念气宇明丽的南国时，诗人不由得将自己的回忆集中在一点上，即初到金陵时的光景。他是在一种美妙如画的景色中，安静而悠闲地到达金陵的，对金陵的第一印象是极为深刻的。因此才有后来的烂漫之游。这，就对金陵可怀之处作了丰富的暗示。也就是说，该写的都写了。不用写的，又何必再费笔墨呢？在这些地方，作者是应当信任读者，让他们去驰骋各自的想象的。"（《读宋诗随笔》）此评探骊得珠，故全引如上。

周邦彦

周邦彦(1056—1121),字美成,号清真居士,钱塘(今浙江杭州)人。宋神宗元丰七年(1084)献《汴都赋》,由太学外舍生升为太学正,曾任庐州州学教授、溧水县令、国子监主簿、秘书省正字、提举大晟府等职。著有《清真集》。生平见《宋史》卷444本传。

苏幕遮[1]

燎沉香[2],消溽暑[3]。鸟雀呼晴,侵晓窥檐语[4]。叶上初阳干宿雨[5]。水面清圆,一一风荷举。　　故乡遥,何日去?家住吴门[6],久作长安旅[7]。五月渔郎相忆否?小楫轻舟,梦入芙蓉浦。

注 释

〔1〕本词选自《全宋词》第二册,第603页。约作于宋哲宗元祐初年,时周邦彦在汴京。

〔2〕沉香：即沉水，一种名贵的香料。

〔3〕溽暑：潮湿闷热。

〔4〕侵晓：破晓。侵，渐近。

〔5〕宿雨：昨夜之雨。

〔6〕吴门：吴郡，此指钱塘。

〔7〕长安：此指汴京。

鉴赏

周邦彦于宋神宗元丰初年入汴京为太学生，元丰七年（1084）献《汴都赋》，擢太学正，哲宗元祐三年（1088）离京赴庐州。此词作于离京之前，词人淹留汴京已近十年，故云"久作长安旅"。宦游之人远离家乡，日久必生乡思，这是古典诗词中的永恒主题。常见的主题如何推陈出新？且看词人如何落笔。

上片咏夏日情景：浓郁的香气弥漫在室内，居然消减了溽暑的不适之感。拂晓时分，窗外传来鸟雀的鸣叫，仿佛正在呼唤晴天，又正在窥视室内，似乎疑怪词人为何不到室外来欣赏美景。于是词人漫步出屋，只见塘中荷叶上的雨珠在朝阳下渐渐变干，一张张圆圆的荷叶挺立在水面上，仪态万方。王国维在《人间词话》中称"叶上初阳"三句曰"真能得荷之神理"，的确，就像古乐府中"莲叶何田田"之句一样，它们并未描写荷叶的具体形貌，却写活了荷叶

的摇曳多姿、神清骨秀。上片所咏的景物相当美好,感觉也相当舒适,并无乡愁的痕迹。下片忽然转入思乡的愁绪:故乡遥远,何时才能归去?家在杭州,自身却久客京城。与上片所写的情景相比,这缕乡愁是否来得过于突兀?最后三句交代其中奥秘:原来是眼前夏日雨后的荷塘唤起了词人的思乡情愫。杭州西湖夙以"十里荷花"闻名天下,词人生长于斯,他对荷花的记忆与其快乐的童年生活联系在一起。于是他问道:当年作伴嬉戏的渔郎还记得自己吗?当时我们曾在五月中划着轻舟驶进荷塘,驶进那梦境般的荷花丛中。

  此词不事雕饰,它以质朴无华的语言描写荷花,又以平淡无奇的手法倾诉乡愁,两者皆有从容雅淡、自然清新的风韵,并体现出恬淡安宁的胸襟。清人陈廷焯评此词"风致绝佳,亦见先生胸襟恬淡"(《云韶集》卷四),甚确。

兰 陵 王 [1]

柳

  柳阴直,烟里丝丝弄碧。隋堤上[2],曾见几番,拂水飘绵送行色。登临望故国[3],谁识京华倦客?长亭路,年

周邦彦

去岁来,应折柔条过千尺[4]。　闲寻旧踪迹,又酒趁哀弦,灯照离席。梨花榆火催寒食[5]。愁一箭风快,半篙波暖,回头迢递便数驿。望人在天北。　凄恻,恨堆积。渐别浦萦回[6],津堠岑寂[7]。斜阳冉冉春无极。念月榭携手,露桥闻笛。沉思前事,似梦里,泪暗滴。

注　释

〔1〕本词选自《全宋词》第二册,第611页。或作于宋哲宗元祐三年(1088),时周邦彦离开汴京,将赴庐州（今安徽合肥）。

〔2〕隋堤：此指汴河之堤,乃隋代所筑。

〔3〕故国：故乡,指周邦彦的家乡钱塘（今浙江杭州）。

〔4〕柔条：指柳枝。古人有折柳枝送别之习。

〔5〕榆火：古代四时以不同的树木取火,春季钻榆柳之木取火,称榆火。

〔6〕别浦：支流注入主流之处。

〔7〕津堠(hòu)：渡口供守望用的土堡。

鉴　赏

此词小序曰"柳",全词确是一首咏柳词,词中虽然只在开头有一个"柳"字,但是"寒食""别浦""津堠""月榭"等词语皆与柳有关,始终扣紧题面。可是它又不是单纯的咏柳词,而是抒写

自己怀才不遇、四处漂泊的失意情怀。古人有折柳送别的习俗，此词句句咏柳，又句句写送别，就是这个原因。

全词从隋堤柳色说起，此处的柳树屡经送行者攀折，曾送走多少行客。然后切入自身这个京华倦客。周邦彦在神宗时因献赋而擢太学正，然数岁不迁，至元祐年间出任外州教授，深感失意。他在寒食时节离开汴京，灯光中的离席迷离有如梦境，哀怨的琴声更使人情难以堪。他沿着汴河乘舟南下，风快波暖，舟行顺利，可是词人却反而忧愁起来。原来如此迅速地南去，意味着送行者变得愈来愈远，顷刻之间便"人在天北"。第三叠写别后相思。词人回首旧事，当初与送行者曾有携手听笛的亲密行为，如今却天各一方，故泪珠暗滴。词话中说此词的写作与周邦彦爱恋汴京名妓李师师之事有关，当是附会，但词中确实包含着一段爱情经历。仕途的失意与情场的失恋这双重的失落之感互相交融，并一起糅入咏柳主题之中，遂使此词富有感染力，当时便传唱遍于京都。

六　丑 [1]

蔷薇谢后作

正单衣试酒 [2]，恨客里光阴虚掷。愿春暂留，春归如

周邦彦

过翼[3],一去无迹。为问花何在,夜来风雨,葬楚宫倾国[4]。钗钿堕处遗香泽。乱点桃蹊,轻翻柳陌,多情为谁追惜?但蜂媒蝶使,时叩窗隔。　　东园岑寂,渐蒙笼暗碧[5]。静绕珍丛底[6],成叹息。长条故惹行客。似牵衣待话,别情无极。残英小,强簪巾帻。终不似、一朵钗头颤袅,向人欹侧[7]。漂流处,莫趁潮汐。恐断红尚有相思字[8],何由见得?

注　释

〔1〕本词选自《全宋词》第二册,第610页。作年不详。

〔2〕试酒:宋代每年四月初,酒库呈样品尝,谓之试酒。

〔3〕过翼:一掠而过的飞禽。

〔4〕楚宫:借指前代的遗宫。倾国:容华绝代的美人,此指蔷薇。

〔5〕蒙笼:草木繁茂之状。

〔6〕珍丛:珍贵的花丛。

〔7〕欹侧:倾斜。

〔8〕断红:落花。此句用唐人卢渥红叶题诗之典,据《云溪友议》载,卢渥曾于御沟中得一红叶,上有宫人题诗、后成姻缘。

> 鉴赏

此词是一首咏物词，对象是凋谢的蔷薇花。蔷薇枝上有刺，容易钩住人的衣服，"长条故惹行客，似牵衣待话，别情无极"即抓住了这个特点。这种写法超越了一般的拟人手法，它不但为物体注入人的情感，而且注入词人独特的身世之感。生动有趣，情深感人。全词都是如此，虽是一首咏物词，但作为抒情主人公的词人身影无处不在。这是一位萍踪漂泊的词客，他多愁善感，身世飘零。正像李商隐赞叹杜牧所说的"刻意伤春复伤别"（《杜司勋》），此词的主题也是"伤春复伤别"。人在客中，正为光阴易逝而伤感，又逢暮春时节，落红成阵，情何以堪？词人独自走进岑寂的东园，看到蔷薇枝头徒剩棘刺，不由得连连叹息。忽然看到尚有一朵小小的残花，便信手摘下簪上头巾。珍藏心底的一个记忆片段突然闪现：一朵蔷薇插在美人的钗头，随着她的凌波微步而微微地颤动。写到这里，伤春已转变成伤别，词人看着漂流在水中的落花，痴痴地劝它们切勿随着潮汐漂去，他唯恐花瓣上也许有情人题写的相思文字。

《六丑》是周邦彦的自度曲，据说取名的立意是："此犯六调，皆声之美者，然绝难歌。昔高阳氏有子六人，才而丑，故以比。"（周密《浩然斋词话》）如今乐谱已失，但仅从音节来看，全词押入声韵，声促情急，颇似抽噎之声，"难歌"的效果不难想象，是谓涩调。词意则千回百折，回肠荡气。这种千锤百炼的创作态度，这种精细入微的艺术手法，此前的词坛上相当罕见。此调在周邦彦之后少见人作，当是难于仿效之故。

满 庭 芳[1]

夏日溧水无想山作[2]

风老莺雏，雨肥梅子，午阴嘉树清圆[3]。地卑山近，衣润费炉烟。人静乌鸢自乐[4]，小桥外，新绿溅溅[5]。凭栏久，黄芦苦竹[6]，拟泛九江船。　　年年。如社燕，飘流瀚海[7]，来寄修椽[8]。且莫思身外，长近尊前。憔悴江南倦客，不堪听、急管繁弦。歌筵畔，先安簟枕[9]，容我醉时眠。

注 释

[1] 本词选自《全宋词》第二册，第601页。作于宋哲宗元祐八年（1093）至绍圣三年（1096）间，时周邦彦任溧水（今属江苏）令。

[2] 无想山：山名，在溧水县南。

[3] 嘉树：同"佳树"。

〔4〕乌鸢：指乌鸦。

〔5〕新绿：新涨之绿水。溅溅：浅水急流貌。

〔6〕黄芦苦竹：白居易《琵琶行》："住近湓江地低湿，黄芦苦竹绕宅生。"

〔7〕瀚海：沙漠，此指荒远之地。

〔8〕修椽：上承屋瓦之长檐，乃燕子筑巢之处。

〔9〕簟（diàn）：竹席。

鉴赏

此词吟咏闲居情怀，其时词人任溧水县令，正在无想山中度夏。上片写景。时令是初夏，虽然春光已逝，但梅肥叶茂的夏景颇可赏玩。山中寂静，亦足以怡情养性。然而地方偏僻，环境低湿，故词人情绪不免低沉。下片转为抒情。词人非本地人氏，他只是在溧水任职，故而自觉有如暂时寄居的候鸟。县令的微职使他觉得宦情淡薄，故自称"江南倦客"。虽然身为地方官员，不乏筵席歌舞的物质享受，但词人觉得索然寡味，故交代在歌筵畔安排枕席，让他及醉即眠。此时词人正值壮年，却自觉"憔悴"，可见其苦闷心情。当然在此词中，苦闷心情只是淡淡的，难以言表的，甚至与隐逸情趣融为一体。正如清人陈廷焯所评："此中有多少说不出处：或是依人之苦，或有患失之心。但说得虽哀怨，却不激烈，沉郁顿挫中别饶蕴藉。后人为词好作尽头语，令人一览无余，有何趣味！"（《白雨斋词话》卷

周邦彦

一)这种幽约的情愫适宜用曲折的章法和朦胧的字句来表达,词中多檃栝唐诗句意却不露形迹,即是其手法之一。比如"且莫思身外,长近尊前"二句,点化杜诗"莫思身外无穷事,且尽生前有限杯"(《绝句漫兴》),虽有满腹牢骚,却隐约闪烁,耐人寻味。

少 年 游[1]

并刀如水[2],吴盐胜雪[3],纤手破新橙。锦幄初温[4],兽烟不断[5],相对坐调笙[6]。　　低声问,向谁行宿?城上已三更。马滑霜浓,不如休去,直是少人行。

注 释

〔1〕本词选自《全宋词》第二册,第606页。作年不详。

〔2〕并刀:并州(今山西太原)所产之刀,杜甫《戏题王宰画山水图歌》:"焉得并州快剪刀。"

〔3〕吴盐:吴地所产之盐,李白《梁园吟》:"吴盐如花白胜雪。"

〔4〕锦幄:即锦帐。

〔5〕兽烟:从炉盖作兽状的香炉中吐出的烟雾。

〔6〕调:调试、演奏。

鉴 赏

宋张端义《贵耳集》卷下载:"道君幸李师师家,偶周邦彦先在焉。知道君至,遂匿于床下。道君自携新橙一颗,云'江南初进来',遂与师师谑语。邦彦悉闻之,隐栝成《少年游》云。"虽是小说家言,但有助于我们理解词意:此词描写男女离别的场景,情节细致,对话生动,有很强的叙事性,仿佛是一篇微型小说。上片写情人相会,共有两个细节:一是女子以新橙款待男子,二是女子为男子吹笙。情节很简单,但描写细腻,情景如在眼前。"并刀""吴盐",都是美好之物,纤手在情人眼中更是美丽可爱,从而衬托出情意殷殷。"锦幄""兽烟"则形容氛围之温馨亲切,男女双方在如此环境中对坐调笙,洋溢着柔情蜜意。下片写情人离别,写法独特,先用"低声问"三字领起下文,然后全是女子一人之语。她先问男子将向何处投宿?不待对方回答,又直言城上更鼓已报三更,意即如此深夜,不宜出行。接着又重申此意:霜浓路滑,行人绝迹,不如不去。询问,请求,皆出以软语商量的口吻,温情脉脉,令人销魂。清人毛稚黄评下片曰:"后阕绝不作了语,'低声问'三字贯彻到底,蕴藉袅娜,无限情景,都自纤手破橙人口中说出,更不必别着一语,意思幽微,篇章奇妙,真神品也。"(王又华《古今词论》引)如此清纯真挚之词,自是民间男女爱情经历的真实写照,《贵耳集》所谓隐栝皇帝与名妓故事云云,则是向壁虚构,不足信也。

周邦彦

蝶 恋 花[1]

月皎惊乌栖不定。更漏将残,辘轳牵金井[2]。唤起两眸清炯炯[3],泪花落枕红绵冷。　　执手霜风吹鬓影。去意徊徨[4],别语愁难听。楼上阑干横斗柄[5],露寒人远鸡相应。

注 释

〔1〕本词选自《全宋词》第二册,第614页。作年不详。

〔2〕辘轳:用绞轮牵引的汲水器。

〔3〕炯炯:光亮貌。

〔4〕徊徨:彷徨无主。

〔5〕阑干:横斜之貌。斗柄:北斗七星的第一至第四星状似斗,第五星至第七星状似柄,夜将尽时斗柄横斜。

鉴 赏

此词也以男女离别为主题,但写法与上篇不同,它选取男子即将离去的片刻,生动地描写那个黯然销魂的离别过程。上片开头即

用乌啼、更漏、汲水声等声音渲染天色将明，离别的时刻已经来临。床上的女性终宵未眠，但不想让情人担心，便一直在装睡，所以被唤起时双眸炯炯有神，但是暗中流下的泪水早已湿透衾枕。"唤起"一句描写女子之温柔、细心，极其生动。下片写两人同至室外，握手告别，霜风吹动鬓发。行者彷徨无主，告别的话语更是不忍倾听。行人去后，她伫立楼头，此时斗柄低斜，远处鸡声相应，行人已经不见踪影。

《少年游》以叙事为主，此词则以写景见长。全词中人物的行为相当简单，主要篇幅都用于描写离别时分的凄迷夜景，从而以景衬情。由于天色未明，物象朦胧，故所写之景多为听觉得来的声音，堪称"绘声"高手。从开头的乌啼，到结尾的鸡鸣，互相呼应，声情摇曳，韵味悠长。这两首小令受篇幅的限制，未能展衍铺叙，语言也多用白描，不像周邦彦的慢词那样精致典雅，但也因此而呈清新自然的风格。借用王国维的术语来说，周邦彦的部分慢词因过于典雅，不免稍有"隔"的倾向，而这两首小令则绝无此病，是周词中最近民歌风调的小令精品。

唐 庚

唐庚(1071—1121),字子西,眉州丹棱(今属四川)人。宋哲宗元祐六年(1091)进士,曾任提举京畿常平等职。著有《唐子西文录》。生平见《宋史》卷443本传。

醉 眠[1]

山静似太古,日长如小年[2]。余花犹可醉,好鸟不妨眠。世味门常掩,时光簟已便[3]。梦中频得句,拈笔又忘筌[4]。

注 释

〔1〕本诗选自《全宋诗》卷一三二二,作于宋徽宗政和元年至五年(1111—1115)之间,时唐庚在惠州(今属广东)。

〔2〕小年:将近一年的时间。

〔3〕便:合宜。

〔4〕忘筌:语本《庄子·外物》:"筌者所以在鱼,得鱼而忘筌。"筌,捕鱼之竹器。

鉴赏

　　唐庚因遭党祸而贬至惠州，那正是十多年前苏轼贬谪的地方。唐庚不但作诗学习苏轼，在人生态度上也颇近苏轼，他在惠州所作的《惠州杂诗》二十首，因略无憔悴悲凉之态而深得后人赞赏。此诗也是如此，身处祸难、谪居南荒而能赏花听鸟，悠然醉眠，简直是东坡风神的再现。而"世味"一句明讥世态炎凉，"拈笔"一句暗讽朝廷禁止士大夫作诗，也隐约可见苏诗的影响。此诗的首联尤其值得玩味。一般说来，诗人常用具象的事物作为喻体，来形容、说明抽象的本体，此诗却反其道而行之。"太古"指茫昧荒远的远古，是非常抽象的概念。"小年"指一段漫长的时间，也绝非具象可感之物。唐庚用它们作为喻体，来形容山中静寂和白日漫长，却达到了出奇制胜的良好艺术效果。南宋罗大经曰："唐子西诗云：'山静似太古，日长如小年。'余家深山之中，每春夏之交，苍藓盈阶，落花满径，门无剥啄，松影参差，禽声上下。午睡初足，旋汲山泉，拾松枝，煮苦茗啜之。……味子西此句，可谓妙绝。"（《鹤林玉露》丙编卷四）罗氏此文题作《山静日长》，正是唐诗此联用抽象的喻体来表达的主旨，可悟唐诗之妙。清人贺裳称此联为"警句"（《载酒园诗话》卷五），并非过誉。

徐 俯

徐俯（1075—1141），字师川，号东湖居士，洪州分宁（今江西修水）人。宋高宗绍兴二年（1132）赐同进士出身，历任翰林学士、端明殿学士、权参知政事等职。著有《东湖居士集》。生平见《宋史》卷372本传。

春日游湖上 [1]

双飞燕子几时回，夹岸桃花蘸水开。春雨断桥人不度，小舟撑出柳阴来。

注 释

〔1〕本诗选自《全宋诗》卷一三八〇，作年不详。

鉴 赏

徐俯是江西诗派开创者黄庭坚的外甥，亦被列入"江西诗派"的名单。相传黄庭坚曾与洪朋等诸位外甥论诗，"山谷尝谓诸洪言：

'作诗不必多,如三百篇足矣。某平生诗甚多,意欲止留三百篇,余者不能认得。'诸洪皆以为然,徐师川独笑曰:'诗岂论多少,只要道尽眼前景致耳。'"(《吕氏童蒙训》)徐俯的诗风清新自然,在江西诗派中颇具特点,此诗就是"道尽眼前景致"的一首好诗。首句问得突兀,但又合情合理,它生动地表达了诗人春日游湖初见双飞燕子的惊喜心情。次句中"夹岸桃花"四字使人联想到陶渊明《桃花源记》中"忽逢桃花林,夹岸数百步"之句,但一个"蘸"字,将桃枝因花繁而低垂至水面,但随风摇摆,刚一沾水随即离开的情状写得栩栩如生,纯出独创。三、四句写春雨涨湖,水没桥面,故隔岸唤取渡船的情景,妙在推出小舟从柳阴中撑出的镜头即戛然而止,余味不尽,时人称为名句,故南宋赵鼎臣曰:"解道春江断桥句,旧时闻说徐师川。"(《和默庵喜雨述怀》)宋末张炎《南浦》词中的名句"荒桥断浦,柳阴撑出扁舟小"也分明从徐诗脱化而出。

叶梦得

叶梦得（1077—1148），字少蕴，号石林居士，苏州吴县（今属江苏）人。宋哲宗绍圣四年（1097）进士，曾任翰林学士、知汝州、知福州等职。著有《石林居士建康集》《石林词》。生平见《宋史》卷445本传。

水调歌头[1]

秋色渐将晚，霜信报黄花[2]。小窗低户深映，微路绕欹斜。为问山翁何事[3]，坐看流年轻度，拚却鬓双华。徙倚望沧海[4]，天净水明霞。　　念平昔，空飘荡，遍天涯。归来三径重扫[5]，松竹本吾家。却恨悲风时起，冉冉云间新雁，边马怨胡笳。谁似东山老[6]，谈笑静胡沙？

注 释

〔1〕本词选自《全宋词》第二册，第766页。当作于宋高宗建炎三年（1129），时叶梦得在湖州（今属浙江）。

〔2〕霜信：霜期来临的消息。

〔3〕山翁：晋人山简，致仕后居襄阳，性洒脱，喜饮酒。此乃词人自喻。

〔4〕徙倚：徘徊。

〔5〕三径：隐者居所前的小路。东汉蒋诩因不满王莽专权而退隐，于舍中竹下开三径，惟与高士数人来往。陶渊明《归去来辞》："三径就荒，松菊犹存。"

〔6〕东山老：指东晋谢安，曾隐居东山。李白《永王东巡歌》："但用东山谢安石，为君谈笑静胡沙。"

鉴赏

宋高宗建炎三年（1129），金兵南侵，叶梦得扈从高宗渡江南迁有功，迁尚书左丞，不久因受宰相朱胜非排挤而去职，闲居湖州。但他仍然关心朝政，听到朝中苗、刘之乱的消息，尚欲率众勤王。此词作于是年，故多忧国之语。词人入仕以来，在朝任职仅有数年，却曾流宦丹徒、婺州、蔡州、颍昌、杭州等地，靖康乱起后更亲身经历了纷扰乱世，身世之感极为深沉。此词表面上是咏隐逸情趣，其实渗透着家国之念，故情感复杂而沉郁，非单纯的隐逸词可比。词人在湖州的乌程卞山筑园而居，既有湖光山色可供玩赏，又有藏书万卷可供阅读，照理可以优哉游哉，安闲度日。可是词中洋溢着焦虑不安的情绪，如上片中既以山翁自比，则理应潇洒自在，为何又要埋怨"流年轻度"？况且既以隐士自居，为何又要心存魏阙？是年秋冬，高宗从建康至临安，又往越州，年底至明州，且定议航海以避金兵，词中所云"徙倚望沧海"，是否与时局有关？再如下片中既云"松竹本吾家"，则隐居之志已定，但词人仍然难忘艰难时世，"边马怨胡笳"一语直指边衅，"谈笑静胡沙"之句更点明对于平定胡虏的热切期望。时代影响文学，靖康事变成为宋代词风转折的关键环节，叶梦得此词前继苏轼词中初露端倪的豪放风格，后启以辛弃疾为首的豪放词派，在宋代词史上占有重要的地位。

王庭珪

王庭珪（1080—1172），字民瞻，号卢溪先生，吉州安福（今属江西）人。宋徽宗政和八年（1118）进士。曾任国子主簿、直敷文阁等职。著有《卢溪集》。生平见周必大《王公行状》。

送胡邦衡之新州贬所 [1]

囊封初上九重关 [2]，是日清都虎豹闲 [3]。百辟动容观奏牍 [4]，几人回首愧朝班？名高北斗星辰上，身堕南州瘴海间 [5]。不待他年公议出，汉廷行召贾生还 [6]。

注　释

〔1〕本诗选自《全宋诗》卷一四六四，作于南宋高宗绍兴十二年（1142）。时王庭珪在吉州安福（今属江西）。胡邦衡：胡铨，字邦衡。绍兴八年（1138），秦桧等人密谋和议，丧权辱国。时任枢密院编修官的胡铨冒死上疏，要求拒绝和议，并处死主和的宰相秦桧、副相孙近与使金的王伦三人。秦桧恼羞成怒，将胡铨削职为民，流配昭州（今

广西平乐)。至绍兴十二年(1142)又将胡铨流配新州(今广东新兴)。王庭珪作此诗送之。

〔2〕囊封:装在皂囊内的秘密奏章。

〔3〕清都:原指天帝所居宫阙,指代南宋都城临安。虎豹:比喻守卫宫禁之爪牙。闲:关闭。

〔4〕百辟:百官。辟,原指诸侯,泛指臣下、职官。

〔5〕南州:指新州,地近南海。

〔6〕贾生:贾谊。贾谊初谪长沙,未久即被汉廷召还。

鉴赏

胡铨上疏之举,义薄云天。非罪遭贬,冤同屈子。可是迫于秦桧的万丈凶焰,朝臣一时噤若寒蝉。王庭珪不畏强暴作诗送之,与同时作词为胡铨送行的词人张元斡交相辉映,为宋诗、宋词增添光彩。

首联开门见山,叙述胡铨上奏之事。此联多用比喻,意含讥刺。当时心怀鬼胎的宋高宗与弄权窃国的秦桧狼狈为奸,对外屈膝求和,对内镇压异己,言路断绝,正论不入。胡铨官职低微,当权者不加防备,才让他将封事递送进宫。此诗所谓"虎豹闲",是一种夸张的说法,以形容胡铨上奏之难。次联写胡铨的封事使朝野震动。此联用渐进手法刻画朝臣心态:初观胡铨封事,朝臣无不动容。主战者固然自愧不如,主和者亦应感到羞愧。当然像秦桧、孙近等卖国

贼，以及依附他们的蝇营狗苟之官员早已不知天下有羞耻事，他们是不会在胡铨面前自感惭愧的。"几人回首愧朝班"正是对此辈无耻之徒的诛心之论，虽然字面上不露锋芒，其实严于斧钺。第三联慨叹胡铨的命运。"名高北斗星辰上"不仅形容其名声之高，而且强调其名声之正义性质。北斗是人们在夜空中辨认方向的指标，胡铨的封事为国家、民族指明了正确的方向，万众仰慕，犹如黑夜中仰望北斗。"身堕南州瘴海间"兼指昭州、新州，更偏指后者，因为两个地方都是瘴气弥漫的滨海僻地，而后者离南海更近。这两句诗大起大落，张力极大，不但写出了胡铨的名声与命运的巨大落差，而且充满了仰慕之诚与不平之意。末联是对胡铨前途的期盼，虽属安慰之词，但是充满了正义终将战胜的信心。胡铨被贬新州后一直顽强地活着，并于孝宗即位后重归朝廷，真正实现了王庭珪的良好祝愿。于诗法而言，末联将第六句中压抑到最低点的诗情重新振起，从而与高屋建瓴的首联互相呼应。

　　北宋欧阳修有言："开口揽时事，议论争煌煌。"（《镇阳读书》）从北宋到南宋，政治主题始终得到诗人的青睐。王庭珪的这首政治诗义正辞严、气壮山河，成为宋代政治诗的典范之作。他因此受到流放夜郎的政治迫害，这是用诗歌干预政治必然付出的代价。王庭珪在贬地生活了13年后终于获悉秦桧的死讯，其后又生活了17年，享年93岁。真可谓求仁而得仁，又何怨焉？

朱敦儒

朱敦儒（1081—1159），字希真，号岩壑，洛阳（今属河南）人。宋高宗绍兴五年（1135）赐同进士出身，曾任秘书省正字、通判临安府、都官员外郎等职。著有《樵歌》。生平见《宋史》卷445本传。

相 见 欢[1]

金陵城上西楼，倚清秋。万里夕阳垂地，大江流。　中原乱，簪缨散[2]，几时收？试倩悲风吹泪，过扬州。

注 释

〔1〕本词选自《全宋词》第二册，第867页。作于宋高宗建炎元年（1127）秋，时朱敦儒在金陵（今江苏南京）。

〔2〕簪缨：古代官吏的冠饰，代指士大夫、官员。

鉴 赏

靖康乱起，北宋灭亡，士人纷纷南奔。朱敦儒虽未入仕，亦离

开家乡洛阳，南奔避乱。他取道淮阴、扬州，渡江来到金陵，乃作此词。南唐后主李煜《相见欢》云："无言独上西楼，月如钩。寂寞梧桐，深院锁清秋。"无独有偶，当朱敦儒登上金陵西楼时，他心中也有深沉的寂寞之感，故对后主词独有会心。然而李后主月夜登楼，面对着梧桐深院，感触的仅是离愁。朱敦儒在夕阳西下时登楼，面对着万里秋色和滚滚东流的大江，其感触更加深广。此时此刻，中原已经沦陷，徽、钦二帝已被金人掳去，在南京（今河南商丘）匆匆登基的高宗为避金兵逃至扬州，国家形势危若累卵。朱敦儒早年曾在洛阳度过"花间相见酒家眠"（《临江仙》）的潇洒岁月，如今逃难奔窜，心绪纷乱。下片直叙时局：中原纷乱，衣冠奔崩，何时才能恢复正常？于是词人潸然泪下，并希望萧瑟秋风将他的泪水吹向北方，洒向扬州。扬州是朱敦儒的祖籍，此时又是高宗的驻跸之地，也是南宋军民抵御金兵的前线。朱敦儒南奔途经扬州时，一定见过难民络绎、鸡犬不宁的景象。凡此种种，都使词人将万千思绪集中于扬州。清人陈廷焯评此词曰："希真词最清淡，惟此章笔力雄大，气韵苍凉，悲歌慷慨，情见乎词。"（《云韶集》）堪称确评。

吕本中

吕本中(1084—1145),字居仁,世称东莱先生,开封(今属河南)人。少以门荫入仕,宋高宗绍兴六年(1136)赐进士出身,曾任中书舍人兼侍讲、权直学士院等职。著有《东莱先生诗集》。生平见《宋史》卷376本传。

柳州开元寺夏雨 [1]

风雨潇潇似晚秋,鸦归门掩伴僧幽。云深不见千岩秀,水涨初闻万壑流 [2]。钟唤梦回空怅望,人传书到竟沉浮 [3]。面如田字非吾相 [4],莫羡班超封列侯 [5]。

注 释

〔1〕本诗选自《全宋诗》卷一六二五,作于宋高宗绍兴二年(1132)。时吕本中避乱居于桂州(今属广西),其间曾往柳州(今属广西)。开元寺:柳州名刹,初建于唐开元年间。

〔2〕流:一作"留",《瀛奎律髓》卷一七选此诗时作"流",有批语:"刊

本误,余为改定。"

〔3〕"人传"句:晋殷羡(字洪乔)曾为人捎带信件百余封,行至途中,悉投于水,云:"沉者自沉,浮者自浮,殷洪乔不为致书邮。"见《世说新语·任诞》。

〔4〕面如田字:指有封侯之相。《南齐书·李安民传》:"卿面方如田,封侯状也。"

〔5〕"莫羡"句:汉班超微时,相者谓其"燕颔虎颈,飞而食肉,此万里封侯相也。"(《后汉书·班超传》)

鉴赏

靖康事变后,吕本中携家避乱至桂州,不久其父吕好问病卒。次年,吕本中曾至柳州,乃作此诗。此时的诗人正在国难家祸之中,心情抑郁,故此诗在写景抒怀中渗入深沉的身世飘摇之感,情景之交融已臻高境。前半首生动地描写南方的夏雨:雨势猛烈,群动皆息,千山隐没,万壑争流。然写景中可见其郁郁情怀,与唐人柳宗元在柳州所写的名句"春半如秋意转迷"(《柳州榕叶落尽偶题》)一样,首句的"似晚秋"也分明是诗人心头感受的秋意。第四句写"初闻万壑流",既是对大雨导致洪水的担心,也包含着对国势危急的隐忧。后半首转入抒怀:诗人生于中原文献之家,因逃避战乱流寓南国,魂梦难忘业已沦陷的故国,可惜寺钟惊醒残梦,徒留怅望。诗人的亲友流散各地，他急切地盼望着远方来书，可惜杳无音信，空有误传书至的一场欢喜。钱锺书盛赞颈联"极真切细腻的写出来流亡者想念家乡和盼望信息的情境"（《宋诗选注》），甚确，然"沉浮"二字亦与"万壑流"之雨景暗相呼应，颇有草蛇灰线之妙。宋末方回评此诗曰："居仁在江西派中最为流动而不滞者，故其诗多活。"（《瀛奎律髓》卷一七）的确，此诗虽有脱胎于江西诗风之迹，比如尾联用典之赡博精切，颇似山谷手笔，然全诗语气流动，字句清丽，体现出"活法"（吕本中《夏均父集序》）的新倾向。吕本中是从江西诗派的黄、陈到曾几、杨万里等南宋诗人之间的一座桥梁，此诗堪称一个标本。

南 歌 子 [1]

驿路侵斜月，溪桥度晓霜。短篱残菊一枝黄，正是乱山深处、过重阳。　　旅枕元无梦，寒更每自长。只言江左好风光 [2]，不道中原归思、转凄凉。

注　释

〔1〕本词选自《全宋词》第二册，第936页，作于宋高宗建炎二年（1128），

时吕本中在旌德（今属安徽）道中。

〔2〕江左：江东，此指江南。

鉴赏

  宋高宗建炎元年（1127）秋，吕本中随其父吕好问至宣州。次年四月，吕好问罢知宣州，本中于是年秋离开宣州，取道旌德前往徽州（今属安徽），此词作于旌德道中。吕本中有诗题作《水西与李彦恢相从，余将取旌德趋徽州，彦恢先归旌德相候，彭元任亦自太平县来相送，遇于三溪驿，遂同过旌德，道中呈二子三首》，乃同时所作，诗中有"乱山深处过重阳"以及"底事中原归不得"等句，可与此词参照。吕氏乃中原望族，本中生于汴京，早年因恩荫入仕，靖康年间在汴京亲历亡国惨剧，深感悲痛。当他在奔亡途中适逢佳节，自会满目凄凉，此词就是这种独特感受的真切写照。上片写驿站晨起所见景象，唐人温庭筠诗云"鸡声茅店月，人迹板桥霜"（《商山早行》），向称描写羁情旅思的名句，此词首二句所写之景与之相仿，但后面二句进而写到篱短菊残，并指明重阳佳节却在乱山深处度过，其孤独凄苦之状更加难堪。下片倒叙昨夜情状：更长夜寒，辗转难眠，这本是行旅之人的常态。但词人的心情更加凄凉，因为中原沦陷，有家难归，于是江南的好风景也徒成虚语！此词情思宛转，风格沉郁，是爱国主题在宋词中的独特表现。

李清照

李清照(1084—1155?),号易安居士,济南章丘(今山东济南章丘区)人。李格非之女,赵明诚之妻。靖康事变后随夫南奔,宋高宗建炎三年(1129)明诚病逝,清照避乱流寓于越州、杭州,后至金华,卒年不详。著有《易安居士文集》《漱玉集》。生平见其《金石录后序》。

夏日绝句[1]

生当为人杰[2],死亦作鬼雄[3]。至今思项羽,不肯过江东[4]。

注释

[1] 本诗选自《全宋诗》卷一六〇二,应作于宋高宗建炎三年(1129)后不久。时李清照流寓浙东。

[2] 人杰:人之杰出者,语出《史记·高祖本纪》。

[3] 鬼雄:鬼之英雄,语本《楚辞·九歌·国殇》:"魂魄毅兮为鬼雄。"

〔4〕"至今"二句：项羽兵败垓下，宁死不肯逃归江东，详见《史记·项羽本纪》。

鉴赏

  宋钦宗靖康二年（1127）四月，金兵攻陷汴京，北宋灭亡。五月，宗室赵构在应天府（今河南商丘）匆匆登基，是为高宗。当时徽、钦二帝被俘北去，抗金军民群龙无首，正是国家危急存亡之秋，朝野都希望高宗能担起号令全国、抗敌御侮的大任。大臣李纲、宗泽直言进谏，太学生陈东、布衣欧阳澈伏阙上书，都表达了同样的愿望。可是高宗对军民的正义呼声置若罔闻，反而畏敌如虎，对孤军深入的金兵望风先奔，十月即南逃至扬州。建炎三年（1129）二月，高宗渡江逃至镇江、杭州。十二月，逃至明州（今浙江宁波），随即经海路逃至温州（今属浙江）。数年之间，高宗一逃再逃，弃沦陷的中原故土及祖宗陵寝于不顾，视国家与民族的尊严如草芥。正因如此，避乱南下的女词人李清照义愤填膺，乃作此诗。项羽仅因愧对江东父老，宁死不肯逃归江东，虽败犹荣，真是顶天立地的大英雄。毫无疑问，诗中对项羽的热情歌颂，就是对高宗小朝廷的严厉批判。此诗借古讽今，意在言表，大气磅礴，掷地有声，这是宋代咏史诗的典范之作，也是巾帼压倒须眉的一个范例。

李清照

一剪梅[1]

红藕香残玉簟秋[2]。轻解罗裳,独上兰舟。云中谁寄锦书来[3]?雁字回时,月满西楼。　　花自飘零水自流。一种相思,两处闲愁。此情无计可消除,才下眉头,却上心头。

注释

〔1〕本词选自《全宋词》第二册,第928页。或作于宋徽宗崇宁二年(1103),时李清照在汴京。

〔2〕玉簟:竹席的美称。

〔3〕锦书:书信的美称。据《晋书》记载,前秦窦滔之妻苏蕙曾织锦为文以寄其夫。

鉴赏

据伊世珍《琅嬛记》记载,"易安结缡未久,明诚即负笈远游。易安殊不忍别,觅锦帕书《一剪梅》词以送之。""锦帕"云云未必属实,但说此词是李清照婚后不久寄给远游的丈夫赵明诚的作品,大致可

信。清秋时节，红莲初残，本是"已凉天气未寒时"的好时节，可惜词人独自在家，只好泛舟遣闷，又登楼望远。上片铺垫情景，用字华美，席是"玉簟"，船是"兰舟"，身上穿着"罗裳"，盼望中的书信则是"锦书"，这些都暗示着生活的优裕和美满。然而这一切都被离愁别恨一笔勾销：词人登上西楼举目远眺，月光下虽有鸿雁南飞，却不见雁足传书！下片转入抒情，明白如话：尽管夫君杳无音信，但词人深信对方定与自己同样忍受着相思之苦，"一种相思，两处闲愁"的语气是如此肯定，既表现了对丈夫的信任，也反衬出自己对爱情的执着和忠贞。最后三句独抒自己心事，"才下眉头，却上心头"两句，对仗工巧却不避重字，语言清丽而又浅近，富有民歌情调，极为形象地刻画出一位深受相思之苦的妻子的心底微澜。

醉 花 阴 [1]

薄雾浓云愁永昼[2]。瑞脑消金兽[3]。佳节又重阳，玉枕纱厨[4]，半夜凉初透。　　东篱把酒黄昏后[5]。有暗香盈袖。莫道不消魂，帘卷西风，人比黄花瘦。

注释

〔1〕本词选自《全宋词》第二册，第929页。或作于宋徽宗大观二年(1108)，时李清照在青州（今山东益都）。

〔2〕永昼：漫长的白天。

〔3〕瑞脑：即龙瑞脑，一种香料。金兽：兽形的铜香炉。

〔4〕玉枕：即磁枕。纱厨：即碧纱橱，一种有架子的纱帐。

〔5〕东篱：指种菊之处。陶渊明《饮酒》："采菊东篱下，悠然见南山。"

鉴赏

据词话记载，此词是李清照寄给赵明诚的作品。情景设定在重阳佳节，自有深意。王维《九月九日忆山东兄弟》云"每逢佳节倍思亲"，可见重阳乃家人团聚之节令，故词中特用"佳节又重阳"一句郑重点出。词人独自在家过节，凡是重阳节的生活内容应有尽有：炉内点着名香，碧纱橱与玉石枕透着清凉，篱边赏菊，暗香盈袖。但是词人心中非但没有任何喜悦，反而在开篇就说"薄雾浓云愁永昼"！云雾弥漫的天气，漫长无际的白日，使词人满怀忧愁。于是节俗的所有细节都变得毫无意绪，佳节也就徒具虚名。最后三句向称名句。相传当时李清照把这首词寄给赵明诚，明诚极为赞赏，自愧不如，又想与之争胜，就精心仿作了五十首，把李清照的原作混在其中，以示友人陆德夫。德夫细读再三，说只有三句极佳。明诚追问，德夫说："莫道不消魂，帘卷西风，人比黄花瘦。"（见伊士珍《琅嬛记》）的确，这三句从菊花着眼，原是重阳主题的固有内容。但是将人花相比，则想落天外。菊花耐寒傲霜，本会给人以瘦削的印象。词人却自称比黄花更瘦！对相思之苦的渲染，无以复加。一般来说，女性对伴侣的相思格外深沉。李清照在上引两首词中展现了女性词人特有的敏感和细腻，这是仅知锻炼字句的男性词人难以企及的。

凤凰台上忆吹箫[1]

香冷金猊[2]，被翻红浪[3]，起来慵自梳头。任宝奁尘满，日上帘钩。生怕离怀别苦[4]，多少事，欲说还休。新来瘦，非干病酒[5]，不是悲秋。　　休休[6]。这回去也，千万遍《阳关》[7]，也则难留。念武陵人远[8]，烟锁秦楼[9]。惟有楼前流水，应念我、终日凝眸。凝眸处，从今又添，一段新愁。

注　释

〔1〕本词选自《漱玉词》，或作于宋徽宗大观三年（1109），时李清照在青州。

〔2〕金猊：狻猊形的铜香炉。

〔3〕"被翻"句：指红色锦被乱摊于床上。柳永《凤栖梧》："鸳鸯绣被翻

红浪。"

〔4〕生怕：最怕。

〔5〕病酒：饮酒过量而得病。

〔6〕休休："犹言"罢了"。

〔7〕阳关：指送别之歌曲。王维《送元二使安西》："劝君更尽一杯酒，西出阳关无故人。"后人反复歌之，称《阳关三叠》。

〔8〕武陵人：指远行者。陶渊明《桃花源记》载"武陵人"误入桃源云云。

〔9〕秦楼：原指春秋时秦穆公之女弄玉所住之凤台（见《列仙传》），此指词人之妆楼。

鉴赏

  此词主题也是写对丈夫的思念，但与前面两首小令的写法判若二手。上片直叙独处闺房的慵懒无聊：炉中香冷，床上被乱，词人在床上辗转反侧一番之后，总算起床了。但起床之后仍然懒得梳妆。日上三竿，照亮了帘钩，再看案头宝奁，竟已积满灰尘，可见她懒于梳妆已经不止一日。如此慵懒，竟为何来？下面点出原因是离怀别苦。至于具体的内容，则欲言又止。从镜中窥见自己的容貌越发消瘦，她深知原因既不是病酒，也不是悲秋。那么究竟是什么呢？她不忍再说。整个上片的写法是层层推进，推到最后却戛然而止，真是此时无声胜有声。下片先回忆分别时的情景。"休休"者，无

可奈何之辞也。因为纵使唱上千万遍《阳关三叠》,也留不住丈夫,只好徒唤奈何。如今行人已远在山重水复的远方,而自己居住的小楼则被烟雾锁闭,凝眸远眺,也是一无所见。但她仍在楼头终日凝眺,楼前流水都被感动了吧。每日远眺,今又远眺,心中的愁绪也与日俱增。下片的写法仍是层层推进,但不再依靠物象或动作的不断更新,而是运用语气的急迫及章法的递进,比如"念武陵人远"以下的三大句,就是一种变形的顶真格,从而生动地表现出心头的层层波澜。清人陈廷焯评曰:"笔致绝佳,余韵尤胜。"(《词则》)甚确。

渔 家 傲 [1]

天接云涛连晓雾,星河欲转千帆舞[2]。仿佛梦魂归帝所[3]。闻天语,殷勤问我归何处。　我报路长嗟日暮,学诗谩有惊人句[4]。九万里风鹏正举[5]。风休住,蓬舟吹取三山去[6]。

注 释

〔1〕本词选自《全宋词》第二册,第927页。或作于宋高宗建炎四年(1130),时李清照为追随高宗御舟而乘舟自黄岩入海至温州。

〔2〕星河:银河。

〔3〕帝所:上帝所居之处。

〔4〕谩有:空有。

〔5〕九万里句:语本《庄子·逍遥游》:"有鸟焉,其名为鹏,背若泰山,翼若垂天之云,抟扶摇羊角而上者九万里。"

〔6〕三山:古代传说,海中有蓬莱、方丈、瀛洲三神山。

鉴赏

　　李清照是婉约词大家,又是女性,但此词场景壮阔,气魄雄大,颇有豪迈的气概,即使置于豪放派的作品中也毫不逊色。词人在梦境中飞升上天,且与天帝对答,由此表现乘风高举、直趋蓬莱的志愿。这个主题已经不属于一般的游仙题材,而是展现了词人对远大理想的追求。上片所写的完全是梦中之境,尽管美丽雄壮,却带有虚幻的色彩。下片所写的则是自己的议论与虚拟的理想,幻中有真。词人虽然才华盖世,胜过须眉,却不可能有任何作为,故嗟叹"学诗谩有惊人句"。况且此时词人遭遇世变,丈夫赵明诚已经去世,北宋王朝已经灭亡,词人仓促南渡后仍无法安居,流离失所,生活艰难。"我报路长嗟日暮",句意沉痛,绝非无病呻吟。更重要的是,小朝廷偏安江南一隅,置沦陷的中原与水深火热中的百姓于不顾。词人对沉重的现实万分忧虑,又无计可施,只能在词中表达对美好、虚幻的神仙之境的热烈向往。

她多么希望能像大鹏展翅一样,翱翔于天地之间,摆脱尘世的污浊与烦恼。此时词人正泛舟于海,面对着万顷波涛,她想到神仙所居的"三山"就在东海深处,于是希望大风不要停歇,将小舟吹越浩瀚的沧溟,直奔"三山"而去。诗言志,词亦言志。此词所言之志就是奔赴理想之境,当然,那只是一个美丽的梦想。

武 陵 春[1]

风住尘香花已尽,日晚倦梳头。物是人非事事休,欲语泪先流。　　闻说双溪春尚好[2],也拟泛轻舟。只恐双溪舴艋舟[3],载不动、许多愁。

注 释

〔1〕本词选自《全宋词》第二册,第931页。作于宋高宗绍兴五年(1135),时李清照因避乱暂寓金华(今属浙江)。

〔2〕双溪:指东港、南港,是金华城南的两条溪流。

〔3〕舴艋:一种小船,形似蚱蜢。

鉴 赏

靖康事变后,李清照经历了国破家亡的惨痛遭遇,她的整个生活环境已彻底改变，其词风随即发生了深刻的变化。此词表面上仍是伤春主题，也仍是写慵懒的闺中生活，但内蕴的情感已今非昔比。"物是人非事事休"一句，语淡情深，蕴含着多少感慨和哀怨！"事事"二字，究竟何指？此时李清照不但丧偶，而且已经历过文物散失、被诬通敌、再嫁受辱等一系列事变。这些人生变故使她万念俱灰，自觉一切都已完结。因此欲语先泣，实乃不想再说，也不能再说。由此可知，首句"风住尘香花已尽"，表面是说暮春时节花卉凋零化作泥土，但又何尝不是暗指盛年已逝、万念成灰的人生悲剧？由于上片的意绪过于压抑，下片转为强自安慰：听说双溪春色尚佳，颇想泛舟遣愁。但心中的愁绪极其深重，只怕一叶扁舟根本无法承载！若四句连读，便可明白整个下片都是一种欲抑先扬的虚拟写法，其实词人的愁绪根本无法消解，她也根本就不想出去泛舟消愁。构思的巧妙、思绪的细腻都不减从前，但词中的情感则从惆怅变成悲哀，令人不忍卒读。天翻地覆的靖康事变影响了整个宋代词坛，即使是传统的婉约词也未能例外，李清照词风的变化就是明显的例证。

永 遇 乐[1]

落日镕金，暮云合璧，人在何处？染柳烟浓，吹梅笛怨[2]，春意知几许？元宵佳节，融和天气，次第岂无风雨[3]？来相召，香车宝马，谢他酒朋诗侣。　　中州盛日[4]，闺门多暇，记得偏重三五[5]。铺翠冠儿[6]，捻金雪柳[7]，簇带争济楚。[8]如今憔悴，风鬟霜鬓，怕见夜间出去。不如向帘儿底下，听人笑语。

注释

〔1〕本词选自《全宋词》第二册，第931页。作于宋高宗绍兴九年（1139），时李清照在临安。

〔2〕吹梅笛怨：笛曲有《梅花落》，故云。

〔3〕次第：转眼，接着。

〔4〕中州：今河南，此特指汴京。

〔5〕三五：正月十五，即元宵节。

〔6〕铺翠冠儿：饰有翠羽的帽子。

〔7〕捻金雪柳：用金纸与素绢制成的头饰。

〔8〕簇带：密集地加戴。济楚：宋时方言，整齐漂亮之意。

鉴赏

　　此词的写法，颇有"煞风景"的意味。时令是"元宵佳节"，气候是"融和天气"，人事则有酒朋诗侣的车马相召，真可谓良辰美景赏心乐事俱备，然而词人难解心头愁结，宁肯独守深闺，自我排遣。此词最值得注意的是对比和反衬手法的运用。开头三句就暗含着对比：如此美丽的暮景，本应好好观赏，然而人在何处呢？丈夫赵明诚早已幽明相隔，自己也是漂泊天涯。即使梦中相寻，又怎能知道确切的地点？所以美景的描画很好地反衬了词人心中的孤寂之感。到了"元宵佳节"等三句，又暗含着一层对比：佳节逢上好天气，可称双美，可是词人偏要相问：正是阴晴不定的初春，怎知不会有突然而来的风雨？联想到词人美满幸福的生活被靖康事变突然中断的经历，这是她心中固有的忧惧。整个下片则全是对比：词人回忆当年在中原家乡欢度元宵的情景，妆扮齐整，热闹非凡。转瞬之间人已憔悴，虽是火树银花的不夜天，自己却害怕出门，只好躲在家里听听窗外的欢声笑语。

此词的哀伤情绪不像《声声慢》那样剧烈，但对避乱南渡的士人群体而言，显然具有更强的普适性。换句话说，此词流露的怀旧思绪具有更加典型的意义。无怪宋末爱国词人刘辰翁阅读此词后"为之涕下"，且"每闻此词，辄不自堪"（《须溪词》卷二）。

声 声 慢 [1]

寻寻觅觅，冷冷清清，凄凄惨惨戚戚。乍暖还寒时候，

最难将息[2]。三杯两盏淡酒,怎敌他、晚来风急?雁过也,正伤心,却是旧时相识。　　满地黄花堆积。憔悴损,如今有谁堪摘?守着窗儿,独自怎生得黑?梧桐更兼细雨,到黄昏,点点滴滴。这次第[3],怎一个愁字了得?

注 释

〔1〕本词选自《全宋词》第二册,第932页。作于宋高宗绍兴十七年(1147)。时李清照流寓金华。

〔2〕将息:将养休息。

〔3〕这次第:犹言"这情况"、"这光景"。

鉴 赏

　　正如词调所云,此词真是声声抽泣,声声哽噎。开头连用七对叠字,且多为齿声字,短促轻细,读来有一种凄清冷涩的语音效果,生动地刻画出词人若有所思,恍然若失,不断寻觅而一无所获的愁绪。全词九十七字,齿音四十一字,舌音十六字,两种音调交错运用,形成一种幽咽悲凄的基调。全词中问句多达四处,而且全用口语,仿佛是一位孤苦无依的老妇人的自言自语。她喃喃不停地说,又絮絮叨叨地问,然而无人回答,只有窗外的风声、雁唳与之呼应。到了黄昏,更有细雨滴在梧桐叶上,发出点点滴滴的声响。于是词人发出最后一问:"这次第,怎一个愁字了得?"意思是此情此景,如许深广的哀伤愤怨,单凭一个"愁"字怎能包涵、概括?其实就算写上千万个"愁"字,又怎能了得?婉约词中抒写女性愁苦的佳作甚多,但写得如此生动、如此深刻的作品相当罕见。只有当女性身份、杰出才华与独特身世这三个条件结合在一位词人身上,才能达到这样的艺术境界。就此类主题的词作而言,李清照取得"压倒须眉"的成就是历史的必然。

曾 几

曾几（1084—1166），字吉甫，号茶山居士。其先为赣州（今属江西）人，后徙居洛阳（今属河南）。太学上舍出身，曾任江西、浙西提刑等职。卒谥文清。著有《茶山集》。生平见《宋史》卷382本传。

癸未八月十四日至十六夜月色皆佳[1]

年年岁岁望中秋，岁岁年年雾雨愁。凉月风光三夜好，老夫怀抱一生休。明时谅费银河洗，缺处应须玉斧修[2]。京洛胡尘满人眼[3]，不知能似浙江不？

注 释

〔1〕本诗选自《全宋诗》卷一六五七，作于宋孝宗隆兴元年（1163），时曾几在临安。

〔2〕玉斧修：此喻收复失地。唐段成式《酉阳杂俎·天咫》载，唐太和中，郑仁本表弟于嵩山遇一白衣仙人，身携斧凿，自称乃修月户。且言

月由七宝合成，常有八万二千户时时修之。

〔3〕京洛：此指汴京、洛阳，时皆沦于金国。

鉴赏

　　曾几在政治上力主抗金，因此得罪秦桧，壮年罢官闲居达七年之久，至绍兴二十五年（1155）秦桧死后方被起用。曾几作诗，虽不像其弟子陆游那样频繁地高呼抗金复国，但也时有爱国精神的体现。此诗虽写中秋望月，但思及沦陷之中原故土，情怀沉郁。在诗歌艺术上，曾几初以黄庭坚、陈师道为宗，但后来受吕本中"活法"之说的影响更深，终于形成清新流畅的新风格，此诗就是其晚年诗风的典型例子。全诗既无奇字，也无僻典，文从字顺，明快畅达。第六句暗用神话传说中的修月故事，然读者不知其出处亦不妨碍理解诗意，用典有如水中着盐，不像黄诗用典之深密难晓。更重要的特征是声调委婉，音节和谐，除第七句微拗之处，全诗皆合声律，已脱离黄、陈七律多用拗调的影响。清人纪昀评曰："纯以气胜，意境亦阔。"（《瀛奎律髓汇评》卷二二）其实更主要的特征是风格轻快流动，似乎信手写成，细味却觉情韵宛然。南宋赵庚夫评曾几诗云："新如月出初三夜，淡比汤煎第一泉。"（《读曾文清公集》）此诗足以当之。

陈与义

陈与义（1090—1138），字去非，号简斋，洛阳（今属河南）人。宋徽宗政和三年（1113）太学上舍释褐，任州学教授。南渡后曾任参知政事等职。著有《简斋集》。生平见《宋史》卷445本传。

雨[1]

萧萧十日雨，稳送祝融归[2]。燕子经年梦，梧桐昨暮非。一凉恩到骨，四壁事多违[3]。衮衮繁华地[4]，西风吹客衣。

注释

[1] 本诗选自《全宋诗》卷一七三一，作于宋徽宗政和八年（1118），时陈与义在汴京。

[2] 祝融：指夏天。《礼记·月令》："夏神祝融。"

[3] "四壁"句：犹言家徒四壁。

[4] 衮衮：纷繁众多貌。

鉴赏

陈与义于政和六年（1116）解除开德府（府治濮阳，今属河南）教授之职，次年入汴京。此诗作于其罢任候职，闲居京城之时，故心情苦闷，诗中颇有流露。陈与义喜爱咏雨，集中以"雨"字为题者即有7首，题中包含"雨"字者则多达22首。此诗所咏者乃初秋之雨，颇能写出其特点，其写法也与众不同。颔联写初秋之雨对环境的影响，清人纪昀评曰："三四妙在即离之间。"（《瀛奎律髓汇评》卷一七）今人缪钺先生则曰："陈诗用'燕子'、'梧桐'，并非写燕子与梧桐在雨中的景象，而是写燕子与梧桐在雨中的感觉，秋燕将南归，思念前迹，恍如一梦；梧桐经雨凋落，已与昨暮不同。其实，燕子与梧桐并无此种感觉，乃是诗人怀旧之思、失志之慨，借燕子、梧桐以衬托出来而已。"（《宋诗鉴赏辞典》）的确，秋雨送凉，季节转换，对动物、植物均有影响。燕子乃秋去春来之候鸟，梧桐乃落叶之乔木，它们对秋雨的感觉甚为敏锐，诗人遂选取它们入诗。"经年梦"意指燕子去秋南归，及今已是隔年。"昨暮非"意指梧桐日渐凋零，叶上之雨声也日渐稀疏。诗人在汴京寓居已满一年，心情日渐凄凉，故见雨中之燕子、梧桐而心生感慨。借外界之物象抒写内心的细微感觉，与秋雨的联系确在不即不离之间。颈联转写诗人对秋雨的感觉，上句写久暑而逢秋雨送凉，宛如遇救脱难，故言"恩

到骨"。下句写生计寥落，雨中闷坐家中，徒见四壁，更觉凡事多违。如此咏雨，思虑十分深刻，手法相当生新。缪钺先生以此诗作为典型例子来说明宋诗不同于唐诗的风格特征，十分妥当。

巴丘书事[1]

三分书里识巴丘[2]，临老避胡初一游。晚木声酣洞庭野，晴天影抱岳阳楼[3]。四年风露侵游子[4]，十月江湖吐乱洲。未必上流须鲁肃[5]，腐儒空白九分头。

注释

〔1〕本诗选自《全宋诗》卷一七四六，作于宋高宗建炎二年（1128）十月，时陈与义避乱至岳州（今湖南岳阳）。巴丘：三国时古地名，即岳阳。

〔2〕三分书：指《三国志》，三国时魏、蜀、吴三分天下。

〔3〕影：日光。

〔4〕四年：陈与义自宋徽宗宣和六年（1124）岁末谪离汴京，至是已近四年。

〔5〕"未必"句：鲁肃乃三国时吴国大将，曾屯兵于巴丘，以御蜀将关羽。对吴国而言，巴丘地处长江上游。

鉴赏

靖康事变后金兵南侵，陈与义避寇来到岳阳。岳阳地方险阻，三国时为吴国之边防要地，吴将周瑜、鲁肃相继驻兵于此。诗人早从史书中得知岳阳的地理、历史，如今因避寇方得亲临，次句点明"避胡"，乃为实录。此时虽然南宋已经建立，然高宗畏敌如虎，朝廷御敌无方。就在当年七月，老将宗泽因抗金主张为权臣所抑，忧愤成疾，连呼"过河"三声而卒。当陈与义来到岳阳时，感今怀昔，心绪纷纭。此诗题作"书事"，首联点题，乃兼时事及个人遭遇而言之。中间两联炼字精警，程千帆、沈祖棻先生曰："读这篇诗，请特别注意其虚词，如'酣''抱''侵''吐'等。由于诗人使用了这样一些极其生动的词汇，就赋予了自然景物以非常活跃的生命。"(《古诗今选》)此外它们情景交融的程度也值得关注：颔联写景，境界阔大，情绪苍凉。上句写晚风吹树，竟然声震洞庭之野，颇寓动荡不安之慨。下句写整个天空的日光笼罩着岳阳楼，也有渺小孤危之感。颈联上句写自己的经历，诗人遭贬离京，不久为避战乱而南奔，四年间关道路，种种艰辛，却以"风露"二字以概括之，蕴藉之至。下句写天寒水落，江湖中突现沙洲，一个"乱"字，既生动地刻画了沙洲之横斜杂乱，也隐含着时世之动乱不安。尾联呼应首联，借古讽今：古时曾有名将屯兵此地以保卫疆土，如今金兵肆意南侵，

朝廷当然也应派遣大将驻守要地。可是朝廷御敌无方，竟使边防空虚，让自己这个儒生徒然愁白了头。全诗意境阔大，风格沉郁，写景抒情中寄寓着深沉的爱国精神，酷肖杜诗。

伤 春[1]

庙堂无策可平戎，坐使甘泉照夕烽[2]。初怪上都闻战马，岂知穷海看飞龙[3]。孤臣霜发三千丈，每岁烟花一万重。稍喜长沙向延阁[4]，疲兵敢犯犬羊锋。

注 释

[1] 本诗选自《全宋诗》卷一七五三，作于宋高宗建炎四年（1130）。时陈与义在邵州（今湖南邵阳）。

[2] "坐使"句：甘泉，汉代行宫，在长安附近。汉文帝时，匈奴入寇，烽火一直照到甘泉宫。

[3] "初怪"二句：宋高宗建炎三年（1129），金兵犯临安，高宗逃往明州入海。上都，首都，此指汴京或临安。穷海，海之尽头。

[4] 向延阁：指向子䛘。"延阁"是汉代皇帝藏书处，向子䛘曾任直秘阁学士，故有此称。建炎四年金兵犯长沙，正任长沙知州的向子䛘组织军民抗金。

鉴赏

杜甫有《伤春五首》，首章云"天下兵虽满，春光日自浓。"末章云："春色生烽燧，幽人泣薜萝。"此诗命题模仿杜诗，内容也借鉴杜诗，同样是借伤春而哀伤时局。

首联突兀而起，指责朝廷无策平戎，以致外敌入侵。陈与义曾经历靖康年间金兵攻陷汴京与建炎年间金兵侵犯临安，此联是指北宋亡国的历史，还是指当前的南宋不敌金兵？都有可能，但批判的矛头显然是对准当前的朝廷。以高宗为首的小朝廷畏敌如虎，唯图苟安，连平戎的意愿都不存在，更谈不上平戎的手段。于是敌兵竟然长驱直入，烽火一直照到京城附近。奇耻大辱，莫此为甚！当此紧急关头，作为一国之君的高宗有何行为呢？竟然是一路奔逃。次联以流水对的方式抒写诗人之心情，在京城得闻战马嘶鸣已令人惊诧，岂知皇帝居然逃到大海尽头去了！这两联诗毫不留情地批判小朝廷的逃跑主义，表露出诗人悲愤填膺的爱国情怀。第三联自然转折到诗人自身：陈与义自从北宋宣和六年（1124）被贬以来，一直没有起用，靖康事变后匆匆南奔，故自称"孤臣"。忧催人老，年方四十的诗人竟已满头白发。虽然江南烟花重重，但诗人对着浓丽的春光何以为怀？前三联压抑已甚，末联稍转为扬：朝廷虽然畏敌，军民却自动抗敌，挡住了强敌的进犯。

此诗除了命题、立意学杜以外，具体的字句也颇有学杜痕迹，如第六句之包含杜诗"烟花一万重"（《伤春五首》之一），末联之模仿杜诗"稍喜临边王相国，肯销金甲事春农"（《诸将五首》之三）。更重要的是，全诗情感沉郁，声调顿挫，整体风格也接近杜诗。陈与义在靖康事变后作诗云："但恨平生意，轻了少陵诗！"（《正月十二日自房州城遇虏至奔入南山十五日抵回谷张家》）北宋诗人重在艺术上学习杜诗，南宋诗人重在思想上学习杜诗，此诗是一个关键的转折点。

怀天经智老因访之 [1]

今年二月冻初融，睡起苕溪绿向东 [2]。客子光阴诗卷里，杏花消息雨声中。西庵禅伯方多病 [3]，北栅儒先只固穷 [4]。忽忆轻舟寻二子，纶巾鹤氅试春风 [5]。

注　释

〔1〕本诗选自《全宋诗》卷一七五七，作于宋高宗绍兴六年（1136），时陈与义在青墩（又名青镇，今属浙江桐乡）。天经：即叶懋，字天经。智老：即大圆洪智，僧人。二人皆住乌镇，与青墩隔苕溪相对。

〔2〕苕溪：水名，源出天目山，东流入太湖。

〔3〕西庵：智老所居之佛庵。禅伯：精通佛学者，此指智老。

〔4〕北栅：当是叶懋之居所。儒先：即儒生，此指天经。固穷：安于贫穷，语本《论语·卫灵公》："君子固穷。"

〔5〕纶巾：用青丝制成之头巾。鹤氅：用鸟羽制成之外衣。

鉴赏

　　此诗在艺术上很有特色。首先是颔联被《诗人玉屑》评为"宋朝警句"，其奇警在于对仗手法不同寻常，方回曰："以'客子'对'杏花'，以'雨声'对'诗卷'，一我一物，一情一景，变化至此。乃老杜'即今蓬鬓改，但愧菊花开'，贾岛'身世岂能遂，兰花又已开'，翻窠换臼，至简斋而益奇也。"（《瀛奎律髓汇评》卷二六）程千帆先生进而指出："宋诗属对，已不完全注意字面上的工整精美，而更着重于上下句之间的内在关联……即如陈与义此联，上句写客中无聊，唯有吟咏送日，下句则写一个初春清冷的境界来衬托，就显得一我一物，一情一景，水乳交融。至于客子与杏花，诗卷与雨声之是否的对，则宁可无意地给以忽视了。"（《读宋诗随笔》）其次是从题目看似应叙述一次访友之过程，其实重点在于抒自身之怀抱，并引起对友人之思念，至于访友之事实，则仅写出发时的情景来虚掷一笔，极为空灵蕴藉。首联写时光迁逝、景物变换引起的感慨，

清人冯班讥评曰:"第二句,睡时不向西!"纪昀则为诗人辩护云:"次句言睡起出门,正见苕溪东流耳。冯氏以'睡时不向西'诋之,太苛。"(《瀛奎律髓汇评》卷二六)冯氏因对江西诗派抱有偏见而至误解,纪氏所辩亦未得肯綮。其实首句明言"冻初融",可见冬季苕溪冰封,待冰融方见河水东流耳。此联写出了心情久抑,因见春景而兴致初生的细微感受,与谢灵运的名句"池塘生春草,园柳变鸣禽"(《登池上楼》)有异曲同工之妙。尾联写忽然怀念好友,遂命舟前访。《世说新语·任诞》载:"王子猷居山阴,夜大雪……忽忆戴安道。时戴在剡,即便夜乘小船就之。经宿方至,造门不前而返。人问其故,王曰:'吾本乘兴而行,兴尽而返,何必见戴。'"陈诗写到乘舟出发便戛然而止,是否暗用此典,无法确认。但这种写法不但余味无穷,而且把全诗的重点从访友过程转为访友之缘由,从而将叙事诗写成抒情诗,构思极具匠心。

临江仙[1]

夜登小阁记洛中旧游[2]

忆昔午桥桥上饮[3],坐中多是豪英。长沟流月去无声。

杏花疏影里，吹笛到天明。　　二十余年如一梦，此身虽在堪惊。闲登小阁看新晴。古今多少事，渔唱起三更[4]。

注释

〔1〕本词选自《全宋词》第二册，第1070页。作于宋高宗绍兴五年（1135），时陈与义在桐乡（今属浙江）。

〔2〕小阁：当在桐乡青墩镇，时陈与义寓居于青墩镇僧舍。

〔3〕午桥：即午桥庄，在洛阳，唐裴度建别墅于此，宋时为游观胜地。

〔4〕渔唱：渔歌。

鉴赏

南宋刘克庄评陈与义诗曰："以简洁扫繁缛，以雄浑代尖巧。"（《后村诗话》前集卷二）若移用此语来评此词，也十分妥当。首先，陈与义写此词之前的二十余年，以靖康事变为关键，国家发生了沧桑巨变，他个人也经历了悲欢离合的巨大变化。陈与义生于世代簪缨之家，且自幼生活在"西都"洛阳，青少年时代的生活豪纵潇洒。虽然他十七岁时至汴京入太学，但在二十四岁入仕之前尚能时时归洛，"午桥桥上饮"的旧游当即发生于其青少年时代。其后的二十余年间，陈与义先经历了一番宦海浮沉，然后随着北宋的覆亡而避乱南奔，转徙于湖湘、两广，深受流离失所之苦。及至四十二岁入

朝任职后，又经历了一重宦海风波，直至此年六月引疾求去，退居青墩。如此复杂的经历，如此深沉的感慨，却纳入"二十余年如一梦"一句之中，胜于多少芜词累句！词中的具体描写也是如此，如上片以"长沟流月"与"杏花疏影"来衬托午桥夜饮的美丽背景，下片以"渔唱三更"来抒发古今如梦的沧桑之感，都是以简驭繁，探骊得珠。其次，此词感慨深沉，意绪苍凉，但是境界阔大，风格明快。词人并未沉溺于悲不自胜的心境，遣词造句也绝非纤细巧丽，清人陈廷焯评此词"笔意超旷，逼近大苏"（《白雨斋词话》卷一），甚确。

张元幹

张元幹（1091—1161），字仲宗，号芦川居士，永福（今福建永泰）人。徽宗政和初年入太学，曾任陈留县丞、将作监等职。著有《芦川词》。生平见王兆鹏《张元幹年谱》。

贺新郎[1]

寄李伯纪丞相[2]

曳杖危楼去[3]，斗垂天[4]，沧波万顷，月流烟渚。扫尽浮云风不定，未放扁舟夜渡。宿雁落，寒芦深处。怅望关河空吊影，正人间，鼻息鸣鼍鼓[5]。谁伴我，醉中舞？　　十年一梦扬州路[6]。倚高寒，愁生故国，气吞骄虏。要斩楼兰三尺剑[7]，遗恨琵琶旧语[8]。谩暗涩，铜华尘土[9]。唤取谪仙平章看[10]，过苕溪[11]，尚许垂纶否？风浩荡，欲飞举。

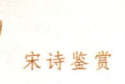

注 释

〔1〕本词选自《全宋词》第二册,第1073页。作于宋高宗绍兴八年（1138）,时张元幹在福州（今属福建）。

〔2〕李伯纪：李纲,字伯纪,南宋初曾任丞相。

〔3〕曳杖：拄杖。

〔4〕斗：星斗。

〔5〕鼍（tuó）鼓：蒙着鼍皮的鼓。鼍,扬子鳄,其皮厚,古人用之蒙鼓。

〔6〕"十年"句：唐杜牧《遣怀》："十年一觉扬州梦,赢得青楼薄倖名。"

〔7〕楼兰：汉代西域之国,常阻挡汉朝通大宛之路,后汉使傅介子斩其王。李白《塞下曲》："愿将腰下剑,直为斩楼兰。"

〔8〕"遗恨"句：指汉代王昭君和番事。杜甫《咏怀古迹》："千载琵琶作胡语,分明怨恨曲中论。"

〔9〕铜华：铜锈,此指宝剑生锈。

〔10〕谪仙：李白曾被称为"谪仙人",此借指李纲。李纲《水调歌头》："李白乃吾祖,逸气薄青云。"平章：评论。

〔11〕苕溪：水名,在今浙江湖州。李纲曾有"浮家泛宅,往来苕霅间,以终其余年"之志（见《和渊明归田园居序》）。

鉴 赏

绍兴八年（1138）,秦桧二次入相,宋金和议渐成。正在洪州的李纲上书反对和议，被革职罢归长乐。张元幹闻之，作词寄之。

　　上片从自己写起。词人夜半不寐，独自曳杖登楼，意欲何为？当然是心怀隐忧，耿耿难眠。词中并未明言忧愤心情，只是描绘秋夜之景。然而风吹浮云，雁落寒芦，是何等空漠荒寂。词人远望关河，想到故土已经陷于异族之手，只能远远地凭吊其影，内心又是何等忧愤交加。可是世人皆在酣睡，有谁能知晓自己的心事，来陪伴我醉中起舞呢？晋代的祖逖与刘琨都是一心报国的志士，曾一同闻鸡起舞，以自勉奋厉。此处暗用此典，一则以古讽今，慨叹知音难得。二则暗逗下片，因为李纲正是词人的知己，他们是志同道合的爱国之士。

　　下片便直接从时局说起。建炎初年，金兵南侵，高宗先是南逃至扬州，后又渡江逃至杭州。扬州作为宋、金交战的战场，屡经兵燹，几成空城。"十年一梦扬州路"在句法上模仿杜牧的"十年一觉扬州梦"，内涵则完全不同，词人的感叹绝不是杜牧那样的风流自赏，而是慨叹扬州迭遭兵祸，南宋失去了抵抗金兵的最佳时机，自己也空度岁月。志士虽老，其志不衰，更何况还有沦陷的大好河山需要光复？我辈自当奋发图强、消灭骄虏，像汉人傅介子那样立功绝域，剑斩敌酋。可是事与愿违，事实上却是朝廷偏安一隅，觍颜事敌，遂使得宝剑闲置，沾满尘土。于是词人向李纲发问：请你仔细想想，形势允许你到苕溪隐居垂钓吗？李纲曾自称愿在苕溪隐居，故张元

幹有此一问。当然，词人的言外之意是呼吁李纲不能退隐，应出来主持抗金大业。此词词意曲折，但主旨十分清晰，这是对李纲抗金复国的立场表示声援，也是代表南宋爱国军民发出的正义呼声。

贺 新 郎[1]

送胡邦衡待制赴新州[2]

梦绕神州路。怅秋风，连营画角，故宫离黍[3]。底事昆仑倾砥柱[4]？九地黄流乱注，聚万落千村狐兔。天意从来高难问，况人情老易悲难诉[5]。更南浦[6]，送君去。　　凉生岸柳催残暑。耿斜河[7]，疏星淡月，断云微度。万里江山知何处？回首对床夜语。雁不到，书成谁与？目尽青天怀今古，肯儿曹恩怨相尔汝[8]？举大白，听金缕[9]。

注　释

〔1〕本词选自《全宋词》第二册，第1073页。作于宋高宗绍兴十二年（1142），胡铨被秦桧除名编管新州（今广东新兴），途经福州（今属福建），张元幹作此为之送行。

〔2〕邦衡：胡铨字。胡铨后于宋孝宗乾道七年（1171）除"宝谟阁待制"，此处"待制"二字乃后人添加。

〔3〕故宫离黍：《诗·王风·黍离》，后人解题曰："周大夫行役至于宗周，过故宗庙宫室，尽为禾黍。"

〔4〕昆仑：相传昆仑山顶有铜柱，上顶于天。砥柱：砥柱山，在河南三门峡，位于黄河急流中，今已被炸平。

〔5〕"天意"二句：语本杜甫《暮春江陵送马大卿公恩命追赴阙下》："天意高难问，人情老易悲。"

〔6〕南浦：送行之地。江淹《别赋》："送君南浦，伤如之何。"

〔7〕耿：明亮。斜河：银河。

〔8〕"肯儿曹"句：韩愈《听颖师弹琴》："昵昵儿女语，恩怨相尔汝。"儿曹，儿辈。相尔汝，用"你我"互相称呼，表示亲昵。

〔9〕大白：酒盏名。金缕：指"金缕曲"，即"贺新郎"之别名。

鉴赏

绍兴八年（1138），胡铨奋不顾身地上书反对和议，被贬为监广州盐仓。到了和议已成定局的绍兴十二年（1142），又被除名编管新州。当胡铨途经福州时，张元幹激于义愤，挺身而出饯别胡铨，且作此词送行。

开头一句石破天惊，直接从沦陷的中原写起。中原本是大宋故

土，如今却成为敌国江山，词人只能在梦中前往。当然，对神州魂牵梦绕的还有胡铨，此句堪称是二人共同心事的写照。然而他们在梦中看到了怎样的景象呢？满地敌军兵营，宋朝故宫则一片荒芜。词人悲愤交加地喝问：为什么昆仑山和砥柱山都会倾覆，黄流泛滥洪水遍地，千万个村落杳无人烟，聚集着狐狸和野兔？在如此悲凉的氛围中，词人来到水边送别胡铨。

下片转写别筵上的情景。胡铨即将前往远在岭外的荒凉之地，此行将走过万里江山，他的踪迹究竟在何处？新州是大雁都无法飞到的地方，纵使写成书信，又让谁来递送呢？幸好二人都是豪侠之士，胸怀宽广，情怀磊落，怎会关心个人恩怨？于是词人举起大杯劝酒，主客同听这首《金缕曲》。

张元幹作此词九年之后，终于被人告发，遭到秦桧的疯狂报复。早就挂冠林下的词人以莫须有的罪名被追赴大理寺，出狱后即被削籍，成为一介草民。在以往的词史上，从未有过因作词受到政治迫害的先例。当年苏轼遭遇乌台诗案，御史们百般勘问，只是追究其诗文，未有一语及于其词。张元幹因词得祸的事实说明，他的词作性质已发生本质的变化，这首《贺新郎》已具备明确的政治指向和激愤的政治感情，从而在功能上与诗文完全合流。此词以英雄胸襟取代了儿女情怀，以英风豪气取代了柔媚婉约，感情激越苍凉，风格豪迈雄壮，成为南宋豪放词派的先声。

刘子翚

刘子翚（1101—1147），字彦冲，号屏山，建州崇安（今属福建）人。以父荫补承务郎，曾任兴化军通判。后退居武夷山讲学。著有《屏山集》。生平见《宋史》卷434本传。

汴京纪事（选二）[1]

空嗟覆鼎误前朝[2]，骨朽人间骂未销。夜月池台王傅宅[3]，春风杨柳太师桥[4]。

辇毂繁华事可伤[5]，师师垂老过湖湘[6]。缕衣檀板无颜色[7]，一曲当时动帝王。

注释

〔1〕本组诗选自《全宋诗》卷一九二〇，作于宋钦宗靖康二年（1127）之后。原作共二十首，此为其七、其二十。

〔2〕覆鼎：比喻大臣失职，导致亡国。语本《易·鼎卦》："鼎折足，公覆餗。"

〔3〕王傅：指王黼，官封"太傅楚国公"。

〔4〕太师：指蔡京，官封"太师鲁国公"。

〔5〕辇毂：帝王所乘的车舆，此处指代京城。

〔6〕师师：李师师，北宋末年的汴京名妓，相传曾得宋徽宗之宠爱。

〔7〕缕衣：即金缕衣，用金钱绣成之衣。檀板：用檀木制成的拍板。

鉴赏

靖康之祸是天翻地覆的巨大事变，北宋王朝顷刻之间土崩瓦解，二帝被俘北去，半壁江山沦于敌手。对于诗人而言，亡国后故都的残破景象当然会引起他们的深哀巨痛。靖康二年金兵北撤后，吕本中返回汴京，作《兵乱后自嬉杂诗》二十九首，抒写心中的黍离之悲。刘子翚之父死于靖康之难，本人对之有切肤之痛，但这组诗侧重于对汴京在靖康前后的巨大变化进行客观描写，故题作《汴京纪事》。刘子翚曾以太学生的身份在汴京生活多年，组诗中对当年汴京繁华景象的描写，当是实录。比如组诗第十七首云"忆得少年多乐事，夜深灯火上樊楼"，就是其亲身经历的真实写照。但此组诗中最重要的内容则是刻画靖康事变后汴京的荒凉破败，从而抒写亡国之痛。

第七首描写权臣王黼、蔡京的故宅在乱后的景象。王、蔡二人都是宋徽宗朝的权臣，他们身居高位，窃国弄权，当时便被人们切齿唾骂，名居"六贼"之列。靖康元年（1126），北宋灭亡的前夕，王、蔡等人已死于非命，但百姓对他们的咒骂一直没有停歇。此诗首二句直书其事，对"六贼"等误国奸臣进行批判，义正词严，痛加挞伐。但就艺术而言，这两句的写法比较平常。后二句则奇峰陡起，诗人把批判的锋芒对准"六贼"中官位最高、权势最盛的王黼、蔡京二人，可谓"擒贼先擒王"。更奇妙的是，诗人并未正面描述二人的丑恶行径或可耻下场，而是选取其豪华邸宅的荒凉现状作为描写对象。据史书记载，王、蔡二人的住宅俱是周围数里、侈丽之极的园林，但是靖康乱后，前者只剩废池荒台，后者只剩残桥一座。天上冷月依旧，春风杨柳依旧，当年之豪华繁盛，如今安在哉？游人至此，或能指点孰为"王傅宅"，孰为"太师桥"，当年炙手可热之权臣，如今又安在哉？语气冷峻，戛然而止，留给读者无尽的思考。

第二十首选择名妓李师师为描写对象，妙在对李师师当年名动京师，甚至得到徽宗皇帝青睐的经历仅作虚写，全诗重点放在靖康乱后师师流落江湖的凄凉境遇。明人梅鼎祚《青泥莲花记》卷十三载："靖康之乱，师师南徙，有人遇之于湖湘间，衰老憔悴，无复向时风态。"后人或引此以解刘诗，其实多半是梅书据刘诗而云。但李师师在靖康后流落江湖，当是实情。尾句语含讽刺，若是贤君，岂能微行青楼，留宿娼家？但其主旨则是慨叹李师师本人遭遇的盛衰变化，并借此抒写亡国之痛。南宋刘克庄评此诗曰："亦前人感慨杜秋娘、梨园弟子之类。"（《后村诗话》前集卷二）甚确。杜甫的《公

孙大娘舞剑器行》《江南逢李龟年》,杜牧的《杜秋娘诗》,都是借歌儿舞女的荣枯遭遇来抒发对国家盛衰的感慨,此诗也是如此。

《汴京纪事》二十首堪称记录北宋灭亡的诗史,上选二首通过独特的选材角度,达到了见微知著的艺术效果,是寄寓深刻、意味隽永的好诗。

岳 飞

岳飞（1103—1141），字鹏举，相州汤阴（今属河南）人。出身行伍，曾任建州观察使、江南西路沿江制置使、宣抚副使、枢密副使等职。因力主抗金被害，后赐谥武穆，追封鄂王。遗著后人辑为《岳武穆集》。生平见《宋史》卷365本传。

满江红[1]

怒发冲冠[2]，凭栏处，潇潇雨歇。抬望眼，仰天长啸，壮怀激烈。三十功名尘与土[3]，八千里路云和月。莫等闲[4]，白了少年头，空悲切。　　靖康耻，犹未雪。臣子恨，何时灭？驾长车踏破，贺兰山缺[5]。壮志饥餐胡虏肉，笑谈渴饮匈奴血。待从头，收拾旧山河，朝天阙[6]。

注 释

［1］此词选自《全宋词》第二册，第1246页。作于宋高宗绍兴初年，时岳飞征战南北。

〔2〕怒发冲冠：用《史记·蔺相如列传》语，形容极度愤怒。

〔3〕三十：三十岁，此时岳飞年逾三十。

〔4〕等闲：轻易，随便。

〔5〕贺兰山：山名，当时在西夏境内。缺：山之缺口。

〔6〕天阙：宫门。

鉴赏

南宋初年，岳飞投笔从戎，奋身抗金。当时朝议和战未定，绍兴三年（1133）岳飞入见，高宗曾亲书"精忠岳飞"字赐之。然随着主和派逐渐得势，抗金将士多受压制。屡立奇功的岳飞备受朝廷猜忌，其军事行动亦常被掣肘。此词的情绪悲愤交加，正是时局的鲜明反映。

上片从英雄失路的悲愤说起：面对着潇潇细雨洒江天，一代名将凭栏独立，悲愤填膺。他举目远眺，又仰天长啸，以倾吐报国无路的悲壮情怀。此时词人年愈三十，正是大有作为的盛年，但是他虽然南北征讨，千里跋涉，披星戴月，却未能建功立业。于是他喟然长叹：千万不要轻易蹉跎岁月，以至于白首无成！

上片情绪略呈低抑，下片即由抑转扬。词人首先大义凛然地指出家国之恨决不会轻易泯灭，随即表明胸中壮志：统率大军北伐中原，直捣敌国首都。据《宋史》本传记载，岳飞曾与部下语曰："直抵黄龙府，与诸君痛饮尔！"词中以宋朝宿敌西夏所据之贺兰山为征讨目的地，实即借指金人巢穴。而且岳飞曾在绍兴七年上疏提议"提兵趋京洛，据河阳、陕府、潼关"以伐金，可见出兵西北确实符合其战略思想。由于对金兵侵宋后的残暴行径极为愤恨，词人高呼要对敌人实行"食肉寝皮"式的复仇。当然，"壮志饥餐"二句只是极表愤怒的夸张说法，事实上岳飞素以"仁、智、信、勇、严"为用兵之术，所率岳家军不但对百姓秋毫无犯，而且对敌军也不杀降者，故兵锋指处，包括女真人乌陵思谋在内的金军将领皆欲降之，元人所撰之《宋史》本传称颂其"文武全器，仁智并施"，确非虚言。总之，《满江红》是洋溢着爱国情操的战斗誓言，也是鼓舞中华民族抵抗侵略的一曲战歌。

小 重 山 [1]

昨夜寒蛩不住鸣[2]。惊回千里梦，已三更。起来独自绕阶行。人悄悄，帘外月胧明[3]。　　白首为功名。旧山松竹老，阻归程。欲将心事付瑶琴。知音少，弦断有谁听！

注释

〔1〕本词选自《全宋词》第二册,第1246页。或作于宋高宗绍兴九年(1139),时岳飞在鄂州(今湖北武汉)。

〔2〕蛩:蟋蟀。

〔3〕胧明:微明。

鉴赏

从宋高宗绍兴七年(1137)开始,秦桧主政,主和派在朝廷中渐据上风,主战的爱国人士纷纷受到贬谪,刘大中、赵鼎、胡铨等人相继被逐。绍兴九年(1139),朝廷因与金国通和而大赦金人新近归还的河南诸州,岳飞循例而上贺表,指出必须警惕金人的阴谋。南宋陈郁《藏一话腴》云:"武穆收复河南罢兵表云:'莫守金石之约,难充溪壑之求。暂图安而解倒悬,犹之可也。欲远虑而尊中国,岂其然乎?'故作《小重山》云:'欲将心事付瑶琴。知音少,弦断有谁听?'指和议者。"(《古今词话》引)的确,岳飞在数年间屡次上书反对和议,要求主动进击金军以收复失地,皆被朝廷拒绝。不但如此,朝廷还对岳飞备加猜忌,千方百计地削弱其兵权。此时朝中主战派的声音逐渐消歇,岳飞陷入孤掌难鸣的窘境。此词所抒发的正是这种深沉的孤寂之感。从表面上看,此词是写宦游之人的思乡之情。淡月微明的秋夜,悄无人声的庭院,凄凄切切的蛩鸣，词人在如此凄寂的秋夜突然惊醒，想到故乡松竹逐渐老去，自身却为功名所阻不得归隐，满腹心事无人可诉。可是这位词人不是一般的宦游者，而是一位身经百战、叱咤沙场的大将，是一位身系国家安危的重臣。就在写此词的一年之后，他就率军北伐，大破金兵，进军到距离汴京仅有四十五里的朱仙镇，旦夕之间就将收复故都，可惜因高宗、秦桧一意求和，一日之间连下十二金牌逼其退军，终于功败垂成。又过了一年，在金人与秦桧的合谋之下，他终于惨遭杀害，从而以民族英雄的英名永载青史。所以此词中所说的"心事"，绝非一般的宦游思乡等个人情怀，而是心系天下的国家大计。词中所说的"知音少"，绝非一般的缺乏知己，而实指其复国大计不被朝廷采纳。如此重要深刻的思想内涵，如此慷慨激烈的爱国情怀，却浓缩在一首小词之中，其含蓄深沉、耐人咀嚼自是意料中事。

韩元吉

韩元吉(1118—1187),字无咎,号南涧,原籍开封雍丘(今河南杞县),后徙信州上饶(今属江西)。以门荫入仕,曾任南剑州主簿、大理寺少卿、吏部侍郎等职。著有《南涧甲乙稿》《南涧诗余》。生平见《宋史翼》卷14。

好事近[1]

汴京赐宴闻教坊乐有感[2]

凝碧旧池头[3],一听管弦凄切。多少梨园声在[4],总不堪华发。　　杏花无处避春愁,也傍野烟发。惟有御沟声断,似知人呜咽。

注释

〔1〕本词选自《全宋词》第二册,第1402页。作于宋孝宗乾道九年(1173)春。时韩元吉在汴京。

〔2〕教坊：皇家的音乐班子。

〔3〕凝碧：池名，在唐代洛阳禁苑内。此借指汴京旧宫。

〔4〕梨园：唐玄宗所设传习戏曲之所。

鉴赏

宋孝宗乾道九年二月，正任礼部尚书的韩元吉出使金国，途经汴京，此时的汴京已成为金国的"南京"。时间是初春二月，地点是故国京城，金人在招待宴会上演奏的是北宋皇家的教坊乐！韩元吉感慨万千，顿时想起唐代的故事：安史叛军占领洛阳、长安后，将唐朝的教坊乐全部掳往洛阳。一天安禄山在凝碧池举行宴会，命梨园子弟奏乐。乐工雷海清掷下乐器，向西大哭，被叛军当场杀害。当时被拘禁在洛阳寺庙的王维作诗咏之："万户伤心生野烟，百僚何日更朝天。秋槐叶落深宫里，凝碧池头奏管弦。"（据计有功《唐诗纪事》）此词中"凝碧池""梨园"等专有名词，"管弦""野烟"等普通名词，皆与那个典故密切相关，以唐喻宋，言简意赅，手法十分巧妙。然而充溢词中的悲愤情绪却完全产生于眼前情景，直抒心事，感人至深。

上片叙事，但句句皆带悲情：首句交代地点，句中嵌入一个"旧"字，便点明这是故都的遗址。次句描写宴席所奏音乐，却以"凄切"二字形容之，可见奏者听者皆怀悲切之意。末句中"华发"二字，

是指梨园子弟今已白头,还是指词人自己,抑或二者兼指?无论作何解,总是悲伤满纸。下片与景,亦是物物皆呈悲状:二月本是杏树开花的季节,怎能说它是"无处避春愁"?此时的汴京是金国的"南都",料想不至于过分破败,宴会场所怎会弥漫"野烟"?御沟流水时断时续,它怎会知道人在呜咽?凡此种种,总是一片愁云惨雾。全词并无一字明言故国之思,但词人的爱国情怀得到了淋漓尽致的倾吐。要想了解典故与比兴手法在词体中的妙用,读此思过半矣。

陆 游

陆游（1125—1210），字务观，号放翁，越州山阴（今浙江绍兴）人。宋高宗绍兴中应礼部试为秦桧所黜，绍兴三十二年（1162）宋孝宗继位，赐进士出身。曾任镇江府通判、隆兴府通判、夔州通判、川陕宣抚司干办公事兼检法官、成都府路参议官、提举福建、江西常平、知严州等职。晚年落职，退居山阴二十年。著有《剑南诗稿》《渭南文集》《放翁词》。生平见《宋史》卷395本传。

游山西村[1]

莫笑农家腊酒浑[2]，丰年留客足鸡豚。山重水复疑无路，柳暗花明又一村。箫鼓追随春社近[3]，衣冠简朴古风存。从今若许闲乘月，拄杖无时夜扣门[4]。

注 释

[1]本诗选自《全宋诗》卷二一五四，作于宋孝宗乾道三年（1167），时

陆游在山阴（今浙江绍兴）。

〔2〕腊酒：腊月所酿之酒。

〔3〕春社：立春后第五个戊日，古人于此日祭土地神以祈求丰年。

〔4〕无时：随时。

鉴赏

次联向称名句，钱锺书先生评曰："这种景象前人也描摹过，例如王维《蓝田山石门精舍》：'遥爱云木秀，初疑路不同。安知清流转，忽与前山通。'柳宗元《袁家渴记》：'舟行若穷，忽又无际。'卢纶《送吉中孚归楚州》：'暗入无路山，心知有花处。'耿㳽《仙山行》：'花落寻无径，鸡鸣觉有村。'周煇《清波杂志》卷中载强彦文诗：'远山初见疑无路，曲径徐行渐有村。'……不过要到陆游这一联才把它写得'题无剩义'。"（《宋诗选注》）吴熊和先生评曰："三、四两句写境地之幽，山重水复，柳暗花明，确是浙东丘陵、水网、平原交叉地区特有的景色。在描写一路经行的客观事物中，突出'疑无路'、'又一村'的主观感受，使叙事曲折，有阶段，多层次，包含着进入不断变换的新境界的意思和有时遇塞而通、豁然开朗的喜悦。这一联善状难写之景，色彩明丽，句法流走生动，向来是脍炙人口的名句。人们有时用来比喻人生经历中的某种境遇，往往也很贴切。"（《唐宋诗词探胜》）二评皆确，吾无间言。

陆游

剑门道中遇微雨[1]

衣上征尘杂酒痕,远游无处不销魂。此身合是诗人未?细雨骑驴入剑门。

注释

〔1〕本诗选自《全宋诗》卷二一五六,作于宋孝宗乾道八年(1172)冬。时陆游由南郑返回成都,途经剑门。剑门:关名,在今四川剑阁县之北。

鉴赏

此诗的后面两句,后人议论纷纷,钱锺书先生说:"韩愈《城南联句》说:'蜀雄李杜拔。'早把李白杜甫在四川的居住和他们在诗歌里的造诣联系起来;宋代也都以为杜甫和黄庭坚入蜀以后,诗歌就登峰造极——这是一方面。李白在华阴县骑驴,杜甫《上韦左丞丈》自说'骑驴三十载',唐以后流传他们两人的骑驴图;此外像贾岛骑驴赋诗的故事、郑綮的'诗思在驴子上'的名言等等,也仿佛使驴子变为诗人特有的坐骑——这是又一方面。两方面合凑起来,于是入蜀道中、驴子背上的陆游就得自问一下,究竟是不是诗人的材料。"(《宋诗选注》)

其实此诗的写作背景亦值得关注。宋孝宗乾道八年（1172）三月，陆游应四川宣抚使王炎之辟到达南郑（今陕西汉中），任权宣抚司干办公事兼检法官，参预军事。南郑位于当时的宋、金交界线上，对于早就立志"平生万里心，执戈王前驱"（《夜读兵书》）的陆游来说，能够亲临抗金前线，是大慰生平的快意之事。他到达南郑后，凭吊韩信将坛、武侯祠庙，远眺沦陷的故国江山，驰逐射猎，习武论兵，一心要在抗金复国的斗争中建功立业。没想到不到一年，王炎被朝廷召还，幕僚星散，陆游也改除成都府安抚司参议官，于十一月离开南郑。南行途经剑门关，适遇微雨，乃作此诗。不难想象，当陆游在蒙蒙细雨中骑着驴子进入剑门关时，心中的惆怅失落之感有多么强烈。陆游对自己的人生定位是战士，是英雄，而不是诗人。陆游不满后人但将杜甫视作诗人："后世但作诗人看，使我抚几空嗟咨！"（《读杜诗》）当他自问"此身合是诗人未"时，是自喜，还是自嘲？近人陈衍认为："此诗若自嘲，实自喜也。"（《石遗室诗话》卷二七）笔者则认为，此诗若自喜，实自嘲也！

金错刀行 [1]

黄金错刀白玉装[2]，夜穿窗扉出光芒。丈夫五十功未立，提刀独立顾八荒。京华结交尽奇士，意气相期共生死。千年史策耻无名，一片丹心报天子。尔来从军天汉滨[3]，南山晓雪玉嶙峋[4]。呜呼楚虽三户能亡秦[5]，岂有堂堂中国空无人！

注 释

〔1〕全诗选自《全宋诗》卷二一五七，作于宋孝宗乾道九年（1173），时陆游在嘉州（今四川乐山）。金错刀：嵌有黄金纹饰的宝刀。

〔2〕白玉装：刀柄上嵌有白玉。

〔3〕天汉：汉水。

〔4〕玉嶙峋：指积雪的山峰层次堆积，色白如玉。

〔5〕"楚虽三户"句：语本《史记·项羽本纪》："楚南公曰：'楚虽三户，亡秦必楚也！'"

鉴 赏

相传宝剑有灵，《晋书·张华传》载，张华见斗牛之间常有紫气，特向望气人雷焕请教，雷曰："宝剑之精，上彻于天耳。"后果于丰城狱屋基下掘得宝剑一双。故唐人郭震《古剑篇》云："何言中路遭弃捐，零落飘沦古狱边。虽复尘埋无所用，犹能夜夜气冲天。"陆游作此诗时，刚离开南郑边防不久，因痛失杀敌报国的良机而郁郁于怀，于是借咏刀以言志。此刀金错玉装，然未得其用，如遭埋没，

故夜吐光芒。诗人年近五十,奇功未立,乃提刀独立,环顾八方。《庄子·养生主》写庖丁挥刀解牛,游刃有余,然后"提刀而立,为之四顾,为之踌躇满志。"诗人反用其语,描写壮志未酬、惆怅四顾之失意英雄,并改"四顾"为"顾八荒",益见其心事浩茫,真乃善于用典。以上四句借咏宝刀以起兴,下文转入直抒胸怀。当时主张抗金复国的奇士并不少见,陆游与他们志同道合,结为意气相投的生死之交,以建功立业互相期许。孔子曰:"四十、五十而无闻焉,斯亦不足畏也矣。"(《论语·子罕》)诗人年近半百尚未建立功业,生命的焦虑感油然而生。他所希冀的是丹心报国,名垂青史。于是诗人又回忆从军汉中的经历,群峰积雪,皎洁嶙峋,正是实现其铁马冰河之梦想的境地!尽管如此,诗人仍对抗金大业充满了必胜的信心。楚虽三户,尚能亡秦,难道堂堂中国反而无人复国雪耻!末句既是对抗金志士的激励,也是对朝中投降势力的斥责,堪称时代的最强音。总之,此诗所咏的宝刀实即奇士精神的物化,诗中蕴含的爱国精神如同宝刀一样光芒四射。

长 歌 行 [1]

人生不作安期生 [2],醉入东海骑长鲸。犹当出作李西平[3],手杖旄钺清旧京。金印煌煌未入手,白发种种来无情[4]。成都古寺卧秋晚,落日偏傍僧窗明。岂其马上破贼手,哦诗长作寒螀鸣[5]?兴来买尽市桥酒,大车磊落堆长瓶[6]。哀丝豪竹助剧饮,如钜野受黄河倾[7]。平时一滴不入口,意气顿使千人惊。国仇未报壮士老,匣中宝剑夜有声。何当凯旋宴将士,三更雪压飞狐城[8]?

注释

〔1〕本诗选自《全宋诗》卷二一五八,作于宋孝宗淳熙元年(1174),时陆游在成都,客寓多福禅院。

〔2〕安期生:传说中的古代仙人。

〔3〕李西平:唐代名将李晟,曾平定朱泚之乱,收复长安,封西平郡王。

〔4〕种种:短貌。

〔5〕螀(jiāng):一种体形较小的蝉。

〔6〕磊落:错落不齐的样子。

〔7〕钜野:古代大泽,在今山东巨野。汉代元光年间黄河决口,河水注入钜野泽。

〔8〕飞狐城:飞狐,古代县名,在今河北涞源。

鉴赏

　　此诗乃陆游的七古名篇,清人方东树甚至称它为陆集中的"压卷"之作(见《昭昧詹言》卷一二)。首先,此诗在两个方面代表着陆游诗歌创作的主导倾向,一是爱国主题,二是七古诗体。先看前者。在南宋,抵御外侮收复失土,即恢复宋王朝的国家主权和原有疆域,既是时代和人民的要求,也是对国家民族的最大忠诚。正因如此,抗金复国的爱国主题成为南宋诗坛的主流倾向。陆游生逢国难,自幼受到父辈忧国精神的熏陶,一心希望在抗金复国的斗争中做出贡献。此诗将"手杖麾铖清旧京"视为人生目标,就是陆游诗歌中爱国精神最鲜明的表现。再看后者。陆游长达六十年的诗歌创作历程,是一个不断追求在波澜壮阔的社会生活中获取更高境界的诗兴的过程,其中最重要的飞跃良机就是他四十八岁从军南郑的那段经历,他对之念念不忘,把它形容为"诗家三昧忽见前"(《九月一日夜读诗稿有感走笔作歌》)。在从军南郑以后的数年间,陆游写出了一批七言古诗,正是这些雄浑奔放的七言歌行奠定了陆游诗风的基石。此诗作于陆游离开南郑的两年之后,曾经使他激动万分的从军经历已成记忆,杀敌报国的理想已经破灭。正是在此般无可奈何的情境下,诗人写出了这首激昂慷慨与苦闷失落相互交织的歌行,成为陆游七古的代表作。其次,陆游的其他七古名篇大多每篇各有主题,也各有主要的情感倾向。例如《金错刀行》抒发誓死不屈、坚决抗敌的豪迈情怀,《胡无人》歌颂抗金事业终将成功的胜利信念,《关山月》倾吐局势沉闷、报国无路的苦闷心情。此诗将上述主题熔于一炉,从而全面、深刻地抒写了诗人的复杂心态。陆游是胸怀大志的奇士,他的生命意识是与建功立业的人生目标密切相关的。此诗首二句虽说成为神仙、入海骑鲸也是人生理想,但显然只是为了提振文气而虚晃一笔,三、四句所吟的"李西平"才是陆游心中真正的人生楷模。陆游多么希望能像李晟一样,击败金兵,收复汴京,建立奇功!可惜事与愿违,他壮志难酬,报国无门,只好束手无策地看着白发丛生。一位正值壮年的英雄竟然无所事事地闲卧在古寺中,眼睁睁地看着落日映窗,此情此景,人何以堪?无奈之下,诗人只好买酒浇愁。即使在举杯消愁之际,诗人也未忘却自己的人生目标,盼望着抗金功成,收复幽燕失地,在庆功宴上雪夜痛饮。

全诗以"手杖旄钺清旧京"为始,以"何当凯旋宴将士"为终,不但真实地抒写了诗人的复杂心态,而且形成抑扬顿挫的情感波澜。如从艺术的角度来看,则此诗风格雄壮而没有粗豪的缺点,感情喷薄而不乏细腻的心理描写,其总体成就在其同类主题的七古作品中出类拔萃。

关 山 月 [1]

　　和戎诏下十五年[2]，将军不战空临边。朱门沉沉按歌舞[3]，厩马肥死弓断弦。戍楼刁斗催落月，三十从军今白发。笛里谁知壮士心[4]，沙头空照征人骨[5]。中原干戈古亦闻，岂有逆寇传子孙。遗民忍死望恢复，几处今宵垂泪痕。

注 释

〔1〕本诗选自《全宋诗》卷二一六一，作于宋孝宗淳熙四年（1177），时陆游在成都。关山月：乐府古题，郭茂倩《乐府诗集》卷二三引《乐府解题》："关山月，伤离别也。"

〔2〕和戎诏：此指宋孝宗隆兴元年（1163）下诏与金议和。

〔3〕沉沉：形容屋宇深邃。按歌舞：按节奏以歌舞。

〔4〕"笛里"句："关山月"原为笛曲，王昌龄《从军行》："更吹羌笛关山月。"

〔5〕沙头：此指沙场。

鉴 赏

　　古题乐府如何翻新出奇？本诗有两点值得注意。首先，"关山月"

是南北朝乐府古题，后人拟作甚多，皆不离征人戍边、见月思归的老主题，其中以李白所拟最有代表性："明月出天山，苍茫云海间。长风几万里，吹度玉门关……戍客望边色，思归多苦颜。高楼当此夜，叹息未应闲。"陆游此诗则借古题写时事，具有浓厚的时代气息。南宋成立后，与金国和战不定。孝宗继位后一度振作，思欲抗金，但出师不利，朝臣中以汤思退为首的主和派又占上风，结果仍于隆兴元年下诏议和。陆游力主抗金，反对和议，因此被朝廷疏远，且于三年后因"力说张浚用兵"的罪名被罢官。时光流逝，南宋小朝廷因循苟且，抗金复国的事业毫无进展。陆游忧国如焚，作诗抒愤。全诗紧扣当时的时政、国事，完全脱离了拟古的窠臼。

其次，"关山月"的传统写法是从戍人着眼，即使偶及思妇，也是作为戍人的衬映。此诗却一反常规，选择三个社会群体作为描绘对象，从而全面地反映了当时的社会现实。第一个群体是朝中的文武大臣，他们文恬武嬉，苟且偷安。武将即使驻守边防，也是毫无斗志，徒然"临边"。文臣更是躲在临安城里听歌赏舞，沉溺享乐。于是南宋武备废弛，军力衰弱，国家中兴毫无希望。第二个群体是戍守前线的战士，他们长年戍边，报国无路，存者渐渐老去，死者抛骨沙场。戍楼上的一轮冷月，徒然照着征人头上的白发和沙场上的白骨，那是多么触目惊心的景象！第三个群体是沦陷区的遗民，他们在敌人的铁蹄下艰难生存，满心盼望着故国的军队收复失土。可是日复一日，王师渺无踪影，遗民们只能在

月下垂泪而已。于是，此诗为南宋画了一幅多角度的社会图卷。当然，诗人本人的报国热情和忧国情怀也跃然纸上，真切感人。

楚　城[1]

江上荒城猿鸟悲，隔江便是屈原祠[2]。一千五百年间事，只有滩声似旧时。

注释

〔1〕本诗选自《全宋诗》卷二一六三，作于宋孝宗淳熙五年（1178），时陆游东归行至归州（今湖北秭归）。楚城：即"楚王城"，相传乃楚国之发祥地。

〔2〕屈原祠：在今湖北秭归县。

鉴赏

陆游流宦蜀地多年后，终因诗作流传都下为孝宗所见，于淳熙五年（1178）奉诏东归。舟抵归州，适逢端午，看到人们正在赛舟纪念屈原，感慨万千，作诗云："斗舸红旗满急湍，船窗睡起亦闲看。屈平乡国逢重五，不比常年角黍盘。"（《归州重五》）自注云："屈平祠

陆游

在州东南五里归乡沱，盖平故居也。"此诗则咏叹与屈原祠隔江相对的楚王城遗址。楚王城原是楚国的发祥地，相传周成王时楚始封于此，当年必定是宫殿巍峨，如今已成一片废墟，仅有猿鸟悲鸣，与隔江屈原祠前的热闹场景形成鲜明的对比。历史是公正的，百姓对历史和历史人物爱憎分明，正如李白诗云："屈平词赋悬日月，楚王台榭空山丘。"（《江上吟》）此诗首二句所蕴含的褒贬态度与李白完全一致，但字面上仅是写景与叙事，手法非常高明。更奇妙的是后二句。从屈原的时代到眼前，时光已经流逝了一千五百年，沧海桑田，其间发生了多少兴亡盛衰的大事，如今俱归岑寂，只有奔流不息的长江万古如斯。归州地处西陵峡口，急滩险礁，江声常如疾风骤雨。"只有滩声似旧时"一句包含着多少感慨！滩声意味着奔流不息的时光，还是诗人心中澎湃的心潮？滩声似旧，是否意味着如今国家也到了危急存亡的关头，一如屈子生前？诗人什么都没有说，但一切尽在不言中。人们常言唐诗蕴藉，宋诗发露，其实不可一概而论。此诗纯从江上望景着眼，思绪、感慨皆寄于言外，深得唐人七绝妙境。

夜泊水村 [1]

腰间羽箭久凋零 [2]，太息燕然未勒铭 [3]。老子犹堪

绝大漠[4]，诸君何至泣新亭[5]。一身报国有万死，双鬓向人无再青。记取江湖泊船处，卧闻新雁落寒汀[6]。

注释

〔1〕本诗选自《全宋诗》卷二一六七，作于宋孝宗淳熙九年（1182），时陆游在山阴。

〔2〕"腰间"句：语本杜甫《丹青引》："猛将腰间大羽箭。"

〔3〕燕然：山名，即杭爱山，在今蒙古国境内。东汉窦宪追击匈奴至此山，令班固作铭，刻石纪功。

〔4〕老子：犹"老夫"，此处乃诗人自称。绝大漠：穿越大漠，语本《史记·卫将军骠骑列传》所载汉武帝称大将霍去病语。

〔5〕泣新亭：《世说新语·言语》："过江诸人，每至美日，辄相邀新亭，藉卉饮宴。周侯中坐而叹曰：'风景不殊，正自有山河之异。'皆相视流泪。"新亭，亭名，在建康（今江苏南京）。周侯：周颢。

〔6〕新雁：新近从北方飞来的大雁。

鉴赏

陆游年轻时，常居山阴。三十四岁方出仕，四十二岁即罢归山阴。四十六岁再度出仕，十年后又罢官归山阴。此诗作于五十八岁，诗人正在山阴闲居。陆游自幼遭遇国难，二十岁就立下了"上马击狂胡，下马草军书"(《观大散关图有感》)的志愿,决心以自己的文才武略为恢复中原的事业做出贡献。他入仕后曾亲临江防前线,还曾从军南郑,在抗金的最前线度过了艰苦而豪壮的一段戎马生涯。可惜陆游所处的时代正是朝中投降路线占主导的时期,他壮志难酬,报国无门,只好把满腔热血洒向诗歌创作,用豪宕雄伟的诗歌把爱国主义的主题高扬到前无古人的高度,他的七言歌行如《关山月》《金错刀行》《胡无人》等代表作,成为整个宋诗史上爱国主题的最强音。即使当小朝廷的苟安局面已经形成,其他诗人的抗金呼声渐趋消沉时,陆游的爱国情怀仍始终不渝,而且在一般性的诗歌写作中时有流露,此诗就是这方面的代表作。陆游家在镜湖之畔,题中的"水村"即指湖边小村。此地远离边防前线,身为乡野散人的诗人夜泊水村,与抗金复国有何关系?但诗人偏从抗金斗争写起。首联说自己久违戎马生涯,至今功业未建,深堪叹息。中间两联接连推出两组对比:颔联将自己与朝中诸臣相比,颈联将自己的心中壮志与实际处境相比。前者隐含的结论是士气衰靡、国势不振,后者隐含的结论是壮志虽存、年岁垂老,两者都使人无可奈何。于是尾联顺理成章地归结到此诗的题中应有之义:夜泊江湖,只有那寒汀上的一声雁鸣与诗人的寂寞心声互相呼应。

书 愤[1]

早岁那知世事艰,中原北望气如山[2]。楼船夜雪瓜洲渡[3],铁马秋风大散关[4]。塞上长城空自许[5],镜中衰鬓已先斑。出师一表真名世[6],千载谁堪伯仲间[7]。

注释

〔1〕本诗选自《全宋诗》卷二一七〇,作于宋孝宗淳熙十三年(1186)春,时陆游在山阴。

〔2〕气如山:意气愤激。语本《三国志·吴书·孙权传》:"令人气涌如山。"

〔3〕"楼船"句:陆游于隆兴二年(1164)任镇江通判,曾与韩元吉等踏雪登焦山,望长江战舰。瓜洲渡:在今江苏扬州瓜洲镇,与镇江隔江相对,乃江防要地,绍兴末年宋军曾在此击退金兵。

〔4〕"铁马"句:陆游于乾道八年(1172)从军南郑,曾在大散关与金兵发生遭遇战。大散关:在今陕西宝鸡市,当时为宋金边界。

〔5〕塞上长城:南朝宋之大将檀道济自比"万里之长城",见《宋书·檀道济传》。

〔6〕出师一表:蜀汉诸葛亮出兵伐魏前,上《出师表》予刘禅,表中有"北

定中原"、"兴复汉室"等语。详见《三国志·蜀书·诸葛亮传》。

〔7〕伯仲间：比喻不相上下。

鉴赏

抗金复国，是陆游终生不渝的人生理想。由于世事艰难，命途多舛，年过六旬的陆游已在家乡闲居多年。实现早岁壮志的可能性已经微乎其微，但希望的火焰仍在胸中燃烧，并时时化作诗歌创作的激情，此诗就是陆游回顾平生、抒发愤慨的一篇杰作。颔联向称警策。当时宋金对峙，在东西两个地点经常发生军事冲突，陆游皆曾亲临其境。一是东线的江淮之间，高宗绍兴末年，刘锜、虞允文等曾在瓜洲、采石一带击退金兵。到孝宗隆兴元年，张浚督师于建康、镇江之间，陆游曾在镇江谒见张浚，目睹楼船横江的军容。二是西线的散关一带，那是宋金必争之地，孝宗乾道八年，王炎任四川宣抚使，设幕府于南郑，力图北伐收复长安。陆游应王炎之辟前往南郑，且曾亲临大散关的抗金前线。对于陆游而言，这两段经历虽然都很短暂，却是难以忘怀的人生遭际，是最接近实现平生壮志的时刻。难怪当他回首平生、作诗抒愤时，那两段经历就栩栩如生地突现眼前。此联的画面感极强，句中嵌入"夜雪""秋风"尤其精妙，正如清人方东树所评："妙在三、四句兼写景象，声色动人，否则近于枯竭。"（《昭昧詹言》卷二十）颈联直抒怀抱，意旨与句

法都以精警取胜。前句中"长城"二字本是古代名将的自许,此处前缀"塞上"二字,更强调其保家卫国的意义。后缀"空自许"三字,又强调其壮志难酬的悲怆。后句陡然跌入低沉之境,一扬一抑,与前句形成巨大的张力。尾联对诸葛亮的《出师表》极表推崇。无论是诸葛亮以率师北伐平定中原为终生大业的事迹,还是《出师表》中关于"汉贼不两立"的议论、以及"鞠躬尽瘁,死而后已"的心声,都使陆游"于我心有戚戚焉",可见此联乃借古人之酒杯,浇自身之磊块,末句实即表示愤慨之一声长叹也!

临安春雨初霁[1]

世味年来薄似纱[2],谁令骑马客京华?小楼一夜听春雨,深巷明朝卖杏花。矮纸斜行闲作草[3],晴窗细乳戏分茶[4]。素衣莫起风尘叹[5],犹及清明可到家。

注 释

〔1〕本诗选自《全宋诗》卷二一七〇,作于宋孝宗淳熙十三年(1186)。时陆游授命权知严州(今浙江建德),先至临安觐见孝宗。

〔2〕世味:对于世态人情的感受。

〔3〕矮纸:短纸。闲作草:东汉草书家张芝云"匆匆不暇草书"(见卫恒《四体书势》),意即闲时方能写草书。

〔4〕细乳:煎茶时水面浮起之细沫。分茶:宋代流行的一种茶艺,今已失传。

〔5〕"素衣"句:语本晋陆机《为顾彦先赠妇》:"京洛多风尘,素衣化为缁。"

鉴赏

陆游曾于淳熙五年(1178)蒙孝宗召见,然仅任提举福建常平茶监公事等职,二年后即被劾落职,回到山阴赋闲。五年后再次起用,他已是年过六旬的老人。年近桑榆,当然不会再像少年那样意气风发。况且陆游眼见国家的偏安局面逐渐形成,自己杀敌报国的壮志虽然并未消尽,但实现夙愿的可能性已经非常渺茫。况且陆游仕途蹭蹬,多次受到莫名的诽谤乃至弹劾,对宦海风波渐生厌倦。当他被召入京,住在客栈中等候召见的时候,对京华红尘的嫌恶之感油然而生。此诗的首、尾二联就是这种心情的生动表现:京城本是世间最大的名利场,也是世态人情最为浇薄的地方,既然觉得世态味薄,又是谁让自己来到京城作客?这一问问得好,但诗人并未回答,只用问句表示自己的不情愿和不耐烦。尾联安慰自己很快就会回到那山水清幽的山阴老家去,故不必为京华风尘染黑素衣而叹息。这两联遥相呼应,充分表现了满纸不可人意的心绪,无疑是此诗的主题。然而此诗为人激赏的却是扣题不紧的中间两联。有人认为这两

联曲折地体现了诗人的落寞苦恼,恐属误读。颈联或稍寓客中无聊之感,但草书与分茶本是诗人热爱的生活内容,"矮纸斜行"和"晴窗细乳"的描写也赏心悦目。至于颔联,则细腻真切地写出了临安春雨的清新可喜,堪称描写江南春雨的千古名句,丝毫不见郁闷或惆怅之迹,更无论苦恼、嫌恶。诗人之心灵是活泼灵动的,诗人之情绪是敏感多变的,即使一时心情欠佳,但并不排除他在某些特殊的场合下开怀一笑。此诗颔联虽与全诗主题不太协调,但并不妨碍它成为千古名句。一句或一联诗可以脱离全篇的语境而具有独立的价值,此联是一个典型的例证。

沈园二首 [1]

城上斜阳画角哀 [2],沈园非复旧池台。伤心桥下春波绿,曾是惊鸿照影来 [3]。

梦断香消四十年,沈园柳老不吹绵。此身行作稽山土 [4],犹吊遗踪一泫然 [5]。

注释

〔1〕本诗选自《全宋诗》卷二一九一,作于宋宁宗庆元五年(1199),时陆游在山阴。沈园,故址在今浙江绍兴禹迹寺南。

〔2〕画角:绘有花纹的角,古人于城头吹角以报时辰。

〔3〕惊鸿:比喻美人体态轻盈。曹植《洛神赋》:"翩若惊鸿。"

〔4〕稽山:即会稽山,在今绍兴东南。

〔5〕泫然:流泪貌。

鉴赏

　　陆游初娶唐氏,因唐氏不得陆母欢心,被迫离婚。陆游再娶王氏,唐氏亦改嫁。其后二人曾于沈园相遇,不久唐氏逝世。在古代社会,儿女的婚事都由父母做主。陆游虽性格豪放,但礼教难违,母命难违,便只能忍受命运的悲剧。然而他终生难忘与唐氏的爱情,屡见吟咏,《沈园二首》乃其中最为传诵之作。近人陈衍评曰:"无此绝等伤心之事,亦无此绝等伤心之诗。就百年论,谁愿有此事?就千秋论,不可无此诗!"(《宋诗精华录》卷三)的确,这两首诗是陆游用血泪写成,它绝无曲致,明白如话,却传诵千古,感人至深。试想年已七十有五的老诗人在夕阳西照时重游沈园,悲哀的角声从城头传来。岁月流逝,沈园的池塘台阁已非昔时面貌。只有桥下依旧是春波涨绿,诗人忽然想起昔时唐氏的轻盈身姿曾经倒影在

此一泓春水之中！据陆游在七年前所作的《禹迹寺南有沈氏小园》之序，当时的沈园已三易其主。数次易主，园中建筑多半会有较大改变，甚至面目全非。只有流水依旧，"春风不改旧时波"（贺知章《回乡偶书》）。可是物是人非，那个曾经惊鸿一现的人已经不在世间了！第二首直接从唐氏之死写起。"四十年"是个约数，其实唐氏离世已经四十四年。如今园中柳树也已衰老，不复飘絮，"树犹如此，人何以堪！"于是诗人想到自己也是不久于人世，很快就会变作稽山下的一堆泥土。可是凭吊前妻的遗踪，仍然流泪不止。

精神比物质更加长久，纯真的爱情纵然海枯石烂也不会改变，这两首诗便是明证。如今陆游离世已近八百年，他的身体早已成为稽山下的泥土，如果今人阅读此诗后再至沈园，仍会为陆游与唐氏的爱情悲剧泫然流泪。宋代诗人较少在五七言诗中表达爱情，然有此二诗，足矣！

钗头凤 [1]

红酥手，黄縢酒[2]，满城春色宫墙柳。东风恶，欢情薄，一怀愁绪，几年离索[3]。错，错，错！　春如旧，人空瘦，泪痕红浥鲛绡透[4]。桃花落，闲池阁。山盟虽在，锦书难托。

莫[5]，莫，莫！

> **注释**
>
> 〔1〕本词选自《全宋词》第三册，第1585页。作于宋高宗绍兴二十一年（1151），时陆游在绍兴（今属浙江）。
>
> 〔2〕黄縢酒：即黄封酒，宋代的一种官酒。
>
> 〔3〕离索：离散，分离。
>
> 〔4〕浥：润湿。鲛绡：传说中鲛人所织的绡，此指罗帕。
>
> 〔5〕莫：罢了。

> **鉴赏**
>
> 陆游初娶唐氏，燕婉情笃。但唐氏不合陆母之意，陆游被迫休妻另娶，唐氏亦改嫁他人。不久，陆游在绍兴的沈园偶遇唐氏及其后夫赵士程。事后陆游怅惘久之，题此词于园壁。后人对此词的本事或有质疑，然皆不足以推翻南宋文献如刘克庄《后村诗话续集》等书中的记载。刘克庄敬佩陆游，书中所记亲闻于陆游的弟子曾黯，当非虚语。绍兴本名越州，宋高宗于建炎年间驻跸此地，乃升越州为绍兴府。既然有皇家行宫在此，行宫之墙自可称为"宫墙"。而且"宫墙"一词的本义是指围墙，并非专属皇家宫殿。陆、唐、赵三家皆有亲戚关系，唐氏在沈园偶遇陆游而以酒肴遗之，并非越礼之举。

唐氏原是陆游的爱妻，此时虽已被迫离婚，但陆游对她仍是一往情深。杜甫曾在《月夜》诗中描写其妻"清辉玉臂寒"，陆游在词中写到"红酥手"，又有何妨？当然，最可靠的旁证是陆游的十多首沈园诗，它们是我们解读《钗头凤》的重要参照文本。至于词意的解析，则有两点应予注意。有人说陆游不应用"东风恶"暗指其母，那是后人的穿凿附会之见。学者早已指出，此处的"恶"字乃猛烈之意，古代诗词中"东风恶"之语不下数十例，皆指东风猛烈而言。所以陆词所言"东风恶"，实指天意不从人愿，并无指责母亲之意。还有人说此时唐氏业已改嫁，陆游不宜再说"山盟虽在，锦书难托"，亦属似是而非之论。陆、唐离婚并非出于自愿，原有的山盟海誓当然长久存在。但如今他们必须以礼自守，所以无法再以锦书传情。这有什么不合于情，又有什么违背于礼？此词结尾的三声长叹，将词人心有不甘又无可奈何的怅惘、悲伤表露无遗。这是一对恩爱夫妻由于不可违抗的原因而被迫离婚的爱情悲剧，它千百年后仍然催人泪下。

鹊　桥　仙[1]

华灯纵博，雕鞍驰射，谁记当年豪举。酒徒一一取封侯^[2]，独去作江边渔父。　　轻舟八尺，低篷三扇，占断蘋洲烟雨^[3]。镜湖元自属闲人^[4]，又何必君恩赐与！

注释

〔1〕本词选自《全宋词》第三册，第1595页。当作于宋孝宗淳熙十六年（1189）之后，时陆游在山阴（今浙江绍兴）。

〔2〕酒徒：此指追求功名富贵之人。据《史记·郦生列传》，郦食其生前未得封侯，但日后刘邦"举列侯功臣，思郦食其"，乃封其子疥为高梁侯。

〔3〕占断：独占。

〔4〕镜湖：湖名，在山阴。

鉴赏

陆游一生中最兴奋的经历就是从军南郑，雄壮豪纵的军中生活使他终生难忘。可惜那段经历转瞬即逝，一心要立功边塞的诗人终于在江南水乡郁郁终老。希望与现实的落差如此之大，催生了无数声情悲壮的长歌，此词表现同样的主题，写法却十分独特。

上片先回忆往事。词人曾在诗中回忆南郑的生活场景："华灯纵博声满楼，宝钗艳舞光照席"（《九月一日夜读诗稿有感走笔作歌》）。此词更加简洁，仅用"华灯纵博，雕鞍驰射"八个字，就将

从军生涯最具豪壮特征的两个细节展露无遗。更妙的是,"谁记当年豪举"一笔兜转,遂转入眼前的实境。当然,"谁记"云云,其实是正言反说,建功立业是词人终生难忘的理想,岂会轻易忘怀?果然,词人注意到他人纷纷封侯,只有自己沦落江湖。"酒徒"语本《史记·郦生列传》:郦食其谒见刘邦,因后者轻视儒生,乃声称"吾高阳酒徒也,非儒人也"。此处引用,仅取其字面意义,意指朝中那些贪图富贵、滥得功名的衮衮诸公。

下片抒发隐逸情怀。词人驾着一叶扁舟出没于浩渺烟波,本应在广漠空间中自觉渺小,词人却声称他"占断蘋洲烟雨",可见其胸襟之宽广。最后两句运用唐人贺知章之典故。贺知章晚年辞归山阴,唐玄宗诏赐"镜湖剡川一曲",历来传为佳话。陆游却反其意而用之,借古讽今,意味深永。陆游在孝宗淳熙后期两度被罢官,实因倡议抗金,得罪朝中政敌之故,但朝廷对他所加的罪名却是"嘲咏风月"。陆游返乡归隐后筑小轩名曰"风月",即暗寓讥讽。此词亦就此事借题发挥:镜湖原是词人家乡,归隐本是词人夙愿,他在此浩渺烟波中自得其乐,又何必像贺知章那样获得朝廷恩赐!兀傲的神情,倔强的风骨,表露无遗。当然,此词其实包蕴着壮志未酬、报国无路的深沉感慨,上、下片对读,则抑塞历落之情清晰可感。

陆游

诉衷情[1]

　　当年万里觅封侯,匹马戍梁州[2]。关河梦断何处[3],尘暗旧貂裘。　　胡未灭,鬓先秋,泪空流。此生谁料,心在天山[4],身老沧洲[5]。

注释

〔1〕本词选自《全宋词》第三册,第1596页。当作于宋宁宗庆元年间(1195—1200),时陆游在山阴。

〔2〕梁州:今陕西汉中。

〔3〕关河:关塞、河防,即边关。

〔4〕天山:山名,在今新疆境内。

〔5〕沧洲:水边之地,此指镜湖。

鉴赏

　　此词的主题与上一首相同,写法则判然有异。前词重在描写情景,以比兴手法取胜。此词则直抒胸臆,以字句简洁见长。上片先回忆往事:当年匹马远征,万里赴戎,以图在抗金复国的事业中建立功名。可惜戍守边关像短梦一样很快告终,从此难以寻觅。下片描写眼前实境:胡虏未灭而己身已老,热泪空流。谁能料到此生的志向与遭遇竟会如此南辕北辙!此词虽然字句简直,然由于典故的运用十分巧妙,故并无浅显之病。首先是"尘暗黑貂裘"一句。陆游志在北伐胡虏,北国天气苦寒,铁马冰河,"貂裘"确是必需之物。可是北伐壮志徒存梦想,而今身处温暖的江南,貂裘更有何用?即使词人果真蓄有貂裘,也势必弃置不用,故而积满灰尘,全无光泽。如将此句解作写实,合情合理。然而此句实乃用典:《战国策》载苏秦说秦不行,"黑貂之裘敝"。故此句意指自己虽然努力博取功名,但一无所成,沦落江湖,貂裘敝坏。如此用典,堪称灵活有致。然后是"心在天山"一句。"天山"与"玉关"等地名一样,位于西北边陲,陆游常用之代指大宋的北疆,故"心在天山"意谓从未忘却沦陷的北方故土,满心希望收复失地。然此句也是用典:《新唐书》载唐将薛仁贵率兵与九姓突厥作战,发三矢辄杀三人,军中歌曰:"将军三箭定天山,壮士长歌入汉关。"此句运用此典,抒发效法前代名将以奋勇杀敌之夙愿。这样,"心在天山"与"身老沧洲"形成差距极大的鲜明对比,从而具有极强的张力。上述两个典故都是暗用,且都是借古喻今,所以意义丰盈,形成了全词言简意赅的艺术面貌。如此丰富复杂的意蕴压缩在四十余字的一首小令词中,意味深永,耐人涵泳。

范成大

范成大（1126—1193），字致能，号石湖居士，平江昆山（今属江苏苏州）人。宋高宗绍兴二十四年（1154）进士，曾任礼部员外郎、中书舍人、四川制置使、参知政事等职。著有《石湖居士诗集》。生平见《宋史》卷386本传。

后催租行 [1]

老父田荒秋雨里，旧时高岸今江水。佣耕犹自抱长饥，的知无力输租米。自从乡官新上来，黄纸放尽白纸催 [2]。卖衣得钱都纳却，病骨虽寒聊免缚。去年衣尽到家口，大女临岐两分首 [3]。今年次女已行媒，亦复驱将换升斗。室中更有第三女，明年不怕催租苦。

注 释

[1] 本诗选自《全宋诗》卷二二四六，作于宋高宗绍兴二十六年（1156），时范成大在徽州（今属安徽）。范成大此前写过一首《催租行》，故

此诗题作《后催租行》。

〔2〕黄纸：指皇帝的诏书，一般写在黄麻纸上。白纸：指官府的公文。

〔3〕分首：分别。

鉴赏

孔子云："苛政猛于虎也。"（《礼记·檀弓下》）柳宗元云："孰知赋敛之毒有甚是蛇者乎！"（《捕蛇者说》）对于古代的农民来说，赋税的沉重负担是造成其悲惨命运的最重要因素，历代关心民生疾苦的诗人都会关注这个主题。范成大《催租行》的题下注云："效王建也。"可见他的此类诗作受到唐代新乐府诗人王建的影响，王建的《当窗织》《田家行》确曾反映农民深受赋敛之苦。当然，更重要的影响来自白居易，白诗已经揭露灾荒年头皇帝的假仁假义："白麻纸上书德音，京畿尽放今年税。昨日里胥方到门，手持尺牒榜乡村。十家租税九家毕，虚受吾君蠲免恩！"（《杜陵叟》）此诗同样揭露朝廷的假仁假义，"黄纸放尽白纸催"一句语气平淡而讥刺入骨。朝廷下诏免租，地方官府却依然行文催租，这是下层官吏作奸犯科，还是上下勾结欺蒙百姓？不得而知，但事实就是农民在灾年依然被迫交租。无奈之下，诗中的老农只能先卖衣，后卖女，来凑钱完税。卖儿鬻女，是对为人父母者的最大伤害。杜甫《岁晏行》云："况闻处处鬻男女，割慈忍爱还租庸。"语意沉痛，不忍卒读。范诗中的老父生有三女，逐年卖之以交租税，其人伦悲剧比杜诗所写的更加惨绝人寰。但是诗人并未正面议论，而是用老农的口吻淡淡说来。这种语气冷峻的反语，正可见其心情的极端悲愤，从而加强了诗歌的批判力度。宋人写诗，在各方面都必须力破唐人余地，方能有所开拓，此诗就是宋诗在民生疾苦的主题中有所创新的典型例子。

四时田园杂兴（选二）[1]

蝴蝶双双入菜花，日长无客到田家[2]。鸡飞过篱犬吠窦，知有行商来买茶[3]。

昼出耘田夜绩麻[4]，村庄儿女各当家[5]。童孙未解供耕织[6]，也傍桑阴学种瓜。

注 释

〔1〕本诗选自《全宋诗》卷二二六八，作于宋孝宗淳熙十三年（1186），时范成大在石湖（今江苏苏州南）。《四时田园杂兴》共六十首，其中包括"春日""晚春""夏日""秋日""冬日"各十二首，此二首分别为"晚春"（其二）和"夏日"（其七）。

〔2〕日长：太阳升高。长，指高。

〔3〕行商：流动经营的商人。

〔4〕绩麻：搓接麻线。

〔5〕当家：当行，熟习某事。如解作主持家业，亦通。

〔6〕供：从事。

鉴赏

　　钱锺书先生称《四时田园杂兴》"算得中国古代田园诗的集大成"，又说："到范成大的《四时田园杂兴》六十首才仿佛把《七月》、《怀古田舍》、《田家词》这三条线索打成一个总结，使脱离现实的田园诗有了泥土和血汗的气息，根据他的亲切的观感，把一年四季的农村劳动和生活鲜明地刻划出一个比较完全的面貌。"（《宋诗选注》）《诗·豳风·七月》是农事诗，陶渊明的《怀古田舍》表现隐士在农村的生活情趣，元稹《田家词》揭露农家遭受的苛政之苦，它们确是互相独立的三类主题。如果从诗歌主人公的角度来看，我们也可把古代田园诗分成两大类：一类是诗人自抒隐逸情趣，诗中偶然出现的樵夫、农人也往往被赋予隐士的性格。另一类是描写农民的劳作生活及其种种疾苦，即把《七月》与《田家词》的传统合而为一。从第二种分类法来考察，范成大的田园诗主要属于第二类主题。范诗基本上是对农村生活的客观描写，基本上摆脱了士大夫的隐逸情趣,从而更加逼真地写出了农村的景观和农民的生活。

这里,前一首描写晚春的农村风情:正值春播和采摘春茶的大忙季节,农民不分男女皆在田间、茶山忙碌,整个村庄一片寂静,只见蝴蝶在菜花丛中自由飞舞。突然鸡飞狗吠,便知道一定是有行商下乡收购新茶来了。当时官府控制茶叶买卖,"行商"是获得官府所颁营业证书的合法茶商,农家采摘的新茶都依靠行商销售,所以关注他们的行踪。三、四两句表面上甚为热闹,其实反衬出村庄之安静。为何有人进村便会惹得鸡飞狗吠?就因鸡狗都习惯了"日长无客到田家"。以闹衬静,手法甚为高明,却又不睹痕迹。这一切都是农民眼中的乡村风光,当然像生活本身一样的真实质朴。

后一首写夏日农民的劳动生活:"村庄儿女"指村里的男女青年,他们已是各类农活的当家里手,已经承担起养家活口的主要责任,故而白天耘田,夜晚绩麻,终日辛劳。尚未成年的儿童还没学会耕织,但也在桑树荫下学着种瓜。此诗描写农民的劳作,细致生动。值得注意的是,诗中称青年为"儿女",称儿童为"童孙",口气亲切,流露出慈祥、欣赏的态度,多半是一位老农在夸奖家中的儿孙辈,而不是一位士大夫以居高临下的态度对农民表示怜悯。

无论是写景还是叙事,这两首诗都与从前的田家词有明显不同,它们不再是诗人对农村景象的远观或想象,而是设身处地地代农民立言,故构思不求高雅,字句也不避俚俗。范成大身为曾登相位的士大夫,能够如此放下身段为农民写诗,难能可贵。

杨万里

杨万里(1127—1206),字廷秀,号诚斋,吉州吉水(今属江西)人。宋高宗绍兴二十四年(1154)进士,曾任国子博士、太常博士、礼部右侍郎、知漳州、知常州、秘书监等职。著有《诚斋集》。生平见《宋史》卷433本传。

小 池 [1]

泉眼无声惜细流,树阴照水爱晴柔 [2]。小荷才露尖尖角,早有蜻蜓立上头。

注 释

〔1〕本诗选自《全宋诗》卷二二八一,作于宋孝宗淳熙三年(1176),时杨万里在吉水(今属江西)。

〔2〕晴柔:晴朗柔和。

鉴赏

杨万里论诗,格外重视外部环境的触发作用,他说:"我初无意于作是诗,而是物、是事适然触乎我,我之意亦适然感乎是物、是事,触先焉,感焉随焉,而是诗出焉。我何与也?天也。斯之谓兴。"(《答建康府大军库监门徐达书》)从其创作实际来看,他更加重视的是"感乎是物",也即从山水草木、禽兽鱼虫等客观存在的自然景物中汲取作诗灵感。杨万里作诗时不但师法自然,而且常将自然写成具有生命、充满灵性的主人公,从而自然活泼,趣味盎然,此诗就是一例。首联中的"惜""爱"二字原指人类的主观情感,此处却都施用于景物身上。上句说泉水静悄悄地缓缓流淌,是爱惜其涓涓滴滴。下句说树阴临水照影,是怜爱这晴朗柔和的姿态。拟人手法的合理运用,遂使客观景物染上浓厚的感情色彩,一幅幽静安谧的初夏图景顿时生机勃勃。次联堪称此诗中的警策:新荷初生,尚未坼苞,早有蜻蜓立在尖尖的花苞上头。北宋诗人释道潜诗云:"风蒲猎猎弄轻柔,欲立蜻蜓不自由。"(《临平道中》)写风中的蒲苇摇摆不定,蜻蜓站立不稳,非常传神,向称名句。杨诗与之相映成趣,说新荷尖尖,蜻蜓却稳稳地站立其上。多么生动有趣的情景,多么和谐温馨的氛围!句中是否包含某种哲理?常有后人从中读出对新生事物的敏感或关爱,但诗人未着一言,一切都在若有若无之间。诗人只是捕捉到一个稍纵即逝的景象,并用妙趣横生的诗句使之成

为永恒。当然，诗人对自然的热爱之情，以及人与自然和谐相处的观念，洋溢于字里行间，这是杨万里诗的最大优点。

初入淮河绝句[1]

船离洪泽岸头沙[2]，人到淮河意不佳。何必桑干方是远[3]，中流以北即天涯。

注释

〔1〕本诗选自《全宋诗》卷二三〇一，作于宋孝宗淳熙十六年（1189），时杨万里奉命北上迎接金国使者，途经淮河。原作共四首，此为其一。

〔2〕洪泽：洪泽湖，位于淮河之南，与淮河相通。

〔3〕桑干：桑干河，源出山西马邑县，流入永定河。桑干河是唐朝的边防前线，至北宋已入辽国境内，南宋则入于金境。

鉴赏

靖康事变以后匆匆成立的南宋政权是偏安一隅的小朝廷，大片江山沦于敌手。宋孝宗隆兴二年（1164），宋、金达成"隆兴和议"，划定东起淮河、西至大散关的国界线，原是北宋内河的淮河遂成为宋、金两国的界河。二十五年以后，杨万里奉命北上迎接金使，渡淮之际，感慨万千，作诗抒愤。淮河是中国的"四渎"之一，淮河流域气候温暖，雨量充沛，沃野千里，是大宋王朝最重要的农耕地区。淮河两岸并无高山深谷，河水也不如长江之宽阔、黄河之湍急，基本上无险可守，从自然地理的角度来看也不应成为界河。然而淮河竟然成为宋、金之界河！淮河之北竟然成为敌国领土！丧权辱国，莫此为甚！可是在宋高宗、秦桧等人的把持下，南宋小朝廷畏敌如虎，专意求和，只求苟安于半壁江山，把沦陷的北方领土弃之不顾。继高宗而立的宋孝宗虽有心振作，但无力回天，只得维持高宗朝留下的残局，与金国维持和议。正是在这种情境下，杨万里以使者的身份来到淮河。

此诗并未直抒家国之思，只是将所历所见平平道来，但满腔悲愤渗透在字里行间。船只刚离开洪泽湖进入淮河，诗人便情绪恶劣。淮河的千里清波本是赏心悦目之景，为何诗人如此反常？下二句交代原因，原来一过淮河的主航道，便是敌国领土。古人常将异国绝域视作天涯，于是诗人反问道：何必要到桑干河才算是远方呢？淮河的中流以北便是天涯！从桑干河到淮河，大宋王朝的国境线向南退缩了几千里。诗人将桑干河与淮河相提并论，便是对金国侵略者的愤怒声讨，也是对南宋小朝廷的愤怒批判。诗人希望击退金兵、收复国土的爱国热忱也清晰可感。言浅意深，情怀郁郁，是此诗最大的优点。

朱 熹

朱熹（1130—1200），字元晦，一字仲晦，号晦庵，又号晦翁，别号紫阳，祖籍徽州婺源（今属江西）人，生于南剑州尤溪（今属福建），晚年移居考亭。宋高宗绍兴十八年（1148）进士，曾任秘阁修撰等职，后居武夷山讲学。卒谥文。著有《朱文公文集》。生平见《宋史》卷429本传。

春 日 [1]

胜日寻芳泗水滨[2]，无边光景一时新。等闲识得东风面[3]，万紫千红总是春。

注 释

〔1〕本诗选自《全宋诗》卷二三八四，作于宋高宗绍兴三十一年（1161），时朱熹在崇安（今属福建）。

〔2〕胜日：美好的日子。泗水：水名，在今山东泗水，相传为孔子讲学之地。

〔3〕等闲：寻常，随便。

朱熹

鉴赏

  从字面来看，此诗是一首游春诗。首句点明时间、地点，后三句细述寻春经过。但"泗水"不在南宋境内，朱熹平生未曾履足，故此诗不是某次游历的实录，而是一首寓言性质的哲理诗。"寻芳"意即寻春，诗人在水边四处寻春，终于发现根本不用到处寻觅，原来此时东风浩荡，春色无边，形形色色的似锦繁花全都洋溢着春意。阅读此诗，读者很容易联想到朱熹的一个重要哲学观点，即理一分殊。他说："自其本而之末，则一理之实，而万物分之以为体，故万物各有一太极……如月在天，只一而已，及散在江湖，则随处而见，不可谓月已分也。"（《朱子语类》卷九四）这个"月印万川"的观点，其实是朱熹糅合了周、程等理学家与玄觉等禅师的思想而形成的，他承认："释氏云：'一月普现一切水，一切水月一月摄。'这是释氏也窥见这些道理。濂溪《通书》只是说这一事。"（《朱子语类》卷一八）朱熹所引的释氏语即唐代禅师玄觉的《永嘉证道歌》之三四，可见理学与禅宗所共有的这个观点反映了客观事物的普遍规律。玄觉的歌头富有机锋、睿智，但比喻的意味相当直露，仅是偈而非诗。朱熹的诗远为含蓄、隽永，它没有一字一句是直接说理的，所蕴含的理见于描写和叙述之中，全靠读者自行体会。所以此诗体现的理具有模糊性和无限性：春在

万紫千红间,意即理无处不在;万紫千红虽然色、香皆有差别,但都是春之体现,意即万物虽殊,所含之理却相同;到处寻春,却发现到处皆春,意即苦思冥索探求哲理,却常在无意之中豁然贯通,触处皆春,等等。此诗含义如此丰富,表现如此蕴藉,趣味横溢,百读不厌,堪称宋代理趣诗中的上品。

观书有感[1]

半亩方塘一鉴开[2],天光云影共徘徊。问渠那得清如许?为有源头活水来。

注释

〔1〕本诗选自《全宋诗》卷二三八四,作于宋孝宗乾道二年(1166),时朱熹在崇安(今属福建)闲居。

〔2〕鉴:镜子。

鉴赏

相传"方塘"在南剑州尤溪(今福建尤溪)的南溪书院之前(见清道光《重修福建通志》卷四四),当是出于附会。朱熹六岁即离开尤溪，以后迄未居此。乾道二年，朱熹在崇安作书答友人许顺之，书中提及此诗，当即作于崇安，"方塘"亦当在崇安。此诗虽然题作《观书有感》，内容却只是展示一幅生动的图像：一塘清水，像明镜一样倒映着蓝天白云。"共徘徊"意谓轻微地移动，此或为天上云行，或为塘中水流，但水面相当平静，否则不会如明镜般倒映云天。这幅图像与"观书有感"的诗题有何关系呢？奥秘在于后二句：为何方塘之水清澈如许？只因有源头活水不断地注入。这显然与朱熹读书、思考的某种经验有着深刻的内在同一性。

朱熹《答许顺之》书之十云："秋来老人粗健，心闲无事，得一意体验，比之旧日渐觉明快，方有下工夫处……更有一绝云：'半亩方塘一鉴开，天光云影共徘徊。问渠那得清如许？为有源头活水来。'"可见诗人就是如此构思的。程千帆先生指出："这是一篇体现了作者哲学思想的小诗。它以池塘要不断地有活水注入才能清澈，比喻思想要不断地有所发展才能活跃，免于停滞和僵化。它用形象思维的方式表达了抽象思维，因而使之更容易为人们所接受。"（《古诗今选》）此诗表达的哲理是深刻的，富有启发意义的，然而它的表现方式却完全是诉诸艺术形象的。它通过描写和叙述来启迪读者自行领悟，而不是用逻辑思维来向读者证明、灌输。宋代某些理学家的"哲理诗"往往写得语言枯燥、意旨晦涩，朱熹此诗却是活泼明快，巧妙灵动，堪称哲理诗的典范之作。

张孝祥

张孝祥(1132—1169),字安国,号于湖,和州乌江(今安徽马鞍山市和县)人。宋高宗绍兴二十四年(1154)进士第一,曾任起居舍人、知平江府、建康留守、知静江府及荆湖南路、荆湖北路安抚使等职。著有《于湖居士文集》《于湖词》。生平见《宋史》卷389本传。

水调歌头[1]

闻采石战胜[2]

雪洗虏尘静[3],风约楚云留[4]。何人为写悲壮,吹角古城楼。湖海平生豪气[5],关塞如今风景,剪烛看吴钩[6]。剩喜然犀处[7],骇浪与天浮。 忆当年,周与谢[8],富春秋[9]。小乔初嫁[10],香囊未解[11],勋业故优游。赤壁矶头落照[12],肥水桥边衰草[13],渺渺唤人愁。我欲乘风去[14],击楫誓中流[15]。

注释

〔1〕本词选自《全宋词》第三册,第1688页。作于宋高宗绍兴三十一年(1161),时张孝祥在宣城(今属安徽)。

〔2〕采石战胜:绍兴三十一年冬,虞允文率宋军在采石矶迎击南犯之金军,大胜。采石,采石矶,在今安徽当涂西北,临长江。

〔3〕虏尘:犹言胡尘。

〔4〕楚云:楚天之云。时张孝祥闲居宣城,古属楚地,故云。

〔5〕"湖海"句:用三国时陈登之典。《三国志·魏志·陈登传》载许汜语:"陈元龙湖海之士,豪气未除。"陈登字元龙。

〔6〕吴钩:宝刀名,乃古代吴国所产。

〔7〕剩喜:颇喜,真喜。然犀处:指采石矶。然通"燃",相传晋人温峤至牛渚矶,闻水底有音乐声,燃犀角照之,见奇形怪状之水族,详见《晋书·温峤传》。牛渚矶,即采石矶。

〔8〕周与谢:指东吴将领周瑜、东晋将领谢玄。

〔9〕富春秋:即"富于春秋",指年轻。周瑜破曹操时年三十四岁,谢玄破苻坚时年四十一岁。

〔10〕小乔初嫁:语本苏轼《念奴娇》:"小乔初嫁了。""小乔"乃周瑜之妻。

〔11〕香囊未解:《晋书·谢玄传》:"玄少好佩紫罗香囊。"

〔12〕赤壁:古战场,在今湖北蒲圻西北,周瑜破曹操军于此。

〔13〕肥水：水名，流经今安徽寿县一带，谢玄破前秦苻坚军于此。

〔14〕乘风：南朝宗悫少时言志曰："愿乘长风破万里浪。"见《南史·宗悫传》。

〔15〕"击楫"句：东晋祖逖统兵北伐，"渡江，击楫而誓曰：'祖逖不能清中原而复济者，有如大江。'"（《晋书·祖逖传》）

鉴赏

绍兴三十一年的采石矶大捷，遏制了金军南侵灭宋的战略意图，极大地鼓舞了南宋军民抗金复国的意志。捷报传到后方，正离战场不足百里的张孝祥无比兴奋，乃作此词以志喜，且抒己志。指挥采石之战的虞允文本是一介文臣，奉命前往芜湖犒师，因激于忠义而当仁不让地指挥宋军，终于建立奇功。故大将刘锜对虞允文说："朝廷养兵三十年，一技不施，而大功乃出一儒生，我辈愧死矣！"（《宋史·刘锜传》）此词中"何人为写悲壮"之句，既表达了词人对虞允文的敬佩，也抒发了自己未能亲与此战的遗憾。于是既歌颂虞允文、也抒发内心壮志，便成为全词的基调。上片首句写纷飞的大雪洗净了气焰嚣张的胡尘，次句便写自己因故未能前往参战的遗憾。三、四句从侧面烘托战场的壮烈情景，五、六句直抒内心的激烈情怀：平生豪气干云，却面对河山沦陷的局面，只好灯下看剑，以期一试锋芒。最后二句又转写采石战场：在那昔人燃犀之处，战况之激烈，有如惊涛骇浪高与天齐。下片将思绪转向悠远的历史，周瑜破曹操、谢玄破苻坚两件史迹涌上词人的心头。这两个史实有何共性？原来两者都是南军凭借江河作为屏障以抵抗北军，南军都是以少胜多，南军的主帅都是富于春秋的年轻人。于是下片的意脉便都以双绾的形式齐头并进：开头先点明"周与谢"，然后分述两人的行为"小乔初嫁"与"香囊未解"，最后分写"赤壁"与"肥水"两个战场。这种双绾章法与上片的结构相映成趣，十分巧妙。当然，此词的主旨仍是自抒其志。周瑜破曹时年三十四岁，谢玄破苻时年四十一岁，说是"富春秋"尚算确切。但虞允文采石破金时年过半百，似乎不能说是"富春秋"。此年词人年仅三十岁，正是他将少年有为的周瑜、谢玄视作楷模，希望像他们一样及早建立奇功。结尾二句郑重推出一个"我"字，表明要想率军北伐的人物正是词人自己。全词笔力酣畅，声情激越，而运思又极其细密，洵称名作。

六州歌头 [1]

长淮望断，关塞莽然平[2]。征尘暗，霜风劲，悄边声，黯消凝[3]。追想当年事，殆天数，非人力。洙泗上[4]，弦歌地，亦膻腥[5]。隔水毡乡[6]，落日牛羊下，区脱纵横[7]。看名王宵猎[8]，骑火一川明。笳鼓悲鸣，遣人惊。　　念

腰间箭,匣中剑,空埃蠹[9],竟何成。时易失,心徒壮,岁将零[10]。渺神京。干羽方怀远[11],静烽燧[12],且休兵。冠盖使[13],纷驰骛,若为情。闻道中原遗老,常南望、翠葆霓旌[14]。使行人到此,忠愤气填膺,有泪如倾。

注 释

〔1〕本词选自《全宋词》第三册,第1686页。作于宋孝宗隆兴二年(1164),时张孝祥在建康(今江苏南京)任留守。

〔2〕莽然:苍莽、广远之貌。

〔3〕黯消凝:黯然伤神。

〔4〕洙泗:洙水、泗水,流经曲阜(今属山东),乃孔子讲学之地。

〔5〕膻腥:牛羊的腥臊之气,是对游牧民族生活习惯的蔑称。

〔6〕毡乡:搭建着毡帐的地区。

〔7〕区脱:供警戒用的土堡。

〔8〕名王:古代少数民族声名显赫的酋长号称"名王",此指金兵将领。

〔9〕埃蠹:积满灰尘,生出蛀虫。

〔10〕零:尽。

〔11〕干羽:盾牌和翟羽,古代乐舞所用的两种舞具。

〔12〕烽燧:边塞上用来报警的烽火。

〔13〕冠盖使:此指议和的使臣。

〔14〕翠葆霓旌：用翠羽装饰的车盖和彩色的旌旗，指皇帝的车驾。

鉴赏

宋孝宗隆兴元年（1163），宋军北伐失利，朝廷内主和派又占上风。张孝祥愤而作此。

上片写中原沦陷区的荒凉萧瑟。江淮之间本是宋国领域内的万顷良田，如今却成了悄无人声的边鄙荒地，不由得使人黯然销魂。词人不由得追怀往事，靖康祸起，北宋灭亡，也许是天意如此吧？要不然一个堂堂的大国，怎会在顷刻之间便土崩瓦解？词人其实是在诘问，到底是谁该为国家倾覆负责。词人当然知道北宋灭亡正是昏君奸臣荒政误国的结果。所谓"非人力"者，不忍再去回顾也，或不便直言也。如今淮水以北即为敌国，丧权辱国，莫此为甚！

下片转入抒情。腰间的长箭和匣中的宝剑长久未用，尘封虫蛀。时机很容易消失，纵然雄心不灭，其奈岁月不待人！朝廷里主和派当政，借口"布文德以怀柔远人"，对金屈膝求和。边境上的烽火台久不举火，而赴金议和的使者则络绎不绝。词人愤怒地责问那些使者，你们难道不觉得羞愧吗？词人的思绪又转向沦陷区的人民，他们经常盼望宋军北伐，可是总是失望。于是词人悲愤填膺，泪流如倾。

据《历代诗余》记载，张孝祥写成此词，同在席上的大将张浚

读后郁郁不乐,罢席而入。张浚是南宋著名的主战派大臣,他十分赏识张孝祥,曾数度向朝廷推荐之。可以肯定,除了才华学识以外,共同的爱国思想是二张惺惺相惜的重要原因。这首《六州歌头》所以能感动张浚,正是其中蕴含的爱国情怀触动他心中的忠愤之气。一首词作使朝廷重臣如此感动,这是词史上前所未有的新气象,也是南宋豪放词杰出成就的最好证明。清人陈廷焯评此词"淋漓痛快,笔酣墨饱,读之令人起舞"(《白雨斋词话》),绝非虚言。

念 奴 娇[1]

过洞庭

洞庭青草[2],近中秋,更无一点风色[3]。玉鉴琼田三万顷[4],着我扁舟一叶。素月分辉,明河共影,表里俱澄澈[5]。悠然心会,妙处难与君说。　　应念岭表经年[6],孤光自照[7],肝胆皆冰雪。短发萧骚襟袖冷,稳泛沧浪空阔。尽吸西江[8],细斟北斗,万象为宾客[9]。扣舷独啸,不知今夕何夕!

注 释

〔1〕本词选自《全宋词》第三册,第1690页。作于宋孝宗乾道二年(1166),时张孝祥自静江府(今广西桂林)落职北归,途经洞庭,适值中秋。

〔2〕青草:湖名,与洞庭湖相连,今为洞庭湖的一部分。

〔3〕风色:风势。

〔4〕玉鉴:玉镜。

〔5〕表里:内外。

〔6〕岭表:岭外,指五岭以南。

〔7〕孤光:指明月。苏轼《西江月》:"中秋谁与共孤光。"

〔8〕西江:此指长江。相对于洞庭湖而言,长江从西而来,故称西江。

〔9〕万象:万物,此指繁星。

鉴 赏

在洞庭湖与青草湖相连的地方,在中秋临近的时节,浩渺的湖水与无际的月光交相辉映,形成奇特的清澈、澄明之境。词人在此时此地泛舟月下,觉得整个天地都是一片晶莹透澈,而自身的高洁品行也与之相符,连体内的肝胆都像冰雪一样清冷明净。唐人王昌龄受人诬陷,作诗自表心迹说:"寒雨连江夜入吴,平明送客楚山孤。洛阳亲友如相问,一片冰心在玉壶。"(《芙蓉楼送辛渐》)张孝祥显然继承了这种手法,但无论是所写景色之幽静秀美,还是所用

比喻之生动贴切，都是青出于蓝而胜于蓝。词人幕天席地，独泛沧浪，气概是何等雄豪！吸西江，斟北斗，遍邀天上的星辰为宾客，想象是何等奇特！词人本是爱国志士，善于高唱振奋人心的时代强音。但当他在现实中无法实现理想时，也善于在山水美景中寻找寄托。此词意境阔大，笔势雄奇，豪放与潇洒兼而有之，很好地继承了苏轼词风的传统。近人王闿运评此词"飘飘有凌云之气，觉东坡《水调》，犹有尘心"（《湘绮楼词选》），语或稍过，但指出此词与苏词的传承关系则是十分准确的。

辛弃疾

辛弃疾（1140—1207），字幼安，号稼轩居士，齐州历城（今山东省济南市历城区）人。宋高宗绍兴三十一年（1161）投忠义军耿京部抗金，次年南归，曾任江阴签判、知滁州、江西提点刑狱、湖北安抚使、江西安抚使、湖南安抚使、福建安抚使、知绍兴府兼浙东安抚使等职。著有《稼轩词》。生平见《宋史》卷401本传。

青玉案[1]

元夕[2]

东风夜放花千树。更吹落，星如雨。宝马雕车香满路。凤箫声动[3]，玉壶光转[4]，一夜鱼龙舞[5]。　蛾儿雪柳黄金缕[6]，笑语盈盈暗香去。众里寻他千百度，蓦然回首，那人却在，灯火阑珊处[7]。

注释

〔1〕本词选自《全宋词》第三册,第1884页。作于宋孝宗乾道七年(1171),时辛弃疾在临安。

〔2〕元夕:元宵,正月十五之夜。

〔3〕凤箫:箫之美称。

〔4〕玉壶:一种华灯,用白玉制成,作壶状。

〔5〕鱼龙舞:指舞龙灯、鱼灯等游戏。

〔6〕蛾儿雪柳:皆为女子头饰。黄金缕:以金线为装饰。

〔7〕阑珊:零落,稀少。

鉴赏

乾道六年(1170),辛弃疾入朝任司农主簿。次年,辛弃疾在临安度元宵节,乃作此词。从表面上看,这是一首传统题材的婉约词。上片描写元宵佳节的绮丽风光,以及游人熙攘的热闹场景。虽然字句简洁,但描写生动,景象逼真,即使周密《武林旧事》、吴自牧《梦粱录》等书中的繁缛记述也无以远过。比如首句将满天焰火直接写成"花千树"和"星如雨",便达到了"状难写之景如在目前"的高超水平。下片叙述一对男女乘此佳节密约幽会,在稠人广众中互相寻觅的经过。这种"月上柳梢头,人约黄昏后"的情景在前人的元夜诗词中早已有之,但此词说主人公心仪的对象并不在火树银花的热闹之处，反在灯火阑珊的冷清角落。这个结尾不但别开生面，不落俗套；而且画龙点睛，神采顿现。这是实录其事，还是别有寄托？后代读者多取后说。王国维在《人间词话》中说这是人生的最高境界，如此解读当然是"读者何必不然"。但是梁启超的评论更加准确："自怜幽独，伤心人别有怀抱。"（梁令娴《艺蘅馆词选》引）所谓"那人"，只是一个象征，其实也就是词人自我。辛弃疾性情豪爽，相交遍天下。但是在苟安局面已经形成的南宋小朝廷里，他深感知音难觅。"那人"不愿随波逐流，不愿趋炎附势，甘于寂寞，孤芳自赏，这不是词人自己，又是何人？然而这一切均未点破，全词在字面上完全紧扣"元夕"这个主题，真乃风人之旨。

水 龙 吟 [1]

登建康赏心亭 [2]

楚天千里清秋，水随天去秋无际。遥岑远目 [3]，献愁供恨，玉簪螺髻 [4]。落日楼头，断鸿声里，江南游子。把吴钩看了 [5]，栏干拍遍，无人会，登临意。　休说鲈鱼堪脍 [6]，尽西风，季鹰归未 [7]？求田问舍 [8]，怕应羞见，

刘郎才气[9]。可惜流年,忧愁风雨,树犹如此[10]。倩何人,唤取红巾翠袖[11],揾英雄泪。

注 释

〔1〕本词选自《全宋词》第三册,第1869页。作于宋孝宗淳熙元年(1174),时辛弃疾在建康（今江苏南京）。

〔2〕赏心亭：亭名,在建康城楼上,下临秦淮河。

〔3〕遥岑：远山。

〔4〕螺髻：螺状发髻,比喻耸立的山峦。

〔5〕吴钩：古代吴国铸造的刀,此指佩剑。

〔6〕鲈鱼堪脍：晋人张翰在洛阳为官,见秋风起,思念家乡吴中的鲈鱼脍,乃弃官而归。

〔7〕季鹰：张翰之字。

〔8〕求田问舍：指购置田产。三国时刘备批评当时名士许汜在国难当头之时只顾"求田问舍"。

〔9〕刘郎：此指刘备。

〔10〕树犹如此：东晋桓温北伐,途经金城,见当年手植柳树已长大,感慨说："木犹如此,人何以堪！"（见《世说新语·言语》）

〔11〕翠袖：少女装束,此指歌女。

鉴赏

宋高宗绍兴三十二年（1162），辛弃疾率义军铁骑渡江，南归故国，随即进入仕途。他不顾官职低微，先后向朝廷献《美芹十论》和《九议》，为抗金复国献计献策。可是南宋小朝廷对于从中原沦陷区归来的人士心存猜忌和轻视，将他们称为"归正人"。辛弃疾虽然文才武略盖世无双，却难得信任，沉沦下僚，荏苒十年。孝宗淳熙元年（1174），辛弃疾正值壮年，却壮志难酬，空度年华，故岁月流逝的感受格外深切。他在断鸿声里登上名胜赏心亭，那潇洒明净的秋色并未引起愉悦感，反而觉得像美人螺髻般的远山向人献上的只是愁恨。他拔剑细看，猛拍栏杆，但是有谁理会其中的一番心意？下片转入怀古。虽然西风劲吹，但故乡远在沦陷的北国，难像张翰那样归隐。要像许汜那样贪图私利，更非所愿。于是他只能慨叹流年之迅速，并询问谁能为自己一揾英雄之泪？此词绝非一般意义上的登览词，更不是一般意义上的伤秋词，它是一位爱国志士在清秋时节登高远眺故国江山所发出的深沉感慨。虽然当时"无人会、登临意"，然千载之后它仍然感动着无数读者。

摸 鱼 儿[1]

淳熙己亥自湖北漕移湖南,同官王正之置酒小山亭,为赋[2]。

更能消几番风雨[3],匆匆春又归去。惜春长恨花开早,何况落红无数。春且住,见说道,天涯芳草无归路。怨春不语。算只有殷勤,画檐蛛网,尽日惹飞絮。　　长门事,准拟佳期又误。蛾眉曾有人妒。千金纵买相如赋,脉脉此情谁诉[4]？君莫舞。君不见,玉环飞燕皆尘土[5]。闲愁最苦。休去倚危栏,斜阳正在,烟柳断肠处。

注释

〔1〕本词选自《全宋词》第三册,第1867页。作于宋孝宗淳熙六年(1179),时辛弃疾在鄂州（今湖北武昌）。

〔2〕己亥:淳熙六年。漕:漕司,宋人对转运使的称呼。时辛弃疾由湖北转运副使调任湖南转运副使。小山亭:亭名,在鄂州。

〔3〕消:禁得起。

〔4〕"长门事"五句:相传汉武帝之皇后陈阿娇被废,幽居长门宫,曾以

千金请司马相如撰《长门赋》，希望感悟武帝。见《文选》所载《长门赋序》，此序实非相如所作。

〔5〕玉环：杨玉环，唐玄宗之贵妃。飞燕：赵飞燕，汉成帝之皇后。

鉴赏

辛弃疾南归之后，尽管在各种职位上都表现出过人的才干，但他毕竟是一个"归正人"，越是有才就越是遭忌。况且辛弃疾性格刚强，作风泼辣，与朝廷上下懦弱苟且的固有习气格格不入。辛弃疾对此早有觉察，故心情极为郁闷。多年来辛弃疾经常担任"转运副使"等职务，他的一腔热血无处可洒，满腹经纶更无处可施。虽然沉沦下僚，流转外任，他也没能躲避各种流言蜚语的中伤，甚至接连不断地受到朝官的诽谤和攻讦。雄心壮志根本无法实现，岁月却在无情地消逝。暮春时节，落红无数，词人心里的苦闷无处倾诉。于是他像行吟泽畔的屈原一样，用"美人芳草"的隐喻意象来诉说心曲。这种欲言又止的低沉心声，出于性格豪迈的英雄之口，这是何等的无奈！辛弃疾在《论盗贼札子》中对孝宗说："臣生平刚拙自信，年来不为众人所容，顾恐言未脱口而祸不旋踵。"这种畏祸心理，便是我们解读此词的必要前提。宋人罗大经说此词"词意殊怨"（《鹤林玉露》卷四），近人梁启超评曰"回肠荡气，至于此极"（梁令娴《艺蘅馆词选》引），皆为的评。

沁园春[1]

带湖新居将成[2]

三径初成,鹤怨猿惊[3],稼轩未来。甚云山自许,平生意气;衣冠人笑,抵死尘埃[4]。意倦须还,身闲贵早,岂为莼羹鲈脍哉[5]!秋江上,看惊弦雁避,骇浪船回。　　东冈更葺茅斋,好都把轩窗临水开。要小舟行钓,先应种柳;疏篱护竹,莫碍观梅。秋菊堪餐[6],春兰可佩,留待先生手自栽。沉吟久,怕君恩未许,此意徘徊。

注释

〔1〕本词选自《全宋词》第三册,第1868页。作于宋孝宗淳熙八年(1181),时辛弃疾在豫章(今江西南昌)。

〔2〕带湖:在信州(今江西上饶)北郊。

〔3〕鹤怨猿惊:南朝齐代孔稚珪《北山移文》:"蕙帐空兮夜鹤怨,山人去兮晓猿惊。"

〔4〕抵死:终究,毕竟。

〔5〕莼羹鲈脍：晋代吴人张翰在洛阳为官，见秋风起，思吴中特产莼羹、鲈鱼脍，即命驾归吴。

〔6〕秋菊堪餐：《楚辞·离骚》："夕餐秋菊之落英。"

鉴赏

从宋孝宗淳熙二年（1175）至淳熙八年（1181），辛弃疾在江西、湖北、湖南等地任职，虽然政绩卓著，但其刚强果敢、雷厉风行的作风引起朝臣的激烈反对，被劾罢官是迟早之事。辛弃疾对此早有觉察，于是未雨绸缪，在信州城北的带湖之畔买地筑屋，准备退职后前往归隐。淳熙八年，带湖新居落成。尚在江西安抚使任上的辛弃疾闻讯甚喜，乃作此词，抒发了对归隐生活发自肺腑的热爱。早在两年前，带湖新居尚在修建过程中，辛弃疾在《新居上梁文》中便自号"稼轩居士"，文中且说："百万买宅，千万买邻，人生孰若安居之乐？一年种谷，十年种木，君子常有静退之心。"此时新居落成，词人乃借山中猿鹤之口呼唤"稼轩"赶快归来。除了正面描写隐居生活的种种乐趣之外，此词中还用对官宦生涯的否定来反衬归隐之志。比如"惊弦雁避，骇浪船回"之句分明是暗指宦海风波险恶，"意倦须还，身闲贵早"之句也清楚地表露了对官场丑态的厌恶嫌弃，"衣冠人笑，抵死尘埃"之句甚至将仕途直斥为污浊尘埃。然而，词人毕竟胸怀抗金复国的雄心壮志，并不甘心就此退出政治

舞台。此词尾句说:"沉吟久,怕君恩未许,此意徘徊。"可见他仍然希望能得到朝廷重用,让他有机会建功立业,而不要在春秋尚富之年便息影林泉,这是一位报国无路的英雄对朝廷的深情呼唤。总之,此词的主题虽是隐逸之乐,但其情感内蕴十分丰富,在隐逸词中别开生面。

木兰花慢[1]

席上送张仲固帅兴元[2]

汉中开汉业[3],问此地,是耶非?想剑指三秦[4],君王得意,一战东归。追亡事[5],今不见,但山川满目泪沾衣[6]。落日胡尘未断,西风塞马空肥。　　一编书是帝王师[7],小试去征西。更草草离筵,匆匆去路,愁满旌旗。君思我,回首处,正江涵秋影雁初飞[8]。安得车轮四角[9],不堪带减腰围[10]。

注　释

〔1〕本词选自《全宋词》第三册,第1881页。作于宋孝宗淳熙八年(1181),

时辛弃疾在潭州（今湖南长沙）。

〔2〕张仲固：张坚，字仲固，淳熙八年（1181）知兴元府（今陕西汉中）兼利州东路安抚使。

〔3〕"汉中"句：汉高祖刘邦初封汉中，以此为根据地开创汉代基业。

〔4〕三秦：秦亡后项羽封章邯为雍王，司马欣为塞王，董翳为翟王，合称三秦。后刘邦率军东向，首取三秦。

〔5〕追亡事：韩信曾从汉中逃亡，萧何追之而回，并力劝刘邦封其为大将。

〔6〕"但山川"句：唐李峤《汾阴行》："山川满目泪沾衣，富贵荣华能几时。"

〔7〕"一编书"句：《史记·留侯世家》载，张良少时，曾于下邳圯下遇一老父，老父赠书一编，曰："读此，则为王者师矣。"书乃《太公兵法》。

〔8〕"正江涵"句：唐杜牧《九日齐山登高》："江涵秋影雁初飞，与客携壶上翠微。"

〔9〕车轮四角：唐陆龟蒙《古意》："愿得双车轮，一夜生四角。"意谓挽留行客。

〔10〕带减腰围：谓消瘦。

鉴赏

南宋时期，汉中（兴元府）是宋军抵抗金兵的战略重镇。张坚前往汉中任军政长官，自然负有保卫疆土、抗击敌军的重大责任。辛弃疾夙以抗金复国为平生志业，当他设宴送别张坚时，其情怀自

非一般的离愁别恨可比,于是此词的写法迥然独异。送别词的正常顺序是从眼前的时空环境说起,此词却一反常态,时间上偏从古代说起,空间上偏从远方说起。当年汉高祖开创大汉基业,正是以汉中为根据地。词人明知这是史实,为何偏要追问:"问此地,是耶非?"原来南宋初年,大臣李纲等人曾主张在关中建立行都,但宋高宗却一意南奔。后来陆游在《感事》诗中叹道:"鸡犬相闻三万里,迁都岂不有关中?广陵南幸雄图尽,泪眼山河夕照红。"便是指此而言。辛弃疾此句意在双关,即是缅怀古人功绩,也是慨叹今人失策。当然,此语亦是勉励张坚仿效古代的英杰。这样的开头,不但摆脱了送别词的窠臼,而且高屋建瓴,气势非凡。接下去继续追怀汉代史实,整个上片皆势如破竹。"追亡事"三句,借古讽今,感慨万千。南宋小朝廷偏安一隅,无意恢复,对爱国志士百般排斥,像萧何夜追韩信那样的佳话如今再也不会重演了,报国无路的辛弃疾只能泪洒山河!表面上全是怀古,骨子里却满腹牢骚,"落日"二句接叙当前形势,转接无痕。下片继续追叙汉代史实,并以汉初三杰之一的张良来赞美张坚,祝愿他牛刀小试,西征成功。最后回顾题面抒写离愁别恨,也被置于寥廓的山川和潇洒的秋色之中,其胸襟和眼界皆不同寻常。总之,此词真是英雄所写的送别之词,全词洋溢着一股浩然英气。因其气盛,所以词中对前代诗句的成功化用便像信手拈来,毫无滞碍。

水 龙 吟 [1]

为韩南涧尚书寿。甲辰岁[2]。

渡江天马南来[3],几人真是经纶手[4]?长安父老,新亭风景[5],可怜依旧!夷甫诸人,神州沉陆[6],几曾回首?算平戎万里,功名本是,真儒事,君知否? 况有文章山斗[7],对桐阴满庭清昼[8]。当年堕地[9],而今试看,风云奔走。绿野风烟[10],平泉草木[11],东山歌酒[12]。待他年,整顿乾坤事了[13],为先生寿。

注 释

〔1〕本词选自《全宋词》第三册,第1868页。作于宋孝宗淳熙十一年(1184),时辛弃疾在信州(今江西上饶)。

〔2〕韩南涧:韩元吉,号南涧,官至吏部尚书。

〔3〕"渡江"句:西晋亡,司马睿偕四王南渡,建立东晋,是为元帝。时童谣曰:"五马浮渡江,一马化为龙。"此喻宋室南渡。

〔4〕经纶手,管理国家的能手。

〔5〕"新亭"句：《世说新语·言语》："过江诸人，每至美日，辄相邀新亭，藉卉饮宴。周侯中坐而叹曰：'风景不殊，正自有山河之异！'"新亭，在建康（今江苏南京）。

〔6〕"夷甫"二句：王衍，字夷甫，西晋宰相。尚清谈，不理政务。东晋桓温曰："遂使神州陆沉，百年丘墟，王夷甫诸人，不得不任其责。"

〔7〕山斗：泰山、北斗。《新唐书·韩愈传》："自愈没，其言大行，学者仰之如泰山北斗。"

〔8〕桐阴：韩元吉出颍川韩氏，其先居汴京，门前多植桐木，世称"桐木韩家"。

〔9〕堕地：出生。

〔10〕绿野：唐宰相裴度在洛阳建绿野堂。

〔11〕平泉：唐宰相李德裕在洛阳平泉建别墅。

〔12〕东山：东晋宰相谢安曾居会稽东山，饮酒咏志。

〔13〕整顿乾坤：语本杜甫《洗兵马》："整顿乾坤济时了。"

鉴赏

　　一般人作寿词，无非颂扬主人功德，或祝愿其长寿，此词却抛开个人，全从国事说起。上片诉说对国势的担忧，情怀沉郁，从而引出平戎万里的人生理想，这既是对韩元吉的勉励，也是作者的自勉。下片转入祝寿本意，但连用三位功业彪炳的古代贤相的故事，结尾又自然转入"整顿乾坤"的主题。这是何等抱负,何等气概！辛、韩二人皆有强烈的抗金复国之志,堪称意气相投的同志。后来又相继退居信州,时相过从。此词上阕高屋建瓴,劈空直下,连用四个东晋故事。如此密集地用典,却有着极其清晰的现实针对性：靖康事变后,高宗匆匆登基,随即仓皇南渡,扈从诸臣中有几人真是经天纬地之才？如今故都沦陷,长安父老日夜盼望王师北伐,士大夫们却徒能洒泪江东,这与东晋的偏安局面如出一辙。当今的朝臣们不是屈膝议和,便是空谈误国,几曾着意沦陷的大好江山？局势如此低迷,然而事在人为,于是词人高声呼唤：万里征讨,平定胡虏,建立盖世功名,才是"真儒"事业！此阕纯从国家大事着眼,竟无一字及于祝寿本旨。下阕转入祝寿之意,但也无一句俗笔。说韩氏出身清贵,文名震众等,均与富贵寿考无关。"绿野风烟"等句虽以三位前朝名相为比,但一来三人皆曾平叛破敌、建功立业,二来三处园林皆为主人投闲置散、寄情山水之地,意谓韩氏壮志未酬,不得已而徜徉林泉,故仍寄希望于将来。"待他年,整顿乾坤事了"的主语是韩元吉,还是辛弃疾自己？都有可能,因为收复失土、重整河山本是他们的共同抱负。清人黄氏评此词云："辞似颂美,实句句是规励,岂可以寻常寿词例之？"(《蓼园词评》)的确,此词体现风云激荡的时代背景,抒发慷慨激昂的人生感慨,灌注龙腾虎跃的英风豪气,彰显雄放悲壮的个体风格,是宋代寿词中绝无仅有

的一首杰作。

丑 奴 儿[1]

博山道中效李易安体[2]

千峰云起，骤雨一霎时价[3]。更远树斜阳，风景怎生图画？青旗卖酒，山那畔别有人家。只消山水光中，无事过这一夏。　　午醉醒时，松窗竹户，万千潇洒。野鸟飞来，又是一般闲暇。却怪白鸥，觑着人欲下未下。旧盟都在，新来莫是，别有说话？

注　释

〔1〕本词选自《全宋词》第三册，第1879页。或作于宋孝宗淳熙十三年（1186），时辛弃疾在信州。

〔2〕博山：山名，在信州永丰县（今江西广丰）。李易安体：李清照体。

〔3〕一霎时价：一会儿工夫。"价"是语助词。

鉴赏

信州多佳山水，辛弃疾寓居此地，经常出游，博山是他常去的地方，辛词中多次咏及。此词仿效"李易安体"，李清照词的特征是"用浅俗之语，发清新之思"，此词亦是明白如话，它以轻松的笔墨勾勒了博山道中的清幽夏景，又展示了潇洒的消夏生活。在风格上则融深婉的情调与诙谐的趣味于一炉，表现出辛词的独特个性。上片写夏日山行所见：满天乌云如奇峰突起，顿时大雨倾盆。不久雨霁云散，斜阳复出，青山如画。更妙的是前方酒旗闪现，为美景增添几分生活情趣。下片写山乡消夏情景：松竹环绕，野鸟闲飞。正在气定神闲之时，词人心头陡起波澜：几只白鸥瞥见词人，竟然盘旋不下。于是词人质问白鸥：盟约尚在，你们难道有了新的说法？所谓"旧盟"，就是词人曾在《水调歌头·盟鸥》中写过的誓词："凡我同盟鸥鹭，今日既盟之后，来往莫相猜。"此词诘责白鸥悔约，自是用幽默的笔法来重申自己归隐江湖的决心。但是字里行间，似乎也闪现着疑惑与忧虑的不安心情。辛弃疾素怀抗金复国之壮志，然而报国无路，又受到朝廷的猜疑排挤，罢官后归隐山林。虽然他真心热爱隐逸与稼穑，但年未五十就此归隐绝非出于本意。况且时局与朝政都是变幻莫测，宦海风波在词人心头留下的阴影也很严重，他能否在明山秀水中安心享受清闲时光，都还存在疑问。所以词人对白鸥发出的诘问，其实也是扪心自问，从而使此词意味深长。

鹊 桥 仙[1]

山行书所见

松冈避暑,茅檐避雨,闲去闲来几度?醉扶怪石看飞泉,又却是前回醒处。　　东家娶妇,西家归女[2],灯火门前笑语。酿成千顷稻花香,夜夜费一天风露。

注释

〔1〕本词选自《全宋词》第三册,第1899页。作于宋孝宗淳熙十六年己酉(1189),时辛弃疾在信州。

〔2〕归女:嫁女。归,于归,出嫁。

鉴赏

　　辛弃疾中年退隐虽是不得已之举,但他对隐居生活的热爱却是发自肺腑的。中华民族是热爱和平的民族。儒家并不轻视军事,而且强调增强国防的重要性:"不教民战,是谓弃之。""善人教民七年,亦可以即戎矣。"(《论语·子路》)但是儒家的核心价值却是"和为贵"(《论语·学而》),这是以农耕为主要生产方式的中华先民的集体选择,因为农耕需和平的生存环境和稳定的生存空间,而面临着游牧民族侵扰的农耕文明也必需足以抵御侵略的力量。辛弃疾深谙此理。他生逢河山破碎、国土沦丧的时代,故以杀敌雪耻、收复中原为终生不渝的目标。但是在内心深处,他热爱和平,热爱安定平和的农耕生活。说到底,辛弃疾所以要坚持抗金复国的大业,其根本目的就是恢复汉民族赖以生存的大片国土,让人民在不受外族侵扰的和平环境里从事农桑。当他看到江南的安宁、平静的农村生活时,不由得感到由衷的喜爱。此词中展现的景色如此秀丽,人情如此美好,这是词境中难得一见的田家乐主题。"东家娶妇""西家归女"是两户邻居同日操办喜事,甚至可能是操办同一场喜事,因为农村姑娘往往"长成嫁在东西家,柴门相对不上车"(陆游《浣花女》),真是满村喜气洋洋。况且阵阵稻花香预示着一个好收成,词人不由得心醉于这个安宁、美好的环境,他从农村生活中发现了充沛的美感和诗意,欣喜之情弥漫在字里行间。

贺 新 郎[1]

同父见和,再用前韵。

老大那堪说[2]。似而今,元龙臭味[3],孟公瓜葛[4]。我病君来高歌饮,惊散楼头飞雪。笑富贵千钧如发。硬语盘空谁来听[5]?记当时,只有西窗月。重进酒,换鸣瑟。　事无两样人心别。问渠侬[6],神州毕竟,几番离合?汗血盐车无人顾[7],千里空收骏骨[8]。正目断,关河路绝。我最怜君中宵舞,道男儿到死心如铁。看试手,补天裂[9]。

注 释

〔1〕本词选自《全宋词》第三册,第1889页。作于宋孝宗淳熙十六年(1189),时辛弃疾在信州。

〔2〕那堪说:原作"犹堪说",据《稼轩词编年笺注》卷二校改。

〔3〕元龙臭味:汉末陈登,字元龙。时人许汜称其"湖海之士,豪气不除"。臭(xiù)味,气味,比喻志趣。

〔4〕孟公:汉人陈遵,字孟公,为人重友谊。瓜葛:关系。

〔5〕硬语盘空：唐韩愈《答孟东野》："横空盘硬语。"

〔6〕渠侬：古代吴语，"他们"之意。

〔7〕汗血：骏马，即汉代产于大宛国的天马，汗流如血，故得此名。盐车：《战国策·燕策》："骥之齿至矣，服盐车而上太行，蹄申膝折。"

〔8〕"千里"句：《战国策·燕策》载，燕昭王重金招贤，郭隗称古有君人以千金求千里马，侍臣求得而马已死，乃以五百金买其骨以归，君人怒，侍臣对曰："死马且买之五百金，况生马乎？天下必以王为能市马，马今至矣。"骏骨，骏马之骨。

〔9〕补天裂：《淮南子·览冥》载，古有女娲氏，曾炼五色石以补天。

鉴赏

淳熙十五年（1188）冬，陈亮到信州访问辛弃疾。陈亮是豪气盖世的狂士，曾以布衣身份多次上书朝廷力主抗金，深受辛弃疾的器重。两人惺惺相惜，痛饮狂歌，千杯恨少。相别之后，辛弃疾作《贺新郎》词寄赠，陈亮次韵和之，辛乃再和，即此篇。上片述主客交情：先用湖海豪士陈元龙和著名豪侠陈孟公的典故，既切合陈亮之姓氏，更凸现了陈亮"推倒一世之智勇，开拓万古之心胸"的品性。而"臭味""瓜葛"云云，正说明二人志同道合，气味相投。病中会客，尚能高歌狂饮，尚能硬语盘空，若非豪杰，孰能如此？一位罢官之人与一位布衣之士，却在商讨神州离合的大事，倾诉怀

才不遇的悲怆，若非英雄，孰能如此？下片转述天下大势：当时金人既蹂躏中原，又威胁南方，南宋小朝廷却苟且偷安，在剩水残山中醉生梦死。朝廷表面上也在招纳贤才，事实却是爱国志士横遭压制，犹如让千里马去拉盐车，却重金收购骏马尸骨一般的荒唐。于是词人用东晋名将祖逖中宵闻鸡起舞和女娲补天的故事，对陈亮奋发有为、坚持抗金的激情表示钦佩，并希望等到北伐之日，两人一起大显身手。由此可见辛弃疾正是一位"男儿到死心如铁"的铮铮铁汉，纵使落魄不偶，纵使处在注定无可作为的环境中，他依然怀着"补天裂"的雄心，至死不渝。全词慷慨激烈，悲愤交加，是南宋词坛上爱国主题的最强音，也是豪放词风的杰出代表作。

破　阵　子[1]

为陈同父赋壮语以寄[2]

醉里挑灯看剑，梦回吹角连营。八百里分麾下炙[3]，五十弦翻塞外声[4]。沙场秋点兵。　　马作的卢飞快[5]，弓如霹雳弦惊。了却君王天下事，赢得生前身后名。可怜白发生！

注释

〔1〕本词选自《全宋词》第三册,第1940页。约作于宋孝宗淳熙十六年(1189),时辛弃疾在信州,与陈亮相会。

〔2〕陈同父:陈亮,字同父。

〔3〕八百里:即"八百里驳",牛名。据《世说新语·汰侈》载,晋人王恺有牛名"八百里驳",后为王济杀而作炙。一说"八百里"指当时山东抗金义师驻扎的地域,亦通。

〔4〕五十弦:指瑟。瑟有五十弦,其声悲壮。

〔5〕的卢:一种烈马。相传三国时刘备曾骑之脱险,见《三国志·蜀志·先主传》。

鉴赏

写作此词时,辛弃疾正在信州的带湖闲居。虽然他热爱乡村,写了大量优美的田园词,但他毕竟是时刻惦记着恢复大业的爱国志士,春雨江南的宁静生活怎能彻底取代胸中的铁马秋风?果然,一旦志同道合的陈亮来访,随即点燃了他胸中的熊熊烈火。恰如他在此词小序中所说,这是一篇"壮语"!此词用主要篇幅回忆青年时代驰骋沙场的战斗生涯,抒发建功立业的人生壮志,结尾才转入报国无路的慨叹。在这样的壮词中,不但婉约词的脂粉香泽一洗而空,

而且连五七言诗中常见的伤春悲秋、叹老嗟卑等低沉情绪也一扫而空。这是沙场战士的高昂呼声，这是末路英雄的浩然长叹，这是洋溢着壮烈情怀和英风豪气的军旅文学。这样的作品最能代表南宋军民的爱国热诚与不屈斗志，它居然不是出现在古文或五七言诗中，而是在词苑中横空出世，这是辛弃疾对词史的重大贡献。

八声甘州[1]

夜读《李广传》，不能寐，因念晁楚老、杨民瞻约同居山间，戏用李广事赋以寄之[2]。

故将军饮罢夜归来，长亭解雕鞍。恨灞陵醉尉，匆匆未识[3]，桃李无言[4]。射虎山横一骑，裂石响惊弦[5]。落托封侯事，岁晚田园。　谁向桑麻杜曲，要短衣匹马，移住南山。看风流慷慨，谈笑过残年[6]。汉开边[7]，功名万里，甚当时健者也曾闲？纱窗外，斜风细雨，一障轻寒。

注　释

〔1〕本词选自《全宋词》第三册，第1912页。约作于宋孝宗淳熙末年，

时辛弃疾在信州。

〔2〕李广传：此指《史记·李将军列传》。李广，西汉名将。晁楚老、杨民瞻：生平不详。

〔3〕"故将军"四句：李广罢职后，尝夜出饮酒还，至灞陵亭，尉不许通行。从者曰："此故将军也。"尉曰："今将军尚不得夜行，何乃故也！"

〔4〕桃李无言：《史记·李将军列传》引谚语赞李曰："桃李不言，下自成蹊。"

〔5〕"射虎"二句：李广曾出猎，见草中石，以为虎也，射之，箭镞入石。

〔6〕"谁向"五句：语本杜甫《曲江三章章五句》："自断此生休问天，杜曲幸有桑麻田。故将移住南山边。短衣匹马随李广，看射猛虎终残年。"南山，终南山。

〔7〕汉开边：指汉武帝开疆拓土。

鉴赏

辛弃疾出生在业已沦陷的中原，自幼接受祖父辛赞爱国思想的熏陶，始终把抗金复国视为自己的人生使命。出于这种庄严的使命感，辛弃疾幼时不但诵习经典，撰写诗文，而且熟读兵书，苦练武艺。在这种特殊的环境中成长起来的辛弃疾不像宋代文坛上常见的手无缚鸡之力的文弱书生，而是一位肤硕体壮，颊红眼青，目光有棱的壮士。辛弃疾对自己的身份认定不是白首穷经的学者或吟诗作赋的文士，而是能料敌决胜的将领，能冲锋陷阵的战士。据辛弃疾亲撰的《济南辛氏宗图》记载，辛氏本居狄道（今甘肃临洮），至北宋真宗时方迁至济南。辛氏祖先中多出将帅，如汉代的辛武贤、辛庆忌，唐代的辛云京等。辛弃疾自称"家本秦人真将种"（《新居上梁文》），洪迈在《稼轩记》中称他为"辛侯"，皆非虚言。值得注意的是，古人所谓"将种"，稍带贬义。据《晋书》记载，晋武帝的贵嫔胡芳出身将门，偶拂帝意，"帝怒曰：'此固将种也！'芳对曰：'北伐公孙，西距诸葛，非将种而何？'帝甚有惭色。"到了崇文抑武的宋代，人们对"将种"一词更是避之唯恐不及，然而辛弃疾却公然以"将种"自称，并以此自豪。正因如此，他对汉代名将李广的同情比其他诗人更加强烈，他夜读《李广传》，激动得终夕难眠，乃作此词。这是在咏李广？还是在自抒怀抱？当是兼而有之。辛弃疾是多么钦佩那位长臂善射、身经百战的英雄，又是多么同情其落魄不偶、健者赋闲的命运！词中化用《史记》、杜诗的现成语句，信手拈来，浑如己出，可见他对那些文本烂熟于胸，借夜读之机倾吐而出。联想到朝廷偷安苟且，志士报国无路的沉闷现实，不难断定此词的字字句句皆是自抒怀抱。寄托如此深沉，堪称宋代怀古词中别开生面之作。

西江月[1]

夜行黄沙道中[2]

明月别枝惊鹊[3],清风半夜鸣蝉。稻花香里说丰年,听取蛙声一片。　七八个星天外,两三点雨山前。旧时茅店社林边[4],路转溪桥忽见。

注释

〔1〕本词选自《全宋词》第三册,第1899页。约作于宋光宗绍熙元年(1190),时辛弃疾在信州。

〔2〕黄沙:黄沙岭,在信州上饶县。

〔3〕"明月"句:语本苏轼《次韵蒋颖叔》:"月明惊鹊未安枝。"

〔4〕社林:土地庙边的树林。

鉴赏

上片写夏夜山行的所见所闻:明月惊飞了枝头的鸟鹊,清风中夹杂着蝉鸣。南朝梁代诗人王籍《入若耶溪》云:"蝉噪林逾静,鸟鸣山更幽。"辛词也有鸟啼虫鸣更凸显山林安静的意思，但并未拈出幽、静二字，立意更含蓄，语句也更自然流畅。"稻花香里说丰年"的主语是谁？是村民，还是词人与村民？均有可能。当然，蛙鸣如鼓，盖过了半夜的人语。总之，这原是一个幽静的山间夜晚，但是词人从视觉（月光）、触觉（清风）、嗅觉（稻花香）等方面感受到夜景之可爱。最丰富的则是听觉，鹊惊、蝉鸣、蛙噪，组成生机勃勃的夜曲。原本岑寂无聊的夜景被词人写得生动活泼，达到了绘声绘色的程度。

下片写途中遇雨的情形：天边还有几点疏星，稀疏的雨滴却已洒向山前。幸好刚转过溪桥，旧时相识的村店忽然出现。

此词以平淡洒脱的笔墨描摹了乡村夏夜的景象，景物逐渐展开，情节自然延伸，读来亲切动人。上片写丰收在望的优美景物，令人欣喜。下片写遇雨而未曾淋雨，更令人惊喜。总之，词人怀着无比喜悦的心情来赞美江南安定幸福的农村生活。相对于处在金兵铁蹄下的中原人民来说，这里简直就是世外桃源。辛弃疾终生梦想收复中原，他由衷地希望中原百姓也能过上"稻花香里说丰年"的安定生活，这就是爱国英雄辛弃疾热情礼赞田园生活的根本原因。

贺新郎[1]

邑中园亭,仆皆为赋此词。一日,独坐停云,水声山色,竞来相娱,意溪山欲援例者。遂作数语,庶几仿佛渊明思亲友之意云[2]。

甚矣吾衰矣[3]。怅平生,交游零落,只今余几?白发空垂三千丈,一笑人间万事。问何物能令公喜?我见青山多妩媚[4],料青山见我应如是。情与貌,略相似。　　一尊搔首东窗里[5]。想渊明,《停云》诗就,此时风味。江左沉酣求名者[6],岂识浊醪妙理[7]?回首叫,云飞风起。不恨古人吾不见,恨古人,不见吾狂耳。知我者,二三子。

注释

〔1〕本词选自《全宋词》第三册,第 1915 页。作于宋理宗庆元五年(1199),时辛弃疾在铅山(今属江西)之期思村。

〔2〕此词:指"贺新郎"词调。此前辛弃疾已作《贺新郎》多首以题园亭。停云:亭名,在铅山瓢泉。陶渊明《停云》诗序:"《停云》,思亲友也。"

〔3〕"甚矣"句：《论语·述而》："子曰：'甚矣吾衰也，久矣吾不复梦见周公。'"

〔4〕妩媚：此指风度可爱。《新唐书·魏徵传》载唐太宗语："人言徵举动疏慢，我但见其妩媚耳。"

〔5〕搔首：以手搔头，表示失意或烦躁。陶渊明《停云》诗："良朋悠邈，搔首延伫。"

〔6〕江左：江东，此指南朝。

〔7〕浊醪：浊酒。杜甫《晦日寻崔戢李封》："浊醪有妙理。"

鉴赏

作此词时，辛弃疾年近花甲，与他志同道合的友人陈亮、韩元吉等皆已去世，他本人则长期闲居，难怪开篇就是一声长叹！他坐在以陶诗篇目命名的"停云亭"中悠然独酌，不免想到陶渊明这位异代知己。可是交游零落，还有谁能让自己欣然开怀呢？环顾宇内，只剩大自然而已。于是他喜极而呼："我见青山多妩媚，料青山见我应如是！""妩媚"一语，本是唐太宗评价直臣魏徵的话，故可用来形容男性风度之可爱。青山巍然屹立，雄深秀伟，有着崇高壮伟的美学品质，这在辛弃疾眼中正是妩媚之极。而辛弃疾本人相貌奇伟，英才盖世，有着堂堂正正的人格精神，他坚信自己在青山眼中肯定也是同样的妩媚。词人与青山达成了深沉的共鸣，英雄在自然的怀抱里找到了默契和抚慰。应该看到，辛弃疾想在山水自然中安顿那颗跳荡不安的心灵，实出无奈。一位冲锋陷阵的战士，一位胸怀天下的英雄，报国无路，且垂垂老矣。他经过上下求索，终于找到了人生的归宿，那就是自然。晚年的辛弃疾退居田园，寄情山水，在大自然的怀抱里消磨岁月，也消磨雄心。此词就是其复杂心态的真切流露，外表虽为旷达，实则沉郁之至。

鹧 鸪 天[1]

有客慨然谈功名，因追念少年时事，戏作。

壮岁旌旗拥万夫，锦襜突骑渡江初[2]。燕兵夜娖银胡䩮[3]，汉箭朝飞金仆姑[4]。　　追往事，叹今吾。春风不染白髭须。却将万字平戎策[5]，换得东家种树书[6]！

注 释

〔1〕本词选自《全宋词》第三册，第1943页。约作于宋宁宗庆元六年(1200)，时辛弃疾在铅山（今属江西）。

〔2〕锦襜：泛指锦衣。

〔3〕娖：整理。银胡䩮：镶银的箭袋。

〔4〕金仆姑：良箭名。唐卢纶《和张仆射塞下曲》："鹫翎金仆姑。"

〔5〕平戎策：此指《美芹十论》《九议》等。

〔6〕种树书：有关种植的书籍。"种""树"二字皆是种植之意。

鉴赏

宋高宗绍兴三十二年（1162）正月，辛弃疾奉义军首领耿京之命奉表南归，至建康觐见高宗。闰二月，辛弃疾返回山东，途中获悉耿京已被叛将张安国杀害，其麾下义军也已降金。辛弃疾乃亲率骑兵五十人直奔济州，生擒张安国系于马上，并号召旧部反正，然后星夜兼程，直抵临安，献俘于朝廷而戮之。在一个月内三次铁骑渡江，亲冒矢镝，斩将擒俘，何等威武雄壮！三十八年以后，当他听到"有客慨然谈功名"时，青年时代的那段经历顿时闪现心头，于是描写战斗场面的豪壮词句奔涌而出。辛弃疾铁马渡江时，年方二十三岁。"壮岁旌旗拥万夫"一句，展现了旌旗招展，千军万马簇拥着一位身穿锦袍的少年英雄的动人场景。他亲率义军渡淮、渡江，沿途不断与追击的金兵作战，箭飞如雨，昼夜不休。整个上片雄壮奔放，豪气盖世。下片陡然跌落，转而悲叹晚岁归隐田园，年华消逝，白发难染。词人又回忆曾向朝廷献平戎之策的往事：辛弃疾南归两年之后，即上《美芹十论》。不久，又上《九议》。这些策论不是泛泛而谈的主战议论，而是在洞察大势的基础上提出的深谋远虑，堪称南宋初期最具远见卓识的战略纲领,既体现出平生积储胸中的真学问、真本领,也表露其雄心壮志与忠肝义胆。可惜这些方略百不一试,如今只能向邻居老农学习稼穑。从"万字平戎策"到"东家种树书",情绪一落千丈,然其勃勃英气掩卷难尽。辛弃疾的友人洪迈在《稼轩记》中赞曰:"壮声英概,儒士为之兴起!"完全可以移用来评论此词。

永遇乐[1]

京口北固亭怀古[2]

千古江山,英雄无觅,孙仲谋处[3]。舞榭歌台,风流总被,雨打风吹去。斜阳草树,寻常巷陌,人道寄奴曾住[4]。想当年,金戈铁马,气吞万里如虎[5]。　元嘉草草,封狼居胥,赢得仓皇北顾[6]。四十三年[7],望中犹记,烽火扬州路。可堪回首,佛狸祠下[8],一片神鸦社鼓。凭谁问,廉颇老矣[9],尚能饭否?

注　释

〔1〕本词选自《全宋词》第三册,第1954页。作于宋宁宗开禧元年(1205),

时辛弃疾知镇江府。

〔2〕京口：即镇江。北固亭：又名北顾亭，在今镇江东北北固山上，下临长江。

〔3〕孙仲谋：孙权，字仲谋，三国时吴帝。京口曾为吴国首都。

〔4〕寄奴：南朝宋武帝刘裕，小字寄奴，微时曾居镇江。

〔5〕"想当年"三句：刘裕曾两度北伐，灭南燕、后秦，收复长安、洛阳等地。

〔6〕"元嘉"三句："元嘉"是宋文帝刘义隆年号。宋文帝曾有"封狼居胥意"，命王玄谟率兵仓促北伐，大败而归。文帝登楼北望，深感后悔。"狼居胥"，山名，在今内蒙古西北部，汉代霍去病追击匈奴至此，封山而还。

〔7〕四十三年：从辛弃疾南渡（1162）至此，已过四十三年。

〔8〕佛狸：后魏太武帝拓跋焘小字佛狸。拓跋焘击败王玄谟军后追击至长江北岸之瓜步山（在今江苏六合），建行宫于山上，即佛狸祠。

〔9〕廉颇：战国时赵国名将，遭人谗害，出奔魏国。后赵王欲起用廉颇，使人前往探望。廉颇当着赵使之面一饭斗米、肉十斤，以示未老。

鉴赏

辛弃疾出知镇江府，来到江防前线时，年已六十六岁。此时距离他铁骑渡江已有四十三年了，恢复之志始终未能实现，却在宦海风波和乡村闲居中耗尽了岁月。如今人已老矣，朝廷里正在紧锣密鼓地筹划北伐，可惜执政的韩侂胄轻举妄动，并无胜算。胸怀雄才大略且知己知彼的辛弃疾虽然主张抗金，却不赞成仓促北伐。春社之日，辛弃疾登上北固亭，凭栏北眺，慷慨怀古。时局如此，人生境遇又如此，难免感慨良多。辛弃疾缅怀的历史人物是吴大帝孙权和刘宋的开国君主刘裕，孙权以江东一隅与魏、蜀鼎足三立，刘裕则亲率大军北伐，一度收复洛阳和长安，堪称功业彪炳。他也联想到草草北伐导致大败的刘义隆，认为应该吸取其教训。如此怀古，词中洋溢着英雄之气，冲淡了沧桑之感。词中也包含着对历史的深刻认识，远胜于空泛的感慨。词人自比人老心不老的名将廉颇，慨叹自己没有机会实现恢复之志。廉颇晚年，当着赵国使者的面，"一饭斗米，肉十斤，披甲上马，以示尚可用"（《史记·廉颇列传》）。廉颇如此，辛弃疾又何尝不是如此！他的豪侠精神至死不衰，他生生死死都是一位勇武的军人，此词既是自叹生平，也是对消沉已久的军魂的深情呼唤。

陈 亮

陈亮（1143—1194），字同甫，世称龙川先生，婺州永康（今属浙江）人。宋光宗绍熙四年（1193）进士，授金书建康府判官，未至官而卒。著有《龙川集》《龙川词》。生平见《宋史》卷436本传。

水调歌头[1]

送章德茂大卿使虏[2]

不见南师久[3]，谩说北群空[4]。当场只手[5]，毕竟还我万夫雄。自笑堂堂汉使[6]，得似洋洋河水，依旧只流东。且复穹庐拜[7]，会向藁街逢[8]。　　尧之都，舜之壤，禹之封[9]。于中应有，一个半个耻臣戎[10]。万里腥膻如许，千古英灵安在，磅礴几时通[11]？胡运何须问[12]，赫日自当中。

陈亮

注 释

〔1〕 本词选自《全宋词》第三册,第2097页。作于宋孝宗淳熙十二年(1185),时陈亮在临安。

〔2〕 章德茂:章森,字德茂,淳熙十二年十一月使金贺金主生辰。大卿:宋时对朝廷各寺正职长官的尊称,章森使金时的官衔是"大理少卿试任户部尚书"。虏:对金人的蔑称。

〔3〕 南师:南方的军队。

〔4〕 北群空:没有良马。韩愈《送温处士赴洛阳军序》:"伯乐一过冀北之野,而马群遂空……吾所谓空、非无马也、无良马也。"

〔5〕 只手:独力支撑之意。

〔6〕 自笑:自喜。

〔7〕 穹庐:帐篷,此指金廷。

〔8〕 藁街:汉代长安城内街名,乃外国使臣居处。《汉书·陈汤传》载,陈汤出使西域,斩郅支单于,奏请"悬头藁街蛮夷邸间"。

〔9〕 封:封疆。

〔10〕 耻臣戎:耻于称臣于戎。

〔11〕 磅礴:盛大貌,此指伟业。

〔12〕 胡运:胡人的命运。

361

鉴赏

宋孝宗隆兴元年（1163），宋、金约和，朝臣皆以为然，陈亮独以布衣身份奋然上书，坚决反对。到了淳熙五年（1178），陈亮又两度诣阙上书，反对和议，力主恢复。可惜朝廷的苟安局面已经养成，朝臣们慑于金人的威势，不但不敢言战，甚至对出使金国也视为畏途。在这种形势下，年逾六旬的章森敢于出使金国，就具有为国分忧的意义，故陈亮以友人的身份作词以壮其行。事实上章森此行仅是例行的庆贺礼仪，并无重要使命。但此词借题发挥，抒发抗金复国的坚强信念，以及对侵略者的满腔义愤和蔑视，成为宋词中爱国主题的名篇，清人陈廷焯评曰"可作中兴露布读"（《白雨斋词话》卷一）。将一首送人出使的词写成宣布出师伐金的"中兴露布"，原因便是陈亮一贯力主抗金，此词义正辞严、理直气壮的性质与其主战奏议一脉相承，都是其平日积储胸中的识见和主张，作词送行时奔涌倾泻而出。上片咏章森出使之事：沦陷区的中原父老多年未见王军，不要以为大宋缺乏人才！请看章森这位堂堂正正的"汉使"，他有胆有略，独当一面，而且心系祖国，像河水东流朝宗于海。章森使金，暂对敌酋低头，但总有一天会报仇雪恨，将敌酋悬首于长安的"藁街"！下片抛开使金之事，直接抒发抗金复国的豪情：词人先请出中华民族祖先的三位明君，一则说明神州大地自古就是汉民族的固有领土，二则表示后人理应继承列祖列宗的精神，为保卫疆土、维护民族尊严而奋斗。作为尧、舜、禹的传人，生活繁衍在他们开辟草莱、治理洪水得之不易的国土上，难道大宋军民不应以臣服外敌为奇耻大辱？这一问，义正辞严，不容置辩，既是对那些觍颜事敌的投降派的尖锐嘲讽，也是对广大抗金军民的强烈鼓舞。此词章法井然，上片多直叙，下片多反诘，句法有变而又一气贯注。下片以有力的短促排比句揭示主题，语气斩钉截铁，全词在高亢有力处戛然而止，真是一首弘扬民族精神的战歌。

念 奴 娇[1]

登多景楼[2]

危楼还望[3]，叹此意，今古几人曾会？鬼设神施，浑认作[4]、天限南疆北界。一水横陈，连岗三面[5]，做出争雄势。六朝何事，只成门户私计。　　因笑王谢诸人，登高怀远，也学英雄涕[6]。凭却江山，管不到、河洛腥膻无际。正好长驱，不须反顾，寻取中流誓[7]。小儿破贼[8]，势成宁问疆场！

注 释

〔1〕本词选自《全宋词》第三册,第2098页。作于宋孝宗淳熙十五年(1188),时陈亮在镇江(今属江苏)。

〔2〕多景楼:在镇江北固山上甘露寺内。

〔3〕还望:四望。还,通"环"。

〔4〕浑:全,都。

〔5〕连岗三面:镇江的东、南、西三面都有山冈环绕。

〔6〕"因笑"三句:《世说新语·言语》载,东晋士人在金陵的新亭聚会,周𫖮叹息说"风景不殊,正自有河山之异",诸人相视流泪,惟王导愀然变色曰:"当共勠力王室,克复神州,何至作楚囚相对!"王谢,指王家、谢家,东晋的两大世族,其代表人物是王导和谢安。

〔7〕"寻取"句:《晋书·祖逖传》载,祖逖率师北伐,"渡江,中流击楫而誓曰:'祖逖不能清中原而复济者,有如大江!'"

〔8〕小儿破贼:《资治通鉴》卷一〇五载:淝水之战后,谢安获捷报,时正与客弈棋,客问之,徐答曰:"小儿辈遂已破贼。""小儿辈"指安之弟谢石、安之侄谢玄,均为率军击败前秦军之晋将。

鉴 赏

宋孝宗淳熙十五年二月,陈亮亲赴金陵、镇江观察山川形势。他在镇江登上雄崎江边的北固山甘露寺,乃作此词。然后赴临安,第三次上书孝宗，重申抗金复国之主张，书中曰："臣尝疑书册不足凭，故尝一到京口、建业。登高四望，深识天地设险之意，而古今之论为未尽也。京口连冈三面，而大江横陈，江傍极目千里，其势大略如虎之出穴，而非若穴之藏虎也。……天岂使南方自限于一江之表而不使与中国通而为一哉！"由此可见，陈亮登览多景楼，是为了实地考察抗金前线的地形，为其抗金必胜之主张提供实证。所以此词所抒发的情怀绝非一般的登高怀远，而是家国之忧；此词表达的感慨不是一般的沧桑之感，而是鉴古知今的议论。上片入手便点明此意，并为缺少知音而叹息。接下去便驳斥那种将长江认作南北疆界的谬论，并指出北固山的独特地形天然体现着争雄中原的态势。于是词人喟然长叹：江山如此雄壮，东晋、南朝的君臣为何苟安江左只顾保全门户私利！上片以"六朝"作结，下片便以"王谢"为起，衔接无痕。词人想到王、谢诸人在江左凭览江山，竟然也装出英雄的样子，真是令人不齿。周𫖮不忘故国，王导勉励众人，在当时的士人中堪称佼佼者。但在陈亮看来，他们仅会空谈，只是模仿英雄的样子而已。否则的话，凭借着如此雄壮的江山形势，怎能让神州沦于敌手！于是词人希望效法真正的英雄人物，像祖逖那样击楫中流、北伐中原，像谢安那样指挥从容、料敌制胜。南宋与东晋有着惊人的相似性：都是因中原沦陷而南渡，然后偏安于江左一隅；小朝廷都以苟安为基本国策，朝臣多空谈而少实际行动；爱

国志士偶有北伐或战胜北军之举，但未能改变国势孱弱的根本局面。此词表面上纯属怀古，句句都以东晋为言说对象，但实际上却处处映照着当前局势，披露了词人强烈的现实关怀。这是具备"推倒一世之智勇，开拓万古之心胸"的陈亮登高眺远时产生的独特情怀，除了与陈亮心心相印的辛弃疾外，并世无第三人。

刘 过

刘过（1154—1206），字改之，号龙洲道人，吉州太和（今江西泰和）人。终生未仕，漫游于两湖、江浙一带。著有《龙洲词》。生平见华岩《刘过生平事迹系年考证》。

沁园春[1]

寄辛承旨，时承旨招，不赴[2]。

斗酒彘肩[3]，风雨渡江，岂不快哉！被香山居士[4]，约林和靖[5]，与东坡老[6]，驾勒吾回[7]。坡谓西湖，正如西子，浓抹淡妆临镜台[8]。二公者，皆掉头不顾，只管衔杯。　　白云天竺飞来，图画里峥嵘楼观开。爱东西双涧，纵横水绕；两峰南北，高下云堆[9]。逋曰不然，暗香浮动，争似孤山先探梅[10]。须晴去，访稼轩未晚，且此徘徊。

注　释

〔1〕本词选自《全宋词》第三册，第2143页。作于宋宁宗嘉泰三年（1203），时刘过在临安。

〔2〕辛承旨：指辛弃疾。时辛弃疾知绍兴府兼浙东安抚使，招刘过。按：辛弃疾于宋宁宗开禧三年（1207）方任枢密院承旨，未受命而卒。此处"承旨"二字当为后人追加。

〔3〕"斗酒"句：《史记·项羽本纪》载樊哙见项羽，羽赐予"斗卮酒""生彘肩"。

〔4〕香山居士：唐诗人白居易之号。

〔5〕林和靖：林逋，字和靖。

〔6〕东坡老：苏轼，号东坡居士。

〔7〕驾勒：止驾，拉回。

〔8〕"坡谓"三句：语本苏轼《饮湖上初晴后雨》："欲把西湖比西子，淡妆浓抹总相宜。"

〔9〕"白云"六句：语本白居易《寄韬光禅师》："东涧水流西涧水，南山云起北山云。"

〔10〕"逋曰"三句：语本林逋《山园小梅》："疏影横斜水清浅，暗香浮动月黄昏。"孤山，在杭州，林逋隐处。

鉴　赏

　　刘过崇拜辛弃疾，曾有诗云："只欲稼轩一题品，春风侠骨死犹香。"(《呈稼轩》)宋宁宗庆元二年(1196),辛弃疾曾作《沁园春》二首,用对话体戏写"止酒"主题,其一写词人与酒杯对话,其二则引出多位古人。刘过此词乃寄呈辛弃疾者,从词调、韵部,到结构、风格,均有意模仿辛词,仿佛是与几年前写的辛词遥相呼应。受到邀请而"不赴",本是扫兴之举,此词却能写得兴会淋漓,完全得力于构思之巧妙。此时稼轩在绍兴任职,刘过却人在临安,赴会必须渡过钱塘江,上片即从此写起。试想在满天风雨中渡过波涛汹涌的钱塘江,且在舟中痛饮斗酒,大啖彘肩,那是何等豪壮,何等痛快!那么词人为何"不赴"呢?原来是被三位古人劝阻,他们可不是等闲之辈!白香山曾任杭州太守,林和靖曾隐居杭州西湖,苏东坡曾任杭州通判与知州,三人都曾在西湖上写下优美诗篇。由白、林、苏三人出面挽留,"驾勒吾回",刘过怎能不从?那么三位古人挽留刘过又有什么理由呢?于是他们相继开口,劝说刘过留在杭州欣赏西湖美景。在词中檃栝古人诗句,从周邦彦起不乏先例。但刘过的写法别出心裁,他将古人的齐言体诗句改写成口语式的长短句,生动流利,诙谐有趣,仿佛真是几位友人在促膝谈心。最后刘过出面作答,同意等天气转晴后再去访辛,眼下且在杭州盘桓。"须晴去"一句与首句遥相呼应,词满意足。岳珂《桯史》记载,辛弃疾得此词后大喜,当是对刘过模仿自己的词风达到神似的嘉许。岳珂本人说此词"白日见鬼",胡云翼先生认为是"讥笑",其实很可能是对其奇思妙想的肯定。

姜　夔

姜夔（1155?—1209），字尧章，号白石道人，鄱阳（今属江西）人。一生未仕。著有《白石道人诗集》《白石道人歌曲》。生平见夏承焘《白石道人行实考》。

除夜自石湖归苕溪（选二）[1]

细草穿沙雪半销，吴宫烟冷水迢迢[2]。梅花竹里无人见，一夜吹香过石桥[3]。

笠泽茫茫雁影微[4]，玉峰重叠护云衣。长桥寂寞春寒夜，只有诗人一舸归。

注释

〔1〕本诗选自《全宋诗》卷二七二四，作于宋光宗绍熙二年（1191），时姜夔从石湖（今江苏苏州南）归苕溪（今浙江湖州境内）。原作共十首，此选其一、其七。

〔2〕吴宫：指苏州的吴王宫殿遗址。

〔3〕石桥：指垂虹桥，一名"长桥"，在今江苏吴江市，有七十二桥洞。

〔4〕笠泽：太湖的别名。

鉴赏

　　绍熙二年冬，姜夔前往石湖访问范成大，逗留月余，至除夕方乘舟返回湖州家中，作诗十首。这是姜夔的得意之作，曾寄与杨万里，杨复书云："所寄十诗，有裁云缝雾之妙思，敲金戛玉之奇声。"（见此诗题下注）此语的后句当指姜诗声调谐婉，音节浏亮。试以所选二首为例，前一首第二句的"烟"字应仄而平，后一首第二句的"玉"字应平而仄，"重"字应仄而平，此外每字皆符合七绝格律，况且上述三字在句中的位置皆属于"一三五不论"，声律之精严，正与姜词的情形相合。而且二诗音节浏亮，抑扬有致，读来朗朗上口，确实具有独特的音乐之美。杨万里所说的前句语意朦胧，按姜夔称"诗有四种高妙"，其中第三种为"写出幽微，如清潭见底，曰想高妙"（《白石道人诗说》），庶几近之。姜夔于石湖作客，至除夕方得归家，固然是由于主客相得故乐而忘返，也与姜夔本有幽约情怀有关。除夕之夜，正是千家万户欢聚守岁之时，诗人却独在途中欣赏夜幕下的湖光山色。此情此景，自会引起孤芳自赏的高洁情怀，也会触发清幽淡远的艺术趣味。前一首先在残雪细草、冷烟寒水的背景中推出吴宫遗址，抒发

怀古之幽情。再写竹丛中透出梅花的幽香伴随自己行经石桥,"无人见"三字分明别有寄托。后一首描写太湖夜景,更加突出孤独凄清之感。岁杪冬寒,本非鸿雁迁徙之时,"雁影微"三字实乃慨叹湖面、空中皆为一片寥廓微茫。群峰积雪,且有云衣相护,若隐若现,更呈远离人寰之姿。经过首联的景物渲染,尾联乃直抒自己之别有怀抱,那座有着七十二个桥洞的著名长桥,此刻竟是寂寥无人,只有诗人的一叶轻舟独自经过。此种怀抱,也许混杂着漂泊江湖的身世之感,但更可能是耿介清高的孤芳自赏。二诗风格清新,意境空灵,张炎评姜夔词风曰"清空"(《词源》卷下),其实姜诗也有同样的风格倾向。

扬 州 慢 [1]

淳熙丙申至日,予过维扬。夜雪初霁,荠麦弥望。入其城,则四顾萧条,寒水自碧。暮色渐起,戍角悲吟。予怀怆然,感慨今昔,因自度此曲。千岩老人以为有《黍离》之悲也 [2]。

淮左名都 [3],竹西佳处 [4],解鞍少驻初程。过春风十里,尽荠麦青青。自胡马窥江去后 [5],废池乔木,犹厌言兵。渐黄昏,清角吹寒,都在空城。　　杜郎俊赏 [6],算而今,重到须惊。纵豆蔻词工,青楼梦好,难赋深情[7]。二十四桥仍在[8],波心荡,冷月无声。念桥边红药[9],年年知为谁生!

注释

[1] 本词选自《全宋词》第三册,第3120页。作于宋孝宗淳熙三年丙申(1176),时姜夔在扬州(今属江苏)。

[2] 至日:此指冬至日。维扬:即扬州。千岩老人:南宋著名诗人萧德藻之号。

[3] 淮左:宋时扬州属淮南东路,"淮左"即淮东。

[4] 竹西:扬州城东有竹西亭,为当地名胜。

[5] 胡马窥江:宋高宗建炎三年(1129)金兵占领扬州。绍兴三十一年(1161),金兵又攻占扬州。扬州南临长江。

[6] 杜郎:唐代诗人杜牧。

[7] "纵豆蔻"三句:杜牧《赠别》:"娉娉袅袅十三余,豆蔻梢头二月初。"又杜牧《遣怀》:"十年一觉扬州梦,赢得青楼薄幸名。"

[8] 二十四桥:桥名,在扬州西门街。一说唐时扬州有二十四座桥。

[9] 红药:红色的芍药花。

鉴赏

宋金对峙,地处淮南江北的扬州是首当其冲的战场,迭遭兵燹。

辛弃疾曾在《永遇乐》词中说："四十三年，望中犹记，烽火扬州路。"姜词则情绪低沉，没有辛词那种直书时事的雄豪，但也在哀伤愤怨中表达了浓烈的爱国之情。他将扬州昔日的繁华与此日的荒凉进行鲜明的对比，从而控诉了侵略者发动战争、毁灭文明的罪行，寄托了深沉的故国之思。词中用景物进行点染，非常成功。比如"荠麦青青""废池乔木""冷月无声"等句刻画"芜城"扬州的荒凉，如在目前。"桥边红药"本为美丽春景，但后缀"年年知为谁生"的慨叹，便有力地反衬出人事的凄凉。姜夔与辛弃疾有交游，曾作词唱和。其《永遇乐·次稼轩北固楼韵》中有句云："中原生聚，神京耆老，南望清淮金鼓！"显然受到辛词爱国精神的影响。在爱国倾向这一点上，姜夔与辛弃疾是一致的。与辛弃疾不同的是，姜夔只是弱不禁风的一介文士，他在生活中不能像辛弃疾那样跃马横枪驰骋疆场，其词即使涉及国事，也缺乏辛词的热情和豪气。但是此词虽然情调低沉，却同样体现出时代的气息，这是风雨飘摇的时局对南宋词坛的另一种影响。

踏 莎 行 [1]

自沔东来，丁未元日至金陵，江上感梦而作 [2]。

燕燕轻盈，莺莺娇软 [3]，分明又向华胥见 [4]。夜长争得薄情知,春初早被相思染。　　别后书辞,别时针线,离魂暗逐郎行远。淮南皓月冷千山[5],冥冥归去无人管[6]。

注释

〔1〕本词选自《全宋词》第三册,第2174页。作于宋孝宗淳熙十四年丁未（1187）,时姜夔在金陵（今江苏南京）。

〔2〕沔:沔州,今湖北汉阳。

〔3〕燕燕,莺莺:比喻美丽女子。苏轼《张子野年八十五尚闻买妾述古令作诗》:"诗人老去莺莺在,公子归来燕燕忙。"

〔4〕华胥:梦境。《列子·黄帝》:"黄帝昼寝而梦,游于华胥氏之国。"

〔5〕淮南:淮水之南,或淮南路,此指合肥（即庐州,南宋时为淮南西路首府）。

〔6〕冥冥:幽暗貌。

鉴赏

姜夔曾在合肥恋上一位善弹琵琶的歌女,后来劳燕分飞,相隔天涯,但词人对她的相思始终如一,梦中相逢,乃作此词,故整首都是描写梦境。恋人轻盈的体态与娇柔的语音又在梦中重现,一个"又"字,可见已经无数次在梦中相逢。"夜长"两句即是词人在梦中所闻的娇软之音,她殷殷地问道:我在漫漫长夜里辗转不眠的相

思之苦，你这个薄情郎又怎么得知？初春刚至，我早就沾上相思之病了！下片继续以琵琶女的口吻叙述她在梦中追随词人的情形，书信上的点点文字，衣服上的行行针线，都伴随着情郎远行。而今我的梦魂也追随而去，直至天涯海角。可是梦总是要醒的，梦中情事是不能长久的，我终于在梦中回归合肥。清冷皓洁的月光照耀着淮南的千万座山峰，梦魂在一片幽暗中独自飞翔，有谁怜惜？恋情本是婉约词最重要的主题，恋情词中渗入词人的亲身经历，也是晏几道、秦观等婉约词人的传统手法，但是姜词推陈出新，力辟新境。试看此词，既没有罗帐、银灯等传统的恋情意象，也没有洒泪、执手等习见的恋人行为，词人把恋情和相思置于幽冷凄恻的场景，出语冷隽幽艳，风格瘦硬清奇，这就使传统主题焕发出新的生命。后人评姜词"以健笔写柔情"，此词就是一个范例。

点 绛 唇 [1]

丁未冬过吴松作 [2]

燕雁无心 [3]，太湖西畔随云去。数峰清苦，商略黄昏雨 [4]。　　第四桥边 [5]，拟共天随住 [6]。今何许 [7]？

凭栏怀古,残柳参差舞。

注 释

〔1〕本词选自《全宋词》第三册,第2171页。作于宋孝宗淳熙十四年(1187),时姜夔途经吴江。

〔2〕吴松:即吴江,属苏州。

〔3〕燕雁:燕地之雁,即北方飞来之雁。

〔4〕商略:商量,此指酝酿。

〔5〕第四桥:指吴江城外的甘泉桥。

〔6〕天随:天随子,唐陆龟蒙之号。

〔7〕何许:何时,何地。

鉴 赏

词人于冬季途经吴松江,不远处就是烟波浩渺的太湖。太湖一带本以山清水秀著称,但姜夔对山水的具体状貌不着一辞,全用虚写:来自北国的鸿雁伴随着天边云彩而南飞,它们本无情志,就像随风飘荡的云朵一样。几座山峰默默无语地站立在暮色中,似乎正在酝酿着一番雨意。上片表面上纯属写景,其实却全是抒情。鸿雁无心,反衬词人之有意也。数峰清苦,烘托词人之心境也。一反一正,纯属比兴之体。下片直接抒情。第四桥边原是唐代高士陆龟蒙的隐

居之地，姜夔一向仰慕陆龟蒙的高洁品行，故想随之共住。可是时隔千载，如今能到何处去寻觅天随子的踪迹呢？于是词人凭栏怀古，只看到凋残的杨柳在风中摆舞。全词并未正面写景，却生动地刻画出一个寂寥、萧瑟、清苦的冬季暮景，而词人高洁清旷的情怀也跃然纸上。这是"清空"词风的典型体现。在艺术上，姜夔既以婉约词风为主，又接受苏、辛豪放词风的一定影响，同时又融入江西诗派的手法，从而在前代大家之外另辟一境，即以精雕细琢、典雅峭拔的语言来表现清幽凄寂的意境，并以遗貌取神、虚处着笔的手法来写情咏物，形成了自成一家的独特词风。戈载《七家词选》中评姜夔风格为"清气盘空，如野云孤飞，去留无迹"，此词就是这种风格的典型体现。

暗 香[1]

辛亥之冬，予载雪诣石湖。止既月，授简索句，且征新声。作此两曲。石湖把玩不已，使工妓隶习之，音节谐婉，乃名之曰《暗香》、《疏影》[2]。

旧时月色，算几番照我，梅边吹笛。唤起玉人，不管清寒与攀摘。何逊而今渐老，都忘却春风词笔[3]。但怪得竹外疏花,香冷入瑶席。　　江国[4]，正寂寂。叹寄与路遥,夜雪初积。翠尊易泣[5]，红萼无言耿相忆。长记曾携手处,千树压、西湖寒碧。又片片吹尽也,几时见得？

注释

[1] 本词选自《全宋词》第三册,第2181页。作于宋光宗绍熙二年(1191)，时姜夔在苏州。

[2] 辛亥：绍熙二年。"石湖"：指范成大，范晚年寓居苏州西南之石湖，自号"石湖居士"。"新声"：此指新的词调。"隶习"：学习。

[3] "何逊"二句：何逊，南朝梁代诗人。曾在扬州作《咏早梅》诗，杜甫《和裴迪登蜀州东亭送客逢早梅相忆见寄》："东阁官梅动诗兴，还如何逊在扬州。"

[4] 江国：江乡，水乡。

[5] 翠尊：翠绿色的酒杯。

鉴赏

　　姜夔追求清空幽洁、古雅峭拔的风格，喜爱运用侧面烘托、遗貌取神的手法，这种倾向最显著地体现在他的咏物词中，《暗香》和《疏影》是这方面的代表作。林逋《山园小梅》云："疏影横斜水清浅，

暗香浮动月黄昏。"姜夔用其语为两首自度曲的调名,主题则为咏梅。

此词上片回忆少时赏梅的韵事:冷月、笛音、花香、倩影,构成了清丽幽静的境界。梁代诗人何逊曾有咏梅花的诗篇,故词人以之自比,说自己垂垂老矣,风情顿减,已经忘却了生花妙笔。既然如此,为何竹外疏花还要送来阵阵幽香呢?下片写南北隔绝的情景。"江国"即南方的泽国,也即词人寓居的石湖一带。因路途遥远,加上夜雪,故无法折梅相寄。于是词人回忆起曾与情人在西湖边上携手同游,共赏梅花的情景。然而好景不长,花红易衰,很快就会落花片片,终归于尽,几时才能再得相见?"几时见得?"这是在问梅花何时再开,还是问情人何时再见?多半是语含双关。

有人说这首词蕴含着对沦陷区的关切,似乎有点过度阐释。其实只把它看作咏梅词,也已臻高妙之境。全词句句都不离梅花,但又句句都是抒写情怀。少年的旧事,情人的旧踪,既若隐若现,又生动细致,词人惆怅、凄凉的心情也得到微婉而真切的表现,典型地体现了姜夔的词风。

疏　影 [1]

苔枝缀玉 [2],有翠禽小小,枝上同宿。客里相逢,篱角黄昏，无言自倚修竹[3]。昭君不惯胡沙远，但暗忆、江南江北。想佩环，月夜归来[4]，化作此花幽独。　　犹记深宫旧事，那人正睡里，飞近蛾绿[5]。莫似春风，不管盈盈[6]，早与安排金屋[7]。还教一片随波去，又却怨、玉龙哀曲[8]。等恁时，重觅幽香，已入小窗横幅。

注 释

〔1〕本词选自《全宋词》第三册，第2182页。作于宋光宗绍熙二年（1191），时姜夔在苏州。

〔2〕苔枝：长满青苔的树枝。缀玉：缀着洁白如玉的梅花。

〔3〕"无言"句：语本杜甫《佳人》："天寒翠袖薄，日暮倚修竹。"

〔4〕"想佩环"二句：语本杜甫《咏怀古迹》："环佩空归月夜魂。"

〔5〕"犹记"三句：相传南朝宋寿阳公主于人日卧于含章殿下，梅花飘落额上，成五出之花，拂之不去，宫人效为梅花妆。事见《太平御览》。蛾绿，眉黛。

〔6〕盈盈：仪态美好。

〔7〕安排金屋：相传汉武帝少时，曾曰："若得阿娇作妇，当作金屋贮之也。"事见《汉武故事》。阿娇，武帝姑母之女。

〔8〕玉龙：玉笛。哀曲：指笛曲《梅花落》，其声悲哀。

鉴赏

　　此词运用了一系列的典故成语，除了明用汉代王昭君和番、南朝宋寿阳公主梅花落于额上的故事外，还暗用杜甫《佳人》诗"天寒翠袖薄，日暮倚修竹"、杜甫《咏怀古迹》诗"环佩空归月夜魂"等句意，所以旨意朦胧，笔致曲折。后人多以为词中寓有家国之恨，因为北宋倾覆后，宋室后妃被俘北上，沦落胡地，与昭君和番甚为相似。这种阐释不为无理，姜夔对于家国兴亡确有深切的感受，曲笔寓意，确有可能。但即使只把它看作普通的咏梅词，并通过咏梅寄寓怀人之情，也未尝不可。全词与梅花主题不即不离，既形象刻画了梅花高洁且遗世独立的形象，又充分展现了一个充满哀怨色调的黄昏意境，而词人的怀旧情愫与家国之感都蕴含其中。这样的词，也许旨意稍嫌晦涩，就像王国维所说的"隔"，但其艺术水平无疑达到了很高的水准，情、境俱深，耐人咀嚼。应该承认，到姜夔手中，婉约词风已经产生了质的飞跃，达到了更加深婉典雅的境界。

翁 卷

翁卷,字续古,又字灵舒,乐清(今属浙江)人。曾供职江淮帅幕。著有《苇碧轩集》。

乡村四月[1]

绿遍山原白满川,子规声里雨如烟[2]。乡村四月闲人少,才了蚕桑又插田[3]。

注释

[1] 本诗选自《全宋诗》卷二六七三,作年不详。
[2] 子规:鸟名,即杜鹃。
[3] 插田:插秧。

鉴赏

此诗的上半首是一幅江南农村的初夏风光图。首句描写山川,突出其色彩,可称绘色。次句描写天气物候,突出鸟鸣声,可称绘声。江南的初夏，草木繁茂，山原一片绿色，河流则像白带萦绕其间。首句是诗人对原野的远眺，映入眼帘的视觉印象由绿、白二色组成。"绿遍"和"白满"的词组搭配得非常巧妙，"绿"仿佛具有主观能动性，故能漫延流淌，染遍了整个山原；"白"仿佛可见其上涨流动之状。江南的河水，近观或呈青绿之色，远观则泛着白光，这个"白"字貌似平常，其实相当精切。次句写细雨迷蒙，景物隐没，唯闻子规鸣声。子规即杜鹃，春夏之际啼鸣不止，声闻远近，故诗人觉得其声弥漫在雨雾之中。《本草》记杜鹃云："田家候之，以兴农事。"就像布谷鸟一样，农民也视子规为催耕之鸟。所以此句对下文所述农事具有起兴的作用，草蛇灰线，过渡自然。对自然景色的绘声绘色既毕，诗人转而注视乡村生活的主人公，即农民。四月是江南的农忙季节，蚕事初了，插秧又始，村子里绝无闲人。此二句平易朴实，浑如老农声口，展现出一幅江南农村的初夏风俗画。合而观之，此诗全面细腻地描写了江南的农村景象，体现出诗人对农村生活的由衷喜爱。

戴复古

戴复古（1167—1248?），字式之，号石屏，天台黄岩（今属浙江）人。不事科举，以布衣终身。著有《石屏诗集》。生平见楼钥《石屏诗集序》。

频酌淮河水[1]

有客游濠梁[2]，频酌淮河水。东南水多咸，不如此水美。春风吹绿波，郁郁中原气。莫向北岸汲，中有英雄泪。

注释

[1] 本诗选自《全宋诗》卷二八一三，作年不详。

[2] 有客：诗人自指。语本杜甫《乾元中寓居同谷县作歌七首》："有客有客字子美。"濠梁：地名，在今安徽凤阳东北，濒临淮河。

鉴赏

靖康事变以后，宋、金之间的基本界线东起淮河，西到散关。

于是，本是宋朝内河的淮河，便成为宋、金的界河。本是万顷良田的淮河两岸，亦成为战火时燃、民不聊生的边地。南宋的诗人涉足淮河，莫不感时抚事，伤心惨目，这成为南宋淮河诗最重要的主题倾向。蒋介慨叹淮河竟成界河："中原好在平如掌，莫把长淮当白沟！"(《第一山》)汪元量惋惜淮田之荒废："青天淡淡月荒荒，两岸淮田尽战场。"(《湖州歌》)力主抗金的陆游对此气愤如山："百战元和取蔡州，如今胡马饮淮流。"(《估客有自蔡州来者感怅弥日》)杨万里奉命迎接金使来到淮河，悲愤交加，所作《初入淮河四绝句》，更成为此类主题中的代表作。当然也有写法别致者，例如路德章的《盱眙旅舍》："道旁草屋两三家，见客搉麻旋点茶。渐近中原语音好，不知淮水是天涯。"诗人从乡音可喜的角度，来抒写因淮水阻隔而有乡难归之悲愤，选材角度别出心裁。

戴复古浪迹天涯，曾多次路经淮河，忧时之心甚炽："连岁经行淮上路，忧时赢得鬓毛苍。"(《蕲州上官节推同到浮光》)对淮村的荒芜感到满目凄凉："几处败垣围故井，向来一一是人家。"(《淮村兵后》)他写得最为出色的首推此诗。诗人来到淮河，竟然频频酌饮河水。原来东南近海，水味多咸，不如淮水之甘甜。连河水都是故土为佳，则中原的锦绣河山、丰富物产之可贵，不言而喻。这是对南宋小朝廷弃故国江山于不顾的国策的严厉批判，虽不动声色，然严于斧钺。末联悼念为国捐躯之抗金将士，情怀郁郁，感人至深。在南宋的淮河诗中，此诗的写法独树一帜，典型地体现了宋诗平淡美的风格倾向。

赵师秀

赵师秀（1170—1219），字紫芝，又字灵秀，永嘉（今浙江温州）人。宋光宗绍熙元年（1190）进士，曾任上元县主簿、筠州推官等职。著有《清苑斋集》。

约 客[1]

黄梅时节家家雨[2]，青草池塘处处蛙。有约不来过夜半，闲敲棋子落灯花。

注释

〔1〕本诗选自《全宋诗》卷二八四一，作年不详。
〔2〕黄梅：指黄梅雨。农历四五月间，江南阴雨连绵，正逢梅子黄熟，故称黄梅雨。

鉴赏

江南的梅雨之夜，雨声不绝，空气闷湿，令人不适。长满青草

的池塘里群蛙乱鸣,既嘈杂又单调,更使人心生厌烦。本来约请好友来访,或小酌谈诗,或纹枰对弈,以消磨这长夜的孤寂。可是早就过了约定的时刻,直到夜半已过,仍未听到客人叩门之声,洋溢耳边的仍是那雨声和蛙鸣。诗人百无聊赖,只好独自拿起棋子敲打棋枰,以致震落了灯芯上的灯花。此情此景,还能产生诗情吗?能!而且能产生好诗!此诗就是明证。宋人评此诗曰:"意虽腐而语新。"(《柳溪诗话》)的确,此诗所写情景皆为人所熟知者,但写法则出奇制胜。雨夜室外一片漆黑,室内灯光昏暗,无景可写,诗人着力刻画的是声响。首句写雨声,次句写蛙声,末句写棋声,第三句似乎未及声响,其实暗含着诗人急切盼望而始终未曾出现的叩门之声,故全诗堪称绘声之作。种种声响或实或虚,交融混杂,有力地渲染出诗人的期待、失望之情,从而构成情怀郁郁的动人意境。称此诗为"语新",或因斯乎?

杜耒

杜耒（？—1227），字子野，号小山，南城（今属江西）人。曾任主簿。《全宋诗》存其诗十九首。

寒 夜[1]

寒夜客来茶当酒，竹炉汤沸火初红[2]。寻常一样窗前月，才有梅花便不同。

注释

〔1〕本诗选自《全宋诗》卷二八二三，作年不详。
〔2〕竹炉：以竹为外壳、泥为内胆的小火炉。

鉴赏

此诗可与前篇赵师秀《约客》对读。前者写夏夜，此首写冬夜。前者写约客不至，此首写有客来访。夜间天色漆黑，群动皆息，既无可观之景，亦无可为之事，按理说不会激发诗情。但是在优秀诗

人的眼中，夜间的物态同样有活色生香，夜间的生活同样是趣味盎然。释惠洪《冷斋夜话》卷三记黄庭坚语云："天下清景，初不择贤愚而与之遇，然吾特疑端为我辈设。"这两首诗所写的就是黄氏所云"清景"，赵师秀、杜耒就是黄氏所云"我辈"中人。此诗写寒夜客来，此客可能是"不速之客"，主人并未准备酒菜，故而以茶代酒。茶本是深得宋代文人青睐的饮料，又易于烹煮，仓促之间取出待客，亦是合情合理之事。首句被后人将"寒"字改成"良"字后广为流传，即因此故。为了煮茶，主人点燃竹炉，釜内汤沸，炉底火红，为寒夜增添了暖意与亮色。次句文字简洁平淡，但情意融融，亲切可喜。后二句写窗间月影，构思巧妙，意境清新。宋人用纸糊窗，月光将窗前梅花投影在窗纸上，疏影横斜，纤毫毕现，宛如一幅墨梅图。此前陈与义早已观察到日光或月光将梅、竹之影投射窗间的现象，有诗云："晴窗画出横斜影，绝胜前村夜雪时。"（《和张规臣水墨梅五绝》之五）"昨夜嫦娥更潇洒，又携疏影过窗纱。"（《竹》）但杜耒此联句意更为显豁，后来居上。而且此联不仅展现了美丽的画面，还暗含着主客对坐共赏窗间梅影的行为，从而与全诗赞美友情的主题相合。宋代诗人擅长描写日常生活中的平凡琐屑之事，这两首小诗堪称这方面的代表作。

林 升

林升，宋孝宗淳熙时士人。《全宋诗》存其诗一首。

题临安邸[1]

山外青山楼外楼，西湖歌舞几时休。暖风熏得游人醉，直把杭州作汴州[2]。

注释

〔1〕本诗选自《全宋诗》卷二六七六，作年不详。

〔2〕直：简直。汴州：即汴京。

鉴赏

宋室南渡以后，小朝廷的君臣惊魂甫定，随即沉溺于临安的繁荣富丽。周密《武林旧事》中记载"西湖游幸、都人游赏"云："西湖天下景，朝昏晴雨，四序总宜。杭人亦无时而不游，而春游特盛焉……都人士女，两堤骈集，几于无置足地。水面画楫，栉比如鱼鳞，亦无行舟之路。歌欢箫鼓之声，振动远近，其盛可以想见。"这种醉生梦死的情状，与北宋覆灭之前的汴京惊人相似，试看孟元老在《东京梦华录·序》中对宋徽宗时汴京的记载："太平日久，人物繁阜。垂髫之童，但习鼓舞；斑白之老，不识干戈。时节相次，各有观赏。灯宵月夕，雪际花时。乞巧登高，教池游苑。举目则青楼画阁，绣户珠帘。雕车竞驻于天街，宝马争驰于御路。金翠耀目，罗绮飘香。新声巧笑于柳陌花衢，按管调弦于茶坊酒肆。"林升题此诗于临安邸，主旨无疑是讽刺时人沉迷于享乐而忘却亡国之痛，但其写法非常独特，前三句都是对西湖繁盛情景的客观描写，貌似赞赏，尾句卒章见志，点明题旨，具有图穷匕见的惊人效果。北宋末年汴京城中的醉生梦死，终于酿成靖康之祸。如今的杭州又在重现当年的情景，这些被暖风熏醉的"游人"简直把杭州当成了汴州。意思是时人不但不思收复故都，而且不知自己正在重蹈前人之覆辙！全诗至此戛然而止，虽不露声色而讥刺入骨，发人深省。唐人杜牧《阿房宫赋》云："秦人不暇自哀，而后人哀之；后人哀之而不鉴之，亦使后人而复哀后人也。"此诗旨意略同，而字句简洁，意在言外。诗文之异，于此可窥一斑。

叶绍翁

叶绍翁,字嗣宗,号靖逸,祖籍浦城(今属福建),徙居龙泉(今属浙江)。著有《靖逸小稿》。

游园不值[1]

应怜屐齿印苍苔[2],小扣柴扉久不开。春色满园关不住,一枝红杏出墙来。

注释

[1]本诗选自《全宋诗》卷二九四九,作年不详。不值:不遇。
[2]屐齿:装在木屐底部的防滑齿。

鉴赏

钱锺书先生评曰:"这是古今传诵的诗,其实脱胎于陆游《剑南诗稿》卷十八《马上作》:'平桥小陌雨初收,淡日穿云翠霭浮。杨柳不遮春色断,一枝红杏出墙头。'不过第三句写得比陆游的新

警。《南宋群贤小集》第十册有另一位'江湖派'诗人张良臣的《雪窗小集》，里面的《偶题》说：'谁家池馆静萧萧，斜倚朱门不敢敲。一段好春藏不尽，粉墙斜露杏花梢。'第三句有闲字填衬，也不及叶绍翁的来得具体。这种景色，唐人也曾描写，例如温庭筠《杏花》'杳杳艳歌春日午，出墙何处隔朱门'；吴融《途中见杏花》'一枝红杏出墙头，墙外行人正独愁'；又《杏花》'独照影时临水畔，最含情处出墙头'；李建勋《梅花寄所亲》：'云鬟自粘飘处粉，玉鞭谁指出墙枝'；但或则和其他的情景搀杂排列，或则没有安放在一往篇中留下印象最深的地位，都不及宋人写得这样醒豁。"（《宋诗选注》）此外在词中也有类似的句子，如五代冯延巳的《浣溪沙》："一梢红杏出墙低。"至于次联景中寓理，读者自可产生各种联想，则不用多说。

刘克庄

　　刘克庄（1187—1269），字潜夫，号后村居士，莆田（今属福建）人。以门荫入仕，宋理宗淳祐六年（1246）赐同进士出身，曾任工部尚书兼侍读等职。著有《后村先生大全集》。生平见程章灿《刘克庄年谱》。

北 来 人[1]

　　试说东都事[2]，添人白发多。寝园残石马[3]，废殿泣铜驼[4]。胡运占难久[5]，边情听易讹。凄凉旧京女，妆髻尚宣和[6]。

注 释

〔1〕本诗选自《全宋诗》卷三〇三三，作于宋宁宗嘉定十二年（1219）之后，时刘克庄在莆田（今属福建）。原作共二首，此选其一。

〔2〕东都：即东京，汴京。

〔3〕寝园：即陵园。

〔4〕铜驼：《晋书·索靖传》："靖有先识远量，知天下将乱，指洛阳宫门铜驼叹曰：'会见汝在荆棘中耳。'"

〔5〕占：卜卦。

〔6〕宣和：宋徽宗年号（1119—1125）。此指靖康事变以前。

鉴赏

　　此诗以一位来自北方之人的口吻，抒写对故都残破的哀伤。相传周平王东迁以后，有周大夫行役途经西周都城镐京，见满目禾黍，乃作《黍离》，以抒发哀吊故都之悲。故《诗序》云："《黍离》，闵宗周也。"对于刘克庄而言，北宋都城汴京就是他心目中的"宗周"。可惜汴京久已沦陷，诗人无法亲临其地目睹其景，只好凭借耳闻来展开对"东都事"描写。仅仅如此，即已白发陡添。一旦亲临，伤如之何！首联虽是平平说来，却蕴含着比《黍离》更深的悲愤。以下六句全是"北来人"的口述，诗人未着一言。陵寝和宫殿，是国都中最重要、最尊严的建筑。可是如今的汴京，寝园只残留着石马，废殿只剩下铜驼。言下之意是，那些庄严的陵阙和巍峨的宫殿，已化为一片荒烟蔓草。伤心惨目，莫此为甚！景物既然芜没，下文乃叙人事。沦陷区的遗民最关心国家的形势，他们一心盼望着王师北伐。然而年复一年，不见王师踪影，他们只好凭借占卜来自我安慰胡运不会长久，对于从边境上传来的不利消息则一概斥为谣言。这

刘克庄

两句写遗民心态,真切生动。最后两句说虽然沦陷已近百年,但汴京妇女的装束仍是前朝模样,没有改成金人那般的左衽辫发。这个细节画龙点睛,细腻生动地表现出遗民眷恋故国的真实心态。总之,此诗借他人之口,抒内心之情,手法相当高明。

军 中 乐[1]

行营面面设刁斗[2],帐门深深万人守。将军贵重不据鞍,夜夜发兵防隘口[3]。自言虏畏不敢犯,射麋捕鹿来行酒。更阑酒醒山月落,彩缣百段支女乐[4]。谁知营中血战人,无钱得合金疮药[5]。

注 释

〔1〕本诗选自《全宋诗》卷三〇四〇,作于宋理宗绍定元年(1228),时刘克庄在莆田。《乐府诗集》载唐李益《从军有苦乐行》诗,此诗拟之。

〔2〕行营:可以移动的军营。刁斗:军用的铜质炊具,晚间用以打更。

〔3〕隘口:险要的地方。

〔4〕彩缣:染色的丝织品。女乐:由女性组成的歌舞班子。

〔5〕金疮:金属利器造成的创伤。

宋诗鉴赏

鉴　赏

　　乐府诗有两种传统写法，一是沿袭古题，二是自创新题，此诗属于第二种。汉魏乐府有《从军行》古题，既以描写军中生活为主要内容，自当兼及苦乐两个方面。正如魏代王粲《从军行》云："从军有苦乐，但问所从谁。"但续写此题者大多偏重于军中之苦，至唐人李益之《从军有苦乐行》，方兼写军中之苦乐，但所写乃一人之经历。唯高适之《燕歌行》云："战士军前半死生，美人帐下犹歌舞。"主题方改成揭露军中将士之苦乐不均。此诗题目沿袭李益，内容模仿高适，创作精神则继承了杜甫自创新题以写时事的优秀传统。南宋小朝廷以偏安求和为国策，到了末年，朝中政治更加窳败，军队也腐败不堪。此诗揭露军中将领毫无守土御敌之志，却终日沉溺于酒色享受的无耻行径：将军身居中营，四面设置岗哨，防守之士卒多达万人。他身为将军，居然不近鞍马。他统率着一支大军，其责任居然只是守卫他自身。他还自我夸耀敌人不敢来犯，故可放心地捕猎行酒。他躲在营中饮酒作乐，直到深夜，还将大量财帛随意赏赐给女乐。这样的军中生活，非乐而何？此诗题作《军中乐》，不亦宜乎？在强敌压境、国势危急的情境下，将军竟然如此奢靡享乐，诗人的批判态度昭然若揭。作为对照，结尾描写血战的士卒竟然无钱合药治伤的惨状，从而揭露军中苦乐不均的事实。如此的军队还能精诚团结、御敌守土吗？结论不言自明，这正是诗人的态度。

刘克庄

沁园春[1]

梦孚若[2]

何处相逢?登宝钗楼[3],访铜雀台[4]。唤厨人斫就,东溟鲸脍;圉人呈罢,西极龙媒[5]。天下英雄,使君与操[6],余子谁堪共酒杯?车千两,载燕南赵北[7],剑客奇才。　饮酣鼻息如雷[8],谁信被晨鸡轻唤回。叹年光过尽,功名未立;书生老去,机会方来。使李将军,遇高皇帝,万户侯何足道哉[9]!披衣起,但凄凉感旧,慷慨生哀。

注释

〔1〕本词选自《全宋词》第四册,第2594页。约作于宋理宗淳祐三年(1243),时刘克庄在莆田(今属福建)。此年曾作《梦方孚若》诗二首。

〔2〕孚若:方信孺(1168—1222),字孚若,《宋史》卷三九五有传。

〔3〕宝钗楼:汉武帝时建,故址在今陕西咸阳市。

〔4〕铜雀台:东汉末年曹操建,故址在今河北临漳县。

〔5〕西极龙媒:从西域来的龙马,《汉书·礼乐志》载《郊祀歌》:"天马徕,

从西极。"

〔6〕"天下"二句：《三国志·蜀志·先主传》载曹操谓刘备曰："今天下英雄，唯使君与操耳。本初之徒，不足数也。"

〔7〕燕南赵北：今北京一带。《后汉书·公孙瓒列传》载汉末童谣云："燕南垂，赵北际，中央不合大如砺，唯有此中可避世。"乃指幽州之地。

〔8〕鼻息：诸本作"画鼓"，此据夏承焘《唐宋词选》校改。

〔9〕"使李将军"三句：《史记·李将军列传》载汉文帝谓李广曰："惜乎，子不遇时。如令子当高帝时，万户侯岂足道哉！"

鉴赏

方信孺是南宋奇士，其人性格豪爽，胸怀大志，曾三度使金，皆能置生死于度外，不辱使命，全节而归。刘克庄为其作行状，自称"少小亲公，晚受公荐"，二人乃志同道合的忘年之交。此词作时，孚若辞世已愈廿载，犹能入故人之梦，可见交情之笃。上片纪梦：宝钗楼与铜雀台皆在北方，此时已入金境，二人如何能于其地相会？可见他们志在恢复，视中原为故土，平时或曾相约同游，梦中遂践前约。英雄相聚，自有豪情壮举，于是斫东海鲸脍，献西域龙马，不一而足。二人惺惺相惜，目无余子，千杯恨少。因是在北地相聚，故欲尽召中原奇士而南归。金灭北宋后，以燕京为中都，陆游诗云"燕南赵北空无人"（《涉白马渡慨然有怀》），即指金人巢穴而言。方氏生前，喜罗人材，刘克庄所作行状中称："江湖士友，慕公盛名，多裹粮从游。"《宋史》本传则称其"所至宾客满其后车"，词中所云，盖指收复故土后必将收罗其地之英才也。梦中志得意满，豪气干云，可惜被晨鸡唤醒，顿时跌落到冷酷的现实中来。下片双绾词人与方孚若两人，挚友已经赍志以没，自己也将渐入老境，"书生老去，机会方来"是他们共同的悲剧命运，故词人喟然浩叹。"使李将军"三句巧妙地化用古语，却具有深切的现实意义。李广之不遇，表面上是因为未遇大汉开国、将士建功的时代，更重要的却是他虽然长于骑射，身经百战，却终以"数奇"而郁郁没世。当词人借李广之酒杯浇胸中之块垒时，他当然有着深重的感叹：南宋小朝廷苟安江南一隅，爱国志士报国无路，而且受到多方压制。刘、方二人虽然身怀韬略，却生不逢时，眼看着抗金复国、建功立业的时机逐渐消失。如此丰富的内容，凭借一句古语表露无遗，用典之精切，无以复加。上、下两片前虚后实，前豪荡后沉郁，词气抑扬历落，是南宋后期豪放词中不可多得的杰作。

史达祖

史达祖,字邦卿,号梅溪,祖籍在汴(今河南开封)。曾为韩侂胄之堂吏,宋宁宗开禧三年(1207)韩侂胄被诛,史亦被处黥刑。著有《梅溪词》。

双双燕[1]

咏燕

过春社了,度帘幕中间,去年尘冷。差池欲住[2],试入旧巢相并。还相雕梁藻井[3],又软语、商量不定。飘然快拂花梢,翠尾分开红影。　　芳径,芹泥雨润[4]。爱贴地争飞,竞夸轻俊。红楼归晚,看足柳昏花暝。应自栖香正稳,便忘了、天涯芳信。愁损翠黛双蛾[5],日日画栏独凭。

注 释

〔1〕本词选自《全宋词》第四册,第2326页。作年不详。

〔2〕差池：燕子飞翔时张舒尾翼的样子。语本《诗·邶风·燕燕》："燕燕于飞，差池其羽。"

〔3〕相：细看。藻井：装饰花纹的天花板。

〔4〕芹泥：长有芹草的泥土。语本杜甫《徐步》："芹泥随燕嘴。"

〔5〕翠黛双蛾：染成黛绿的双眉。

鉴赏

　　史达祖作词崇尚姜夔，词风与姜词有神似之处。从总体看来，姜词的主要追求是全词意境的浑成，史词则致力于炼句。但是此词却兼有意境浑成与炼句精切的双重优点，堪称史达祖咏物词中的压卷之作，被后人誉为咏燕之绝唱，因为燕子的诸种象征意蕴在词中都有充分的体现。燕子是与人类生活距离最近的一种候鸟，它在秋天的社日前后南去，春天的社日前后北归，古人称为"社燕"。春来秋去的习性使燕子成为春天到来的象征，还引起人们思念远方亲人的遐想。燕子喜在人们居室的屋梁上筑巢而栖，相传每年春天必返旧巢，显得笃于情义。燕子总是雌雄颉颃，双宿双飞，从而成为爱情的象征。凡此种种，词中皆有体现，而且描写栩栩如生，亲切可喜。上片写燕子初归的情景：春社刚过，双燕归来，发现旧巢尘封，倍感凄凉。它们仔细辨认那雕梁藻井，拿不定主意是否在此栖居，于是一面在帘幕间飞来飞去，一面用娇软的声音互相商量。它们轻盈的身影在花丛中穿梭来往，与春天的景象氤氲一气。整个上片都是客观的描写，然而是谁的目光如此亲切地追随着双燕？又是谁将"呢喃"的燕鸣听成"软语商量"？上片其实藏有伏笔，逗而不露。下片继续描写双燕的举动：它们贴地争飞，衔泥补巢，直到黄昏才回巢栖息。"应自栖香正稳"句以下，那个一整天都在注视着双燕的人物终于登场。原来那是孤栖画楼的一位思妇，她每日凭栏眺远，愁损玉颜，本盼着春归的燕子会捎来远方游子的音信，没想到它们只顾自己相亲相爱，却完全忘了捎信之事。烘云托月，思妇的孤单反衬出双燕的快乐，从而使主题更加圆满，并流露出人们寄寓在自然万物上的脉脉温情，这是咏物词的最高境界。

吴文英

吴文英（1200—1260），字君特，号梦窗，晚号觉翁，四明（今浙江宁波）人。一生未仕。著有《梦窗甲乙丙丁稿》。生平见夏承焘《吴梦窗系年》。

莺　啼　序[1]

残寒正欺病酒，掩沉香绣户。燕来晚，飞入西城[2]，似说春事迟暮。画船载、清明过却，晴烟冉冉吴宫树[3]。念羁情游荡，随风化为轻絮。　　十载西湖，傍柳系马，趁娇尘软雾。溯红渐、招入仙溪[4]，锦儿偷寄幽素[5]。倚银屏、春宽梦窄，断红湿、歌纨金缕。暝堤空，轻把斜阳，总还鸥鹭。　　幽兰旋老，杜若还生，水乡尚寄旅。别后访、六桥无信[6]，事往花委，瘗玉埋香，几番风雨。长波妒盼，遥山羞黛，渔灯分影春江宿。记当时，短楫桃根渡[7]。青楼仿佛，临分败壁题诗，泪墨惨淡尘土。　　危亭望极，草色天涯，叹鬓侵半苎[8]。暗点检、离痕欢唾，

尚染鲛绡[9]，䰾凤迷归[10]，破鸾慵舞[11]。殷勤待写，书中长恨，蓝霞辽海沉过雁，漫相思、弹入哀筝柱。伤心千里江南，怨曲重招，断魂在否[12]？

注释

〔1〕本词选自《全宋词》第四册，第2907页。作于宋理宗绍定六年（1233）或稍后，时吴文英在临安（今浙江杭州）。

〔2〕西城：指杭州西城，濒临西湖。

〔3〕吴宫：指杭州的宫苑。杭州旧属吴地。

〔4〕"溯红"句：暗用刘义庆《幽明录》所载刘晨、阮肇入天台山遇仙女故事。

〔5〕锦儿：指侍婢。曾慥《类说》卷二九载钱塘妓女扬爱爱有侍婢名锦儿。

〔6〕六桥：宋时西湖苏堤有六桥，见《武林旧事》卷五。

〔7〕短楫桃根渡：晋王献之《桃叶歌》："桃叶复桃叶，渡江不用楫。"又云："桃叶复桃叶，桃树连桃根。"相传桃叶为王献之之妾，其妹名桃根。

〔8〕半苎：头发半白。苎，白苎，以喻白发。

〔9〕鲛绡：传说中鲛人所织之绡，此指丝帕。

〔10〕䰾（duǒ）凤：垂下羽毛的凤凰。䰾，下垂貌。

〔11〕破鸾：破镜。暗用古代罽宾王使鸾鸟照镜，鸾睹形而气绝之故事（详见南朝宋范泰《鸾鸟诗序》）。

〔12〕"伤心"三句：语本《楚辞·招魂》："目极千里兮伤春心，魂兮归来哀江南。"

吴文英

鉴赏

　　吴文英词向称晦涩，沈义父说吴词"其失在用事下语太晦处，人不可晓"(《乐府指迷》)，张炎更指斥其"如七宝楼台，眩人眼目，拆碎下来，不成片段"(《词源》)，语皆过当。比如此词，虽然意绪繁复迷离，意脉似断复连，但仔细解读，并无太大的理解障碍。经后代词学家反复考证，此词的主旨已基本清楚，这是吴文英为追悼曾经恋爱过的一位杭州妓女而作。

　　全词分四叠，正是叙事的四个阶段，层次分明。第一叠写词人暮春时节伤春病酒的心情，第二叠追忆昔年在杭州与意中人相逢相爱的旧事，第三叠写旧地重游、物是人非的悲怆，第四叠总束全词，并进一步抒发悼亡之哀。四叠之间并非各自隔绝，而是意脉通贯，浑然一气。词中多用伏笔，前后照应，草蛇灰线，似断实连，断而复续，形成一个完备的整体。全词在时间和空间两个维度上都安排了倒置、闪回、交错等手法，又全都出之以意象，颇似西方文艺中的"意识流"，恰到好处地表现了迷离恍惚的意境与如痴如迷的心境。从此词看来，前人指责吴词"拆碎下来，不成片段"，实为误解。此词确是一座结构紧密、部件精美的"七宝楼台"，即使拆碎下来，也仍是一堆精美的珠玉珍宝，何况它还环环相扣不易拆碎？

　　人们常说"爱"与"死"是西方文学的两大主题，其实它们也

是中国古典文学的两大主题,尤其是宋代婉约词的重要主题。此词就是一个明证。词中叙述爱情经历极为生动,尽管词体的篇幅限制使它不可能详细展示爱情的具体过程,但细节的描写、气氛的渲染都极其成功。至于全词的风格朦胧隐约,则正符合爱情主题的自身性质,因为爱情本是一种复杂的心理感受,绝不是逻辑和理性所能阐释的对象。词中抒写由死亡而造成的悲伤也极为真切感人,生离虽然痛苦,毕竟还给希望留下了余地,死别则使一切化为乌有。此词最后一句"断魂在否",堪称是千古一问。美人化为黄土,爱情徒留回忆,这是人生的最大缺憾,这是人间的永久遗恨。此词堪称抒写"爱"与"死"这两重主题的杰作,它惊心动魄,感人肺腑。无论是主题走向还是艺术水准,它都称得上是宋代婉约词当之无愧的一件代表作。

风 入 松 [1]

听风听雨过清明,愁草瘗花铭[2]。楼前绿暗分携路[3],一丝柳、一寸柔情。料峭春寒中酒[4],交加晓梦啼莺[5]。　西园日日扫林亭[6],依旧赏新晴。黄蜂频扑秋千索,有当时、纤手香凝。惆怅双鸳不到[7],幽阶一夜苔生。

注 释

〔1〕 本词选自《全宋词》第四册，第2906页。作年不详，时吴文英在苏州（今属江苏）。

〔2〕 瘗花：葬花。北周庾信有《瘗花铭》。

〔3〕 分携：执手告别。

〔4〕 中酒：醉酒，因醉酒而得病。

〔5〕 交加：交杂。

〔6〕 西园：园林名，在苏州。

〔7〕 双鸳：一双绣花鞋，此指女子之鞋。

鉴 赏

  此词的主题与《莺啼序》相近，也是怀人，但写法不同。后者章法繁复多变，意脉扑朔迷离，此词却简洁明快，直抒胸臆，繁简各极其妙，相映成趣。此词的本事难以考定，学者或认为吴文英曾在苏州纳一妾，后因故离去，词人常怀思念。上片写清明景象：清明时节多风雨，词人闭门不出，故仅闻风雨之声。风雨中落红成阵，词人思欲扫集落花而葬之，并效昔人撰写铭文以吊之，然因不胜愁绪而未成。楼前杨柳绿暗，正是当年与情人执手告别之地，那缕缕柳丝皆饱含柔情,更不忍心前往。春寒料峭,独自醉卧,却被那嘈杂的莺啼声惊醒。下片写节后情景:风雨停歇,清明已过,词人出户赏晴,洒扫林亭。本来心情转好,不料忽见黄蜂频频扑向秋千索,暗想秋千索上无蜜可采,黄蜂为何扑之?料是当年那双纤手的脂粉香泽凝结在索上,至今犹未消散。于是念及情人的足迹久未涉此,幽静的台阶上已经青苔丛生。此词纯从眼前情景着笔,至于往日与情人团聚的缱绻情事,以及分离后的相思之苦,则未有一字一句的正面表述,烘云托月,精彩顿现。全词皆臻情景交融之境界,"黄蜂"二句更是神来之笔。唐圭璋先生评曰:"'黄蜂'两句,触物怀人。因园中秋千,而思纤手;因黄蜂频扑,而思香凝,情深语痴。"(《唐宋词简释》)美人离去多年,已经几番风雨,其香泽岂能长留于秋千索上?况且美人香泽与草木花卉之香气判然有异,黄蜂岂能不辨?此真痴语也。然其悱恻深情,正因此痴语而得到充分的表达,真乃写情高手。

家铉翁

家铉翁(1213—1295后),号则堂,眉州(今四川眉山)人。以荫补官,赐进士出身。曾任知常州、浙东提点刑狱、签书枢密院事等职。宋亡不仕。著有《则堂集》。生平见《宋史》卷421本传。

寄江南故人[1]

曾向钱唐住[2],闻鹃忆蜀乡[3]。不知今夕梦,到蜀到钱唐?

注释

[1] 本诗选自《全宋诗》卷三三四四,作年不详。临安沦陷后家铉翁被元人羁留在河间(今属河北),直至元成宗即位方被放还,此诗当作于元世祖至元中后期(1276—1293)。

[2] 钱唐:即临安,南宋国都。

[3] 蜀乡:此指眉州,家铉翁是眉州(今四川眉山)人。

鉴赏

宋恭宗德祐二年（1276）元军围攻临安，时任签书枢密院事的家铉翁独不肯签署降元檄文，使元时遂被扣留，后羁留河间数十年，拒不仕元。这是他从河间寄给江南故人的一首小诗，篇幅短小，字句平易，然而含义丰富，思绪深沉，堪称纳须弥于芥子。从字面上看，诗中仅写了两个地方，一个是他长期居住过的钱塘，另一个是故乡蜀地，两地一西一东，故其梦魂不知前往何方。然而这两个地名都寓有深意：据《宋史·地理志四》，宋高宗建炎三年（1129），升杭州为临安府，下辖九县，钱塘居首，且于绍兴年间升格为畿。畿者，京之旁邑也。对南宋人而言，"钱塘"与"临安"实即同一个地方。南宋施德操《北窗炙輠》卷下云："当绍兴中，国家方创都钱塘。"即为明证。次句中的"蜀乡"，也是意味深长。相传古代蜀帝杜宇死后，魂化为鸟，即为杜鹃。杜甫《杜鹃行》云："君不见昔日蜀天子，化为杜鹃似老乌。"又杜甫《杜鹃》云："我见常再拜，重是古帝魂。"所以"闻鹃忆蜀乡"一句，除了乡思之外，也暗含着追忆故国、忠于故君的情愫。于是，首二句中嵌入两个地名，其实都与故国之思有关。正因如此，身在异国的诗人夜梦南归，无论其梦魂是飘向江南还是西蜀，都意味着从北国归向南国，也意味着对故国的思念。程千帆先生指出："后两句以'不知'两字领起，极妙。

因为梦到钱塘故国和梦到蜀中故乡，对于诗人来说，都是向江南故人表示梦想恢复民族政权，实际上是一回事。"（《读宋诗随笔》）文天祥诗云："臣心一片磁针石，不指南方不肯休。"（《扬子江》）家铉翁此诗也表达了同样的信念。如此简洁含蓄，堪称宋代五绝中的精品。

谢枋得

　　谢枋得(1226—1289),字君直,号叠山,信州弋阳(今属江西)人。宋理宗宝祐四年(1256)进士,曾以江东提刑、江西招谕使知信州。宋亡后坚不出仕,绝食而卒。著有《叠山集》。生平见《宋史》卷425本传。

武夷山中[1]

　　十年无梦得还家,独立青峰野水涯。天地寂寥山雨歇,几生修得到梅花。

注 释

〔1〕本诗选自《全宋诗》卷三四八〇,作于元至元十九年(1282),时谢枋得往武夷山访友。

鉴 赏

　　宋端宗景炎元年(1276),谢枋得抗元兵败,乃易服变名,弃家入闽。此后诗人遁迹于闽、赣之山间,几近十年。元世祖至元十九年(1282),谢枋得曾往武夷山访问故友熊钵。此时南宋已亡,抗元烽烟渐息,元人开始搜罗抗元义士,逼迫他们出仕新朝,诗人乃作此明志。首句语似平淡,情实沉痛。谢枋得在知信州的任上率兵抗元,信州城陷,其兄弟皆死国事,妻李氏自经死,多位家人被俘后死于狱中。信州既是诗人的家乡,也是其为官之地,如今国破家亡,己身且被元人搜捕,焉能还家?所谓"无梦得还家"者,乃无家可归,有梦无益也。次句实指诗人为了躲避元人搜捕,朝迁暮徙,匿迹于荒山野谷之间。但闽、赣一带山深水幽,远离人寰,诗人独立其间,免受尘俗污染,也可谓得其所哉。此句仅为叙事,然诗人坚持气节、孤芳自赏的兀傲神情如在目前。后二句进而描写寂寥清幽的环境,并对着山中梅花自表心迹。山雨过后,山间一片凄清,仿佛天地都归于寂寥。这是指武夷山中的真实景象,还是暗喻宋亡后万马齐喑的政治局面?当是两者皆有。至于梅花,它傲霜耐雪,凌寒独放,向被视作崇高品格的象征。于是诗人对着梅花发问:自己更经几生几世,才能修炼到梅花一般的品格?

  七年以后,谢枋得被元人强行押解到大都,他坚拒出仕,绝食而死。诗人终于以坚贞不屈的气节实现了自己与梅花的誓约,故此诗的主题虽非咏梅,但也可视作对梅花的高度赞美。

王沂孙

　　王沂孙（1231?—1306后），字圣与，号中仙，又号碧山，会稽（今浙江绍兴）人。入元后曾被迫任庆元路学正。著有《碧山乐府》。生平见《延祐四明志》。

眉　妩[1]

新　月

　　渐新痕悬柳[2]，澹彩穿花，依约破初暝[3]。便有团圆意[4]，深深拜，相逢谁在香径？画眉未稳，料素娥犹带离恨[5]。最堪爱、一曲银钩小，宝帘挂秋冷。　　千古盈亏休问。叹慢磨玉斧，难补金镜[6]。太液池犹在[7]，凄凉处、何人重赋清景。故山夜永，试待他、窥户端正。看云外山河，还老尽桂花影[8]。

注释

〔1〕本词选自《全宋词》第五册,第3354页。作年当在宋亡之后。

〔2〕新痕:指刚露痕迹的新月。

〔3〕初暝:黄昏的昏暗。

〔4〕"便有"句:语本唐牛希济《生查子》:"新月曲如眉,未有团圆意。"

〔5〕素娥:嫦娥。

〔6〕"叹慢磨"二句:相传月乃七宝合成,日受侵损,有人用斧修之,详见《酉阳杂俎·天咫》。

〔7〕太液池:"太液池"为汉、唐宫中池名,此借指宋代宫中池苑。北宋卢多逊《咏月》应制诗云:"太液池头月上时,晚风吹动万年枝。"

〔8〕桂花影:相传月中有丹桂。

鉴赏

月是夜空中最引人注目的天体,她皎洁明净,柔和可亲,古人多有拜月习俗,唐宋时代且流行膜拜新月,吴自牧《梦粱录》卷四云:"七月七日,谓之'七夕节'……于广庭中设香案及酒果,遂令女郎望月,瞻斗列拜,次乞巧于女、牛。"除了乞巧,女性礼拜新月当然会有其他隐秘的祈求,故中唐诗人李端《拜新月》云:"开帘见新月,即便下阶拜。细语人不闻,北风吹裙带。"此词继承了"拜新月"的传统主题,写法则推陈出新,别开生面。上片所写的显然

是一位思妇对着新月吐露心事，她一心希冀与离人重逢，竟觉得仅有一弯淡痕的新月"便有团圆意"。后面又写到独行香径、画眉未稳、秋闺孤寂等细节，都与思妇主题相关，正是她料想月中嫦娥"犹带离恨"。然而到了下片，时间从寂寥秋夜变成漫漫千古，空间从小园幽闺变成大地山河，视野开阔，视角也脱离了女性特征。比如以追想文臣宫中咏月故事来缅怀故国盛况，又如以月缺难补的慨叹来暗示复国无望，凡此都寄寓着亡国之痛。于是，"试待他、窥户端正"，即希望一轮满月照进窗户，既与前文"便有团圆意"互相呼应，也双关着前朝遗民的故国之思。清人周济评王沂孙曰："碧山胸次恬淡，故黍离、麦秀之悲，只以唱叹出之，无剑拔弩张习气。咏物最争托意隶事处，以意贯串，浑化无痕，碧山胜场也。"（《宋四家词选目录序论》）此词足当此评。此外，此词句句皆是咏新月，然句句皆有寄托，例如"画眉未稳"四字，既是描写新月纤细，状似画眉未毕；也是暗喻游子匆匆离去，未及为思妇细致画眉。情景交融浑然一体，手法卓绝，诚如清人陈廷焯所评："碧山词观其全体，固自高绝。即于一字一句间求之，亦无不工雅。"（《白雨斋词话》卷二）

刘辰翁

刘辰翁（1232—1297），字会孟，号须溪，庐陵（今江西吉安）人。曾任赣州濂溪书院山长，后入文天祥幕。宋亡不仕。著有《须溪集》。生平见吴企明《刘辰翁年谱》。

兰 陵 王 [1]

丙子送春

送春去，春去人间无路。秋千外，芳草连天，谁遣风沙暗南浦 [2]？依依甚意绪，漫忆海门飞絮 [3]。乱鸦过，斗转城荒 [4]，不见来时试灯处 [5]。　　春去，最谁苦？但箭雁沉边 [6]，梁燕无主 [7]，杜鹃声里长门暮 [8]。想玉树凋土 [9]，泪盘如露 [10]。咸阳送客屡回顾 [11]，斜日未能度。　　春去，尚来否？正江令恨别 [12]，庾信愁赋 [13]，苏堤尽日风和雨 [14]。叹神游故国，花记前度。人生流落，顾孺子，共夜语 [15]。

注　释

〔1〕本词选自《全宋词》第五册，第3213页。作于宋恭宗德祐二年丙子（1276），时刘辰翁在吉水（今属江西）。

〔2〕南浦：送别的水边，语本楚辞《河伯》："送美人兮南浦。"此处暗指宋室君臣被掳北去。

〔3〕海门：江河入海处。此指南宋人士入海逃亡之处。

〔4〕斗转：北斗转移，指时间消逝。

〔5〕试灯：宋时习俗，正月十四日试灯，为元宵作准备。

〔6〕箭雁：中箭之雁，此喻被俘掠的南宋军民。

〔7〕梁燕：栖息在屋梁的燕子，此喻留在临安城内的南宋军民。

〔8〕长门：汉代的冷宫，此指南宋的故宫。

〔9〕玉树凋土：珍奇的树木凋零土中，或比喻优秀人物的死亡，语本《世说新语·伤逝》："埋玉树着土中，使人情何能已已。"

〔10〕泪盘如露：泪水多如承露盘中的露水。汉武帝于长安建铜人以捧承露铜盘。相传魏明帝使人移长安之铜人至洛阳，铜人潸然泪下。唐李贺作《金铜仙人辞汉歌》。

〔11〕咸阳送客：语本李贺《金铜仙人辞汉歌》："衰兰送客咸阳道。"

〔12〕江令：南朝诗人江总，仕陈至尚书令，故称"江令"，陈亡后入隋。或谓"江令"指江淹，不确，因此词后有原注："二人皆北去。"江淹生平并无北去之事。

〔13〕庾信愁赋：庾信初仕梁朝，后使北被留，诗赋多抒亡国之痛。曾作《愁赋》，不传。

〔14〕苏堤：杭州西湖上的长堤，乃北宋苏轼所建。

〔15〕孺子：孩子，此指其子刘将孙。

鉴赏

清人厉鹗《论词绝句》之九云"送春苦调刘须溪"，的确，刘辰翁词中以"送春"为主题者甚多，此词就是其代表作。词题作"丙子送春"，"丙子"即宋恭帝德祐二年也。此年二月，元军攻陷临安。三月，元军掳恭帝、全太后及诸臣北去。消息传到吉水，已是暮春时分。避难此地的词人悲痛万分，乃作此词。词分三叠，每叠皆以"春去"二字起句，悲痛之情则逐层演进。初叠入手擒题，总写春去之情景，暗喻城破之惨状。次叠追问春去后谁最痛苦？然后用象征手法分叙被俘君臣、死难军民等几类人物的不幸遭遇。末叠写春去后人们对春天的怀念，结尾且绾合自己，抒发人们共同的故国之思。

春来春往本是自然的规律，词人为何因春去而伤心欲绝？清人陈廷焯指出："题是送春，词是悲宋，曲折说来，有多少眼泪。"(《云韶集》卷九) 从字面上看，全词句句是写春天。但在骨子里，则句句都寄寓着故国之思。比如临安地处江南，暮春三月本是草长莺飞的阳和天气，词中且写到"芳草连天"，怎会有"风沙暗南浦"？"风

沙"无疑是指"胡尘",是侵略者的铁骑蹂躏破坏了阳春美景,故而满目凄凉。又如"海门飞絮"为何引起词人的特别关注?临安城破,朝臣拥益王南奔,渡钱塘江前往闽粤沿海。"海门"即暗指钱塘江口,"飞絮"则既为暮春之景,又暗寓时局纷乱之状。最值得称道的是,词中对比兴手法的运用已达化境。比如次叠分咏临安沦陷后各类人物的悲剧命运,字面上却只见"箭雁""梁燕""玉树"等一系列自然景物,既切合主旨,又紧扣题面。全词在整体上皆为托物起兴,故意境浑成,寄托遥深。

柳梢青 [1]

春 感

铁马蒙毡[2],银花洒泪[3],春入愁城。笛里番腔[4],街头戏鼓,不是歌声。　　那堪独坐青灯。想故国,高台月明。辇下风光[5],山中岁月,海上心情。

注 释

〔1〕本词选自《全宋词》第五册,第3197页。作于宋端宗景炎二年(1277)

或稍后，时刘辰翁在庐陵（今江西吉安）。

〔2〕蒙毡：在马身上蒙上毡毛。

〔3〕银花：此指银灯。

〔4〕番腔：游牧民族的腔调。

〔5〕辇下：京师，此指临安。

鉴赏

宋恭宗德祐二年（1276）三月，伯颜率蒙古大军入临安，"建大将旗鼓，率左右翼万户巡城"（《宋史纪事本末》卷一〇七），不久掳宋室太后、幼帝北去。次年，临安城迎来了沦陷后的第一个元宵。

此词上片写临安城在敌军铁骑下的元宵风光，或出于亲见，或出于想象。宋代风俗，每逢元宵佳节，京城华灯如昼，金吾不禁，万众欢游，通宵达旦。今夕又是元宵，却有蒙着毛毡的铁马横行街头，连银灯也是愁容满面，整个临安城已是一座愁城！虽然人们仍在过节，街头演出的已是北方的杂戏，笛曲也带着番邦的腔调，不再听得到故国的优美歌声。

下片转入抒怀。词人在临安沦陷后不久即逃归故乡，隐居不仕。佳节之际，格外思念故国。本是万众欢腾的元夕，自己却枯坐着独对青灯，于是往年元夕"高台月明"的动人画面闪现心头。"辇下风光"指往年临安城的元宵盛况，如今已成为珍藏心底的故国记忆。"山

中岁月"指词人眼下的实际生活，它当然清苦孤寂，但表明了坚持气节不事异族的志向。"海上心情"则指当时陆秀夫、张世杰等爱国志士仍在沿海地区坚持抗元，词人心向往之。

　　此词笔墨简洁，但内涵丰盈，耐人咀嚼。上片写沦陷故都的元宵情景，笔墨饱满；下片写亡国前的佳节胜景，仅稍作点染，但抚今追昔之感表达得十分充分。最后三句以排比句式分别体现写景、叙事与抒情三种功能，却皆是点到即止，万千感慨俱见于言外，极其蕴藉含蓄。

周 密

　　周密（1232—1298），字公谨，号草窗，又号四水潜夫，祖籍济南（今属山东），占籍吴兴（今浙江湖州）。曾任义乌县令。宋亡不仕。著有《草窗词》。生平见夏承焘《周草窗年谱》。

一萼红[1]

登蓬莱阁有感[2]

　　步深幽，正云黄天淡，雪意未全休。鉴曲寒沙[3]，茂林烟草，俯仰千古悠悠[4]。岁华晚，飘零渐远，谁念我，同载五湖舟[5]？磴古松斜，崖阴苔老，一片清愁。　　回首天涯归梦，几魂飞西浦[6]，泪洒东州[7]。故国山川，故园心眼，还似王粲登楼[8]。最怜他，秦鬟妆镜[9]，好江山，何事此时游。为唤狂吟老监[10]，共赋消忧。

注释

〔1〕本词选自《全宋词》第五册,第 3290 页。作于宋恭帝德祐二年（1276）或次年,时周密在绍兴（今属浙江）。

〔2〕蓬莱阁：阁名,在今浙江绍兴秦望山上。

〔3〕鉴曲：鉴湖之滨。语本《新唐书·隐逸传》："有诏赐镜湖剡川一曲。"

〔4〕俯仰：上下观察。

〔5〕五湖：太湖地区湖泊的总称。《国语·越语》载,范蠡助越王灭吴后,"遂乘轻舟,以浮于五湖。"

〔6〕几：几回。

〔7〕西浦、东州：地名,皆在绍兴。此词原注："阁在绍兴,西浦、东州皆其地。"

〔8〕王粲登楼：王粲,汉末诗赋家,曾避乱荆州,作《登楼赋》。

〔9〕秦鬟：指秦望山,山形似女子鬟髻。妆镜：指镜湖。

〔10〕狂吟老监：唐诗人贺知章,绍兴人,曾任秘书监,人称"贺监"。晚年归隐,自号"四明狂客"。

鉴赏

周密长期居住临安,诗酒风流,啸傲湖山,曾作《木兰花慢》十首分咏西湖十景,传诵一时。临安沦陷,铁马胡笳惊醒其湖山清梦,词人匆匆避难逃至绍兴。某个冬日,词人登上当地名胜蓬莱阁,览景抚事，感慨万千，乃赋此词。

上片描写登览情景：蓬莱阁在卧龙山下，登阁须先入山，故此片所述皆为山道所见。岁暮天寒，一片萧瑟景象。"正云黄天淡"几句写雪意犹浓，冬云沉重；"鉴曲寒沙"几句写远景；"磴古松斜"几句写近景。词人的目光逐渐转移，心情也渐趋沉重。蓬莱阁乃五代吴越王钱镠所建，自身就是历史的见证。况且绍兴正是古代勾践卧薪尝胆之地，词人在此地沉思历史，难免心潮澎湃。下面因范蠡故事而起兴，然范蠡泛舟五湖乃功成身退之举动，况且相传他泛湖时有西施相伴，而词人却因亡国而浪迹江湖，故凄然自问："谁念我、同载五湖舟？"孤寂之感不言而喻。结句"一片清愁"语淡情深，"清愁"云云，其实内涵极为丰富复杂。下片抒登览感慨：词人祖籍山东，早已沦为敌国领土。本人久居江南，今亦江山易主。他思念的"故国""故园"究指何处？连自己也说不清楚，故其归梦并无确定的目标，只能漫言"天涯"。当年王粲登楼作赋，既为去国怀乡，亦因蒿目时艰，词人此时的心态与之相似，"还似"二字，实非轻下。词人从阁上望去，秦望山形似美女鬓髻，镜湖好似其妆镜。于是词人喟然浩叹：如此江山，为何偏在此时来游！意即此时来游，纵有如此江山，又有何心情细细观赏！于是词人忽发奇想，此情此景，须唤贺知章来共同赋诗，才能消除心头的忧愁。"最怜他"以下先咏绍兴山川，再念绍兴先贤，扣紧本地风光，缴足题面。全词从入

山所见写起,以登楼所感结束,章法井然,情思则波澜起伏,诚如清人陈廷焯所评:"苍茫感慨,情见乎词,当为《草窗集》中压卷。"(《白雨斋词话》卷二)

文天祥

文天祥（1236—1283），字履善，又字宋瑞，号文山，吉州吉水（今属江西）人。宋理宗宝祐四年（1256）进士，曾任知瑞州、知赣州，右丞相等职。宋亡后被拘于大都，坚持不降，后被杀。著有《文山先生文集》。生平见《宋史》卷418本传。

正 气 歌[1]

予囚北庭[2]，坐一土室。室广八尺，深可四寻。单扉低小，白间短窄[3]，污下而幽暗。当此夏日，诸气萃然。雨潦四集，浮动床几，时则为水气。涂泥半朝[4]，蒸沤历澜[5]，时则为土气。乍晴暴热，风道四塞，时则为日气。檐阴薪爨[6]，助长炎虐，时则为火气。仓腐寄顿[7]，陈陈逼人[8]，时则为米气。骈肩杂沓[9]，腥臊污垢，时则为人气。或圊溷[10]、或毁尸、或腐鼠，恶气杂出，时则为秽气。叠是数气，当之者鲜不为厉[11]。而予以孱弱，俯仰其间[12]，于兹二年矣。审如是，殆有养致然。然尔亦安知所养何哉[13]？孟子曰："吾

善养吾浩然之气。"[14] 彼气有七，吾气有一，以一敌七，吾何患焉。况浩然者，乃天地之正气也。作《正气歌》一首。

天地有正气，杂然赋流形[15]。下则为河岳，上则为日星。于人曰浩然，沛乎塞苍冥[16]。皇路当清夷[17]，含和吐明庭[18]。时穷节乃见，一一垂丹青[19]。在齐太史简[20]，在晋董狐笔[21]。在秦张良椎[22]，在汉苏武节[23]。为严将军头[24]，为嵇侍中血[25]。为张睢阳齿[26]，为颜常山舌[27]。或为辽东帽[28]，清操厉冰雪。或为出师表[29]，鬼神泣壮烈。或为渡江楫[30]，慷慨吞胡羯。或为击贼笏[31]，逆竖头破裂[32]。是气所旁薄[33]，凛烈万古存[34]。当其贯日月，生死安足论。地维赖以立[35]，天柱赖以尊。三纲实系命[36]，道义为之根。嗟予遘阳九[37]，隶也实不力[38]。楚囚缨其冠[39]，传车送穷北。鼎镬甘如饴[40]，求之不可得[41]。阴房阗鬼火[42]，春院闭天黑[43]。牛骥同一皂[44]，鸡栖凤凰食[45]。一朝蒙雾露[46]，分作沟中瘠[47]。如此再寒暑，百沴自辟易[48]。嗟哉沮洳场，为我安乐国。岂有他谬巧[49]，阴阳不能贼[50]。顾此耿耿存[51]，仰视浮云白[52]。悠悠我心悲，苍天曷有极[53]。哲人日已远[54]，典型在夙昔[55]。风檐展书读，古道照颜色[56]。

注 释

〔1〕本诗选自《全宋诗》卷三五九八,作于元世祖至元十八年(1281)五月,时文天祥在燕京(今北京)狱中。

〔2〕北庭:北方的朝廷,此指元都燕京。

〔3〕白间:指窗户。

〔4〕半朝:半间屋子。朝,大堂,此指屋子。

〔5〕蒸沤:泥水受热而发酵。历澜:泥潦翻滚,如波澜状。

〔6〕爨:燃火做饭。

〔7〕仓腐:仓中腐烂之粮。寄顿:存放。

〔8〕陈陈:积压陈久。语本《史记·平准书》:"太仓之粟,陈陈相因。"

〔9〕骈肩:肩膀相挨。杂沓:杂居拥挤。

〔10〕圊溷:厕所。

〔11〕厉:疾病。

〔12〕俯仰:此指起居。

〔13〕然尔:同"然而"。

〔14〕"吾善"句:见《孟子·公孙丑上》。

〔15〕赋:给予。流形:各种形体。

〔16〕苍冥:天空。

〔17〕皇路：犹言国运。清夷：清和、太平。

〔18〕含和：怀着祥和之气。明庭：圣明的朝廷。

〔19〕丹青：绘画，此指史册。

〔20〕"在齐"句：春秋时齐国太史将崔杼弑君之事书于史册，崔杼杀之，其诸弟相继书之。事见《左传·襄公二十五年》。

〔21〕"在晋"句：春秋时晋灵公为赵穿所杀，大夫赵盾未予谴责，太史董狐书曰"赵盾弑其君"。事见《左传·宣公二年》。

〔22〕"在秦"句：秦灭赵，赵臣张良使力士以铁椎刺秦始皇，事见《史记·留侯世家》。

〔23〕"在汉"句：汉武帝时苏武出使匈奴，被扣留，不屈，持汉节牧羊于北海达十九年。事见《汉书·苏武传》。

〔24〕"为严"句：汉末严颜为刘璋守巴郡，为张飞所擒，飞欲其降，严曰："我州但有断头将军，无降将军。"事见《三国志·蜀志·张飞传》。

〔25〕"为嵇"句：晋惠帝时诸王作乱，侍中嵇绍用身体遮蔽惠帝，被杀，血溅帝衣。乱平后惠帝不让人洗此衣，曰："此嵇侍中血，勿去。"事见《晋书·嵇绍传》。

〔26〕"为张"句：唐安禄山反，张巡坚守睢阳，督战力呼，嚼齿皆碎。事见《旧唐书·张巡传》。

〔27〕"为颜"句：唐安禄山反，常山太守颜杲卿被俘，拒降骂贼，被断舌而死。事见《新唐书·颜杲卿传》。

[28] 辽东帽：汉末管宁避乱居于辽东，清操自守，常戴皂帽。

[29] 出师表：诸葛亮出师伐魏，向后主上《出师表》以明志。

[30] 渡江楫：东晋祖逖渡江北伐，于中流击楫而誓："不能清中原而复济者，有如大江。"事见《晋书·祖逖传》。

[31] 击贼笏：唐德宗时朱泚据长安谋反，段秀实以笏猛击其额部使之流血，遂遇害。事见《旧唐书·段秀实传》。

[32] 逆竖：犹言"逆贼"。

[33] 旁薄：通"磅礴"，丰满充塞。

[34] 凛烈：严肃壮烈。

[35] 地维：地之四角，见《列子·汤问》。

[36] 三纲：维系社会关系的三种伦理规范，即君为臣纲，父为子纲，夫为妻纲。

[37] 遘阳九：遭遇厄运。遘，遭逢。阳九，道家以天厄为阳九。

[38] 隶：奴仆，此为诗人对自己的谦称。

[39] 楚囚：俘虏。语本《左传·成公九年》："郑人所献楚囚也。"缨：帽带，此用作动词，系好帽带。

[40] 鼎镬：大型烹饪器具，用鼎镬烹人是古代酷刑之一。饴：饴糖。

[41] 求之：指诗人屡次求死。

[42] 阴房：阴暗的牢房。闃：寂静。此句语本杜甫《玉华宫》："阴房鬼火青。"

[43] 闭：关闭。此句语本杜甫《大云寺赞公房》："天黑闭春院。"

433

〔44〕皂：同"槽"。

〔45〕鸡栖：鸡窝。

〔46〕蒙雾露：指感染疾病。

〔47〕分：料定。瘠：尸骨。

〔48〕沴：病害。辟易：退避。

〔49〕谬巧：智谋诈术。

〔50〕阴阳：此指寒暑之气。贼：伤害。

〔51〕耿耿：光明貌，此指忠义之气。

〔52〕浮云：比喻变化不定的局势。一说暗指富贵，语本《论语·述而》："不义而富且贵，于我如浮云。"

〔53〕"悠悠"二句：意谓苍天无尽，内心之悲痛也无边际。后句语本《诗·唐风·鸨羽》："悠悠苍天，曷其有极。"

〔54〕哲人：明哲之人，此指忠义之士。

〔55〕典型：典范，楷模。夙昔：往日。

〔56〕古道：古人的美德。颜色：面容，形象。

鉴赏

南宋帝昺祥兴二年（1279），崖山沦陷，宋亡。不久，元军将早已俘获的文天祥押往大都，投入监狱。此后的三年岁月里，元人千方百计地对文天祥进行劝降，威逼利诱，无所不用其极。此时宋朝已经灭亡，元朝已经统一天下，留梦炎等宋朝旧臣早已出仕新朝，抗元复宋的事业已成明日黄花，但是文天祥坚持不降。元世祖至元十九年（1282），文天祥从容就义，以身殉国。是什么精神力量支撑着文天祥坚持到最后一刻？天祥就义以后，人们在他的衣带中发现了一首赞："孔曰成仁，孟曰取义。惟其义尽，所以仁至。读圣贤书，所学何事？而今而后，庶几无愧。"这篇被后人称为《衣带铭》的赞语昭告天下，是以孔孟之道为核心精神的传统文化激励着文天祥为国捐躯。比《衣带铭》早写一年的《正气歌》表达了同样的意思。

《正气歌》长达六十句，可分四段。第一段即开头十句，总述天地之间充塞着浩然正气，并指明正气有着种种不同的表现方式。第二段共二十四句，罗列了十二位坚贞不屈的历史人物的事迹，赞扬他们就是浩然正气的具体表现，他们维系着人间的道德准则。第三段共二十二句，诗人沉痛地回忆自己抗元被俘、身陷囹圄的经历，表示坚信正能压邪，故对非人所堪的铁窗生涯甘之如饴。第四段是结尾四句，指出古人的道德光辉照亮了自己，故而决心仿效先贤，杀身成仁。

《正气歌》是诗人胸中正气自然酿成的作品，它气势磅礴，情感深挚。阅读《正气歌》，可以明白什么是民族气节和民族尊严，可以坚信中华传统文化具备充沛的精神力量来提升人们的精神境界以至于杀身成仁。

后人或指责此诗在艺术上存在瑕疵,例如立意、结构与苏轼《潮州韩文公庙碑》、石介《击蛇笏铭并序》等有所雷同,以及严颜、嵇绍二人比拟不伦。其实将古文的立意或结构移植到诗歌,正是宋人打破文体界限的积极尝试。况且此诗在苏、石二文的基础上多有开拓,取材之丰富远胜前者。至于后者,因南宋人多奉蜀汉为正朔,严颜之降张飞未可轻非。嵇康临终,将嵇绍托孤于晋之宠臣山涛,其对嵇绍之仕晋,未必深以为非。故后人所议,未必真为此诗之缺点。况且,我们不能忘记此诗的写作场所是百沴充斥的敌国牢狱,此诗的写作背景是斧钺之诛随时都会降临的生死关头,此诗的写作心态是亡国之痛与仇敌之忾交织而成的悲愤填膺,此诗的表达方式是无心推敲的喷涌而出。即使持上述议论的后人得到机会,像汪元量那样入狱探看诗人,并与他商讨如何进行润色修改,天祥亦未必愿意从容斟酌。

念奴娇[1]

驿中言别友人[2]

水天空阔,恨东风不惜、世间英物[3]。蜀鸟吴花残照里^[4]，忍见荒城颓壁。铜雀春情^[5]，金人秋泪^[6]，此恨凭谁雪？堂堂剑气，斗牛空认奇杰^[7]。　　那信江海余生^[8]，南行万里，不放扁舟发。正为鸥盟留醉眼^[9]，细看涛生云灭。睨柱吞嬴^[10]，回旗走懿^[11]，千古冲冠发。伴人无寐，秦淮应是孤月。

注释

〔1〕此词作于宋帝昺祥兴二年（1279），时文天祥在建康（今江苏南京）。

〔2〕驿中：指建康驿。友人：指邓剡。

〔3〕"恨东风"句：三国吴将周瑜于赤壁以火攻破曹操军，"时东南风急，火烈风猛，船行如箭，烧尽北船。"（《资治通鉴》卷六五）后人以为天助。

〔4〕蜀鸟：杜鹃，相传乃古蜀国望帝所化，啼声悲切。吴花：指吴地之花。建康乃三国时吴都。

〔5〕铜雀春情：喻宋室妃嫔入于元宫。铜雀台，曹操所造。唐杜牧《赤壁》："东风不与周郎便，铜雀春深锁二乔。"意谓如天不助周瑜，则曹操或能灭吴，东吴美女"二乔"将被掳至铜雀台。

〔6〕金人秋泪："金人"指汉武帝在长安所建金铜仙人。相传魏明帝使人移铜人至洛阳，铜人潸然泪下。

〔7〕"堂堂剑气"二句：相传西晋时斗牛之间常有紫气，张华邀雷焕共视，焕曰："宝剑之精，上彻于天耳。"详见《晋书·张华传》。

〔8〕"那信"二句：指德祐二年（1276）文天祥被元军扣留，北行至镇江得脱身，经海路南下事，详见文天祥《指南录后序》。

〔9〕鸥盟：与鸥鸟结盟为友，此指志同道合之友人。

〔10〕睨柱吞嬴：蔺相如奉赵之和氏璧使秦，度秦王无意以城易璧，乃持璧倚柱，"睨柱，欲以击柱。"（《史记·蔺相如列传》）"嬴"指秦昭王，姓嬴。

〔11〕回旗走懿：相传诸葛亮死后，部伍按其遗命而退军，魏将司马懿欲追击之，蜀将姜维反旗鸣鼓，司马不敢逼而退，百姓为之谚曰："死诸葛走生仲达。"详见《三国志》裴松之注引《汉晋春秋》。"懿"指司马懿，字仲达。

鉴赏

宋端宗景炎元年（1276）七月，文天祥于南剑州（今福建南平）二度起兵抗元，邓剡从之。次年十二月，天祥于海丰（今属广东）兵败被俘。邓剡脱逃，奔随帝昺至崖山。帝昺祥兴二年（1279）二月崖山沦陷，邓剡投海自杀，被元军钩获，随即押至广州。四月，文、邓被元军同舟押解北上。六月行至建康。八月，文被押继续北行，邓因病而留，文乃作此词留别。有人认为此词乃邓剡所作，无据。

阅读此词，首先要注意其时空背景。此时南宋灭亡已经半年，故国社稷已不复存在。此地乃江左名都，宋室南渡之初，这里曾是建都的备选地点。况且自古以来，长江向被视为抵御北军南侵的天堑。词人与其战友一同被敌军押解来此，面对着滔滔东流的长江，心中百感交集。"恨东风"一句，真乃血泪所成！"铜雀"二句连用两个与亡国相关的典故，字句对仗精工，语意却悲愤历落。如此的家国之恨，如此的奇耻大辱，凭谁洗雪？于是词人喟然长叹：我本是一柄精气上贯星斗的宝剑，可惜徒有英杰之虚名！

上阕自抒怀抱，下阕转入告别友人。文、邓二人是在三年前在抗元烽火中走到一起的，此前文天祥先有九死一生渡海南逃的沉痛经历，词中"江海余生"云云，皆为实录。"正为鸥盟"二句，则以比兴手法诉说隐忍不死的心事。"江海余生"和"涛生云灭"，前者实而后者虚，但意象皆有孤危险恶之特征，意脉流畅。被押离开建康之际，词人心知此行凶多吉少，于是拈出两位古代的志士作为典范。意即无论是生是死，自己的浩然正气都会永垂千古，这是文天祥表示宁死不屈的壮严誓言。最后两句则向因病留下的友人殷殷致意，点明留别之旨。

从"水天空阔"的一声长叹起，以"伴人无寐"的一声长叹终，此词全篇均为喟然浩叹。然而正如陈子龙所评："气冲斗牛，无一毫委靡之色。"这是民族英雄文天祥词的代表作，虽是满纸

悲愤，然而英气勃发。全词追次东坡《念奴娇·赤壁怀古》之韵，是对宋代豪放词传统的继承发扬，它为南宋爱国词史画上了光辉的句号。

汪元量

汪元量（1245?—1331?），字大有，号水云，钱塘（今浙江杭州）人。宋度宗时以琴艺供奉宫廷，宋亡后随谢太后北迁，住大都十年。后出家为道士，不知所终。著有《湖山类稿》。生平见孔凡礼《汪元量事迹纪年》。

潼 关[1]

蔽日乌云拨不开，昏昏勒马度关来。绿芜径路人千里，黄叶邮亭酒一杯[2]。事去空垂悲国泪，愁来莫上望乡台[3]。桃林塞外秋风起[4]，大漠天寒鬼哭哀。

注 释

〔1〕本诗选自《全宋诗》卷三六六六，作于元世祖至元二十二年（1285），时汪元量自西域东归，路经潼关。潼关：关名，在今陕西潼关境内。

〔2〕邮亭：驿站。

〔3〕望乡台：汉成帝时军士久戍边境，筑台望乡，称望乡台。

〔4〕桃林塞：潼关之古称。

鉴赏

  宋恭帝德祐二年（1276），元军攻破临安，汪元量随帝后北行到大都。元世祖至元二十一年（1284），已被封为"瀛国公"的恭帝赵㬎被遣往居延、天山，汪元量随之西行。次年元量东归大都，途经潼关，乃作此诗。潼关是从洛阳到长安的必经之地，也是扼守关中的咽喉，历代诗人至此，多有吟咏。唐人许浑在潼关题壁云："红叶晚萧萧，长亭酒一瓢……帝乡明日到，犹自梦渔樵。"（《秋日赴阙题潼关驿楼》）然而当汪元量来到此地，心中百感交集，所见满目荒芜，故全诗笼罩着浓重的悲愁情绪。乌云堆积，遮天蔽日。"拨不开"三字既是形容乌云之沉重，也暗含着回天无力的悲慨。诗人护送故国幼君前往西域，然后独自东归，勒马入关，"昏昏"二字，也双关天色与心绪。宋亡以来，诗人跟随故国帝后先北上，再西行，辗转千里，只有遍地青草一路相随。如今在黄叶纷飞的驿站里对着浊酒一杯，心中的感触又当如何？颈联随即抒写心事：故国已亡，抗敌复国的事业已不可为，即有悲国之泪，也是空垂无益。至于家乡钱塘，也即故都临安，远在万里之外，即使登上高台也眺望不及。况且能否归乡，必须得到新朝的恩准，登台望乡又有何用？至此，诗人的心情极其压抑，难以言说，只得重新去写天气。关外秋风阵阵，寒意逼人，只闻大漠上传来鬼哭声声。几十年来烽火连绵，生灵涂炭，无数军民成为冤魂。散落在秋风中的哀哀鬼哭，与此诗的整体情调浑然一体。语云"亡国之音哀以思"，信然！

蒋 捷

蒋捷，字胜欲，号竹山，阳羡（今江苏宜兴）人。宋度宗咸淳十年(1274)进士。宋亡不仕。著有《竹山词》。生平见《宋季忠义录》卷15。

虞美人 [1]

听 雨

少年听雨歌楼上，红烛昏罗帐。壮年听雨客舟中，江阔云低，断雁叫西风 [2]。　而今听雨僧庐下 [3]，鬓已星星也 [4]。悲欢离合总无情，一任阶前点滴到天明。

注释

〔1〕本词选自《全宋词》第五册，第3444页。作年不详。

〔2〕断雁：失群孤雁。

〔3〕僧庐：同"僧舍"，僧人之住所。

〔4〕星星：指华发。左思《白发赋》："星星白发，生于鬓垂。"

鉴赏

　　蒋捷是宋末遗民，入元后漂泊吴地，拒元不仕。蒋捷大约生于宋理宗淳祐五年（1245），宋亡时年约三十五岁，此词作于晚年，已在宋亡多年以后。词中所回忆的只是生活中的一个细节——听雨，可是这个细节贯穿了他的整个人生，从风流潇洒的少年，经过流离失所的壮年，再到壮心销尽的老年。同样的细节发生在不同的场合，从红烛罗帐的歌楼，变为漂泊江湖的客舟，终归晨钟暮鼓的僧庐。个人的悲欢离合，国家的盛衰兴亡，以及由它们引起的迟暮之感和沧桑之感，都通过三个不同的听雨场景淋漓尽致地表达出来了。如此丰富的人生经历，却归纳为三幅剪影式的生活画面。如此深沉的人生感慨，却是娓娓道来，不动声色。这是一个阅尽沧桑的老人半夜梦回的一声叹息，它夹杂在点点滴滴的夜雨声中，显得格外的深沉、苍凉。宋末的遗民诗词，常有语淡情深之特征，此词就是一个显例。

张 炎

张炎（1248—1317后），字叔夏，号玉田，又号乐笑翁，祖籍成纪（今甘肃天水），寓居临安（今浙江杭州）。宋亡不仕。著有《山中白云词》。生平见杨海明《张炎家世考》。

解 连 环 [1]

孤 雁

楚江空晚。怅离群万里，恍然惊散。自顾影[2]、欲下寒塘[3]，正沙净草枯，水平天远。写不成书，只寄得相思一点[4]。料因循误了，残毡拥雪[5]，故人心眼。　谁怜旅愁荏苒。谩长门夜悄[6]，锦筝弹怨[7]。想伴侣、犹宿芦花，也曾念春前，去程应转。暮雨相呼，怕蓦地、玉关重见。未羞他、双燕归来，画帘半卷。

注 释

〔1〕本词选自《全宋词》第五册,第3470页。作于宋亡之后。

〔2〕自顾影:看着自己的影子。

〔3〕欲下寒塘:语本唐崔涂《孤雁》:"暮雨相呼失,寒塘欲下迟。"

〔4〕"写不成书"二句:鸿雁飞翔,排成行列,或如"一"字,或如"人"字,孤雁不成行列,故云。

〔5〕残毡拥雪:用汉人苏武故事。苏武被匈奴拘留,"置大窖中,绝不饮食。天雨雪,武卧啮雪与毡毛并咽之,数日不死。"(《汉书·苏武传》)

〔6〕长门:长门宫,汉代宫名,汉武帝皇后陈阿娇被废后居此。

〔7〕锦筝:筝的美称。

鉴赏

此词是张炎最负盛名的咏物词之一,他由此得到"张孤雁"的美名(见元孔齐《至正直记》卷四)。词中最引人注目的警句当然是"写不成书,只寄得相思一点",诚如俞陛云所评:"二句写孤字入妙,即怀人之作,亦极缠绵幽渺之思,况咏孤雁?人、雁双关,允推绝唱。"(《唐五代两宋词选释》)短短二句,意蕴数重:孤雁独飞,望去仅有一点,不如群雁之排列成字。既不成字,当然更写不成书。既然无法为人传书,便只能为人传达一点相思之意。"一点"二字,双关具象的雁影与抽象的相思,妙不可言。由于全词意境浑成,上述警句并不显得纤巧。词中化用典故、成语，浑融无迹。比如上片说孤雁不能传书，因而耽误了"残毡拥雪，故人心眼"，暗用苏武故事而隐去其名，且联想丰富。又如上片中"寒塘欲下"、下片中"暮雨相呼"分别化用崔涂咏孤雁的一联名句，不着形迹，且前后呼应。最值得关注的是词中处处渗透着浓重的家国之思，词哀意切，感人至深。晚唐杜牧《早雁》云："金河秋半虏弦开，云外惊飞四散哀。仙掌月明孤影过，长门灯暗数声来。须知胡骑纷纷在，岂逐春风一一回？"后人多认为此乃诗人忧念北方人民深受回鹘侵扰，故借咏雁以寄慨。此词中"恍然惊散""长门夜悄"诸句皆化用杜牧诗意，其旨昭昭。沈祖棻先生评此词曰："用苏武事，殆指文文山一辈人。"又曰："末二句或指留梦炎一辈人。"（《宋词赏析》）张炎本为世家公子，宋亡后其祖父被杀，家亦被抄，自身则浪迹江湖，卖卜为生，他当然尊崇以身殉国的志士，鄙夷卖国求荣的小人，词中所云究指何人，虽作者未必然，但读者何必不然？

谢 翱

谢翱（1249—1295），字皋羽，晚号宋累，又号晞发子，长溪（今福建霞浦）人。曾率乡兵投文天祥幕，任咨议参军。宋亡不仕。著有《晞发集》。生平见方凤《谢君皋羽行状》。

效孟郊体[1]

落叶昔日雨，地上仅可数。今雨落叶处，可数还在树。不愁绕树飞，愁有空枝垂[2]。天涯风雨心，杂佩光陆离[3]。感此毕宇宙，涕零无所之[4]。寒花飘夕晖，美人啼秋衣。不染根与发[5]，良药空尔为。

注 释

〔1〕本诗选自《全宋诗》卷三六九一，作年不详。原作共七首，此为其四。孟郊：中唐诗人，字东野。严羽《沧浪诗话·诗体》称其诗体为"孟东野体"。

〔2〕"不愁"二句：语本曹操《短歌行》："月明星稀，乌鹊南飞。绕树三匝，

何枝可依。"

〔3〕杂佩：各种佩玉。陆离：长貌。屈原《离骚》："高余冠之岌岌兮，长余佩之陆离。"

〔4〕无所之：无处可去。

〔5〕根：疑指发根，非草木之根。

鉴赏

宋亡之后，谢翱心情悲痛，时时痛哭。文天祥就义的消息传来，谢翱曾三次登台哭吊。元人杨维桢《吊谢翱文》指出："翱以至诚恻怛之心，发慷慨悲歌之气，世知其为庐陵公恸也……盖是恸，即箕子过故国之悲，鲁连蹈东海之愤，留侯报韩、靖节存晋之心也。"的确，谢翱心中的深哀巨痛是意蕴深广的故国之悲，故而弥漫在他所有的诗文作品中。由于元朝统治严酷，谢翱采取相当隐晦的方式来抒写内心哀思，此诗即是其代表作之一。诗题作"效孟郊体"，名副其实。它既有钩章棘句、戛戛独造的倾向，又不乏字句朴素的白描手法，似乎融合孟诗的两种风格而自成一体。更重要的是，它在用情真挚、运思深刻的方面接近孟诗境界。苏轼《读孟郊诗》云："诗从肺腑出，出辄愁肺腑。"此诗也有类似的特征。起首四句以落叶为喻，生动地写出国势渐衰终至灭亡的过程，精巧的构思却出以朴素的字句，深切的哀痛却寄于平淡的语气，深得孟诗之精髓。下面两句暗用曹操诗意,却将主语从乌鹊变成落叶,诗意更加凝练,而且包含着所哀者乃是国家而非个人的深意。再下面的四句描绘一位杂佩陆离在风雨中独行天涯的志士,那是指行吟泽畔的屈子,还是谢翱自己?当是兼而有之。最后四句说事已如此,回天无力。全诗至此戛然而止,但悲痛之情不绝如缕。全诗皆用比兴手法,未有一字揭明题旨,然其中蕴涵的家国情怀却跃然纸上。后人评谢翱诗云:"所为歌诗,其称小,其指大,其辞隐,其义显,有风人之余,类唐人之卓卓者。"(任士林《谢翱传》)此诗足当此评。